Jean Orieux

L'aigle de fer

Flammarion

Dans ce roman — en quelque sorte historique — Jean Orieux, comme dans ses biographies de Voltaire *ou de* Talleyrand, *plonge ses personnages dans leur temps. Leur destin personnel est éclairé, conditionné par les convulsions de la société de leur époque.*

Dans L'aigle de fer, *cette époque, c'est aussi notre siècle, c'est l'époque tragique du nazisme, du conflit de l'Allemagne et de la France entre le traité de Versailles et l'effondrement de Hitler. Le personnage central, Sigmund von Uttemberg, est pris dans ce tourbillon mortel, il s'y jette avec une sorte d'ivresse, avec la passion de la grandeur et de la catastrophe. C'est un être déchiré : aristocrate et d'un orgueil insensé, il se sépare de l'aristocratie pour suivre Hitler ; élevé par une institutrice française qui l'a marqué, il déteste la France ; il aime sa mère mais la condamne ; il méprise son père, mais l'imite. Enfin, il a pour son frère Bruno une passion dominatrice et trouble. Rarement on a projeté sur les profondeurs d'un attachement aussi particulier un regard plus aigu et plus terrible. Sigmund réussit à faire de son frère sa chose et à briser sa vocation de musicien.*

A travers ce drame d'un homme, c'est l'Allemagne aux multiples visages qui se devine. L'analyse romanesque, qui semble n'aborder ici que des scènes de caractère privé, porte en réalité sur tout un peuple. C'est l'art de l'auteur d'avoir ménagé à son intrigue ces arrière-plans où, d'une part, le pouvoir des forêts, de la solitude, de l'océan est évoqué en des passages d'une puissance et d'un relief inoubliables, et où, d'autre part, se trouvent décrites l'inexorable montée du nazisme et la fascination que celui-ci a exercée sur certains esprits qui ont dévoyé à la fois les personnages de ce roman et toute une génération.

« Plùt à Dieu que tu fusses froid, mais parce que tu es tiède et que tu n'es ni froid ni bouillant, je te vomirai de ma bouche. »

(Apocalypse.)

I

Schwarzberg

> *Colpa è ché m'ha destinato al foco.*
> La faute en est à qui m'a créé pour le feu.
>
> **MICHEL-ANGE.**

Plus d'un me jettera la pierre. Je n'ai rien fait pour éviter d'être lapidé et je n'ai rien fait pour mériter de l'être. Il m'a manqué la vocation de martyr. Je le déplore.

Il me semble avoir toujours agi selon ma conscience d'Allemand et selon mes droits de naissance. Je n'ai jamais perdu de vue ma vie éternelle. Il a fallu l'effondrement de ma patrie, de ma famille et de toutes mes espérances pour m'amener à concevoir que la conduite qui me paraissait la plus naturelle était si contraire à la nature du monde qu'il ne pouvait s'ensuivre que des catastrophes.

Est-ce suffisant pour que je désavoue ce qu'il y a de plus noble en moi ?

Qu'on ne prenne ce mémoire ni pour un panégyrique ni pour un mea culpa. Je ne jette ces notes que pour aider — ou pour m'aider —, dans une certaine mesure, à comprendre un drame plus vaste que celui de Sigmund von Uttemberg : c'est mon nom.

9

Tout mon malheur est venu, sans doute, de naître Allemand, de naître Sigmund von Uttemberg.

*

C'était en 1915. Mon père, alors colonel sur le front, en France, profita d'une permission pour nous faire entrer, mon frère Bruno et moi, au collège de la Trinité à Munich. La veille, il me confia, afin que je la lise pendant la nuit avec Bruno, la généalogie des Uttemberg. Il me remit, avec solennité, un cartulaire à plats de bois, encore recouverts par endroits d'une peau de porc brunie et renforcés de plaques et de fermoirs d'argent d'un travail carolingien.

Par l'ancienneté de ses titres, par l'importance des charges qu'elle n'a cessé de remplir dans le Saint-Empire, par la gloire dont est chargé son blason, ma famille est, après les familles régnantes, au premier rang de la noblesse germanique. Notre aigle noir s'est battu et a battu partout. Notre premier ancêtre est un petit-neveu de Charlemagne et duc d'Aachen. J'en puis encore porter le titre. En Bavière, en Lorraine, dans le Palatinat, en Flandres même, bien des fiefs relevaient de notre couronne. Plus d'un duc régnant et même l'un de nos rois germaniques sortent de chevaliers qui devaient l'hommage aux Uttemberg.

C'est sous cet écrasant heaume d'acier et d'émeraudes que je naquis le 20 novembre 1902. Dès cette date, mon destin comme celui du monde auquel j'appartiens était fixé. Mais en 1902 personne ne savait que ce monde eût un destin. Mes parents ignoraient que le

10

heaume des Uttemberg reposait pour la dernière fois sur les épaules d'un Uttemberg vivant. Après moi, il ne figurera plus que sur des dalles funéraires et sans doute pas sur la mienne. En 1902, l'Europe — la race blanche — jetait sur l'univers les derniers feux de son calme et tout-puissant regard. De son regard de maître. Aujourd'hui, elle descend aux tombeaux de l'Histoire, criarde et lâche comme tous les faibles.

Ce n'est point d'aujourd'hui que j'ai su où j'allais et où le monde roulait. Je dois la précoce révélation de ce sinistre destin à un souvenir d'enfance. A mon père.

Nul être n'était plus changeant sous des dehors qui donnaient l'illusion de la pondération. C'était un illusionniste. Il se prenait parfois à discourir devant le mince et passif auditoire familial. Il était déclamatoire et ennuyeux. Mais, dans mon enfance, soit qu'il fût plus alerte et plus entraînant, soit que je fusse un juge plus naïf, il lui arrivait de m'intéresser. Et une fois au moins, il réussit à m'épouvanter. Je veux dire à se faire admirer.

Lors de cette permission de 1915, il crut devoir s'élever à des considérations sur l'ancienneté de notre famille, le patriotisme et la guerre d'où il venait. Ce qu'il dit alors frappa mon imagination d'une empreinte ineffaçable et le souvenir de cette déclamation retarda sans doute de plusieurs années le jugement sévère que je devais, plus tard, porter sur cet homme.

Il s'agissait d'un léger repli de nos troupes sur le front de l'Ouest. Était-ce sur la Somme ou la Champagne, je ne sais. C'était insignifiant. Ni le tracé du front ni notre moral ne pouvaient en être altérés.

S'élevant peu à peu au-dessus du récit de ce médiocre épisode militaire, il nous confia que nos troupes s'étaient trouvées déconcertées par une action, stupide

11

en soi, mais d'une bravoure inconsidérée, effectuée par de faibles détachements français que nos services de renseignements connaissaient, mais qui avaient été jugés négligeables.

Bien que l'affaire fût mince, je sentis que mon père en était assez touché. Il était touché du sacrifice consenti par les Français pour une aussi petite partie. En militaire averti, il jugeait qu'il y avait là plus de gloriole que de gloire. Si son moral patriotique et sa foi allemande restaient intacts, son imagination fut quand même frôlée par l'aile noire de ces corbeaux qui croassent et tournoient dans le ciel des batailles perdues.

La guerre durait depuis deux ans ou presque et elle ne semblait pas gagnée. Si Dieu tolérait des échecs partiels, qui sait s'il n'autoriserait pas un échec total ? Voilà ce qui embrasait mon père. Rien n'est plus stimulant pour une imagination allemande que l'appréhension d'une calamité.

Je revois le colonel von Uttemberg, en grand uniforme, adossé au vitrage d'une large baie et se découpant, personnage gigantesque, sur le paysage de Schwarzberg. Il évoqua la défaite imaginaire de l'Allemagne. Il nous dépeignit la Patrie piétinée, livrée aux haines des basses classes et des basses races. Il ne parla pas que de la Patrie, mais de notre famille, de notre passé, de notre civilisation millénaire, ruinée et bafouée par des nations qui depuis longtemps ne se prévalaient plus de leur culture que pour la monnayer, comme l'Angleterre, ou pour la prostituer, comme la France. Si ces gens n'étaient pas vaincus et mis aux fers, le monde était perdu.

Il ne resta dans mon cerveau d'enfant que l'image de la panique où ce discours me jeta. Je vis des nègres hideux, des Orientaux, des juifs égorgeant et souillant notre peuple. Je vis nos villes incendiées, nos églises saccagées et profanées. Je vis les Uttemberg jetés au cachot, dans les mines, ou entraînés dans des steppes lointaines sous les coups et les crachats. Je vis les cartulaires déchirés, foulés aux pieds et brûlés. Je revois le paysage qui s'encadrait dans la baie et du fond duquel montait la voix du soldat et du père, voix terrifiante et admirable du pays allemand. Cette voix qu'Hitler devait faire retentir plus tard parmi nous, ces images fulgurantes et sinistres, cette ruée vers le pire m'entraînaient selon leur pente vertigineuse. Je ne sais plus les mots de cette voix prophétique. Mais je suis encore plein des visions et du trouble dans lequel je me débattais, gagné à mon tour par ce délire grandiose et lugubre.

Derrière la vitre, là, près de nous, parmi nous, les montagnes de Bavière, leur masse sombre hérissée de sapins dont les faîtes noirs et pointus figuraient les cimiers d'une armée funèbre. Cette armée de géants endeuillés couvrait les montagnes et demeurait muette et stupide, frappée d'une affliction fatale. Leur troupe s'était immobilisée aux abords même du château. Son silence effrayant signifiait : « Uttemberg a raison : nous sommes vaincus ! nous sommes l'éternelle et maudite armée des géants noirs vaincus. » C'est ainsi que je vois la nature ; je la vois jusqu'à l'âme.

Je ne sais plus imaginer ces lieux de Schwarzberg autrement. Je les vois dans un dessin net et cruel. Je les vois sans couleur, sans soleil, sans ombre. Je les vois comme Dürer : la branche sèche, la feuille attardée, le nœud du vieil orme, le tronc fendu par la foudre et ses longues échardes effilées comme les lances d'un tournoi et qui font mal à quelque chose au fond de mon cœur et sur quoi je pourrais pleurer. Ce pays qui est le mien vit dans chaque fibre de mon cœur. Il vit de rien, de mille riens, mais presque tous si vivants qu'ils sont douloureux à force de vivre. Je connais chaque arbre, et la mousse de chaque arbre, et ses cicatrices, le chaos des rochers cuivrés par endroits de plaques de lichens, le lac et chaque heure et chaque lumière sur ses eaux et toutes choses de là-bas fondues, accordées dans cette impitoyable lumière qui ne venait ni du ciel ni des eaux. Cette lumière surnaturelle, c'était la mienne.

L'étonnant est que les traits de mon pays se soient fixés en moi sans ces couleurs et sans ces grâces qui font aimables pour leurs enfants les patries les plus déshéritées. Je n'avais besoin de rien pour aimer la mienne, que d'être Sigmund.

C'est là que je suis né et que j'ai vécu pendant mon enfance avec mon frère, mon père, ma mère et Mlle Desvalois, notre institutrice. En ce jour où mon père parla si tragiquement j'ai su quelle était mon âme et quel serait mon destin. A travers les gesticulations forcenées du comte d'Uttemberg, ses éclats de voix, le grondement de la forêt et parmi les lueurs des éclairs d'où me venaient tant de vertige et tant de force, j'ai vu. J'ai vu, franchissant le ciel en écartant les nuées froides et pâles pour descendre sur la forêt dont les verdures glacées ployaient sous le poids de cette chevauchée qui brisait avec fracas les ramures mortes, j'ai vu un cavalier terrible, un homme de fer, hérissé de pointes, tassé sur un massif coursier corseté d'acier, dont les sabots habitués aux ténèbres saccageaient tout, lourdement. Deux lansquenets effrayants faisaient escorte, deux êtres dont l'horrible visage devait m'être un jour familier : la Mort et le Diable. Cette apparition prophétique : *Ritter, Tod und Teufel,* je la reconnus plus tard dans les gravures de Dürer. Je la reconnus car je la connaissais déjà : elle était dans mon sang. J'allais enfourcher ce cheval de la nuit, endosser l'armure hérissée de pointes, puis, escorté de ces deux effrayants lansquenets, m'avancer sans frémir à travers le destin d'autrui pour accomplir le mien.

Je ne puis affirmer que j'y sois parvenu.

*

Au collège de la Trinité je retrouvai une société nourrie aux mêmes principes que ceux de ma famille. J'ai l'honneur d'appartenir à une famille catholique. Je suis resté fidèle. Du moins, le serais-je resté plus ouvertement si l'Église catholique n'avait pris parti contre l'Allemagne d'Hitler. C'est elle qui nous a exclus. J'en ai été blessé.

Jusqu'à notre entrée au collège, la première instruction nous fut donnée à Schwarzberg par un prêtre et par deux institutrices. M\ulle\ Desvalois fut la seconde. La première n'a laissé que peu de souvenirs. C'était une Genevoise qui nous quitta pour soigner ses bronches dans sa Suisse natale. Elle était catholique, bien entendu ; à la façon genevoise, m'a-t-on dit. Elle accomplissait ses devoirs religieux comme on va au martyre, avec un sérieux un peu lourd pour l'abbé Keller qui, lui, ne faisait pas tant de façons.

Ma mère disait à l'abbé, gentiment :

— Nous avons un saint sous notre toit !

Elle l'aimait bien. La vérité c'est qu'avant l'arrivée de Desvalois c'était lui le confident et l'amuseur. Mais il devait être détrôné par la Française. Je le trouvais bien frivole pour un prêtre et pour un précepteur, mais c'était un bon pédagogue et un bon prêtre.

Nous l'aimions. Bruno plus que quiconque et l'abbé lui rendait bien cette affection. Aussi loin que je remonte dans mon souvenir, Bruno fut toujours le préféré.

L'abbé était curieux par bien des côtés. Il n'a rien à faire dans mon récit. Toutefois, l'enfance est si profondément impressionnée par les premiers contacts qu'elle a avec le monde qu'il n'est pas indifférent de dire quelques mots de l'abbé Keller.

Il nous paraissait vieux et il n'avait peut-être pas quarante-cinq ans. C'était un homme grand, très vif, avec un visage rieur et d'une mobilité extrême. Ses expressions les plus étonnantes étaient la stupéfaction douloureuse ou l'étonnement attendri. Pour un devoir mal fait, un geste, un mot déplacés, il ne nous réprimandait pas : son visage s'allongeait, s'allongeait... Ses sourcils s'abaissaient vers les tempes et les coins de ses lèvres vers son menton. La pointe du nez tombait dans sa bouche : il était au bord des larmes. Si Bruno s'entêtait, alors c'en était fait, les larmes coulaient. Bruno n'y tenait plus, il se jetait dans les bras de l'abbé et lui demandait pardon en pleurant à son tour. Ils se disaient des choses attendrissantes sur la peine qu'ils éprouvaient, il n'y avait plus ni coupable ni faute. Il n'y avait que des sanglots mêlés. Ce spectacle me troublait beaucoup. Bruno m'appelait à la rescousse lorsque son affliction dépassait les bornes :

— Sigmund, viens près de nous ! Console-nous, je t'en prie !

Je ne pouvais repousser le flot de larmes qui m'aveuglait à cet appel. A mon tour, je me jetais dans leurs bras qu'ils m'ouvraient. Nous emmêlions nos protestations d'affection, nos promesses de bien faire. C'étaient des instants bien délicieux. Nous en sortions lavés, frais et prêts à nous jeter avec courage sur une conjugaison ou un exercice d'arithmétique.

Ce n'est pas sans tendresse et sans admiration que je me rappelle cette enfance si pure, entièrement vouée à Dieu et aux sentiments les plus nobles.

Un autre souvenir exaltant du bon abbé est son culte de la nature. Il nous l'a enseigné. Oh! sans doute n'a-t-il fait qu'attiser cette ardeur qui embrase une âme bien née devant le spectacle de la Création. Nul maître n'aurait su nous apprendre cette émotion qui s'éveille irrésistiblement en nous lorsque le crépuscule oblique lance sous les sapins ses longs rayons de pourpre et de soufre qui percent les feuillages. Dans quel tourbillon d'images, de sensations, de réflexions ces soirs éblouissants et tragiques ne nous jetaient-ils pas ?

Tout dans cet abbé n'était pas de la même qualité. Auprès de ma mère, il était moins attendri mais sa langue était diablement alerte. Cela amusait ma mère qui n'était jamais en reste de bons propos. Il n'avait ni la malice ni l'esprit que Desvalois apporta plus tard dans notre famille. Mais il avait une vivacité et une gaieté assez inquiétantes. Il est vrai que ma mère poussait toujours à la raillerie et à l'indulgence. L'abbé était rhénan — de Coblence. Ma mère lui disait :

— Enjoué comme vous l'êtes, je parierais que vous êtes le fils d'un de ces fripons de Français de l'Émigration.

Il riait aux éclats au lieu de se scandaliser et lui répondait du tac au tac :

— Hélas! non, je n'en suis que l'arrière-neveu et nous nous sommes empâtés depuis... sinon, je serais archevêque de Munich et je marierais vos fils.

— Oh! répondait-elle, je ne désespère pas de votre carrière, il y a tant de ces beaux messieurs de Prusse qui sont fils de Huguenots français.

17

— Oui, mais j'ai fait fausse route dans ma vocation — c'est la militaire qu'il me fallait. Les Français de Prusse sont tous généraux et moi, je me suis mis à la robe noire, disait-il avec sa modestie ironique.

— Ça ne fait rien, répliquait ma mère gaiement, vous avez le Ciel. Vous êtes d'un ordre qui y va tout droit, saint Ignace vous y a gardé toutes les places.

Je ne crois pas que l'un et l'autre aient eu une conscience assez claire des choses pour ressentir la scandaleuse irrévérence de ces propos. Ce genre de conversation est peut-être admis chez les Français, mais chez nous Dieu merci ! la mode en est passée depuis la renaissance de l'Allemagne. Car cet esprit n'était qu'une mode, aussi sotte et aussi désuète que celle des perruques et des dentelles de Versailles.

*

Avant d'entrer au collège, nous travaillions, Bruno et moi, cinq heures par jour avec notre précepteur. Puis trois heures seuls. Sauf le dimanche. Parfois une journée ou une demi-journée était consacrée à des promenades en montagne, rarement avec l'abbé ou avec mon père. Le plus souvent c'était un régisseur qui se chargeait de nous. Il était bon marcheur et connaissait bien la montagne. Il ne nous faisait pas herboriser, ni casser les cailloux pour en regarder les cristaux à la loupe. Sur ce point, je le préférais à l'abbé Keller, mais sur d'autres, il ne le valait pas. Il ne savait parler ni des arbres, ni de la montagne, ni de la lumière. Il marchait et ne voyait rien. Il ne me voyait même pas.

18

Mais il voyait Bruno. Sa partialité en faveur de mon frère finit par m'agacer. Il est vrai que Bruno toujours sautillant, bavard, chanteur et, en outre, d'une gentillesse exaspérante avec cet homme, attirait sa sympathie et sa familiarité. Finalement, ces promenades constituaient des parties de campagne pleines de gaieté pour eux et d'ennui pour moi. Je m'en exclus.

Dès que j'eus renoncé à ces sorties, je dénonçai le laisser-aller de Bruno à qui on défendit de parler au régisseur dont il imitait le langage et les manières.

Il se rattrapait d'un autre côté. Comme il jouait très agréablement du fifre, il allait apprendre au domicile du régisseur les chansons de paysans que celui-ci chantait. Bruno l'accompagnait.

Je surpris une séance de musique à travers les vitres. Bruno jouait et dansait sur place ! Rouge, excité, suant de vanité au milieu des applaudissements du régisseur, de sa femme et de deux ou trois paysans ravis aux anges.

Voilà un des traits de Bruno : ses talents ne lui ont jamais suffi. Il lui faut un public ; peu importe sa qualité pourvu qu'il soit aimable. Dès l'enfance, cet instinct de cabotinage perçait déjà. Ce jour-là, je le ressentis avec douleur et avec colère. Ce n'était pas la place de mon frère, j'entrai vivement dans la salle du régisseur.

Je ne devais pas arborer ce sourire engageant qui plaisait tant sur le visage de Bruno. En me voyant, il s'arrêta net. Les autres, penauds, cherchaient leurs mots. Je ne dis rien mais je montrai la porte à Bruno. Il jeta son flageolet par terre — juste à temps — car son premier mouvement avait été de me le jeter à la tête. Il me promit je ne sais quelle vengeance, mais il sortit.

Moi derrière lui. Je ne tirai pas la porte. Ils étaient tous interloqués.

Ils devaient me haïr, mais bien que je n'eusse pas plus de douze ans ils savaient que j'étais l'aîné, que j'étais le maître. Je ne leur demandais pas autre chose.

Nous allions parfois à la chasse. Je ne m'y suis guère amusé. Mais j'aimais la promenade à cheval. Très tôt, j'ai su me tenir convenablement en selle, mais ni tôt ni tard, je ne fus un très bon cavalier. Mon père et ma mère formaient, à cheval, le plus beau couple de Bavière. Bruno sut galoper et sauter des obstacles avant d'avoir appris. Il n'obéissait à aucun principe. Il faisait sourire les connaisseurs par certaines de ses attitudes. Mais tout le monde admirait son aisance et, sous lui, le cheval gardait sa souplesse et sa légèreté. L'humeur de la monture s'accordait à celle du cavalier. Devant les jeunes femmes et les jeunes filles, il faisait le beau. A douze ans, il caracolait, allait cueillir des ramilles en galopant sous les arbres puis il venait les offrir moyennant mille sourires et compliments.

Le meilleur moment de ces chasses était le retour à Schwarzberg. La forêt qui entoure le château et le lac de toutes parts était percée de larges avenues parfaitement droites. Elles servaient non seulement à ménager des perspectives mais elles permettaient l'exploitation de la forêt. Cinq avenues se rejoignaient à la terrasse du château qui se trouvait au centre d'une demi-lune dont les rayons représentés par les avenues s'ouvraient comme les branches d'un éventail. D'où qu'on vienne le château est au bout d'une de ces avenues sous un jour ou sous un autre. Derrière le château, s'étend une immense pelouse rectangulaire de plusieurs centaines de mètres de côté. Elle est plantée négligemment de bouquets de rhododendrons et de conifères d'essences rares. Mais ce qui fait sa beauté ce sont ses dimensions et la merveilleuse qualité de son gazon. C'était le luxe de ma mère.

Mlle Desvalois et elle l'ont parcourue mille fois en tous sens. Dès qu'elles découvraient une herbe étrangère au gazon qu'on faisait venir d'Écosse, elles plantaient de petits bâtons blancs. Les jardiniers passaient ensuite et arrachaient l'herbe et le bâton. Sur ce gazon prodigieusement fin et vert, les biches et leurs faons venaient paître le matin et avant le coucher du soleil. De ma fenêtre, je les épiais. Ils devinaient mon regard : ils broutaient en frissonnant. Leurs frissons venaient jusqu'à moi et je les percevais avec délices. Si, au chenil, des chiens aboyaient, toutes ces fines têtes se dressaient et humaient le vent. Dès que les chiens s'apaisaient, après quelques instants de vigilance, les biches se laissaient de nouveau tenter par la prairie merveilleuse. Ma mère ne la trouvait jamais assez belle pour d'aussi beaux animaux.

Cette pelouse finissait carrément au pied d'une montagne abrupte comme un grand mur et tout aussi pierreuse. Les sapins y croissaient mal, rabougris et clairsemés. Ce mur s'élevait de trois cents mètres au moins d'un seul jet et formait des sortes d'orgues gigantesques et ruiniformes où mugissait le vent.

Cette splendide montagne avait l'inconvénient de jeter sur la pelouse et même sur le château une ombre assez mélancolique.

Selon l'heure du jour, on trouvait le soleil à l'extrémité d'une des avenues. C'est ce qui a donné son nom à la plus belle qu'on appelle avenue du Midi. Sa largeur n'est pas sa seule beauté, elle comporte à cinq cent mètres du château un rond-point occupé par un bassin circulaire d'où s'élève un jet d'eau avec une grande puissance. Vu d'un certain banc, le soleil se trouve vers le soir, à la pointe du jet d'eau. Ce spectacle nous ravissait dans notre enfance. Nous regardions, en face, par les beaux jours, le disque incandescent porté par la fine et frémissante colonnette liquide qui s'écroulait et rebondissait sans trêve sous ce poids de lumière.

Je me suis souvent laissé fasciner par ce gracieux et oppressant miracle. Je ne sortais de mon éblouissement que lorsque le soleil poursuivant sa course déchargeait le mince jet d'eau de son globe de feu. Et je soupirais...

En dehors de nos études, voilà de quoi nos jours étaient remplis. Nulle enfance ne fut, mieux que la mienne, entraînée à la vie de l'âme. Je ne peux l'oublier. Je suis, au fond, tel que j'étais alors. Mon devoir a parfois masqué ma pureté profonde mais rien en moi ne s'est compromis.

Mlle Desvalois nous avait quittés le 25 juillet 1914. C'est ma mère qui le lui avait conseillé. Elle partit après des adieux cérémonieux et froids et armée d'un sourire grave qui nous gênait. Elle était pourtant assez intelligente et assez informée pour savoir, en toute justice, que nous étions les plus forts et que nous devions être vainqueurs.

Mais elle s'en fut calmement après nous avoir remerciés de notre hospitalité. Je ne sais rien de ses adieux à ma mère. Ils furent secrets. Ma mère ne parut pas au départ de Desvalois. Elle resta dans sa chambre. Je ne vis plus le visage de Mademoiselle, car elle le dissimulait sous un grand chapeau et une voilette très épaisse. Les domestiques disaient : « Elles ont pleuré de quoi remplir le lac. » Mais personne n'en sut rien.

On fit revenir l'abbé Keller. Ce fut l'anarchie. Après

la fermeté de Mademoiselle, la bonté et les scènes de l'abbé ne pouvaient rien sur nous. Et nous étions trop grands pour participer à ses attendrissements. Il s'emportait contre nous, maladroitement. Ma mère riait et finissait par l'appeler chez elle et s'amusait à sa conversation. Nos promenades tournaient à l'escapade. Enfin, nous sentant réellement maîtres, Bruno et moi, nous nous échappâmes une fois dans la forêt. Selon nos intentions, c'était « pour de bon » et « pour toujours ».

C'était un soir du mois de mars ou d'avril 1915. Pour ne pas attirer l'attention, nous n'avions rien emporté que quelques tranches de pain et de lard que Bruno était allé demander à la femme du régisseur, sous prétexte que l'abbé nous avait fait priver de dîner.

La nuit tombait, comme on dit. C'est faux ! La nuit montait de la terre ; elle coulait sous les arbres, dans le fond des vallons, dans les antres rocheux, elle naissait entre les pierres, sous les ifs, dans les buissons, sous les longs rameaux de sapins traînant dans les sentiers. Des sources de ténèbres s'épanchaient des grottes de la montagne.

Quand nous frôlions les branches basses des sapins, une obscurité froide s'en échappait qui baignait nos jambes nues. Au-dessus de nous, cependant, le faîte aigu des sapins se dorait pour un instant d'un reste de lumière. Au loin, les crêtes blanches des montagnes flambaient dans le ciel. Mais au ras du sol le flot ténébreux s'épanchait plus lourdement.

Nous avancions vite dans un sentier pierreux et raide, l'un derrière l'autre, sans parler. Nous étions pressés d'arriver nulle part. Nous fuyions la nuit sans le savoir encore. Quand l'obscurité fut trop épaisse nous quittâmes le sentier sous bois pour une allée plus claire. Nous pouvions marcher côte à côte. Tout au bas, on voyait le lac. Il s'allongeait, encore lustré mais éteint, entre les montagnes d'un noir mat. Le château plus clair que ces forêts recevait cette lueur d'eau morte et paraissait livide.

Il est beau. La longue façade classique, plate et noble, exprime le calme et l'élégance des siècles heureux. Mais ce bâtiment neuf s'appuie à un vieux château, toujours debout. Cette forteresse est bâtie sur la roche vive qui plonge dans le lac. Les tours et les murailles semblent appartenir au rocher et avoir jailli du fond du lac. C'est ce château que j'aime. Il me trouble. Je le revois dans la nuit, seule architecture humaine, au milieu du chaos ténébreux, doucement et fantastiquement lustré par le reflet des eaux. Les tours carrées surchargées de tourelles et d'échauguettes, la vieille courtine crénelée sont bâties d'une pierre plus dure et moins claire que le château à la française. Ce fort anguleux et cassant est un fort de bronze et de fer. Il m'apparaît dans la nuit comme une masse tourmentée, hérissée, et brisée par un effort souterrain pour lancer vers le ciel deux tourelles vertigineuses, pointues comme les lances et provoquant la foudre et les tempêtes.

Durant ce moment de contemplation, le lac s'était éteint. Le ciel aussi. Nous étions seuls.

Au deuxième étage du château français, les fenêtres de l'abbé s'allumèrent. Les fenêtres de ma mère ne se devinaient qu'au rai de lumière qui perçait les rideaux sans doute mal tirés. Puis ce furent nos chambres. Puis d'autres fenêtres. Puis la maison du régisseur. Puis les écuries. La grande porte du perron resta ouverte et jeta sa lumière sur la terrasse. Toutes les fenêtres s'allumèrent. Quelle fête préparait-on ?

Notre maison n'était plus la même. Je ne l'avais jamais vue ainsi. Tout était nouveau et moi aussi.

24

Était-ce bien là que demeuraient nos parents ? Et l'abbé ? Était-il vrai que j'avais toujours vécu là sans voir cette féerie et sans penser que chaque soir, les animaux de la forêt, les génies, les arbres, et les étoiles du ciel pouvaient contempler cette étrange demeure et rêver sur elle, et sur ses hôtes comme je rêvais sur la forêt, les génies, les animaux et les astres quand, du haut de ma chambre de la tour, je contemplais les montagnes ensevelies dans les ténèbres et le scintillement des premières étoiles. Chaque monde est un mystère et une féerie pour les autres mondes.

Tout à coup, Bruno, tendant le bras vers le château illuminé me dit :

— Regarde ! Ils vont et viennent. Ils nous cherchent.

La cloche imperceptiblement nous appelait. Elle nous appelait très vite à petits coups nerveux et grêles. Elle y allait de toutes ses forces, mais la forêt ne l'entendait pas et ne pouvait comprendre son langage. Pour moi, elle n'était qu'un élément du décor, elle n'éveillait d'autre écho que celui des cloches des légendes. Nous n'étions plus du monde des cloches qui sonnent pour le dîner. Nous n'étions que deux enfants libres, livrés aux arbres, aux rochers, aux ténèbres.

Puis la cloche fatiguée s'éteignit et, une à une, chaque fenêtre. Sauf le rai de lumière entre les rideaux de ma mère. Tout devint très noir. Le rai de lumière brillait davantage, tout seul.

Bruno s'approcha de moi. Nous nous donnâmes la main pour aller plus loin, doucement.

— J'ai faim, dit-il.

Sa voix n'était plus sa voix d'en bas. Contre son habitude, il me parlait en allemand. Il s'assit au pied d'un arbre mort pour manger son pain et son lard. Je le regardais sans le reconnaître tout à fait. Je sentais qu'il éprouvait à mon égard le même sentiment. Une profonde solitude nous enveloppait où naissaient je ne sais quelles intentions malveillantes. Nous avions peut-être peur. Peur de la nuit, de la forêt, de mille choses qui bougeaient en nous comme les mystères et les hôtes nocturnes de ce pays et qui me semblaient apparentés aux mystères et aux hôtes du sommeil quand les nuits sont lourdes.

Soudain ce demi-songe s'éclaira. Une autre réalité, molle et flottante se faisait jour. Les sapins s'argentèrent. L'herbe blanchit. Des ombres plus marquées soulignèrent enfin, dans le sous-bois qui plongeait l'instant d'avant dans les ténèbres informes, les formes et les perspectives des arbres et des sentiers. Des taches de lumière s'allumèrent dans les clairières. Le ciel laiteux s'éclaira. Puis, entre deux mélèzes noirs découpés avec une minutie japonaise, sur ce fond de soie pâle, la lune très blanche monta.

Quel soulagement! Bruno tira son fifre de son paletot et joua. Ces notes aigres me troublèrent et me parurent si déplacées que je voulus le faire taire. Mais il tenait à jouer pour libérer sa joie d'avoir échappé aux ténèbres et à la peur naissante.

L'agacement que me donnait la profanation du moment et du lieu par cette musique ridicule fit renaître la violence malveillante qui s'était levée en moi au milieu des ténèbres. Je la contins.

Bientôt, il cessa et, enhardis par la clarté de la lune, nous reprîmes le sentier qui s'enfonçait sous les sapins. Le vent s'était levé mais sous les amples rameaux on ne le sentait pas. La terre était encore tiède. Nous étions cachés, bêtes furtives, parmi d'autres que notre marche silencieuse, légère et rusée ne déconcertait pas. Mais je ne voyais plus rien. J'étais perdu en moi-même.

Je n'avançais pas à travers une forêt de sapins sous la lune, c'est à travers moi que j'avançais, à travers des régions de mon domaine intérieur que je ne connaissais pas encore mais que cette incursion dans les forêts ancestrales me révélait.

Je me sentais étreint par des bras plus puissants que ceux des créatures ordinaires. Cette forêt, ce ciel, ces rochers roulaient sur moi et m'oppressaient. Je me reconnaissais en eux. Débouchant tout à coup dans une clairière où la lumière s'étalait, ronde et lisse, sur un roc plat, il nous sembla que nous venions d'atteindre un havre.

Au sortir du sentier, c'était éblouissant. Immobiles, nous regardions. Bruno me saisit le bras. Une biche et son faon traversèrent la clairière. Elle nous vit, nous regarda et s'en fut sans inquiétude. Alors, nos larmes coulèrent. D'abord doucement ; puis nous échangeâmes des baisers et des paroles sans suite, et elles redoublèrent. De violents sanglots me secouaient que j'avais peine à ne pas laisser retentir. Je ne saurais dire s'ils étaient de joie ou de douleur. Mais, douleur ou joie, nos pleurs n'étaient pas dépourvus de cette volupté que le contact intime avec les arbres, la terre et la nuit dispense à toute âme sensible.

Bruno, pour exprimer son ivresse, et peut-être pour l'apaiser, eut la malheureuse idée de reprendre son fifre.

La première note qu'il en tira me surprit. Elle me vrilla l'âme. Sa musique avait une pointe d'acier qui me déchirait. Dans l'état où j'étais, aucune parole ne pouvait sortir de ma gorge : je me jetai sur lui.

Nous nous battions sauvagement au milieu de cette clairière, sorte de ring de lumière dans une forêt devenue diabolique. Il y avait dans les coups que nous échangions bien autre chose que de la haine. Une ruée sauvage nous emportait vers des forces qui venaient de se révéler en nous-mêmes. Elles avaient choisi le combat pour nous faire connaître leur cruauté, leur douceur et leur puissance. De l'un à l'autre, l'un contre l'autre, elles enchevêtraient les liens qui devaient faire, du sort de Bruno et du mien, un destin unique.

A la fin, épuisés, encore enlacés, nous restâmes pantelants sur les rochers. Je ne sais si ce calme extraordinaire dura longtemps. Le froid, la fatigue, les coups m'engourdissaient. Je me soulevai un peu et me penchai sur le visage de Bruno, il était encore mouillé de larmes, griffé au front, saignant au coin des lèvres. Ses longs cheveux blonds et fins paraissaient blancs sous la lumière et son nez fragile et pur donnait à son visage une expression d'irréalité angélique. Il ouvrit les yeux, ses larmes coulèrent. Elles tombaient sur sa joue.

Il me dit :

— Tu as du sang qui coule derrière l'oreille.

J'avais vaguement senti qu'une de mes oreilles s'était décollée mais je ne pensais ni à la blessure ni au sang. Il porta son doigt sous mon oreille et l'élevant dans le clair de lune, il dit :

— Voilà ton sang.

Je touchai sa bouche et, lui montrant son sang, je répétai son geste et ses paroles :

— Voilà le tien.

Nos deux doigts se touchèrent à l'endroit où ils étaient marqués de notre sang. Nous nous embrassâmes, nos lèvres glissaient sur le sang frais qui nous barbouillait. Et je lui dis :

— Tu es mon frère parce que Dieu l'a voulu et tu l'es aussi parce que nous l'avons voulu.

Il ne répondit pas. Je sentis qu'il s'enfonçait dans le sommeil. Il murmura, près de mon oreille :

— J'ai froid, fais-moi dormir, Sigmund.

Je me levai et le tirai comme un cadavre, avec une

peine infinie, jusqu'au plus touffu d'un gros sapin. Je m'étendis près de lui sur la mousse et les aiguilles odorantes. Le vent ne pouvait nous atteindre mais il faisait de plus en plus froid. Je me demandais si c'était le froid réel de la nuit ou celui d'un songe, ou celui de la mort et du bonheur qu'elle dispense. Je choisis ce dernier et pour le goûter à fond, je m'étendis à moitié sur Bruno et je sombrai aussitôt dans la mort qui déjà l'avait saisi. Juste avant de perdre pied, je sentis contre ma joue tiède la joue tiède de Bruno et la trace glacée de sa dernière larme.

C'est pourquoi j'ai pu parler du bonheur.

Au collège, je ne tardais pas à m'apercevoir que mon instruction était en avance sur celle de mes condisciples. Je n'ai jamais, par la suite, perdu cet avantage. Je ne m'en flatte pas parce que je n'ai jamais su me distraire de mon travail. Comme je venais facilement à bout de mes devoirs scolaires, j'entreprenais d'autres études un peu hors programme. Avec la permission des Pères. C'est ainsi que je me suis donné cette vaste culture géographique qui m'offrit plus tard tant de facilité dans ma carrière.

Dès ma seconde année de collège ma curiosité se passionna pour certains points du globe : Panama, Gibraltar, Suez, Aden, Singapour, Hong Kong. Les villes clefs me fascinaient. Elles brillaient sur les cartes comme des clous de diamant. Je voulais tout savoir des détroits, des caps et des ports qui sont les vigies et les phares des continents.

Ma curiosité d'enfant n'était pas de pittoresque et d'aventures. J'aimais ces villes énigmatiques moins pour leur réalité physique, leurs couleurs, leur climat que pour leur seconde réalité, celle qui leur venait du fait des hommes : de leurs besoins, de leurs ambitions, de leurs calculs, de leur puissance. C'est tout ce qui m'intéressait. Le cœur des immenses terres vierges n'excitait pas plus ma curiosité d'alors que celle d'aujourd'hui. Encore qu'aujourd'hui, je trouve les forêts de l'Amazonie ou les déserts glacés de Sibérie à peine assez profonds pour m'y ensevelir et y attendre la mort, loin des hommes.

J'ai aimé la vie du collège. Les Pères me traitaient bien. Ils étaient tous pleins de mérites et ils reconnaissaient les miens. Ils ne s'en ouvraient guère. Mais ils me manifestaient des égards auxquels j'étais sensible et ils envoyaient de bons rapports à nos parents. Mon père les recevait sur le front de France et nous écrivait des lettres de compliments dans le style de l'État-Major. Son image baignait encore dans cette lumière étrange où je l'avais enveloppée pendant son admirable vision du monde futur. Enfin, il vivait dans la guerre et dans le feu, dans la gloire.

Hors ses formules de félicitations, nous ne recevions de lui que les bulletins des victoires allemandes ou les ordres du jour particulièrement exaltants, tels qu'il les rédigeait au Grand État-Major du prince Maurice. En 1917, il fut légèrement blessé et promu général. Nous reçûmes au collège le texte de la citation et de la promotion. Je remettais tous ces papiers au Père Directeur qui les lisait au réfectoire.

J'eus un jour l'honneur de lui remettre un billet de Sa Majesté qui avait eu la délicate pensée de faire adresser ses félicitations au fils aîné des Uttemberg.

Tout ceci nous donnait une place privilégiée.

La coutume de la Trinité voulait que le jour de son arrivée, tout nouvel élève fût accueilli par un élève plus âgé et choisi par le directeur entre les plus brillants et, s'il se pouvait, d'une naissance à peu près assortie à celle du nouveau.

Je fus reçu par Ulrich, fils du baron de Tecklimburg. Il nous présenta Bruno et moi, à nos condisciples. Il s'acquitta de cette présentation avec quelque lenteur mais notre généalogie, qu'il lut, en était seule la cause. Je me rappelai ce que j'avais lu la veille dans le cartulaire d'Uttemberg. Ce fut un grand bonheur d'écouter l'interminable lecture. J'y relevai cependant une erreur. Il omit de citer la seconde femme de Bernard II d'Uttemberg. Il nomma la première qui mourut sans laisser d'enfant et qui est sans intérêt, mais la seconde, Élisabeth de Bourgogne-Valois est la mère de Rodolphe III, né en 1472. C'est notre plus brillante alliance avec les princes français. Élisabeth est la nièce du duc Charles que les Français appellent le Téméraire.

Le même soir je soumis cette erreur au Père Directeur qui se reporta à ses documents et les rectifia. Ulrich n'était pour rien dans cette omission. J'en fus bien aise car je craignais déjà qu'elle n'eût été volontaire et malveillante, car les Tecklimburg et les Uttemberg sont partagés par une ancienne rivalité.

Je veillai à ce que le collège fût bien informé de la rectification et respectât en nous cette noble lignée.

Pour Bruno aussi les études furent faciles. Bien qu'il fût le plus jeune, non seulement il suivait, mais devançait bien des élèves et même moi sur certains points — comme le thème français par exemple. En mathématiques, je ne craignais personne. En latin, en allemand, en français, Bruno se jouait des difficultés. Il ne les voyait pas. Si on lui demandait pourquoi il avait

31

traduit tel idiotisme de telle façon ou comment il avait tourné telle difficulté en syntaxe :

— Je ne sais pas, ça m'a paru bien comme ça.

Et ça l'était souvent. Il n'avait besoin de rien pour comprendre. S'il n'avait pas perdu tant d'heures à son piano et à des jeux qu'il inventait, il aurait fait de très brillantes études. Mais, en avançant en âge, son goût de la distraction devint plus vif, la conscience de sa séduction plus claire et celle aussi des avantages qu'il en pouvait tirer. Sa vivacité d'esprit finit par lui nuire. Dès qu'on abordait un sujet, il en savait tout de suite assez et n'y regardait plus. Dès que sa curiosité s'émoussait, il se détournait et cherchait autre chose. Il avait tout effleuré et tout deviné. A dix-neuf ans, il savait assez de n'importe quoi pour se tirer honorablement d'un examen sans jamais avoir fait un effort pour apprendre. Mais il ne pouvait faire fond sur rien en vue d'études plus sérieuses. A part le piano où il excellait, il n'avait aucune vocation, et peut-être aucune connaissance.

Pendant les classes, il était attentif, car il s'y amusait comme à un théâtre. Les professeurs lui semblaient des marionnettes différentes d'heure en heure et ses camarades faisaient la figuration — et parfois l'action. C'était une de ses heureuses dispositions que de ne s'ennuyer jamais.

En outre, aimé des professeurs. Ils ne voyaient en lui que son attention, ses réponses satisfaisantes et sa parfaite tenue. Ses cahiers étaient un peu négligés. Mais il fallait bien qu'il eût des faiblesses. Elles donnaient l'occasion de formuler d'aimables reproches qui entraînaient une copieuse contrepartie d'éloges.

Bruno était, là comme ailleurs, heureux et rendait à tous la sympathie qu'il en recevait. Quant à moi, les camarades me toléraient. Ils me détestaient sans doute, mais comme je ne les gênais que moralement, il n'y avait pas de guerre ouverte. Le difficile fut de maintenir Bruno près de moi. Il essayait de m'échapper. Il rusait pour aller fumer des cigarettes avec Ulrich et Ludwig de Tecklimburg, deux frères assez terribles mais d'un caractère si gai qu'il était mieux accordé que le mien à celui de Bruno. N'importe, qu'il leur plût ou non, c'est avec moi et non avec eux que Bruno devait s'accorder.

Cette rivalité entre les frères Tecklimburg et moi fut la cause d'un assez gros bruit au collège. Pour bien me montrer que Bruno penchait de leur côté et non du mien, ils obtinrent, par je ne sais quelle diplomatie, que Bruno changeât de place dans la classe. En entrant au cours du Père Feliccini, un prêtre italien qui nous enseignait le latin, j'aperçus Bruno déjà installé entre Ulrich et Ludwig, à trois rangées de sa place et de la mienne. Tous trois me regardaient en souriant. Que croyaient-ils ? Mon sang bouillonna.

On m'avait joué avec tant d'insolence et un mépris si inhabituel dans ce collège où tout le monde, du dernier élève au directeur, respectait en moi le fils aîné du comte d'Uttemberg que je me vengeai sans délai. Je me jetai sur Ulrich. Il osa se défendre et me rendit tous les coups que je lui avais portés avec moins de force que je n'en eusse mis si j'avais pensé qu'il allait se rebiffer. Je ne désirais que le faire rentrer dans le rang. Il fallut donc livrer une bataille en règle. J'étais tout de même plus fort et un peu plus âgé. Il roula sous le banc. J'avais perdu tout sang-froid. Et, bien qu'il fût hors de combat, je lui envoyai encore un coup de pied au hasard.

Je ne puis me reprocher cette violence qui, à plusieurs reprises, au cours de ma vie, me jeta dans une sorte de vertige. Des mots, des menaces, des coups m'ont échappé. Je devrais m'en repentir. Mais cette contrition devient difficile si les actes commis échappent à notre volonté et nous laissent très sincèrement persuadés que nous ne saurions nous reprocher des actions qui, en somme, ne nous regardent pas plus que si elles eussent été accomplies par une autre personne.

Ainsi de cette affaire.

Mais la classe entière qui s'était dressée et avait bien observé le combat ne tint compte d'aucune circonstance atténuante et la réprobation, et même l'insulte, sifflèrent à mes oreilles encore brûlantes. Ulrich avait l'arcade sourcilière fendue et un peu de cuir chevelu. Il saignait. Cela n'avait rien d'anormal. Mais l'un des satellites des frères Tecklimberg dit que j'avais odieusement frappé Ulrich couché et montrant la pointe de mon soulier, il voulut y découvrir quelques cheveux qui s'y étaient collés. Cet hypocrite et ce débauché d'Ulrich ameutait la classe contre moi parce qu'il me détestait comme tous les siens.

Le bruit que causa cette bataille et l'étrangeté du fait troublèrent tellement le Père Feliccini qu'il retrouva sa langue maternelle et sa gesticulation méditerranéenne. Si bien que, lorsque le surveillant entra, il me regarda puis regarda sans comprendre l'abbé qui me désignait d'un index menaçant. Un deuxième surveillant arriva. Puis les professeurs voisins, puis les classes entières et enfin le directeur. Le scandale était parfait.

Le Père Directeur nous infligea à chacun une punition égale, je ne sais laquelle : elle ne fut pas lourde.

Pendant quelques jours, mes camarades ne me saluèrent plus. Je trouvais de petits papiers représentant un pied de bœuf ou un pied de cheval ou l'un de ces animaux ruant. Les Pères le surent. Ils n'aimaient guère ces fourberies et ils me donnèrent une consolation d'amour-propre. Peu de jours après, devant le

34

collège assemblé, on lut une note sur l'*Animosité*. L'exemple qui illustrait cette leçon de morale était clair : c'était celui d'Ulrich et le mien. J'étais appelé Anselme et lui Timothée. On voyait que le châtiment de Dieu avait commencé par faire encaisser les coups par le promoteur du désordre, Timothée. Celui-ci, mentant à son nom, n'avait craint ni Dieu ni les hommes auxquels il devait le respect. Il avait provoqué le doux et fort Anselme en qui tout le royaume respectait une race alliée à celle des souverains.

Je me confessai peu après et me repentis avec une sincérité qui toucha mon confesseur. Mon cœur était rasséréné.

Bruno effrayé par le bruit de cette dispute était triste et doux. Il se rangea près de moi avec une gentillesse qui m'attendrit. Mais il me parlait à peine et je le voyais assez fâché. Je savais que tout s'arrangerait car l'esentiel était qu'il fût fâché également avec mes ennemis.

Cette affaire eut un petit épilogue qui n'était pas celui qu'on attendait. Ulrich rapporta à sa famille le petit couplet sur Anselme et Timothée. Les Tecklimburg ne voulurent point reconnaître qu'ils me devaient le respect.

On retira Ulrich et Ludwig de la Trinité et on les envoya à Coblence dans un collège du même ordre.

Désormais nul n'oublia dans cette maison que je m'appelais Uttemberg.

Cet incident de collège apprit au moins à Bruno que je ne reculerais pas devant la violence, ni même le scandale pour le maintenir dans le corset d'acier qu'un Uttemberg porte en venant au monde et grâce à quoi nous marchons droit et la tête dressée au-dessus des autres têtes. Il faudrait lutter, je le savais. Bruno n'avait qu'un désir, jeter sa fierté au panier et être heureux. C'était un devoir sacré que de sauver de la déchéance tant de dons et tant de grâces.

Ce pugilat ne fut que le premier fait d'armes d'une longue guerre qui n'eut pas toujours des batailles aussi nettes. Ce fut le début simple et éclatant d'un conflit torturant et longtemps indécis entre le monde et moi. Je devais me sentir tantôt vainqueur, tantôt vaincu. Mais cette insatisfaction incurable, ce doute éternel avaient pour moi un charme si pénétrant que je finis par lui donner un nom magnifique que la plupart des hommes réservent à tout autre chose. Je l'appelais : mon bonheur.

L'idée du bonheur est si diaboliquement enfoncée dans l'âme humaine que chaque homme finit par appeler « bonheur » ce qui lui tient le plus à cœur, serait-ce son supplice.

Il m'est arrivé de juger ma mère d'une spontanéité et d'un enjouement déplacés chez une personne de son rang. D'autant plus que mon père ne se gênait pas pour les lui reprocher même devant nous. Il n'avait pas tort. C'est ainsi qu'au moment où il fut mobilisé en juillet 1914, elle lui dit, en guise d'adieux et devant témoins : « Je souhaite que vous rencontriez dans cette affaire autant de satisfation que vous en attendez. »

Pour moi, comme pour tous ceux qui nous entouraient, cette guerre était juste et naturelle. Je n'étais surpris que d'une chose, c'est ne d'y être pas appelé. Autour de nous, l'été exultait. La forêt distillait ses parfums. Les gens criaient : *Nach Paris*. Ma mère boudait.

Après la guerre, elle devint encore plus sévère pour les enthousiasmes de mon père. Par son attitude et même par ses propos, elle jetait un certain ridicule sur les projets vertigineux qu'il formait avec ses amis pour rendre la Bavière et le trône au kronprinz Rupprecht. Nous étions toujours fidèles aux Wittelsbach en 1923.

Pour ma mère dont la vie se passa à rêver, la politique n'était que rêves sans plus de valeur que ses autres rêves. En 1920, elle attendait la résurrection du royaume de Bavière et la restauration des Habsbourg ! Lasse de rêver pour son propre compte, elle trouva, notre vingtième année venue, qu'il serait amusant de rêver pour le compte de ses fils. Elle rêva pour nous d'un voyage en France. Puis, elle voulut qu'il devînt réalité.

Je n'aimais pas la France.

A Schwarzberg, nous parlions tous couramment le français. Dans nos correspondances familiales nous n'usions que de cette langue par une vieille habitude de civilité. Mais le respect de cette ancienne élégance ne me tenait pas lieu d'amour pour ce pays. Entraîné par la lecture et la conversation à ruser avec les mille difficultés du français, à suspecter sous chaque mot un piège et une épigramme en chaque madrigal, je ne pouvais me défendre à l'égard de cette nation d'une défiance et d'une crainte que je ne saurais, en définitive, expliquer suffisamment par des causes d'ordre grammatical.

Mais il y avait Mlle Desvalois... En 1920, ma mère l'avait rappelée. Cette institutrice est restée plus de vingt ans chez nous. Elle était parfaite. D'une dangereuse perfection française. Quand je songe aux rages blanches que sa présence à table me donnait, je conçois à peine que ma violence n'ait jamais éclaté. Elle nous avait vraiment formés à ses manières ! Et le pire est que je sentais qu'elle savait tout de moi. Et en particulier, ma haine. Elle devinait que j'aurais aimé

37

l'étrangler. Elle n'eut, pourtant, jamais à se plaindre de moi. C'était une affaire de regards, simplement.

Elle était devenue indispensable. Ma mère ne décidait rien sans elle et, sans elle, ma mère n'eût fait que des folies. Tant que dura le séjour de Mademoiselle, notre Schwarzberg eut le ton le plus relevé de la Bavière. Nous vécûmes à la française, en tout — sauf en nos cœurs.

J'ai détesté cette fille parce que pendant vingt ans les Uttemberg ont vécu sous la domination de cette souriante péronnelle, discrète et impertinente, souvent spirituelle et de la plus fausse amabilité. Pendant vingt ans les comtes d'Uttemberg ont obéi à une institutrice française qui leur donnait des conseils comme on lance un défi. Et aucun n'a relevé le gant ! Si nous avions fait un geste c'eût été pour la jeter par une fenêtre. Nous l'avons, au contraire, très dignement saluée. Seule, ma mère garda ses habitudes, ses modes et même son rire français. Tandis que nous, conscients de nos devoirs patriotiques et de notre rang, nous étions nus et honteux dans l'Allemagne vaincue et humiliée par le traité de Versailles.

Nous étions désemparés. Il n'y avait rien d'autre à faire en 1923 qu'à prêter serment et à s'engager sous un chef qui nous arrache au désespoir. Mon père, mon frère et moi, nous nous engageâmes sous la croix gammée.

Il y a des gens qui ricanent de ce qu'à peine échappés à la férule d'une institutrice française nous nous soyons jetés sous la schlague de Hitler.

Je me suis ouvert souvent et sincèrement de ces faits pénibles et compliqués à des amis français — des êtres qui, hors leur qualité de Français et cette lueur agaçante qui brille trop souvent dans leurs yeux, avaient certaines vertus.

38

— Mais quelle idée aviez-vous de ramper devant ce que vous appelez une domestique ? C'était à vous de commander chez vous ! Cela paraît simple, me disaient-ils.

Hélas ! ce n'était pas si simple de commander Mlle Desvalois. Sans doute, était-il plus simple de la laisser commander. Mais ce fut bien pénible. Pour moi, il n'est pas d'injure superficielle, la moindre me blesse au fond du cœur et m'humilie pour toujours. La légèreté des Français, leur vanité de coqs de combat, ne connaît ni l'humiliation ni cette sorte de souffrance d'où notre âme ne peut se désempêtrer que par la violence. Ils n'ont pas la mémoire du cœur.

Je ne veux pas répéter ce que l'Univers entier sait de nous, Allemands. Nos ennemis n'ignorent pas que, si l'Histoire se poursuit — et elle ne se poursuivra pas sans nous —, elle enregistrera l'ascension de l'Allemagne de Hitler comme une des plus glorieuses réussites humaines. La grandeur de notre chute ne nous ôte rien : nous souffrons plus qu'aucun peuple au monde mais c'est un gage de noblesse. Nous avons été au plus haut de la gloire et au plus bas du malheur.

En tout, le Destin nous réserve la première place.

Laissons ces évidences. Je ne puis cependant démêler mon histoire intime de l'histoire de mon pays. Dans le secret de mon cœur, les desseins, les souffrances, les gloires de ma patrie sont inséparables de mes haines et de mes amours.

Notre rancœur contre les Alliés, en 1919, venait non pas de la ruine mais de l'humiliation qu'on nous imposait. La plus cruelle pour des gens de ma sorte fut la démocratie de Weimar. Versailles suscita ce gouvernement qui prétendait gouverner l'Allemagne. En fait,

Londres, Paris, Moscou infestaient les bureaux, tandis qu'on nous déléguait avec hypocrisie les plus besogneux, les plus obscurs des anciens membres de l'opposition à l'Empire. On les récompensait d'avoir trahi l'Armée.

Les Français ont d'abord trouvé notre redressement d'un ridicule achevé. Hitler, en ses débuts, les faisait ricaner. Quant aux Anglais ils ne se mêlèrent de rien.

Pour ceux de ma classe, Hitler était un inconnu. Ni son personnage ni son programme ne correspondaient à nos goûts. Nous étions tous restés fidèles aux Wittelsbach. Mon père disait que, hors de la Bavière, il ne pouvait saluer personne.

Et pourtant, au moment du putsch de Munich, mon père prêta serment à Hitler. Pourquoi ? Parce qu'il fallait faire quelque chose. Hitler ne faisait encore rien. Il promettait. Il parlait. Il ne parlait, j'en conviens, qu'un assez mauvais allemand. Mais il parlait allemand plus fort que les autres. Et cela valait mieux que les bonnes paroles des Anglais ou les comptes d'apothicaire de M. Poincaré. Ce qui nous fixa bientôt dans le parti d'Adolf Hitler fut justement ce qu'il y avait de fixe et de péremptoire dans ses péroraisons. C'est ce que les délicats de l'aristocratie lui reprochaient. C'est ce que le peuple et les gens de bon sens ont admiré. Hitler répétait toujours la même chose et il a toujours fait la même chose.

L'adhésion de notre père fut d'abord secrète, sauf pour quelques-uns de ses intimes, anciens officiers de la Reichswehr comme lui. Il en entraîna plusieurs avec lui. Ce fut pour Hitler d'une réelle importance. C'est par ce moyen qu'il obtint, en Bavière, des appuis dans les cadres de l'Armée et qu'il put approcher Ludendorff et se servir de lui. L'entente ne dura guère, mais dans ses obscurs débuts, ce fut, pour le parti de Hitler, une référence de premier ordre.

Puisque telles étaient les convictions paternelles, il était naturel que Bruno et moi nous n'en affichions pas d'autres. Bruno s'en accommoda sans trop réfléchir. Hormis l'inquiétude que je faisais naître en lui par mes observations, mes reproches et, je l'avoue, par ma violence, il n'a peut-être pas réfléchi deux heures d'affilée en toute sa vie.

Il était toujours installé dans « le plaisir de vivre » et je ne pouvais le tolérer.

Si je n'avais été là pour l'éveiller et l'époinçonner, je ne sais ce qui serait advenu de son âme car, doué comme personne pour le divertissement et même pour le péché, il s'y livrait sans arrière-pensée. Il aurait pu vivre dans le plus grand désordre sans même s'en apercevoir. Quelle tâche épuisante que de porter, en plus des siens, les péchés de ceux qu'on aime !

Dès que je touche à Bruno, je m'égare. Le meilleur de ma vie lui a été consacré. Quelle perfection si l'âme de Bruno eût été dessinée avec la pureté de son visage. Il ressemblait à un saint Michel, mais il n'en avait pas la force d'âme. Si, grâce à moi, il lui advint de concevoir la beauté mystique de ce saint, si mon rêve put le gagner et l'exalter, jusqu'à cette hauteur où j'aurais pu lui dire : « Tu es mon frère et tu l'es par le sang, par l'âme et par la foi », j'ai atteint mon but et sauvé ma vie.

Cet amour que le Ciel seul put concevoir, cet amour a existé.

Je ne me flatte pas d'en avoir retiré profit ou jouissance. Comme tout amour chrétien, il n'est fait que de sacrifice. Un éblouissement où je me suis anéanti suivi de ténèbres et d'autres éblouissements. J'ai été emporté dans un monde plus noir et plus fulgurant que celui de la plupart des hommes.

Mais j'anticipe. Cette vive affection, encore enfantine, me donnait, après le traité de Versailles, autant de souci que les affaires de l'Allemagne. Je n'éprouve pas de demi-sentiments. J'ai donc eu aussi la passion de la Patrie. Il me semblait que la situation de l'Allemagne n'était désespérée que si les Allemands subissaient ce traité. Nous, Allemands, ne jouissons pas des joutes oratoires, des luttes hypocrites et stériles des partis. Il nous paraît inutile de disperser nos réflexions et nos forces dans les bavardages du parlementarisme. Nous savons d'instinct ce qu'est un gouvernement, une armée, une police.

Hitler fit donc à la Bavière l'honneur de s'intéresser d'abord à elle. Comme ce temps est loin ! J'étais jeune. En 1925, j'habitais Munich avec Bruno. Nous avions quitté le collège et nous suivions les cours de l'Université. Lors de chaque congé, nous allions à Schwarzberg. On y voyait encore Desvalois, toujours dominatrice. A Munich nous étions des hommes ; devant elle, à Schwarzberg, nous redevenions des marmots. Tout lui obéissait dans la maison. Ma mère avec ravissement. Bruno glissait vers des sentiments impurs, mon père dans des sentiments coupables. J'ai tout enduré de cette Française. Il n'était aucun de mes attachements, pour ma mère, pour mon père, pour Bruno ou pour ma Patrie, qui ne fût altéré par sa funeste présence. Tous les sentiments qui naissaient en moi de son fait m'étaient douloureux.

C'est dans cette confusion pénible que je vivais. Je n'ai jamais perdu la face. L'orgueil de la race à laquelle j'appartiens m'a soutenu; il m'a toujours semblé que le nom d'Uttemberg m'obligeait plus que tout au monde. Pour être un saint, il m'a manqué la Grâce. Dans le langage courant et profane, je dirais qu'il me manquait le talent et la facilité. Il me fallait donc être consciencieux et tenace. Toutefois, dans le domaine de la vertu — à défaut de la sainteté —, je me demande parfois si l'effort et les calculs que j'ai faits ne sont pas, dans leur genre, une sorte de péché, ou du moins, d'empêchement à la vertu. C'est là une folie qui me vient de l'abbé Keller : il disait que la vraie vertu est comme l'air et la lumière : on en est baigné sans y penser.

Ma vertu était plus consciente. Encore avais-je le souci de celle d'autrui ! Et par surcroît le don redoutable de connaître et d'éprouver toutes les passions de mon entourage. Toutes, entrelacées. Les unes comme des ronces de fer, d'autres comme des lianes de soie, tour à tour, rubans et griffes d'acier. J'ai porté dès ma jeunesse le poids d'un singulier mérite.

Mon idéal patriotique n'était pas moins élevé que celui que je nourrissais à l'égard de Bruno, mais il était plus simple. Dès que Hitler parla, le son de sa voix me révéla une conviction si bouleversante et en quelque sorte si magnétique que non seulement j'adhérai de grand cœur, mais encore, je devins un ardent propagandiste de son Parti. C'était difficile dans notre milieu. Les gens de notre classe eurent toujours une défiance méprisante à l'égard de Hitler, et même de ceux qui le suivirent. J'ai essuyé ce mépris, je le connais donc.

Hitler heurtait des conventions sociales, il était mal élevé. Ses origines n'étaient pas des plus engageantes, il était hostile à l'Église, il parlait comme on ne parle pas dans nos familles, enfin, il y avait en lui un levain révolutionnaire qui déplaisait. Son antisémitisme militant, son appel à la persécution n'étaient pas dans nos traditions. Les gens de notre espèce voulaient bien délivrer l'Allemagne mais ils ne voulaient pas salir leurs gants.

Quelque chose aurait dû les éclairer : sa voix et son regard. La lumière tour à tour douce et fulgurante qui jaillissait de ses prunelles lorsqu'il parlait de notre misère, de notre humiliation et de notre grandeur, cet éclat tantôt métallique et militaire de sa voix et tantôt caressant et modulé comme s'il eût récité un poème, tout cela est inoubliable et ne pouvait pas me tromper.

Ces inflexions et cette lumière, ce message intraduisible d'une âme à l'âme de tout un peuple piquèrent au vif une fierté en sommeil dans le cœur de beaucoup d'Allemands. Ce qu'il venait d'éveiller dans notre vieille et puissante âme germanique ramée et feuillue comme les sapins de Schwarzberg lorsqu'ils frissonnent et s'ébrouent au premier vent de mars pour rejeter leur neige et leur verglas au soleil montant, ce que Hitler venait d'éveiller c'est précisément ce qui nous avait fait défaut dans notre propre famille ; ce réveil ne nous permit plus de tolérer qu'une institutrice française commandât en maître chez nous. Ni que le gouvernement de Weimar commandât en Allemagne.

De préférence à une allégorie nous préférons suivre un homme et, de préférence à un homme, une armée. Dès qu'elle est constituée, dès que nous lui voyons cet appareil militaire et noble, nous nous engageons.

Quand Hitler eut formé sa troupe, ce fut la ruée. Il s'en fallut de peu que l'Allemagne ne triomphât définitivement. Cependant, au-delà des frontières, personne ne voulut admettre, dès 1925, que la vertu allemande était ressuscitée. Personne ne reconnaîtra davantage la mienne. Mais il m'importe moins d'être loué que d'être compris.

*

Je ne dirai que ce qui fut. Sur le moment je ne sus pas la gravité de mon adhésion. Je ne connus le Führer qu'un peu plus tard et le premier contact n'eut rien d'éblouissant. Mais je sais que de tels êtres s'avancent presque toujours, en leurs débuts, sur la pointe des pieds. Le jeune Bonaparte à Brienne n'était qu'un petit Corse sec et noir, sans manières et sans nom. Les Français ne remarquèrent alors qu'une chose : c'est qu'il avait une prononciation ridicule.

Par deux fois, dans ma vie, les êtres qui, mis à part mon frère Bruno, ont pesé sur mon destin, se sont manifestés à moi sous cette apparence anodine.

Je revois Hitler en 1922 : une gabardine à peine convenable, un mauvais chapeau, des souliers fatigués, une chevelure et une moustache de violoniste viennois, des traits ordinaires, mous, assez peu allemands. Non, décidément, on ne pouvait prévoir l'avenir qui attendait cet homme. Il avait même une vulgarité sensible dans le geste et la parole. Mais j'ai la fierté de me rappeler que la profondeur de son regard ne m'a pas échappé. Il portait un message de salut que je fus des premiers à reconnaître et cela n'est pas sans mérite.

Le second personnage qui entra dans ma vie sous des aspects aussi falots, ce fut Mlle Desvalois, mon institutrice. C'est bien autre chose. Je me tais pour l'instant car je n'en finirais plus. Il y eut un peu plus tard, la fameuse Mlle Chaverds qui, elle aussi, voulut entrer dans ma vie, sur la pointe des pieds. Mais j'étais sur mes gardes.

C'est aujourd'hui ma conviction : les grands messagers du destin s'approchent de nous sur des pantoufles. On ne les voit pas, on ne les entend pas et soudain ils ont tordu notre ligne de vie. Mais passé un certain âge, nos visiteurs s'avancent sur de gros sabots. On les entend et on les voit venir de loin, et tous sont impuissants à gauchir notre destin. Est-ce que nous ne sommes plus dignes de semblables messagers, passé le temps de la jeunesse ? Est-ce notre défiance qui les éloigne ? Ou bien, n'ont-ils sur nous aucun dessein et réservent-ils leurs messages bouleversants à des êtres plus aptes que nous à jouir et à souffrir de ces grandes métamorphoses que les adolescents appellent à grands cris Avenir et que les hommes de mon âge désignent, en gémissant, du nom de Jeunesse ?

Bruno suivait. J'avoue que sans les amis de notre père je n'aurais sans doute pas été plus hardi que lui pour franchir le fossé qui nous séparait du nouveau parti national-socialiste. Peu à peu, l'enthousiasme vint. Mais Bruno n'en fut pas très touché. Il accomplit ce devoir national avec son incorrigible fantaisie. Mais à lui, comme à ma mère, il faut pardonner. Ils sont d'une qualité sur quoi la critique ne peut s'exercer. Dès qu'on ne les aime pas tout entiers on risque de ne pas les aimer du tout.

A cet égard comment ne me jugerais-je pas exceptionnel ? Une fois de plus. Car l'amour que je leur ai voué m'a valu plus de souffrances que de joies. C'est parce que je les aimais plus que les autres — à moins que je fusse le seul à les réellement aimer. Le monde, en somme, ne recherchait près d'eux qu'une satisfaction, probablement une détente ou une distraction, tandis que je voulais les rendre plus dignes de mon amour et semblables à la haute figure que je me faisais d'eux et de moi.

Cette exigence m'a rendu tyrannique. Personne ne peut comprendre que cette tyrannie qui se fondait, en apparence, sur mon droit de fils et de frère aîné, n'était en réalité que la plus noble expression de mon amour filial et fraternel.

A partir de notre dix-huitième année, peu après Versailles, mon père nous emmenait parfois dans des comités un peu secrets qui se tenaient dans les basses salles des brasseries. Bien entendu, l'assistance devait être truffée de policiers de Weimar, de Paris, de Londres et d'ailleurs. Le parti monarchiste bavarois était alors extrêmement puissant, appuyé par l'armée, la noblesse, l'Église et par toute la population rurale et la bourgeoisie des villes. Il aurait pu être plus actif s'il n'avait été trop bavard. Chaque fois que j'assistais à l'une de ces réunions, j'avais le plaisir de constater que mon père présidait. J'appris un peu plus tard que la présidence appartenait à chaque membre du bureau à tour de rôle : il ne nous conviait que lorsque son tour venait. Ses fils pouvaient donc le voir en beauté. Ces réunions ne menaient à rien. Elles n'avaient d'intérêt que parce qu'elles étaient interdites. Cela ressemblait fort à des réunions d'officiers en civil. Dans une époque calme et ennuyeuse elles eussent tout au plus été supportables à des conspirateurs retraités. Ce n'était pour Bruno et pour moi que des cérémonies lentes et lourdes comme leurs officiants.

J'ai du moins appris à connaître sur ces tribunes

enfumées l'un des multiples personnages du répertoire paternel. Je connaissais ceux qu'il réservait à la famille et au monde. C'était un homme de Cour. Rien n'aurait pu l'empêcher de changer de costume autant de fois dans la journée qu'il le jugeait utile pour donner aux heures et aux circonstances le ton qu'il souhaitait qu'elles eussent. Sur ces planches il prenait un autre visage et d'autres vêtements. Il s'habillait en pseudo-militaire. C'était un homme grand et beau, qui fut brun et qui devint blanc, très majestueusement. Il en imposait avec lourdeur quand il le fallait. Mais il savait les dosages et on le voyait alerte si les circonstances l'exigeaient. Mais qui était-il ?

Dans ce fatras de personnages on s'efforce en vain de poursuivre le vrai. J'ai fini par le perdre et par m'y perdre. Il offrait aux gens l'image de lui qu'il croyait la plus conforme à celle qu'ils attendaient. Et pfuit ! une pirouette. Il changeait de chambre et reparaissait différent. Chacun de ses amis possédait de lui une image particulière.

Malgré mon application je n'ai pu fixer mon respect et mon affection de fils ni sur mon père orateur, ni sur mon père officier, ni sur mon père valseur, ni sur mon père patriarche, ni sur mon père joueur, voltairien ou dévot comme un Espagnol, ni sur mon père moraliste, ni sur mon père adultère car je l'ai observé sous mille aspects pour échouer sur cet aveu : je ne sais pas quel homme était mon père.

Si je n'étais l'homme le plus incompris du monde, ce privilège lui reviendrait. Mais il tirait plutôt avantage de cette incompréhension. Il était inférieur à ce qu'on supposait qu'il était. Il savait jeter le trouble dans les jugements qu'on portait sur lui à tort et à travers et il y gagnait. On n'était qu'indécis sur son compte ; sur le mien, on était résolument défavorable. Il m'en est venu un immense mépris pour les jugements du monde.

Il était à la fois fourbe et sincère. Je l'avais pris pour un héros en 1918 — un héros mal payé. J'ai su depuis ce qu'il en était. Son grade de général l'avait au contraire trop payé de ses talents de bureaucrate d'état-major. Il connaissait les Précis de l'art militaire et les Règlements. C'était la culture d'un officier instructeur. Cet officier qui paraissait brillant quand il parlait après tout le monde eût été incapable de conduire une section. Il avait du courage par à-coups. Je l'ai vu se risquer dans des entreprises périlleuses où il n'avait que faire. Il prit du goût, à plus de soixante ans, pour la guerre de rues quand les S.S. organisèrent des expéditions punitives dans les quartiers douteux. Ce n'était pas gloriole de sa part car il n'y participait qu'incognito. Il aurait eu honte d'être reconnu dans la plèbe des S.S. Il était trop fidèle à la Reichswehr ! Mais il allait avec eux dans les faubourgs de Berlin faire le coup de feu.

En revanche, j'appris que pendant la guerre, il ne s'aventurait que prudemment sur la ligne de feu et qu'il faisait petite mine lorsque l'attaque approchait.

Il avait des délicatesses et des grossièretés inexplicables. On l'a vu larmoyer devant une biche blessée et la caresser avec une tendresse qui n'était pas feinte. Mais on l'a vu aussi rester de glace devant les cadavres des deux enfants du régisseur qui avaient péri carbonisés dans l'incendie de leur chalet en bois. Parfois, le monde et lui ne communiquaient plus. Je crois qu'il portait des personnalités diverses non unifiées et dont certaines étaient sujettes à éclipses. Même dans son éducation on découvrait des lacunes effarantes : sa gloutonnerie certains jours soulevait le cœur. Il s'oubliait. Cette grossière nature le faisait se complaire, hors de chez nous, dans des conversations scatologiques. J'avais cru qu'un long contact avec les recrues de basse classe et les sous-officiers l'avait habitué à ce genre de vocabulaire. Il a fallu me détromper. C'est bien en lui qu'était ce goût ordurier. Il s'y livrait dans les arrière-salles des brasseries où il offrait de la bière et des saucisses à d'anciens soldats, gens de rien, qui, en retour, le régalaient de contes puants.

Tant qu'il crut faire illusion à Mademoiselle et à ma mère il se contint. Mais je l'avais percé à jour.

Un vieil officier, avec malice, m'apprit qu'au cours de la défaite de 1918, mon père et bien d'autres officiers quittèrent l'armée sans ordres et sans avis. Il arriva à Schwarzberg avec la nouvelle même de la signature de l'armistice — presque aussi vite que Guillaume de Hohenzollern en Hollande et pour les mêmes raisons. Je n'insiste pas.

Et cet homme était aimé et même honoré ! Il s'igno-rait sans doute lui-même, mais il connaissait admira-blement son public. Mademoiselle, qui n'était pas si facile à éblouir, l'a pourtant compté parmi ces bons Allemands qu'elle croyait avoir convertis à la religion de la France. Il le lui a laissé croire. Il lui a laissé croire aussi qu'il était un homme de la plus haute distinction intellectuelle et morale. Et elle n'a pas eu tort, car il l'était par moments, les moments où il plastronnait devant elle et ma mère.

Tout en lui était disproportionné et instable. A vrai dire, il n'était pas. Il se recréait sans cesse et, entre deux représentations, c'était le vide.

*

Par bonheur, il y avait ma mère à Schwarzberg.

Elle était la continuité et l'équilibre. Je ne sais lui reprocher que son amitié pour Mademoiselle. Non, pas son amitié : je comprends qu'elle ait éprouvé ce sentiment au début. Ce que je lui reproche, c'est sa fidélité.

Son affection sincère et profonde pour Desvalois — bien que déplacée — aurait pu être pour elle et pour l'autre une source de heurts, de froissements et de souffrance. Il n'en fut rien Elles s'installèrent dans l'amitié avec une aisance et une certitude qui ne se démentirent jamais.

C'est peut-être sous cet aspect sans grandeur que le bonheur sourit à ma mère.

Elle sut éviter tout sujet de souffrir : elle mourut en février 1940. Elle n'eut pas à pavoiser pour fêter l'écrasement de la France. Je n'exagère qu'à peine en avançant que du train où allaient ses sentiments depuis le départ définitif de Desvalois, et le redressement de l'Allemagne, le triomphe de nos armées sur la France en 1940 lui aurait donné un grand chagrin. Par la suite, elle en eût connu de pires... Sa mort les a tous évincés.

En somme, elle a bien fini. Elle a quitté la vie au moment précis où les derniers vestiges de ce qui avait été son monde tombaient en cendres. Elle fut jusque dans sa mort d'une parfaite élégance et d'une discrétion que je peux admirer tout en condamnant cette sorte de caractère étranger à mon idéal.

On ne saurait me taxer de partialité. Je peins ma mère au naturel, comme tous les personnages de ce récit, comme moi-même. Ni amour ni haine ne m'aveuglent. Même si à travers la vérité, mes amours et mes haines persistent.

51

Tandis que mon père, Bruno et moi nous connaissions des heures d'exaltation et d'autres, hélas! de sentiments dépressifs, ma mère était constante. Elle se continuait en s'amusant : elle aimait tout. Je ne sais comment elle s'accommoda du caractère de mon père ; bien des femmes ont sombré dans le désespoir pour avoir vécu dans l'intimité d'hommes moins décevants que lui. Le ciel avait fait à ma mère la grâce, si c'en est une, de n'être pas passionnée. Quoiqu'on soutienne que l'amitié n'est pas un sentiment féminin, je crois, sur la foi de son exemple et de celui de Mademoiselle, qu'elles portèrent ce sentiment à la perfection. Le calme, la douce gaieté, la constance qui étaient en ma mère étaient aussi le partage de son amie. Mais chez l'une, ces médiocres vertus se paraient d'une fantaisie, qu'on voyait un peu comme les grâces primesautières d'une inusable adolescence ; tandis que chez l'autre, et c'est de Mademoiselle que je parle, elles avaient le sérieux, la modération et la solidité des sentiments étudiés. Ma mère n'y prit pas garde.

Cette faiblesse ne lui est pas particulière. C'est celle de tous les gens, qui ayant de la droiture et de la sincérité, se croient quittes de tous autres devoirs. Mais il est des devoirs supérieurs où la droiture et la sincérité doivent être sacrifiées à de plus hautes vertus. On verra dans ce récit que j'ai su sacrifier des vertus médiocres à de plus nobles, et que pour mener à bien ce qui était bien, je me suis efforcé de faire coïncider mon devoir et mes penchants. C'est une sorte de bénédiction que mon amour fraternel m'ait épargné tous les autres égarements.

Je n'ai réellement aimé que Bruno. N'avait-il pas tous les droits sur moi comme je les avais sur lui ? La naissance, en m'avantageant de titres et d'une fortune bien plus considérables que les siens, me conférait aussi plus de devoirs. Puisque j'avais plus de biens, puisque j'étais plus résistant que lui aux faiblesses et aux séductions du monde, n'était-ce pas à lui d'en tirer profit ? Le sang l'exige. N'est-ce pas le fondement du droit et du devoir d'aînesse ? J'aurais pu n'accomplir certains sacrifices que par devoir. Je les ai accomplis avec amour. Pourquoi n'aurais-je pas eu les joies du devoir, la joie de donner à qui j'aime ? Je n'ai lésé personne. Je crois même avoir mieux servi ma patrie car Bruno m'a aidé dans mes tâches les plus secrètes et les plus difficiles. En qui, sinon en lui, aurais-je pu déposer autant de secrets ? Qui m'eût mieux compris, mieux obéi ? Entre mes mains — parfois à son insu — Bruno a très bien servi la cause allemande. En certaines entreprises, il était incomparable. Son insouciance, son charme, ses talents, tout ce qui l'eût perdu, j'en ai fait les instruments de notre glorieux devoir. Mademoiselle et ma mère voulaient en faire un virtuose ! Quel gaspillage ! Moi, je l'ai envoyé faire ses exercices de piano chez Lady Charles du temps que nous étions en poste à Madrid. Cette épouse de diplomate était ravie. Moi aussi. L'ambassadeur d'Allemagne aussi. C'était du temps que Gibraltar m'intéressait. Elle avait un très beau piano en palissandre à double cadre. Il nous servait de boîte aux lettres. A Londres l'Intelligence Service s'en aperçut avant Lady Charles. Elle ne comprit jamais sans doute que son amour du piano et du pianiste avait causé le rappel et le renvoi de Lord Charles. Elle rêve peut-être, encore, au profil de Bruno, derrière le vitrage embrumé de sa maison Tudor, dans le Dorset. A moins que les vitres ne soient brisées. Il est tombé tant de bombes ! A moins que Lady Charles ne soit brisée aussi. Pourquoi pas ?

Bruno surgit à travers chaque visage qui n'est pas le sien. Que j'évoque mon père, ma mère, ou Desvalois, n'importe, c'est Bruno que je vois. Mille choses de lui, encore vivantes et tièdes, me montent au cœur et s'épanchent... mais c'est de ma mère que je voulais parler, je reviens à elle.

Un jour, j'ai surpris son regard appuyé sur moi. De loin, je le sentais me frôler le visage. Je plongeai soudain mes yeux dans les siens et j'interceptai une sorte d'interrogation angoissée. Mais aussitôt, son sourire l'effaça. Il n'a pas effacé mon douloureux étonnement. Il n'y a pas de mots, pas de phrases, entre les cœurs — sauf pour mentir. Il n'y a que ces regards et d'autres radiations bien plus subtiles.

J'ai longtemps traîné ce lourd reproche de ma mère. Maintenant, je ne traîne plus rien. Je me décharge de tout sur le papier. Même de son image. Elle se noie dans mes larmes avec les mots que je trace pour elle en ce moment et qui se diluent sous ma plume. Mais je vois ses traits frémir dans l'eau amère qui tombe de mes yeux sur cette feuille. Elle frémit comme une ressuscitée qui tout à coup retrouve l'air, la lumière et la tiédeur de l'amour. C'est moi qui les lui rends, pour un instant.

Je la vois si bien ! Elle est grande. Bien plus grande que son amie Desvalois. Elle est svelte. Elle n'a pris d'embonpoint que vers la fin de sa vie quand ses jambes l'ont immobilisée. Tant qu'elle l'a pu, elle a parcouru le parc et la forêt. Elle a cherché, dès que le neige fondait, les premières fleurs. Quand elle n'en trouvait pas, elle rapportait des mousses, ces brins si verts qui croissent sous les feuilles mortes ou sous la branche traînante du sapin. Elle avait toujours les mains fraîches et actives. Non pas des mains potelées et fragiles, mais de vraies mains, longues, nerveuses, fortes et sèches qui savaient tenir, saisir, choisir et caresser les cheveux de ses enfants. Elle marchait vite et, pour un rien, elle courait.

Quand elle rencontrait au bord du lac un endroit sablonneux, elle s'asseyait sur un rocher voisin, se déchaussait et faisait quelques pas dans l'eau claire en riant fort car elle avait grand froid. C'est d'elle que nous tenons nos cheveux, Bruno et moi, d'un blond pâle. Avec l'âge, les nôtres se sont un peu cuivrés, tandis que les siens n'ont jamais changé. Elle n'a jamais blanchi. Jusqu'à sa mort, elle a gardé cette parure de jeunesse triomphante.

C'est Bruno qui lui ressemblait le plus, bien que nous lui ressemblions beaucoup l'un et l'autre. Leur bouche était la même. Ils avaient la même façon de parler. Ils avaient des lèvres délicates et intelligentes. Elles modelaient les mots et se modelaient sur eux avec une grâce expressive. Cela exerçait sur moi une sorte de fascination.

« — Pourquoi me regardes-tu sans m'écouter ? » me demandait-elle quand j'étais enfant.

Je n'avais pas besoin d'écouter, ni d'entendre : je regardais les mots qu'elle prononçait.

Mon frère et elle avaient dans le profil la même pureté. Le mien est plus lourd ; non par ses lignes, mais par l'expression du visage qui me renfrogne un peu. Le leur, même au repos, sourit imperceptiblement. Une sorte de joie gratuite l'éclaire, même pendant leur sommeil. J'ai souvent regardé Bruno dormir : c'est l'âme même de notre mère qui rayonnait sur ses traits.

Quand elle s'animait, son regard plutôt violet que bleu se fonçait et s'éclairait. Dans la peine ou dans la colère on le voyait passer au gris, ce qui avait pour effet de ne donner à son visage ni tristesse ni méchanceté, mais une sorte de pénible étonnement. Et l'on avait envie de l'embrasser pour rendre à ses yeux leur vraie couleur.

C'est aussi la couleur des yeux de Bruno. Les miens sont moins transparents. Il y avait entre nous trois une parenté d'une étroitesse extraordinaire. On voulait bien convenir d'une ressemblance étonnante entre Bruno et moi. On disait « le grand » et « le petit » parce que Bruno avait un air de jeunesse ; mais nous avions la même taille et exactement la même tournure comme nous avions les mêmes traits. Mais ce qu'exprimaient nos visages différait du tout au tout. On lui faisait mille grâces. On ne me parlait que par politesse et pour des motifs de service. Dès notre enfance, ma mère rapprochait nos têtes et les tenait entre ses mains serrées l'une contre l'autre en mêlant nos cheveux. Elle nous contemplait et murmurait :

« — Ils sont exactement pareils et absolument différents. Je ne sais pas ce qui s'est passé ! »

Elle nous embrassait avec le même amour.

Réellement, nous étions pétris de la même argile. Je n'ai pu saisir que par instants ma parenté avec mon père : c'était pour la déplorer. Mais ce fut toujours une joie et une sorte de sécurité pour moi que de me sentir lié à ma mère et à mon frère. Il me semble que nous étions d'une essence plus fine et comme plus radieuse que le reste du monde. Ce n'est pas un sot orgueil qui me le fait croire. La place de ma mère eût été sur un trône. Je lui ai donné le seul dont pût disposer son fils ; je l'y installai avec mon frère.

Que j'aurais aimé la connaître avec plus d'abandon. Il me semble que nous nous sommes manqués au rendez-vous d'une entente parfaite et d'un amour parfait. J'ai fini par croire qu'il y avait en elle autre chose que sa légèreté. C'est elle, aidée de Mademoiselle, qui conjura notre ruine, en 1920 et 1924. C'est elle qui commandait à Schwarzberg. Je ne sais comment. A moi, elle n'a jamais donné d'ordres. Pas même un conseil. Elle devait s'imaginer qu'il fallait parler une langue particulière pour se faire entendre de son fils aîné. Et elle savait qu'elle ne connaissait pas cette langue. Son instinct de sagesse lui conseilla de se taire.

Le désert qui nous séparait resta inviolé. Cela ne m'empêchait pas de sentir qu'elle désapprouvait mon attitude dans la politique et dans la carrière que j'y faisais. Elle était pieuse. Le cardinal Faulhaher la voyait souvent et Hitler, pour eux, figurait l'Antéchrist. Je crains qu'elle n'ait porté un jugement sur moi.

Elle avait jugé mon père aussi mais elle le laissait parler. Lui avait la sagesse de paraître autoritaire devant le monde mais docile et même veule, dans le privé. Grâce à quoi notre maison évita la ruine en 1920 et put attendre l'ascension de Hitler et la mienne.

Puis, tout s'écroula pour toujours.

*

J'ai laissé entendre que mon père était un homme déconcertant. Un scrupule me fait revenir sur ce que j'ai dit. Un scrupule et quelques souvenirs.

En fait, je crois que mon père ne me déconcertait pas tellement, je le comprenais même assez bien.

Tout simplement, je le détestais.

L'incident qui m'éclaira tout à fait remonte à ma dix-neuvième année. Bruno avait donc dix-huit ans. Nous étions à table à Schwarzberg. Mlle Desvalois était assise entre Bruno et ma mère. Mon père parlait. Il prêchait. Je n'étais pas mécontent de l'entendre houspiller les Alliés et la France. Il parlait du mouvement, encore bien incertain, qui se dessinait en Bavière et ailleurs pour ressusciter la vieille Allemagne. Peu à peu, il s'égara et sa propre imagination forgea, devant nous, un plan, ou du moins une image de ce redressement. Il était surtout militaire et mon père, à part soi, se taillait déjà un bel uniforme pour le défilé triomphal. Cette sortie avait quelque chose de désobligeant pour la Française. Ma mère avait dû prier mon père de renoncer à ces diatribes, car il y prenait un malin plaisir. Il avait été convenu qu'à table on ne parlerait plus de guerre ni de politique. Les conversations légères et gaies, voilà ce qu'aimait ma mère. Ce jour-là, le comte d'Uttemberg était, comme moi-même, visiblement agacé par l'attitude de Bruno, de ma mère et de Desvalois. Il élevait le ton, devenait violent, et cherchait à blesser Mademoiselle et à faire taire les autres, cependant que les trois écervelés, gaiement, s'amusaient de leur verbiage et de leurs mines. Les deux dames sans se soucier du discours de mon père parlaient entre elles avec une insolence que ma mère n'aurait jamais affichée si Desvalois ne l'eût entraînée. Et elles parlaient de quoi ? De leur prochain voyage à Paris ! Oui, elles voulaient aller, seules, se promener à Paris. Pour qui ? Pour quoi ? Pour rien. Pour regarder, pour se promener, pour parler et entendre parler. Elles souriaient à l'idée du plaisir qu'elles en attendaient sans prendre garde qu'à la même table, à sa propre table, le comte d'Uttemberg vitupérait, dans le même instant, la France et Paris.

Desvalois en célébrait la beauté, la douceur, la grâce et toutes ces mièvreries qu'on entend dans la conversation des Français et de leurs parasites. On aurait juré qu'elle représentait en Bavière une agence de voyages et qu'elle voulait placer des billets. Ma mère se promettait d'en rapporter des idées, des étoffes et des objets pour modifier la décoration de son appartement. Comme si Paris avait le monopole des arts décoratifs. A Munich, il y a longtemps que nos arts décoratifs ont donné leur mesure. Mais le monde attend de l'Allemagne autre chose que des fauteuils et des papiers peints. Bruno, l'imagination allumée par les propos de Desvalois et comme toujours prêt à l'imiter, à lui complaire, s'écria sottement :

— Quel bonheur qu'il y ait au monde une ville comme Paris. Pour nous qui aimons les plaisirs si intelligents et si vifs des Français...

Il ne s'apercevait pas qu'il couvrait la voix de mon père qui, de son côté, venait de passer les bornes et criait, menaçant :

— Et la prochaine fois l'Allemagne ne sera pas seule ; elle sera préparée. Nous n'écouterons plus les diplomates. Nous irons jusqu'au bout. Et tant pis pour Paris !

Il n'était pas concevable que ces deux discours fussent tenus simultanément, à la même table et par le père et par le fils. Ce que mon père pouvait souffrir de ma mère ou de Desvalois, il ne pouvait le tolérer de Bruno. J'en conviens.

Ce fut lui qui s'interrompit sous l'effet de la colère. Son visage se marbra de vilaines taches violettes, puis devint livide. Cette violence du sang des Uttemberg est épouvantable. Toute conversation cessa. Il se leva brusquement, ou plutôt il bondit et, saisissant sa cravache qui était sur la cheminée, il cingla, par derrière, le cou de Bruno. Mon frère eut à peine le temps de porter ses bras autour de sa tête. Père le frappa deux fois. Je fermai les yeux. La douleur que je ressentis en me représentant le visage de Bruno fouaillé par la cruelle tresse de cuir, le visage ensanglanté qui allait m'apparaître quand j'ouvrirais les yeux, cette douleur me fit perdre un instant connaissance. Personne ne s'en aperçut. On ne bougeait pas. On ne voyait rien que Bruno ployé sur la table. Il me dit, plus tard, qu'un cri lui avait échappé parce que ma mère avait crié et c'est ce qui l'avait affolé. Mais je n'entendis ni l'un ni l'autre. Il n'avait pas crié de douleur car le premier coup l'avait atteint à la nuque et son col l'amortit, et le second frappa son bras qu'il avait déjà levé. Non, ça n'avait pas été terrible pour lui. Il n'avait été qu'étonné. Et c'est là, sans doute, le seul sentiment que lui inspira jamais notre père : l'étonnement. C'est pour Bruno qu'il est juste de dire que notre père était déconcertant.

Pour moi, ce fut pire, j'avais entendu retentir les coups de cravache au fond de mon être. Si loin et si profond que l'écho s'en est répété à travers toute ma vie.

En quelque période que ce fût, quand Bruno m'a échappé, quand il fut oublieux, malade ou absent, quand il fut blessé, quand il disparut, l'écho fatal s'est réveillé. Au lieu de s'atténuer, à chaque répétition, je l'entendais plus nettement. Il est devenu si grave, si prolongé que sa lente et chaude vibration de bronze me fait encore frémir quand je m'endors.

Dès l'instant où mon père abattit sa cravache sur Bruno, je sus mon véritable sentiment à son égard : je l'exécrais.

Après ce douloureux esclandre, je croyais que Mademoiselle, se sentant coupable, allait partir sur-le-champ. Elle quitta seulement la table. Et, tenant la porte ouverte, devant ma mère qui sortait aussi, cette institutrice eut encore le front d'aller au-devant de l'orage. C'est son visage que mon père aurait dû cingler. Mais cela donnera la mesure du pouvoir de Desvalois et celle de notre humiliation : le comte d'Uttemberg l'écouta !

— Voilà, dit-elle, que vous commencez votre guerre en frappant votre fils parce qu'il a bien parlé de la France. Vous n'êtes pas encore sûr de nous détruire mais, en attendant, vous vous contentez de faire du mal — et aux vôtres d'abord.

Elle haussa les épaules et sortit.

Mon père debout, comme un niais, regardait à ses pieds sa cravache qui traînait sur le tapis auprès de sa colère refroidie. Comment ne pas le détester !

Il fallut encore bien des algarades avant que Mademoiselle levât le camp.

J'ai trop parlé d'elle pour ne pas, maintenant, tout dire de Desvalois. Elle avait été notre institutrice de 1910 à 1914. On sait que ma mère, en 1919, lui pardonna le traité de Versailles, lui pardonna sa fierté, son esprit, sa gaieté insolente pour notre malheur : elle la rappela.

Mademoiselle se trouva donc, en 1920, installée en triomphatrice à Schwarzberg. Qu'avions-nous besoin d'elle ? L'âge nous était passé de recevoir ses leçons. Mais Bruno n'était pas fâché d'en recevoir encore sous forme de conversation à trois avec notre mère.

Heureusement que Bruno et moi vivions à Munich où nos études nous retenaient. Nous ne la supportions que pendant l'été et pendant nos courtes vacances.

Que venait-elle chercher à Schwarzberg ? Aucun profit ne l'y attirait. Ce n'est pas la médiocre mensualité que lui avait promise ma mère et qu'elle ne put, je crois, lui payer qu'irrégulièrement. En 1920, nous étions tous ruinés. Si elle était venue pour l'argent tout eût été clair. Mais ce n'était pas le cas. Elle dépensait au contraire en cadeaux qu'elle faisait porter de Paris ou d'ailleurs plus qu'elle ne gagnait. L'appartement de ma mère était orné, Bruno recevait des livres, des gants, des cravates. On le traitait en enfant gâté. Desvalois se comportait chez nous en amie, en égale.

Et Bruno lui rendait ses cadeaux ! Mais c'était à moi de les payer car le peu d'argent dont il pouvait disposer, il ne savait que le gaspiller avec des étudiants aussi stupides que lui mais encore plus pauvres. Bruno ne me demandait conseil pour choisir ni ses camarades ni les cadeaux. Il agissait à contre-sens : il choisissait des camarades vulgaires et des cadeaux précieux. Comme je ne m'exécutais qu'après des représentations assez vives, il ne m'en témoignait ni reconnaissance ni affection.

Il fallait en passer par là. Encore heureux qu'il m'ait dispensé de défrayer les filles de Berlin. Elles se faisaient sans doute payer leurs agaceries. Bruno croyait qu'on ne l'aimait que pour son visage et sa gentillesse. Mais il était si content des bons sentiments que ces parasites lui témoignaient qu'il les récompensait par des cadeaux bien disproportionnés à la basse qualité de ces flatteurs.

Bruno m'entraîne encore une fois hors de mon propos. Je cède. Mais puis-je celer qu'avec ma mère, Bruno était aussi l'allié de Desvalois ? Que pouvais-je contre une ennemie qui était l'amie de Bruno ?

Il peut sembler surprenant qu'elle dépensât chez nous plus qu'elle n'y gagnait. Ma mère nous mit au courant. Les parents de Mademoiselle étaient morts pendant la guerre. Elle avait recueilli leur héritage et elle sut en faire un meilleur usage qu'eux. Elle avait renoué avec des cousins qui commerçaient avec les États-Unis où ils avaient une affaire. Tous ces gens, bien entendu, trafiquaient contre l'Allemagne. Elle leur confia son pécule qui fructifia pendant les dernières années de la guerre. Pendant la Grande Amitié franco-américaine, le commerce allait bien. Son capital se trouvant converti en dollars rapporta des dollars et de plus en plus. Elle se trouvait bien plus riche qu'avant la guerre et n'était plus obligée de se placer. En 1910, elle n'y avait consenti que pour obéir à une nécessité impérieuse. Son père, commerçant dans une petite ville de l'Ouest de la France, nommée Langeval, avait renoncé aux affaires après s'y être ruiné. Je l'appelais parfois « la boutiquière ». Elle parlait rarement de cette origine mais elle en parlait sans gêne. Elle disait : « Près du magasin de mon père, j'ai vu... » « Dans le sous-sol de l'entrepôt de mon père on a trouvé un sarcophage... » « Quand ma mère tenait les comptes du magasin... »

Tout cela fleurait bien son épicerie, mais elle n'en était pas du tout incommodée.

Desvalois, riche de ses dollars, ne m'a gâté ni avec ses cadeaux ni avec ses compliments. Elle sut garder à mon égard une distance polie, apparemment aimable et, si bien étudiée, qu'elle était sans raideur. Néanmoins à deux ou trois reprises ma franchise se révolta devant sa fausseté. Et nos véritables sentiments vinrent au jour...

Comme je lui reprochais, une fois, d'afficher sa fierté de la victoire française dans une maison allemande, elle me répondit qu'il était superflu, de ma part, d'exprimer, en criant, des pensées aussi désobligeantes parce que mon attitude les lui avait fait comprendre depuis longtemps. Elle préférait, à la sincérité de mon reproche, l'hypocrisie de nos rapports cérémonieux.

Je lui aurais volontiers montré la porte.

Mais c'était difficile. Comment chasser une personne

si bien installée dans l'affection et dans l'estime de ma mère? et de mon frère? Et même dans une sorte d'admiration furtive de mon père.

En rentrant en 1920, elle se trouva parée d'un attrait nouveau. Le fiancé de Mademoiselle avait été tué à Verdun. Pour nous faire mesurer la grandeur d'âme de cette fille, ma mère nous expliquait que Desvalois ne gardait aucune rancune aux ennemis qui avaient tué son fiancé. Ils faisaient leur devoir de soldats. Ma mère voyait en Desvalois un dosage parfait d'héroïsme et d'humanité.

Humanité ou hypocrisie? Aimait-elle son fiancé? Si elle l'avait aimé, sa passion aurait dû lui inspirer la vengeance. Ainsi, je l'eusse détestée tout autant, mais je l'eusse du moins comprise et peut-être respectée.

Avec moi... elle jouait serré. Elle avait des cartes maîtresses. Les voici.

Elle n'était pas du tout une belle aventurière. Elle était bien autre chose. A son arrivée, en 1910, elle devait avoir vingt-trois ans, peut-être vingt-cinq. Nous avions sept et huit ans. Soit que la ruine de sa famille l'eût attristée, soit qu'elle eût décidé de se vieillir pour mieux assurer son autorité, elle paraissait plus âgée. Elle était assez petite, mince et pâle. Son visage n'avait ni cette régularité ni cet air de santé et d'assurance que nous aimons trouver sur les beaux visages. Néanmoins, une impression de dignité, de calme intérieur, de discrétion et des manières parfaites, nous apprirent bientôt qu'elle valait bien mieux que son apparence.

Quand nous sûmes lire sur ce visage, il fallut convenir qu'il exprimait mille choses qu'on n'y voyait pas d'abord. Ses traits un peu chiffonnés n'avaient pas une irrégularité banale mais une grande complexité et, finalement, de l'harmonie. Ils avaient cette finesse un peu aiguë, ce dessin à la pointe, ce fini si expressif des visages de quelque qualité que presque tous les dessinateurs et les peintres français, depuis le Moyen Age, ont fixés. J'ai retrouvé cent fois telle ou telle expression de Desvalois dans les albums du Louvre.

Cette lente découverte du visage de Mademoiselle, cet étonnement répété et charmé que nous eûmes tous ne devaient plus s'effacer du cœur de ma mère et de Bruno.

Je n'en fus pas dupe aussi longtemps.

Desvalois possédait physiquement les atouts qu'il fallait pour s'implanter chez nous. Elle en fit valoir d'autres qui lui permirent de s'y éterniser.

Elle nous enseigna le français avec des méthodes assez rigides et même mécaniques. Elle organisa le travail avec une discipline qu'on n'eût pas soupçonnée si on n'eût connu Mademoiselle qu'à table ou au salon. C'était déjà une forme de sa duplicité. Avec d'autres élèves, elle n'eût peut-être pas aussi bien réussi, mais sa pédagogie fut bien servie par notre conscience et notre intelligence.

Comme beaucoup de Français de la classe moyenne, elle avait la religion du travail, je n'avais pas besoin d'elle pour la connaître, mais elle me la fit pratiquer. Quant à Bruno, il y gagna, car en plus de mon exemple, il eut celui de Mademoiselle.

A son retour en 1920, Mademoiselle avait un peu plus de trente-trois ans. Elle nous parut plus jeune que dix ans plus tôt.

Elle se jeta dans les bras de ma mère en larmes et elle pleura elle aussi. Les Français savent d'instinct trouver les mots et les attitudes pour chaque situation.

Pourquoi ces larmes ? N'avait-elle pas toute raison d'étaler la joie des vainqueurs ? Pleurait-elle de joie de retrouver ma mère ? Je n'en crois rien. Son amitié avait beau être sincère, elle n'était pas si sensible.

Dès son retour, l'air de la maison fut changé. Même les domestiques que nous avions gardés reprirent leur insouciance d'avant 1914 — en partie au moins, car le train de la maison n'était plus le même. On ne vivait qu'en saccageant la forêt. On vendait des coupes immenses de sapins qui rapportaient des liasses de papier-monnaie qui, lui, ne rapportait rien. Le château ancien se délabrait. Les deux tiers du château neuf étaient fermés. La pelouse n'était plus qu'une prairie gagnée par les mousses. Les écuries, les chenils étaient vides et le restèrent.

J'en conviens à ma honte et à celle des Allemands : Desvalois rendit un peu de joie à la maison.

Dans l'Allemagne bouleversée, ruinée d'alors, Schwarzberg ressemblait à une oasis de paix et d'amitié. Oh ! certes, pas pour moi. Je tenais à rester solidaire de toutes les misères nationales. J'ai repoussé cette joie empoisonnée. Depuis mon père jusqu'à ce vieil Hans qui balayait les allées, il faut avouer qu'ils goûtaient tous sans remords cette « douceur de vivre » organisée par Desvalois et entretenue par les colis de Paris.

Elle savait conter avec enjouement les souvenirs de son pays ou des souvenirs de lectures. Elle avait le talent de déformer avec un esprit ironique et dissolvant les livres qu'elle lisait. Cela ravissait ma mère qui l'appelait *Fraulein Voltaire*. Quand Mademoiselle appliquait cet esprit aux personnes elle devenait redoutable. Mais à table, devant nous, elle n'offensa jamais quelqu'un de notre milieu, sauf quelques visiteurs fâcheux, ce qui amusait tout le monde.

En revanche, en tête à tête avec ma mère, elle n'épargnait personne. Et ma mère, qui — par contagion, sans doute — avait le même tour d'esprit, renchérissait encore. Mon père était une de leurs victimes. Je suis en mesure d'avancer qu'il était mis en pièces par elles deux. Je les ai entendues. Pendant qu'on plaçait les tuyaux du chauffage central, avant que les radiateurs ne fussent installés, les pièces communiquaient entre elles par de véritables tubes acoustiques. Il ne fallait qu'y penser... Je me tins à plusieurs reprises dans la pièce qui est au-dessus du petit salon où ma mère et Desvalois passaient leurs après-midi et j'écoutais tout de leur conversation, de leur lecture, de leurs réflexions. Elles riaient parfois comme des pensionnaires. J'entends encore Desvalois contrefaire la voix et les phrases de mon père. Elle ridiculisait non seulement le personnage mais ses principes et son patriotisme. Et ma mère s'amusait sans l'ombre d'un regret. On juge après cela, quelles étaient ma douleur et ma colère.

Mademoiselle prit d'autres libertés. Conçoit-on qu'elle se soit mêlée de l'avenir de Bruno ? Et qu'elle ait failli briser sa carrière et probablement la mienne ? Elle fut à l'origine de mes plus grands malheurs.

Pour le coup, mon père enraya net les projets que ma mère, Bruno et elle avaient faits. Mais nous l'avons échappé belle. La légèreté de Bruno déclencha l'affaire. J'ai déjà dit qu'il avait depuis l'enfance un certain talent de musicien. Pour le cultiver, on vit un professeur venir de Munich. Au collège, en plus des cours, Bruno travaillait avec lui et, par goût, il faisait chaque jour deux ou trois heures d'exercices au piano. C'est Mademoiselle, à Schwarzberg, qui lui avait appris le solfège et les gammes sur le piano de ma mère. J'avais participé à tout cela mais sans en tirer grand profit.

Les plaisirs que je goûte à la musique ne sont pas ceux d'un exécutant, ni même ceux d'un connaisseur. Ce sont les plaisirs de l'âme. C'est un langage comme celui de la nature qui me parle de moi et me révèle à moi-même. Je joue peu, juste assez pour suivre le jeu d'autrui. Mais la plupart du temps, je ne le suis même pas, je me laisse emporter.

Bruno ne se contentait pas de ces jouissances. Il est ainsi fait que, lorsqu'un orchestre joue une valse, il faut qu'il valse et que, pour écouter un nocturne, il n'y a pour lui d'autre moyen que de le jouer.

Ce côté vif et remuant de sa nature ne s'accorde pas avec la mienne qui est plutôt méditative. Enfin, il y avait en lui ce goût de faire participer la galerie et de donner, pour recevoir n'importe quoi en échange : des sourires, des saluts, des flatteries. Dans les rues, à l'Université, à l'église, dans un salon, en wagon, partout, il était en vedette et se complaisait dans ce jeu qui lui tenait lieu de tous sentiments.

J'en étais exaspéré jusqu'au point de le frapper.

C'est ce talent de musicien qui, à son dire, était sa vocation, une vocation venue du Ciel, un don, etc., toutes les sottises qui ont cours chez les bas artistes. C'était donc ce talent qui devait faire de Bruno von Uttemberg, un grand homme ! Et Mademoiselle le croyait ! Qu'en savait-elle ? Elle jouait à peine passablement. Et où aurait-elle formé son goût musical ? A Langeval ? Quand j'y suis allé, je n'ai pas entendu deux accords justes dans toute la ville. Mais, telle était son opinion sur Bruno. Puisqu'elle le disait, Bruno le cria sur les toits et ma mère fit chorus.

Tous trois ayant bien accordé leurs arguments, annoncèrent à table, à mon père éberlué, que Bruno renonçait au Droit et préparait le Conservatoire de Berlin. Le fameux Dürrwitz le conduirait au succès.

Tout était prévu. On n'en dit rien, mais Mademoiselle finançait l'entreprise, c'est sûr.

Je ne pensai pas, tout d'abord, à ce qu'il y avait d'incongru dans ce projet. Je ne vis qu'une chose : on me prenait Bruno. D'emblée, je fus contre.

Ma mère se lança dans une rêverie à haute voix. Elle voyait déjà Bruno dans le frac de Paderewski. Et les récitals qu'il donnait dans toutes les capitales, et en particulier celui qu'il donnerait ici-même, à Schwarzberg ; il jouerait pour elle, pour nous, uniquement pour nous quatre, sur son vieux et splendide Steinway. Desvalois, grisée, promit de commencer la réalisation d'un salon de musique tendu de velours gorge-de-pigeon, à longs rideaux de soie cerise. Il n'y aurait que quatre fauteuils, pour nous ! Et, dans le grand salon vide, on entendrait l'écho des triomphes publics et lointains qui auraient couronné tous les récitals de Bruno dans le monde entier.

Des folies.

Mon père s'était ressaisi et après ce flot d'enthousiasme il dit que ce projet n'était pas raisonnable et manquait de dignité. Les dames se récrièrent. Les temps étaient changés. L'aristocratie pouvait sans déchoir donner des concerts. Certains barons allemands faisaient du cinéma. Des comtes avaient des places de secrétaires ou d'interprètes. Certains étaient maîtres d'hôtel, d'autres chauffeurs. Ma mère, malicieusement, ajouta que Guillaume de Hohenzollern sciait du bois à Doorn. Desvalois baissa la tête et personne ne parut entendre.

Alors, je pus parler. Je soutins que Bruno devait continuer ses études de Droit et s'assurer une place honorable sinon il serait, livré à lui-même, la proie de n'importe quelles tentations. Le Berlin de 1922 n'était pas inférieur à la réputation épouvantable qu'il a laissée en Europe, Bruno ne pouvait vivre seul dans cette ville misérable et dangereuse.

Mon père m'approuva. Il s'était, en m'écoutant, durci dans sa décision et il rappela qu'il connaissait des précédents fâcheux à ces sortes de vocations. Il baissa la voix, regarda en dessous Mademoiselle, et fit mine d'hésiter.

— Lesquels ? demanda ma mère.

— Oh ! répondit-il, on a fait jadis, à cette même table, des gorges chaudes de l'aventure de Hans de Bülow, de Richard Wagner et du roi Louis. Je suis désolé d'avoir à le rappeler, mais je ne veux pas de musique dans ma famille. Que l'expérience de Hans vous serve de leçon.

— Mais il n'y a rien de comparable, s'écria ma mère. Le roi n'a rien à voir dans le malheur conjugal de Hans de Bülow. Si Cosima a laissé Hans pour Richard, c'est parce que Hans n'avait pas le génie de son ami... Je ne veux pas excuser Cosima, dit-elle. Mais rien n'est à craindre pour Bruno, il aura plus de génie que quiconque.

Mon père haussa les épaules. Bruno parla à son tour :

— Si ! Le roi avait à voir. Il aurait dû renvoyer Cosima à son mari et garder Wagner pour faire de la musique. Ne mêlons pas le roi aux caprices de Cosima, il ne s'est mêlé que des affaires de Richard Wagner.

— Je défends, cria mon père, qu'on parle encore du roi Louis !

Il était agacé de voir la conversation s'engager sur ce vieux scandale de la Cour dont son père avait été un témoin et, je crois, un témoin engagé. Il se fâcha :

— Je ne veux pas que Bruno d'Uttemberg fréquente les pianistes. Je ne veux pas qu'il épouse la Cosima de qui que ce soit, ni que mon nom traîne sur les affiches en compagnie de celui des maris ou des fils d'une Cosima. Avec ou sans Louis II cette affaire est résolue.

Mais Desvalois ne l'entendait pas de la sorte.

— Pourquoi évoquer tous ces gens ? dit-elle. Leur aventure ne nous intéresse pas, il s'agit de la vocation de Bruno.

Mon père, piqué, lui répondit qu'il se croyait bien libre d'évoquer qui bon lui semblait, surtout la mémoire d'un grand roi de Bavière et celle du plus célèbre musicien allemand.

Desvalois lui répliqua qu'elle se sentait bien plus persuadée du talent de Bruno que de la grandeur de Louis II. Je ne pus me contenir devant cette insulte :

— Vous préféreriez sans doute que nous évoquions la mémoire de vos rois Louis. Vous aimeriez les comparer pour nous écraser.

— Mais, dit-elle, en jouant la surprise, vous me surprenez, je n'ai jamais eu l'idée de cette comparaison. Je ne pensais qu'à Bruno. Toutefois, ajouta-t-elle, pincée, si vous désirez mettre en balance votre Louis et les miens, c'est une imprudence de votre part.

Mon père trancha net. Comme son français était moins aisé que le nôtre, il prit son arrêt en allemand. Et c'était bien fait.

— Bruno ne sera pas musicien, il continuera ses études avec son frère.

Il se leva et fit sortir Bruno qu'il emmena chez lui.

Ainsi finit la vocation de pianiste.

C'est une des rares victoires que mon père ait remportées mais elle est considérable. Bruno pianiste était un homme perdu.

Il était plus lié que jamais à Mademoiselle. Pendant les vacances de cette année 1922, ils ne se quittèrent pas.

Ce que je surpris peu après, je ne peux, en toute justice, l'imputer à Mademoiselle seule. Bruno y eut certainement sa part. Je persistais à croire que leurs conciliabules, leurs promenades, les visites que Bruno répétait au cours de la journée, soit à l'appartement de ma mère, soit à celui de Mademoiselle où, depuis son enfance il entrait facilement, je persistais donc à croire que ces enfantillages étaient une séquelle de la crise et l'une des mille façons qu'avait Bruno de perdre son temps. Mais une conversation que je surpris m'en apprit davantage. J'étais, un jour, arrêté à mi-escalier, et je regardais au loin la pelouse que traversaient les biches. Personne ne les chassait maintenant, sauf les braconniers. Bruno sortit de chez Mademoiselle et elle l'accompagnait. Il parlait bas et très vite. Je n'entendais pas. Ils descendaient et elle devait le précéder. Son pas pressé avait l'air de fuir. Tout à coup, elle parla, en allemand. C'était chez elle un signe de fâcherie.

— Bruno, mon ami, il faut vous taire ou repartir à Munich tout de suite.

Il chuchota je ne sais quoi, et elle répondit sèchement :

— Eh bien ! c'est moi qui partirai.

J'en demeurai saisi. Jamais elle n'avait pris ce ton. Et pour parler à Bruno encore ! Je ne sais ce qui se passa, mais je l'entendis remonter à son étage en courant. Puis sa porte claqua. Bruno resta en panne dans l'escalier au-dessus de moi. C'est lui qui devait être saisi. Il remonta lui aussi. Son pas était lourd. Je croyais qu'il allait chez elle, mais c'est dans notre appartement qu'il entra. Je fus pris d'inquiétude.

Que manigançait-il ? Avant de l'interroger, je voulus

72

en savoir davantage afin de le confondre, s'il essayait de nier ou de me tromper. J'avais bien remarqué qu'il disparaissait un moment après le dîner. Une fois, le croyant chez ma mère, j'étais allé frapper à son petit boudoir du rez-de-chaussée où elle se tient pendant l'été. A leur habitude, les deux amies étaient installées sur le balcon de ferronnerie qui s'avance au-dessus d'un massif d'héliotropes que ma mère faisait planter là chaque année. Elles avaient tiré leurs fauteuils sur le balcon et, mi-dehors, mi-dedans, elles devisaient en jouissant du parfum et de la fraîcheur nocturnes. Ma mère se tenait un peu en retrait, Mademoiselle appuyait ses pieds sur la ferronnerie. Bruno n'était pas là. A plusieurs reprises, je lui avais demandé où il était allé.

— Je suis sorti, disait-il.

Mais où ? Je n'en savais rien.

Ce soir-là, je voulus savoir. Je fis le tour des murs sans rien découvrir. Je me décidai à rentrer et j'allai souhaiter le bonsoir à ma mère et à Mademoiselle dont je voyais les silhouettes se découper, à contre-jour, dans la fenêtre illuminée. Je pouvais, en m'approchant, voir leurs profils en noir comme ceux qu'on découpait à Weimar du temps de Goethe. Ce souvenir m'attendrit. J'aurais aimé leur en faire un petit compliment.

Je m'avançai vers les dames, en marchant sur le gazon. Comme j'allais ouvrir la bouche, j'aperçus dans l'ombre du balcon, une ombre que je reconnus tout de suite. C'était Bruno, pétrifié. Il avait passé sa main entre les barreaux de fer et il tenait le pied ou la cheville de Mademoiselle. Comme elle ne pouvait rien dire à cause de ma mère, Bruno était sûr de lui.

J'étais trop avancé pour repartir. Je souhaitai le bonsoir aussi naturellement que je le pus. Je jouis néanmoins du visage épouvanté de Mademoiselle qui, en se tournant brusquement vers ma mère, dans un mouvement bien maladroit, reçut en plein la lumière du salon. Sa stupéfaction ne venait pas seulement de ma présence. Mon arrivée coïncidait avec l'instant où ce niais de Bruno osa lui toucher la cheville. Il me l'avoua plus tard.

Hélas ! L'amère satisfaction de les avoir surpris ne compensait pas la douleur que me donnait la folie de mon frère. J'étais bouleversé. Il y avait sans soute dans mon état une nuance de désespoir qui était absente de la gêne de Bruno et de Mademoiselle. J'étais déçu et frustré : ce pouvait être le début d'une déception sans remède.

Mais j'étais d'une trempe à plier sans briser.

Quand Bruno — aussi tard qu'il le put — regagna notre appartement, il me trouva bouillant de colère. Il s'y attendait. Tout de suite, il s'accusa. C'était un égarement... Le choc qu'il avait reçu l'avait éclairé sur sa folie. Il me dit qu'il ferait ce que je lui dirais afin d'arrêter là cette aventure et j'appris avec soulagement que c'était la première fois qu'il se permettait un geste aussi stupide. Depuis plusieurs soirs, il restait là, dans l'ombre du balcon, à les écouter parler. Il ne croyait pas que Mademoiselle eût connu sa présence. Comme il était là, tapi, ayant sous les yeux le pied et la cheville, il les avait saisis. C'était fou d'aimer Mademoiselle ainsi. Il en convenait.

— C'est surtout idiot, lui dis-je. A dix-neuf ans on n'est pas plus bête. Elle a trente-quatre ans, cette fille !

— Je t'en supplie, me dit-il, appelle-la Mademoiselle !

Sa petite confession m'avait apaisé. Mais je continuai à le menacer du scandale ; terrorisé il me fit des promesses fermes. Il renonçait de son plein gré au piano, et à Mademoiselle, bien entendu. J'étais touché et étonné de son repentir. Je savais que tout cela ne tiendrait que jusqu'au matin. Mais il me le disait et il me plaisait de l'entendre. Hélas! il ajouta bientôt avec une inconsciente cruauté qui me perça le cœur :

— Non, c'est impossible, je ne puis continuer à la tourmenter. C'est moi qui suis indigne d'elle. Je veux rester son ami quoi qu'il m'en coûte.

Et il s'accusa de vulgarité, de sottise. Si elle avait pu l'entendre! Quel amour charmant il avait pour elle! C'était l'amant le plus naïf, le plus spontané, le plus respectueux. Qui sait si ce repentir juvénile et cette admiration ne l'eussent pas mieux touchée que les protestations passionnées ?

Elle n'avait pas voulu voir qu'il l'aimait de l'amour le plus dangereux. Il l'aimait comme un enfant et comme un homme. Il trouvait en elle une mère, une amie, une sœur, une femme. Bruno le sentait, mais il ne le savait pas.

Pour moi, c'était atroce. Lui, qui était l'être que j'aimais le plus au monde, me faisait l'éloge de la femme que je détestais le plus. Je connaissais sa naïveté et tâchais de me rassurer. Mais s'il avait pris conscience de la richesse et de la complexité de cet amour — et la satisfaction de son désir lui aurait sans doute donné cette révélation — Bruno m'aurait échappé. Il aurait su alors, combien l'amour des très jeunes gens pour des femmes plus âgées qu'eux est profond et tendre et irremplaçable. Il eût été comblé.

Et qui sait si ma mère n'eût pas consenti? J'étais épouvanté.

Il eut le courage tranquille et cruel d'ajouter :

— Quel dommage que tu ne sois pas mieux avec elle! Tu aurais pu lui demander de me pardonner. Tu aurais pu lui dire que je l'admire tellement que je consens à n'être que son ami le plus dévoué, le plus respectueux. Elle t'aurait cru et m'aurait pardonné. J'ai si peur qu'elle ne soit fâchée pour toujours. Et notre mère ? Si elle l'apprend ? Quelle honte !

Et il se mit à pleurer. Pas un mot pour moi ! Sauf pour me charger de ses commissions. Son seul souci, c'était le pardon de Mademoiselle. Mais il fallut encore que je le console. J'apaisai ses larmes par de bonnes paroles. Pour amère qu'elle fût, c'était quand même une joie, car il pleurait sur la mort de ce dangereux amour.

Il tint parole. Fallait-il qu'il l'admire ! Ils firent leur paix. Mais ils n'eurent plus jamais leur intimité d'antan. Finis les visites d'appartement à appartement et les conciliabules puérils. Sur ce point, tout au moins, je gagnai quelque chose.

Je gagnai encore une inquiétude dont la vigilance ne devait plus me laisser de répit. Dès que Bruno me quittait, où que nous fussions, je tremblais pour lui et pour moi. Cette nouvelle forme de souffrance, c'est à Desvalois que je la dois.

*

L'illusion de Bruno sur les charmes de Mademoiselle ne lui était pas particulière. Beaucoup de nos amis l'entouraient d'attentions et lui portaient un intérêt dont ma mère, dans sa maison, aurait pu prendre ombrage. Mais ces courtoisies un peu poussées et ces longs regards les amusaient, je crois, l'une et l'autre. Pourtant, Mademoiselle n'était pas coquette. Sur ce point, elle ne représentait pas du tout ce qu'on sait des femmes de sa nation. Elles ne sont pas assez sentimentales pour se laisser aller sans impureté à écouter le langage de l'amour.

Sans sortir du cercle de la famille, le charme incertain de Mademoiselle fit une autre victime. Ce fut mon père.

Sans l'abominable violence dont il fit preuve à mon égard, en cette occasion, j'aurais peut-être oublié ce nouvel esclandre. Dans cette aventure, seul mon amour-propre a souffert.

Voici comment les choses se passèrent.

Nous étions à Schwarzberg pour les congés de printemps en 1922 ou 1921. Il faisait encore froid et on ne chauffait plus le château, sauf les pièces de ma mère et de Mademoiselle. Pour travailler j'allais dans la bibliothèque. Je fermais à l'aide d'un paravent l'embrasure très profonde d'une fenêtre et je me trouvais dans un étroit cabinet. En m'entourant les jambes dans une couverture, j'avais l'impression de n'avoir pas trop froid.

A deux reprises, un matin, mon père entra sans penser que quelqu'un pouvait être derrière le paravent. Il allait et venait à travers la pièce, puis repartait en murmurant. On aurait dit qu'il attendait quelqu'un dans une gare où le train a du retard.

Puis, la porte s'ouvrit encore. Je reconnus le pas de Mademoiselle. Elle tira un escabeau le long des rayons et s'y percha pour atteindre les livres qu'elle emporterait dans son appartement ou dans celui de ma mère. Se croyant seule, elle lisait les titres à haute voix en chantonnant et parfois en donnant son avis :

— Michelet, laissons-le, il m'embête...

Elle fourrageait dans les rayons.

Une main impatiente rouvrit la porte. Un instant de

surprise. La porte doucement fut repoussée. Mon père entra. Sa voix éclata soudain avec une merveilleuse jeunesse : il parlait avec des intonations de Bruno ! Il s'offrit à choisir ou du moins à *cueillir des livres,* comme il disait et à les porter à l'appartement. Ils parlèrent de livres. La voix de mon père avait des vibrations insolites.

— Je suis si heureux de recevoir un petit ordre de vous.

Elle le remercia et ils demeurèrent silencieux. Puis il dit :

— Depuis longtemps vous savez que vous pouvez commander sur moi. C'est mon plus cher bonheur.

Et, sans attendre de réponse, il se mit à parler de la jeunesse qu'elle entretenait dans la maison, de la joie qu'elle y répandait — et sur lui en particulier. Maintenant, la joie était si grande qu'il souffrait et devait le lui dire.

J'imaginais mon père au pied de l'échelle et Desvalois le dominait — et de toute façon. Il faisait le suppliant en joignant les mains sur les barreaux. Quels regards de pitié narquoise elle laissait tomber sur le crâne rose ! La voix de mon père était belle et grave, ses vibrations et ses brisures multipliées par l'émotion (ou par son jeu) étaient plus touchantes que des phrases bien faites.

Elle se taisait. Que signifiait ce silence ? Je ne pouvais lire sur son visage et, pour un empire, je n'aurais bougé de crainte d'être découvert. Il me plut d'imaginer un instant qu'elle allait se laisser séduire. J'en fus presque heureux. Qu'elle eût au moins cette faiblesse, une faiblesse ridicule et odieuse, alors mon père pourrait la traiter en fille et ma mère la chasserait. On dirait partout que la Française des Uttemberg avait fini comme il se devait.

J'étais en même temps honteux et troublé d'entendre. Rien de leurs mots, de leurs hésitations, de leur respiration même ne m'échappait. Et quelque chose en moi aurait voulu fuir. Si j'avais pu m'endormir, ou m'évanouir ! Mais j'écoutais...

— Dites-moi un mot ! Ne me regardez pas ainsi, gémissait-il. Je ne peux supporter ce regard ennuyé. Vous regardez si joliment quand vous voulez. Dites-moi un mot ! Un mot d'amitié, un seul mot ; dites-le-moi — vous me comprenez ?

— Je crois, dit-elle avec une voix glacée, que nous ferions mieux de nous taire, vous et moi.

— Je vous en supplie. Depuis que vous êtes dans cette maison, tout vous appartient et vous nous avez donné tant de trésors ! Vous avez donné votre intelligence et votre amitié à la comtesse et à mes fils. Mais à moi, vous n'avez rien donné, rien que de banales politesses. J'ai besoin de votre vitalité, de votre amitié, j'ai attendu trop longtemps, dites-moi oui. Ne me laissez pas dans la douleur, aimez-moi seulement un peu et vous verrez que personne au monde ne peut vous donner un amour comme le mien.

— Monsieur, vous devriez ne plus parler. Vous vous mettez dans une situation ridicule et vous ne tarderez pas à m'y mettre également. Je vous prie de me laisser descendre et sortir d'ici.

— Ce n'est pas possible, cria-t-il avec un accent tudesque encore aggravé, vous qui êtes l'ange de ma famille ! Il faut que vous m'aimiez. Vous n'imaginez pas quel sera notre bonheur. Nous réunirons toutes les affections les plus pures dans nos cœurs. Schwarzberg deviendra un paradis ! Le monde sera loin et vide. Tout l'Univers sera dans votre cœur et dans le mien. Tout ce que nous avons de plus cher et de plus sacré au monde sera réuni. Nous nous aimerons tous à la perfection et sans limites. Vous serez ici l'ange qui a apporté le parfait contentement des âmes et c'est vous qui serez la plus aimée.

J'étais stupéfait par cette cour. Il la traitait comme une princesse. J'aurais souhaité qu'elle fût humiliée au moins sur un canapé. Mais les choses ne prenaient pas ce chemin.

— Si vous ne vous retirez pas, dit-elle impassible, je vais appeler et je partirai de cette maison immédiatement. Je ne tiens pas à réunir dans mon cœur, Monsieur, autant d'amours que vous le désirez. Mon cœur est entièrement consacré à des sentiments que je crois honnêtes et qui me suffisent.

— Mais alors, vous ne m'écoutez pas ! dit-il d'une voix geignarde.

Il avait dû s'écarter car j'entendis Desvalois descendre de l'échelle.

— Sachez, Monsieur, ajouta-t-elle, que je ne vous ai même pas entendu, et que vous n'avez jamais parlé.

J'étais transi et bouleversé. Par suite d'un mouvement incontrôlé d'une de mes jambes que l'immobilité et le froid avaient engourdies, le malheur voulut que je fisse tomber le paravent. Il s'écroula et me découvrit.

Je les vis littéralement foudroyés par ce bruit et par ma présence. Mon père écarlate jusqu'au sommet de sa calvitie. Elle, pâle comme une statue et aussi impassible. J'étais sur ma chaise, incapable de me lever, éberlué et honteux.

Nous nous regardions. Je pense que chacun aurait volontiers tué les deux autres. Elle sortit brusquement et dit à mon père :

— Voilà, Monsieur, la dernière délicatesse de votre fils aîné. Vous pouvez le féliciter.

Je reçus l'apostrophe comme un soufflet magistral. Même après ceux qu'il venait de recevoir, celui-ci dut paraître assez cuisant à mon père. Là-dessus la porte claqua.

Je venais de voir mon père faire le galantin, il me fallut ensuite essuyer sa colère de soudard. Il se jeta sur la table, la renversa, piétina les livres qui jonchaient le parquet. Je m'étais levé et j'attendais dans l'attitude la plus soumise qu'il me demandât de m'expliquer. Mais je m'attendais d'abord à des coups. Il n'osa pas. Il se déchargeait volontairement de sa colère sur les meubles. Si j'avais parlé ou bougé il m'eût peut-être assommé quoique je fusse l'aîné. Bruno à ma place n'y eût pas échappé. Mais Bruno faisait mieux. C'est à des situations comme celle où je m'étais mis qu'il échappait. Puis, ce fut un torrent d'injures : toutes celles des cours de casernes. Je préférai ne pas entendre.

Enfin, il respira. Il alla se rencogner entre le mur et les rayons et me questionna. Je lui dis que seul le hasard m'avait placé là. J'étais innocent. Je venais chaque matin pour avoir moins froid. Peu à peu, il retrouva sa voix. Je le voyais avec curiosité se refaire un personnage. Ma soumission le désarmait. Quelques instants après, il prêchait. Le début était confus mais je compris qu'il voulait m'éclairer sur l'intérêt supérieur des familles comme la nôtre.

— L'honneur, disait-il à peu près, n'est pas d'être sans faiblesses, mais de savoir dompter celles que l'on a. C'est tout le secret de la vertu.

Il n'hésita pas trop dans la démonstration de sa proposition.

— Un instant d'égarement s'explique par une vie retirée, par les lectures qui suralimentent l'imagination, par les méditations. Cet instant ne compte guère en regard d'une vie de devoir ou même d'héroïsme et dans un caractère qui peut, en si peu de temps, se ressaisir, s'éclairer sur lui-même et se redresser plus vigoureusement, ce genre de faiblesse n'a aucune importance.

Il respira, me lorgna. Et reprit son sermon.

Il croyait néanmoins que ces luttes, pour nobles qu'elles fussent, devaient rester dans le secret des cœurs — et que ces faux pas devaient rester dans le secret des familles. En tout cas dans le secret de ceux qu'un hasard coupable avait rendus témoins de ces faux pas.

J'étais toujours raide et immobile. Il allait sortir. Il me fit signe de la main, sorte de salut miséricordieux. Je m'inclinai. Déjà il s'éloignait. Il se ravisa et d'un ton condescendant, mais assez affectueux il me dit :

— Il y a parfois des liens nouveaux qui se créent dans les circonstances les plus imprévues et qui resserrent ceux qui existaient déjà.

Il me laissa. J'acceptai le marché du silence qu'il venait de proposer si décemment.

Chacun rentra dans son rôle. Rien ne paraissait avoir altéré les relations entre nous. Mademoiselle était un peu plus pâle et parlait moins. J'aurais aimé repartir pour Munich. Bruno tenait à rester encore. Il n'a jamais su qu'il avait eu notre père pour rival. De mon côté, je ne tenais pas à garder le soufflet que Desvalois m'avait appliqué et comme je la rencontrais un jour, seule, dans le jardin, je tins à lui dire qu'elle m'avait calomnié, que ma présence dans la bibliothèque n'était due qu'au hasard.

Elle me dit que c'était probable, mais que j'avais trop bien exploité ce hasard pour être innocent. Pour l'amadouer, je lui dis que cette affaire n'avait pas grande importance car son attitude avait été parfaite. Elle se rebiffa avec une violence stupéfiante. Elle me dit que j'étais indigne de mes parents et qu'elle m'interdisait de porter un jugement sur elle. Son regard flamboyait.

Je vis dans ce regard qu'elle me méprisait et qu'elle me détestait. Elle me parlait de haut en bas, comme à un inférieur. Elle savait bien pourtant qui j'étais ! Mais la comédie sociale des Français est excellente. Ils font illusion sur tout. Chez eux tout est théâtre.

Le rouge me monta au front. Je lui rappelai qu'elle avait déjà essayé de séduire Bruno. J'aurais pu en les dénonçant exiger un renvoi immédiat et honteux. Et maintenant, c'est avec mon père qu'elle était en coquetterie ! Quand cesserait-elle de troubler ma famille ? Tout cela me regardait et je voulais m'en occuper.

Elle me laissa parler. Je m'attendais à une explosion, mais ses dispositions n'étaient plus à la violence. Elle prit son temps. Puis, d'un air de reine, elle me répondit :

— Occupez-vous-en donc mais ne m'en parlez jamais. Et puisqu'il vous plaît de vous occuper des sentiments de vos proches, pensez un peu aux vôtres. Réfléchissez. Vous savez réfléchir, je vous connais bien, je vous connais depuis votre enfance, vous êtes un miroir un peu trouble, mais je sais lire dedans. Réfléchissez bien à vos sentiments pour Bruno, Sigmund. Croyez-moi, c'est là qu'est la vraie affaire de famille.

Quel calme ! Elle m'appela par mon nom comme autrefois. Je n'ose dire qu'il y avait de la sympathie dans sa voix, mais une sorte d'appel découragé et apitoyé. « Pensez-y, Sigmund ! »

Cette voix douce, un peu lasse s'enfonça dans la chair la plus tendre de mon cœur. Elle n'en est jamais sortie.

J'étais anéanti. Elle m'avait tout dit. Quand j'osai

respirer, elle était déjà loin. Tous les autres mots devenaient inutiles.

Qu'avait-elle dit ? Et que pouvait-on dire ? J'étais pur. Mes sentiments pour Bruno ? Ils sont comme moi. Comme ma vertu, ma franchise, ma loyauté, ma conscience : ils sont exigeants. Et après ? Qu'ils soient parfois tyranniques, ne l'ai-je pas reconnu ? Violents ? Avec le sang des Uttemberg dans les veines, on ne peut être que violent. Et avec un frère tel que Bruno, qui est universellement aimé et détourné de ses affections naturelles, quel frère ne réclamerait son droit de priorité ?

Voilà trop de justifications. La parole de Desvalois est un de ces traits à la mode dans leurs tragédies. Le dernier vers de la tirade est toujours plein de poison. Mais il ne tue qu'à la Comédie-Française. Nous avons des caractères mieux trempés. Nos passions sont moins vulnérables aux mots car elles ne sont pas, comme les leurs, tissues dans des phrases, dans des déclamations. Les nôtres sont le feu même du sang allemand. Elles taillent leur part dans notre chair, elles se sanctifient dans nos âmes sans détours.

C'est une forme d'esprit assez diabolique qui avait donc inspiré ce trait à Mademoiselle. Comprend-on que gravée avec ce vitriol, l'image de Desvalois ne puisse s'effacer de mon cœur ?

Jusqu'à son départ, en octobre 1932, je n'eus plus d'entretien particulier avec elle. Mes études et les événements politiques m'occupèrent plus avantageusement que ses affaires. Je rendis mes séjours à Schwarzberg moins fréquents et plus rapides. J'avais remarqué que Bruno, parmi quelques camarades aussi écervelés que lui, était bien plus docile à Munich qu'à Schwarzberg où il subissait toujours l'influence de

Desvalois. Il ne l'oubliait pas plus que moi. Mais lui gardait d'elle un souvenir attendri.

Comme il savait ce que je pensais d'elle, il n'abordait ce sujet que par étourderie. Quand le nom de l'institutrice lui échappait, son regard aussitôt me suppliait de ne rien dire de désagréable. Mais je ne me retenais pas toujours.

Elle ne nous oubliait pas non plus. Elle eut encore l'audace et le pouvoir de nous envoyer en France. Et cela compte dans ma vie ! J'en revins retourné comme un gant : l'envers mis au jour. C'est elle, toujours elle...

Au moment de ce voyage, en 1924, j'avais vingt-deux ans et Bruno vingt et un. Au cours de quelques mois de séjour dans une petite ville de province, ce qui se passa entre le monde et moi ou plutôt, entre Bruno, le monde et moi me laissa éclairé et meurtri, mais victorieux. Mais il me fallut passer à travers le feu.

II

A travers le feu

Le prétexte de ce voyage était qu'un séjour de quelques mois dans une ville universitaire où étaient institués, pendant l'été, des cours spéciaux pour les étrangers, ôterait de notre prononciation quelques sonorités un peu germaniques. En outre, nous verrions du monde.

La vraie raison c'est que Desvalois et ma mère nous sentaient gagnés par le nouveau nationalisme allemand. On voulait nous en distraire. Desvalois espérait que nous ne résisterions pas au charme de sa patrie et que nous en reviendrions francisés jusqu'au cœur. Elle aurait pu se contenter du vernis dont elle nous avait enduits depuis notre enfance.

Nous quittâmes Munich fin mai 1924. Après un court séjour à Schwarzberg où nous eûmes au moins la joie de voir notre mère au comble de la félicité, nous partîmes pour Paris. Le 15 juin, nous devions être à Langeval.

Notre passage à Paris fut rapide. Il devait rester à demi secret. Mon père, qui s'était d'abord opposé au voyage, n'y avait consenti qu'à la condition que nous gagnerions directement la faculté des lettres de Langeval sans rien faire à Paris que changer de train.

Il tremblait à la pensée que nous pourrions séjourner

dans cette ville. Je lui en avais pourtant entendu parler plaisamment de temps à autre. Sans doute, voulait-il garder pour lui seul les raisons de cet agrément. Il n'est pas difficile de les deviner. Mais la défiance qu'il manifestait était bien superflue. Je veillais sur Bruno. Et pour moi, Paris n'avait pas les charmes suspects que mon père y avait trouvés vers 1900. Ma mère, qui n'était pas dupe, lui fit remarquer qu'il était plus sévère pour ses fils que pour lui-même :

— Ma génération appartenait à l'Allemagne victorieuse, dit-il pompeusement, la leur est une génération de vaincus. Elle n'a rien à faire à Paris, que de le prendre un jour.

En attendant ce jour, qui devait être le 13 juin 1940, nous restâmes huit jours chez Eric von L... notre cousin, attaché à l'ambassade d'Allemagne. Il partageait nos idées à l'égard de Hitler. Il nous promena et nous amena deux ou trois fois dîner dans le monde parisien qui nous reçut avec une gentillesse inimaginable. Pas un mot, pas un geste, pas un regard qui pût nous rappeler notre défaite. Et j'étais à l'affût ! Des politesses infinies qui semblaient leur jaillir du cœur. On ne savait s'il s'agissait de simple courtoisie ou d'affection spontanée. Au fond, ce n'étaient que grimaces bien faites.

J'ai la faiblesse de croire que si nous avions eu vingt ans de plus et la tournure d'un buveur munichois on eût joué moins joliment. Mais en dépit de notre timidité nous ne manquions je crois, ni d'aisance ni de grâce. Nous avions en tout cas celle de la jeunesse et Bruno surtout avait le prestige de la beauté. Notre nom ne les laissait pas indifférents non plus.

Bruno avait trouvé son paradis. Il rayonnait. Il marchait à fond dans le jeu alors que je m'y embarrassais un peu, toujours sur mes gardes devant cette terrible habileté verbale et soupçonnant des pointes d'ironie partout. J'écoutais Bruno avec une admiration inquiète. Il parlait déjà comme eux. Mais lui ne jouait pas. Il se donnait, il était leur proie.

Cette ville comme le pays lui-même, comme presque tous les Français, n'a au premier abord rien d'étonnant et même rien que d'assez banal. Mais à mesure que j'avançais dans les rues, et qu'apparaissait telle perspective, telle ordonnance, tel détail d'architecture je découvrais lentement la Ville capitale et avec elle la vieille Nation.

Paris est comme le visage de Mademoiselle, il faut le regarder longtemps pour en comprendre le dessin et en deviner l'âme. En surface, cette ville ne dispense qu'un charme lent et doux auquel on ne prend pas garde tant on en jouit.

Mais si on la quitte, les autres villes paraissent fades quand on les croit aimables, précieuses quand elles sont ornées, lourdes quand elles veulent être grandioses.

Cela dit, elle me parut habitée par une cohue agitée, frivole et sans aucune tenue. Ce spectacle de la rue amusait Bruno. Il me révoltait. Au fond, je m'en réjouissais. Je ne croyais pas les Français dignes de leur victoire. Est-ce bien le même peuple qui fait la guerre et qui se rue dans les innombrables cabarets et restaurants ?

Ils ont les visages les plus divers qui soient et sur chacun se lit la même conviction : « Nous sommes la Fleur de l'humanité. »

Pour une nuance qui les sépare sur l'idée qu'ils se font de la Civilisation, ils s'entre-dévorent. Ils sont les êtres les plus intolérants de la terre. Ils s'imaginent que si l'Univers se met, sur un point, à différer de l'idée qu'ils s'en font, il y va de leur honneur et de leur vie.

S'ils pouvaient tyranniser Dieu, ils le feraient volontiers pour l'amener à refaire le monde selon les plans de M. Descartes. Mais ils préfèrent le nier. Dans leurs conversations, ils parlent avec une indulgence amusée des pires débordements de conduite, mais, pour une divergence infime sur la philosophie ou la politique, ils sont capables de devenir sanguinaires.

Et ce n'est pas pour les étrangers qu'ils sont le plus terribles. Aux Barbares, on peut pardonner des erreurs. Les Barbares sont excusables d'ignorer telle finesse de dialectique, d'esthétique ou de cuisine. Mais entre eux, ils ne se pardonnent rien de ce qui touche à la Foi en l'Universalité française dans l'art, la pensée, la morale, la politique ou les bécassines sur canapés. Hors Paris, rien ne pense et personne ne sait. Si vous leur demandez de vous instruire ou plutôt de vous initier, alors les portes et les cœurs s'ouvrent : vous entrez dans la cité mystique, dans la religion de la France.

Dieu merci, je n'avais besoin ni de leurs révélations ni de leur amitié à ce prix-là. J'avais eu Desvalois, c'était bien assez.

J'emportai de ce rapide séjour mille images pleines de vivacité et de bruit.

Dans le train qui nous emmenait à Langeval, Bruno et moi, je pensais avec dépit mais avec loyauté à ce que je venais de voir. Bruno lui aussi pensait à Paris :

— Tu as remarqué la cour et le perron de l'hôtel de Sivray ? Quelle perfection !

Un quart d'heure après :

— Ah ! tu te souviens de la vendeuse de gants qui nous a parlé si gentiment...

Enfin, il me dit :

— Ah ! que j'aurais aimé, une fois dans ma vie, donner un récital de piano, à Paris. N'importe où, même dans une cave ! J'aurais voulu jouer pour ces

Parisiens et si un seul m'avait applaudi parmi mille huées, j'aurais été heureux.

Je fus bouleversé. Je savais bien que la vocation de pianiste était enterrée. Mais elle était enterrée vive. Il n'est jamais de tout repos d'être responsable d'un être qui porte en soi de tels revenants. Pour Bruno, il était trop tard. J'étais certain qu'il ne serait pas pianiste. Mais il pouvait bien essayer de devenir quelque chose d'approchant. Quoi ? J'avais dès lors toutes raisons de craindre.

*

Notre train arriva à Langeval à deux ou trois heures du matin. Desvalois avait décidé de nous jeter dans le bain français. Elle croyait sans doute si profondément aux vertus et aux mérites de sa nation qu'elle imaginait que nous ne saurions y rencontrer que des relations profitables.

L'arrivée fut amusante — pour Bruno. Je n'étais pas dans les mêmes dispositions. Notre logement avait été arrêté chez des gens assez simples : un vieux ménage de fonctionnaires retraités qui nous louaient trois pièces formant le second étage de leur maison. L'escalier était commun aux propriétaires et à nous. Ils menaient une vie si retirée qu'on ne les y croisait jamais. A l'étage, nous étions seuls. Nos fenêtres donnaient sur une cour ou un jardin : jardin à leur mode, aux trois quarts pavé, une cour plantée de cinq ou six arbres et de quelques touffes parcimonieuses de fleurs.

D'autres maisons avaient droit de regard sur cette cour. Et les habitants de l'une d'elles pouvaient, je crois, en jouir partiellement : une petite grille à demi ruinée séparait moralement les deux tribus. J'appris que nul ne s'approchait jamais de cette frontière de crainte que « les autres » ne s'en approchassent. Ainsi, les relations de voisinage étaient parfaites et se bornaient à un signe de tête quand on ne pouvait l'éviter.

Bruno apporta dans la suite de sensationnelles modifications au tracé de ces frontières.

Lorsque nous descendîmes du train, dans cette fin de nuit d'été, douce et déjà transparente, nous trouvâmes un vieux monsieur à chapeau rond, à lorgnons, à barbiche et à longue moustache grise qui nous attendait. C'était le premier Français qui ressemblât aux caricatures. J'étais un peu confus pour lui qu'il eût pris cette peine.

Nous échangeâmes des saluts très cérémonieux. Bruno assistait, tout réjoui, à cette apparition qui semblait appartenir à un rêve.

En dépit de sa courtoisie, M. Brugères était froid. Il ne souriait pas du tout. Sa barbiche et sa moustache n'étaient drôles que sur les caricatures.

Je n'eus qu'à me louer de nos relations. Jusqu'à la fin de notre séjour, elles demeurèrent distantes, polies, et faciles. M. Antoine Brugères était Conservateur des Hypothèques, dans l'honorariat. J'ignorais alors ce qu'étaient les hypothèques. Bruno avait trouvé ce titre si cocasse qu'il nous appelait « les hypothèques de M. Brugères », car notre hôte était en quelque sorte chargé de notre entretien et de notre bonne conversation. Bruno écrivait à ma mère et à Desvalois et signait ses lettres familières de Langeval « *votre hypothèque affectionnée* ». Les dames de Schwarzberg trouvaient ces puérilités délicieuses.

Nous nous installâmes. Bruno prit une chambre, moi l'autre ; la troisième nous était commune et nous servait de bureau. De nos fenêtres, nous voyions le dôme des tilleuls de la cour. Ils étaient fleuris et odorants. Au-dessus, les toits bleus de la ville, très pointus et luisants. On apercevait plusieurs églises dont deux, fort belles, mais de médiocres proportions. L'une des flèches de pierre blanche a un air gracieux et gai, bien qu'elle ait cinq siècles. La campagne à certaines heures se laisse voir au loin. Ce sont des collines souvent couronnées de forêts tandis que leurs flancs sont cultivés avec soin. On dit qu'il y a quelques vignobles.

Notre intérieur était du plus sot bourgeois. Les fenêtres avaient des rideaux violâtres bordés de pompons et les portes étaient dissimulées par de fausses tapisseries d'un ton vert pisseux. Les meubles noirs à baguettes dorées ou cuivrées étaient imposants et sinistres. Je ne sais qui m'a dit, un Danois, je crois, qui le tenait de Français, que cette mode des meubles noirs avait sévi en France après Sedan. Je les trouvai beaucoup moins tristes.

Bruno avait un ciel de lit chocolat qu'il trouvait très amusant. C'était bien la chose la moins drôle qui soit. C'était sale, laid et triste, sans être sérieux.

Bientôt, je ne vis plus rien. Mon travail m'absorbait car j'en fus vite surchargé. C'est-à-dire que je voulus faire tout celui qu'on nous donnait. La plupart des étudiants anglo-saxons, scandinaves, hollandais ou allemands travaillaient peu en dehors des heures de cours. C'étaient des cours d'été ; ils en faisaient des vacances. Mais j'avais décidé d'en finir avec la culture française. Une fois écoulés ces trois ou quatre mois consacrés à parfaire ma prononciation et ma connaissance de l'histoire de la civilisation, je me consacrerais à d'autres études en vue d'établir ma carrière.

Ce qui me faisait perdre un peu de temps, c'était de rêver à l'horizon vers l'Ouest. Je savais que la mer était là. Pas si loin. Je ne l'avais jamais vue. Je l'attendais. Je rêvais à sa formidable présence. Si le ciel était lumineux les soirs de juillet, c'est peut-être parce qu'il reflétait l'incendie du couchant dans les flots vert et pourpre ? Que me dirait ce spectacle lorsque je le contemplerais pour la première fois ? Quelle révélation m'apporterait-il ? Dans quels transports, dans quelles transes allais-je recevoir ce nouveau message de l'Univers en travail ?

Je n'en avais rien dit à Bruno, mais je voulais l'y emmener tout seul, sans les autres étudiants et étudiantes déguisés en touristes pauvres et excentriques et en somme sans rapports avec nous. Je les tenais à distance. Ce n'était pas si facile car nos études et notre commune situation d'étrangers nous rapprochaient et Bruno se jetait dans leur société.

Dès le second jour, à la Faculté, il était le *petit Uttemberg.* Il trouvait cela naturel. Il est vrai que Mademoiselle nous avait envoyés là pour être mêlés à tout le monde. *Le Grand* paraissait moins sympathique. « *Le Grand* se prend pour un prince. Quelle morgue ! » C'est ce qu'ils disaient derrière mon dos. C'est ce que leurs yeux me disaient en face.

Je me félicitai *in petto* de n'avoir pas dit à Bruno le montant exact de notre revenu car il en eût fait des distributions. Je lui en avais avoué la moitié : c'était en effet ce que ma mère nous envoyait pour nous deux, mais mon père m'en donnait autant pour moi seul. Bruno n'avait pas à le savoir bien que j'eusse presque toujours dépensé pour lui ma part avouée et ma part secrète. Il ne se rendait pas compte que nous dépensions le double de ce qu'il croyait que nous possédions. Quel que fût l'état de notre bourse, le 20 du mois, je l'avertissais :

— C'est fini, je ne peux plus rien te donner ce moi-ci.

Il s'y habituait. Je n'avais à lui céder que pour ses cigarettes, mais après l'avoir laissé supplier.

J'étais las, plein d'animosité contre ce pays, contre Mademoiselle qui nous y avait envoyés. Enfin, à l'égard de Bruno, je me promis de resserrer ma garde. Il n'allait pas tarder à justifier mes appréhensions. Mais, aussi étrange que cela paraisse, c'est sur moi d'abord que les premiers assauts de l'inconduite et de l'esprit infernal de cette nation furent dirigés.

C'est à Mlle Chaverds que j'ai maintenant affaire.

*

Elle était professeur à la faculté des lettres. Pardon. Elle était chargée de cours — je crois que c'est bien le terme — pendant le semestre d'été. Cette faculté est la plus déserte de France, j'imagine. On la peuplait donc de quelques douzaines d'étudiants étrangers. Pendant l'année scolaire, Mlle Chaverds enseignait dans le lycée d'une petite ville qui porte un de ces grands noms de l'histoire de France. Mais ce n'était qu'un poste médiocre. Elle pouvait donc parader l'été, dans une chaire de faculté qui aurait dû exiger sans doute plus de titres qu'elle n'en possédait. Qu'on ne croie pas que son enseignement ait trahi son insuffisance de culture.

95

Dans son cours de Littérature française, elle avait, au contraire, à cœur de paraître supérieure.

Dès l'ouverture du cours, elle fit une excellente impression. Elle fixa son programme, le répartit et distribua le travail entre nous. Elle parlait très nettement, avec autorité, des écrivains qu'elle connaissait bien. Tout en parlant, elle scrutait le visage de ses jeunes auditeurs. Il me sembla que son regard s'arrêtait un peu plus longtemps sur le visage de Bruno et sur le mien. A la fin du cours, elle nous pria d'écrire sur une fiche nos noms, celui de notre pays d'origine, et nos grades universitaires. Chacun lui remit son petit papier et elle le reçut avec un mot de bienvenue.

Envers nous, elle fut un peu plus curieuse. Elle nous complimenta sur notre accent, mais elle nous regardait avec tant d'attention que je la crus bien plus intéressée par notre visage que par ce que nous lui disions.

Elle devait avoir un peu moins de quarante ans. De taille plus imposante que Mademoiselle, elle avait un visage moins chiffonné et moins complexe. Il exprimait une volonté mieux assise. Il y avait plus de vigueur et de simplicité dans l'affirmation du caractère. Elle devait travailler beaucoup comme les Français qui travaillent. Ils font leur part et celle des autres. On devinait en elle une origine plus populaire et une santé bien conduite. Son regard gris, en revanche, vacillait parfois. Il errait à la recherche d'un objet introuvable, parfois se fixait et même s'appuyait avec lourdeur. Sur nos visages par exemple.

Quelque chose d'indéfinissable, en elle, trahissait une sorte d'appétit. J'imagine qu'elle avait dû préparer ses examens avec l'avidité patiente qui est le propre des étudiants pauvres et récompensés. Quand on plongeait dans son regard, on devinait en elle la ténacité d'un paysan poussant le soc. Une voix, au fond d'elle-même semblait dire : « J'ai raison. » En vérité, cela se lit dans tous les cœurs français : « J'ai raison » et même mieux : « Je suis la Raison. » Ils seraient risibles s'ils n'étaient sincères.

J'ai cru en elle, en sa force, en sa santé intellectuelle et morale puis, à la longue, je me suis désabusé. A défaut de cette santé, elle avait une vraie force intellectuelle et morale et, par-dessus le marché, une grande habilité dans le maniement d'autrui.

Elle n'était pas douée de l'élégance intellectuelle ni de la distinction physique de Desvalois. Je me serais méfié ! Un air de franchise, un ton un peu impérieux mais bon la servaient bien auprès de moi. En outre, ce visage régulier et assez lourd, ces vêtements stricts et nets, peu féminins, lui donnaient un air de dignité et de propreté morale qui me touchait plus que toutes les autres grâces.

J'en parle à mon aise, aujourd'hui, mais quand je la rencontrai, j'avais vingt-deux ans et la naïveté la plus vertueuse. Elle m'en imposa. Il ne lui manquait que le don d'émotion. Dès qu'elle le manifesta, elle conquit ma confiance.

Le lendemain de l'ouverture des cours, elle me fit appeler dans le petit bureau dont elle disposait à la faculté : je n'en fus qu'à demi surpris car notre première entrevue m'avait laissé croire qu'elle ne me considérait pas comme un étudiant ordinaire. Elle me fit asseoir en face d'elle :

— Il m'a paru que vous saviez plus de français que la plupart de vos condisciples. J'ai donc pensé que vous pourriez vous charger de présenter le premier exposé. Le cours y gagnera certainement.

J'acceptai. Elle me proposa trois sujets sur le

XVIIIᵉ siècle. Je retins « Voltaire et Frédéric II ». Elle me dit, en souriant pour la première fois :

— Je ne crois pas que vous ayez beaucoup de recherches à faire. Vous en savez sûrement plus qu'il n'en faut pour intéresser vos camarades à ce sujet.

Quand je me levai, elle me tendit la main : je rougis certainement en la prenant.

— Si tout se passe comme je l'espère, dit-elle, nous essayerons, si vous le voulez, d'activer vos études. Je vous dirai mon projet.

Et je la quittai très encouragé.

Mon petit exposé fut jugé excellent. Elle ajouta simplement, pour le conclure, quelques mots qui me gênèrent un peu :

— N'oublions pas, toutefois, qu'après avoir admiré l'exposé de votre camarade, il faut revenir au vrai sujet. Il s'agit pour nous de deux écrivains de langue française, l'un étant Français, l'autre Allemand ; la grandeur politique de Frédéric ne peut faire oublier que, des deux personnages, le grand écrivain, c'est Voltaire. Frédéric l'a bien reconnu. Ne soyons pas plus antivoltairiens que Frédéric.

Évidemment, elle avait un parti pris français. Elle trouvait que j'avais fait la part trop belle au roi de Prusse. Le génie, pourtant, c'est Frédéric. Voltaire n'est après tout qu'un bon mais frivole écrivain. Je n'avais nul désir d'entamer une polémique à ce sujet. Elle non plus. Dans l'entretien que nous eûmes après le cours, dans le petit bureau, elle se borna à me répéter les vifs éloges qu'elle m'avait publiquement adressés. Ces éloges publics, j'aurais été heureux que Bruno les reçût du même cœur que moi. Mais il n'avait écouté que de loin, je crois bien qu'il bavardait avec son voisin. Mon frère ne se croyait pas à l'Université. Il se croyait en

98

villégiature en France et il organisait son temps au mieux entre les heures de cours.

Bruno me fait toujours broncher sur ma piste. Revenons à notre professeur.

Notre second entretien fut décisif.

Elle me dit alors que son cours s'adressait à une moyenne et que je risquais de n'avancer pas aussi vite que ma culture acquise me le permettait. Il fallait donc travailler à part.

— Je suis d'autant plus décidée à vous y aider que je trouve en vous non seulement une vaste culture, mais un caractère distingué.

Cet éloge me touchait. Elle ne savait pas qui j'étais. Elle avait deviné en moi une supériorité. Ce n'était donc pas une convention sociale qui m'avait placé aux premiers rangs de la société. Jamais, je n'avais reçu confirmation de façon plus authentique du sentiment que je connaissais depuis l'enfance, de ma propre valeur.

— Vous avez, me dit-elle, un air de noblesse qui vous est naturel, un fond de sérieux et une grande maturité d'esprit et de caractère.

J'étais si troublé que je faillis lui avouer qui j'étais. Mais la pensée qu'elle était Française retint ma langue.

Dès lors, elle ne me traita plus en étudiant. Tout en gardant cet air de supériorité un peu maternelle elle devint plus douce et même affectueuse.

— Puisque vous voulez travailler, voici ce que nous ferons. Vous viendrez chez moi de trois heures à quatre heures. Nous rédigerons des textes, nous parlerons et vous perdrez quelques articulations défectueuses que vous avez encore.

Cette proposition me gêna. Je pensais qu'elle se contenterait de me fixer des lectures, ou quelques sujets à traiter. Mais dès qu'elle parla d'heures fixes, chez elle, il me revint que c'était là ce qu'on appelle des leçons particulières. Et il faut les payer.

Je suis assez honnête envers moi pour éviter des dépenses que la nécessité ne commande pas. J'avais assez de peine à freiner les dépenses de Bruno. Me voyant indécis, elle me demanda :

— Ces heures vous paraissent incommodes ?

— Non, Madame, au contraire, mais votre temps est précieux et j'ai scrupule à...

— Mais, répondit-elle, c'est parce qu'il est précieux que je le consacre à des jeunes gens comme vous, je ne le gaspille pas, croyez-le, à donner des leçons à de pauvres étudiants qui...

Je l'interrompis, car la fin de sa phrase me fit peur.

— C'est que je ne suis pas assez riche pour vous payer, lui dis-je en rougissant.

— Il n'est pas dans mon intention de vous faire payer, je me tiens pour payée si vous voulez travailler avec moi. C'est une joie que de favoriser des jeunes gens doués, sérieux et sensibles comme vous.

Alors j'acceptai en voyant là le moyen de hâter et même de conclure mes études de français. J'aurais un excellent professeur, sans frais.

Au jour convenu, je me rendis chez Mlle Chaverds à trois heures. Elle habitait un fort modeste logement garni qu'elle avait loué pendant les cours d'été. Nous travaillions dans la salle à manger dont la table nous servait de bureau.

— Ce n'est pas très gai, cette salle à manger Henri II, me dit-elle, mais je crois qu'en Allemagne on aime ces meubles de style Renaissance ou gothique et le bois de chêne ciré.

— Ça dépend chez qui ! répondis-je sèchement.

Elle eut l'air surpris et me demanda :

— Votre famille habite la ville ou la campagne ?

— La campagne, et même les forêts.

— Ce doit être très beau. On dit que vous avez de très belles forêts en Allemagne, plus vastes et plus profondes que les nôtres. Hélas ! Le défrichage en a détruit beaucoup chez nous, mais celles que nous avons sont si belles que j'aimerais les comparer aux vôtres qu'on dit plus mystérieuses.

Je ne pus résister au plaisir de parler des sapins. Des sapins autour du lac, de la neige sur les sapins, du vent dans les sapins. Je lui dis nos promenades, les habitudes des biches et des faons. Les chants des paysans chez le régisseur et les filles qui se baignent dans le lac au temps des moissons avec des rubans bleu et rouge sur leurs têtes blondes flottant comme des fleurs des blés jetées dans le lac.

Elle m'écoutait. Je m'étais échauffé. Son regard s'appuyait sur mon visage comme le premier jour. Je le sentais admiratif et encourageant. Son crayon jouait sur une feuille de papier pendant que je parlais et elle penchait la tête pour me mieux voir, car la grosse suspension qui pendait au milieu de la table gênait les regards.

Elle rêva un instant et me parla.

— Ce que vous venez de dire me va au cœur. Ah ! je savais bien que vous m'apporteriez quelque chose de plus précieux qu'un peu de grammaire. Comme je vais rêver à vos forêts, à vos souvenirs d'enfance, et à vous ! Voilà une heure délicieuse. Et voici ma part. Ce n'est rien au prix de la vôtre, ajouta-t-elle avec son beau sourire, un peu triste, je ne sais pourquoi, mais très affectueux.

Elle prit son papier et lut ce que j'avais pris pour un griffonnage involontaire. C'étaient des notes. Elle avait relevé mes expressions défectueuses et les corrigeait une à une très clairement. Pour la prononciation, elle me disait :

— Regardez bien mes lèvres quand je répète.

Et je reprenais après elle en imitant tous les mouvements de sa bouche au ralenti. C'était un peu troublant.

Le troisième jour, elle me dit :

— Je vais changer de place car la suspension nous gêne. Je ne puis vous voir qu'au prix d'un torticolis. Les amis doivent se voir en face.

Elle plantait son chaud regard brun dans le mien et me souriait. Comme elle était près de moi, elle me prit la main sans y prendre garde, et la tint un instant dans la sienne. Je trouvai le geste un peu déplacé, mais il paraissait si sincère !

Les leçons s'allongèrent. J'arrivais toujours à trois heures. Mais je repartais à quatre heures et demie puis à cinq heures, parfois à six. Il lui arrivait alors de sortir avec moi. Nous allions prendre l'air au Jardin Royal, derrière l'église Saint-Roch. Nous suivions les allées en parlant familièrement. Elle me questionnait un peu trop. Je ne mentis jamais, comme bien on pense, mais j'éludais certaines questions. Sauf sur Bruno, dont je parlais toujours trop ou du moins trop chaleureusement. Elle me dit :

— Comme votre frère tient une grande place dans vos pensées ! Votre femme un jour, en sera jalouse.

Je répondis un peu vite :

— Aucune femme n'a le droit d'être jalouse de Bruno.

— Hum ! Vous verrez. Une femme qui aime sait toujours de qui ou de quoi elle doit être jalouse.

Elle outrepassait tout de même les droits de la plus ordinaire et de la plus récente sympathie.

En s'allongeant, les leçons prirent un tour nouveau. Elle fit une grande place à la conversation mais les exercices écrits n'étaient pas oubliés. Elle remarqua, à deux ou trois reprises, que les sujets assez scolaires que nous traitions ne reflétaient pas « notre amitié pédagogique » ou « la pédagogie de l'amitié ».

— Quelle expression préférez-vous ? demanda-t-elle.

— Ni l'une ni l'autre, car vos leçons ne sont que pure amitié, lui dis-je pour l'obliger. Il n'y a plus rien de pédagogique entre nous, il faut donc trouver des sujets d'amitié.

Je ne voulais que lui être agréable. Mais j'étais loin de penser que ces mots allaient la bouleverser. Elle rougit violemment, ses yeux s'embuèrent et elle m'avoua :

— Jamais un élève, et jamais personne n'a trouvé un tel accent et n'a mis une telle délicatesse dans ses paroles. Permettez-moi de vous appeler Sigmund et de vous dire la joie...

Elle était transfigurée et réellement larmoyante. Jamais mon cœur ne reste froid au spectacle d'une émotion sincère et pure. Bouleversé à mon tour, je lui dis (quelle imprudence !) :

— Oui, appelez-moi Sigmund, soyons des amis.

Et comme mes paroles la mettaient au comble de la confusion la plus délicieuse et la plus contagieuse, je lui pris la main dans un élan irraisonné. Je jouai cette scène attendrissante avec une ingénuité et un naturel parfaits.

J'étais captivé. Mais seulement parce que les circonstances étaient contre moi.

A peine lui avais-je dit de m'appeler Sigmund qu'elle s'improvisa une voix d'enfant et un regard mouillé de fillette maladive. Elle ressemblait à une petite pay-sanne, à une bergère de chromo. Toute son autorité et son savoir, tout l'appareil professoral dont elle s'entourait s'était évaporé. Il ne restait qu'une créature faible et plaintive qui me dit en balbutiant :

— Je m'appelle Henriette.

Mais déjà j'étais refroidi et dans ma main ennuyée, sa main brûlait toujours.

Qui n'aurait compris à ma place ? Quand je dis que mon cœur ne soupçonne jamais, on peut croire que je me prête une vertu bien surfaite. Je n'ai rien à me prêter que je ne possède. La faute impardonnable d'Henriette est là. Elle a abusé de ma confiance, elle a masqué un sentiment coupable sous les apparences d'une pure amitié.

J'eus encore à essuyer plus d'une scène avant de comprendre. Mais la surprise ne jouait plus et les élans de mon professeur n'éveillaient plus d'écho en moi. Elle me le reprochait doucement.

— Comme vous êtes grave ! Et pourtant, je sais que votre cœur est sensible et doux et merveilleusement perspicace, disait-elle, en me regardant en dessous comme un enfant boudeur.

Les rôles étaient changés. Sa toilette aussi. Finis les costumes tailleurs et les blouses de lingerie. C'est en robe d'été décolletée et à manches courtes qu'elle venait au cours. Tout le monde le remarqua et s'en félicita car elle était bien plus jeune ainsi. Elle avait parfois des mots plaisants pendant le cours. Elle parlait d'abondance et faisait toutes sortes de rapprochements ingénieux et imprévus entre les auteurs. Elle parlait du grand cœur de George Sand avec beaucoup d'indulgence. Elle explorait son œuvre et sa vie avec lenteur. Les jeunes filles de Glasgow furent choquées. Mais n'importe, les cours de Chaverds étaient les plus suivis. Elle paraissait prendre plaisir à se trouver parmi nous. Elle dit, un jour, en sortant :

— J'aimerais être à votre place et aller jouer au tennis après le cours.

Des jeunes filles anglaises l'invitèrent aussitôt, mais elle refusa :

— Cela ne se fait pas, dit-elle désolée, et puis je n'ai jamais joué au tennis. Dans ma jeunesse les jeunes étudiantes ne jouaient pas au tennis.

Évidemment, elle devait être habillée de serge noire de la cheville au menton et elle n'avait jamais parlé à un jeune homme qui ne fût professeur.

Un Suédois, galamment, lui répondit :

— Mais vous êtes tout à fait encore jeune pour débuter le tennis.

Au lieu de le regarder pendant qu'elle répondait, c'est moi qu'elle regarda, mais la réponse pouvait être pour tout le monde :

— Votre amitié et votre jeunesse sont pour moi la plus belle chose du monde.

Et elle partit. Elle était au comble de la popularité. On m'enviait un peu d'être lié avec elle et j'ajoute que la froideur qu'on me marquait s'en trouva adoucie. Je bénéficiai d'un reflet de cette sympathie générale.

*

Dès qu'un sentiment les stimule, les femmes sont ingénieuses en tout — même en pédagogie —, Henriette, puisque je l'appelais ainsi, avait renouvelé ses toilettes, ses mots d'esprit et ses rapprochements littéraires. Son « amitié pédagogique » finit par trouver les fameux sujets de rédaction qui remplaceraient les sujets scolaires.

Et voici ce qu'elle m'offrit :

— Au lieu de rédiger des textes conventionnels, pourquoi ne ferions-nous pas une bonne œuvre en écrivant à une jeune personne qui fut mon élève et qui se trouve dans une cruelle situation ?

Cette ancienne élève avait dû interrompre ses études pour se soigner dans un établissement médical au bord de la mer du Nord, où l'on traitait certaines maladies des os.

Ce préambule ne me fut pas des plus agréables. Mais Henriette me dit que cette jeune fille très gravement atteinte ne guérirait sans doute jamais. Elle s'appelait Lucienne.

— Ce serait œuvre pie, disait Henriette, que de s'intéresser à elle. Voici ce que me dit son médecin à qui j'écris confidentiellement.

Elle me montra une lettre. Il insistait sur l'effondrement moral de la malade dont il fallait à tout prix occuper la pensée. Sa mélancolie aiguë allait certainement causer une aggravation du mal. Il demandait à Henriette de stimuler l'énergie de la jeune fille et surtout d'éveiller des espoirs.

— Je suis certaine, me dit Henriette, que vous sauriez l'intéresser. Je lui écris, mais un professeur reste un professeur. Sauf pour vous, cher Sigmund.

Je mis cette idée de correspondance sur le compte de sa bonté et de sa piété. Je l'accompagnais — ou plutôt elle m'accompagnait à l'église assez souvent. C'était un lien de plus entre nous, encore que sa religion fût assez « française ». On comprend ce que je veux dire. Je lui demandai, un jour, si elle communiait régulièrement. Elle me répondit, sans me regarder, que c'était là une question si délicate qu'on ne l'entendait guère poser, ici, que par les prêtres, ou par les parents à leurs enfants. Et avec sa voix de professeur! Je me cabrai devant cette leçon imprévue.

— Je pense que nous avons assez échangé de confidences, lui dis-je sèchement, pour que je puisse me permettre de vous poser cette question.

Elle me l'accorda et se repentit d'avoir répondu trop vite. J'en fus surpris. Je m'attendais à une rebuffade. Desvalois ne m'aurait pas manqué. Comment une femme naguère si fière pouvait-elle se faire aussi humble pour un mot un peu sec que je lui avais dit?

Ce jour-là encore, je ne compris pas.

C'est, qu'au fond, je ne pensais pas à elle. Je ne pense jamais qu'à ce qui est dans mon cœur. Il est si troublé, si occupé de Bruno qu'il n'a guère le loisir de ressentir ce que ressentent les autres. Et surtout le cœur d'Henriette.

Elle était si docile, qu'après me l'avoir refusée, elle me donna la vraie raison de son abstention à la Sainte table.

— Je crois qu'il me serait dificile d'en approcher en ce moment, Sigmund... Je ne sais pas très bien où j'en suis avec moi-même. Vous ne devinez pas?

Une rougeur subite l'envahit qui n'était plus celle de la joie.

Qu'avais-je à deviner? Il n'y avait qu'une chose à lui répondre :

— Je ne puis remplacer un confesseur, répondis-je. Allez voir l'abbé Dautuy; c'est un brave homme, il vous rassurera.

— Je ne tiens pas à être rassurée, dit-elle. Mais puisque vous y tenez, j'irai... mais un peu plus tard, vous voulez bien, Sigmund?

Elle me stupéfiait par le rôle qu'elle me donnait.

J'étais réellement le maître. Je crois avoir bien usé de cette autorité dont tant de jeunes hommes, à ma place, eussent fait un gaspillage honteux.

Bruno aimait bien l'abbé Dautuy. Je ne sais trop ce qu'ils se racontaient, mais ils s'entendaient à merveille. L'abbé lui souriait comme à un petit garçon qu'on ne prend pas trop au sérieux, mais qu'on aime bien. Bruno avait trouvé un confesseur indulgent et il n'en cherchait pas plus.

Nos courtes entrevues ne me donnèrent pas à croire que l'abbé Dautuy eût à mon égard la même bienveillance. Il n'était pas intelligent et me jugeait comme les gens de sa sorte qui m'ont toujours tenu en suspicion. Je leur en rends grâce au passage et je les ai payés en retour. La plupart des hommes ne souffrent pas la présence ni même l'apparence d'une réelle supériorité.

Je lui envoyai Henriette. Il pouvait voir ainsi que je n'avais aucune défiance envers lui et que je tenais pour insignifiante celle qu'il négligeait de me dissimuler.

Je l'évitais. Un peu plus tard, il fallut bien s'affronter. Sans plaisir ni profit.

Quant à Henriette, je la croyais bonne et pieuse. Aussi, acceptai-je son projet d'écrire à sa malheureuse pupille, sans perdre de vue que le pieux bénéfice de cette œuvre charitable serait, en quelque sorte, de moitié entre elle et moi.

J'écrivis donc la première lettre. J'ai oublié comment elle était tournée. Je parlais de notre professeur commun, de mes études, de mon pays et je formais des souhaits, sincères et même vifs, pour la guérison de ma correspondante.

Cette petite dissertation sous forme d'épître eut un effet foudroyant. La réponse arriva par courrier. Je la lus après Henriette. Car il faut tout dire.

Henriette envoyait elle-même la lettre que je rédigeais. Il était normal qu'elle ne me laissât pas assumer les frais de correspondance puisque cette jeune Lucienne était sa protégée et non la mienne. Mais en payant la correspondance, elle se réservait le droit de la contrôler et cela lui importait davantage que d'acheter un timbre. Tout cela ne me touchait que dans le moment où j'écrivais. La misérable condition de cette fille de vingt-deux ans — mon âge exactement — avait fini par m'intéresser. Elle ne s'y trompa point : elle sentit ma sincérité comme je ressentis sa joie en lisant sa réponse.

Henriette tout émue me tendit la lettre.

— Lisez, Sigmund. Mon cher Sigmund, vous avez bien travaillé.

Je ne sais plus, on s'en doute, les termes de la réponse qu'Henriette a conservée avec toutes celles qui suivirent. La jeune malade était enchantée. Elle me dit qu'elle allait suivre mes études, mes progrès — comme si elle avait relevé des fautes ! — que ma santé, ma force, ma légitime ambition — qu'en savait-elle ? — lui rendaient déjà du courage car elle avait maintenant autre chose à remâcher que son désespoir. Enfin, elle me remerciait si vivement, avec de telles louanges que j'en éprouvais cette sorte de plaisir qu'Henriette m'avait donné dès notre premier entretien par des louanges analogues.

Encouragé par ce succès, ma seconde lettre fut plus vivante encore. Et la réponse s'en ressentit. La troisième me demandait une photographie. Je la lui envoyai sans crainte. Elle me dit qu'elle avait avec cette image de longues conversations et qu'elle échangeait avec elle bien des secrets. Puis, elle me demanda des fleurs séchées et du papier gommé pour confectionner une sorte de cadre de fleurs et d'herbes sèches à ma photographie. Cela était un peu mièvre, mais charmant.

La première semaine, il y eut deux lettres. La seconde, il y en eut quatre ; puis, nous en échangeâmes jusqu'à cinq et même six.

Dans le courant d'août, un mois après le début de cette correspondance, le médecin écrivit à Henriette. Il était bien plus optimiste sur le sort de sa malade : elle voulait guérir. L'aggravation prévue ne s'était pas produite.

Je ne m'étais pas encore informé de la nature de cette maladie. Je n'ai jamais prêté beaucoup d'attention aux maladies des autres, car la nature m'a donné le corps le plus sain qui soit. J'avais mis ma mère au courant de ma bonne œuvre. Elle s'en était réjouie, mais elle me demanda de quelle maladie cette fille était atteinte. Elle craignait que ce mal ne fût infectieux et que les lettres de la charmante malade ne fussent des messages empoisonnés qui risquaient de me contaminer.

Cette idée me bouleversa. Je courus chez Henriette. Je la sommai de me dire la vérité. Elle me la dit avec un calme que je lui reprochai : Lucienne était atteinte d'une forme de tuberculose des os. Le mal de Pott.

— Vous m'avez laissé courir le risque d'être contaminé par les lettres ! lui criais-je.

Elle leva les bras au ciel et me jura qu'il n'y avait aucun risque. Elle me fournit tant d'explications que j'en fus ébranlé. Mais les Français n'ont aucun sens de l'hygiène et j'ai à l'égard de leur propreté la même défiance qu'à l'égard de leur morale. Je me rendis pourtant à ses raisons. Elle m'en faisait encore accroire à cette époque. Je priai Bruno de chercher parmi ses relations un médecin ou un étudiant en médecine dont je prendrais l'avis. Il en trouva deux à qui je posai la question. Ils me parurent la trouver ridicule, mais ils me rassurèrent tout à fait. Et la correspondance se poursuivit sous la direction de Mlle Chaverds.

Je savais que mon père désapprouvait notre genre de vie. Ma mère n'avait aucun goût pour la bohème et Mademoiselle encore moins. Mais toutes deux pensaient qu'il fallait, à notre âge, en France, nous livrer à ce petit jeu de l'étudiant pauvre. Je comprends que ma mère se soit passé cette fantaisie romanesque, mais pour Mademoiselle, il y avait une arrière-pensée. Je ne sais laquelle. Pour être sûr de la déjouer, je confiai dans une de mes lettres à mon père que nous vivions assez sordidement. S'il avait su que nous n'étions connus que sous le nom de Sigmund et Bruno Uttemberg, il ne nous aurait rien donné. Mais il voulait que les fils du comte d'Uttemberg tinssent leur rang.

Aussi nous envoya-t-il les fonds nécessaires à l'achat d'une auto qui nous servirait pour faire nos visites et pour des invités que nous choisirions conformément à ce qu'il ferait lui-même à notre place. C'était sa phrase.

Bruno insista tant et tant que je finis par le laisser conduire. Mon père l'avait pourtant défendu, mais je cédai en mettant une condition : Bruno ne conduirait que lorsque je serais avec lui.

Le tennis était ma seule sortie. J'y allais le matin pendant trois quarts d'heure. Bruno y passait ses après-midi. Comment l'aurais-je surveillé ? J'étais chez Mlle Chaverds. J'aurais mieux fait d'être ailleurs, mais le destin le plus perfide m'avait mis entre les mains de cette personne.

Bien entendu, pendant que je travaillais ou m'absentais, il poussait la voiture hors du garage de M. Brugères, elle roulait en silence jusqu'au bas de la rue. Là, il démarrait. Quand je m'aperçus du manège, il durait depuis quinze jours et ma note d'essence dépassait mes économies du mois. J'étais furieux, cependant que Bruno atteignait le comble de la popularité.

Je reçus les factures du garagiste qui fournissait l'essence et réparait ma voiture qui trimbalait « les amis » bohèmes de mon frère. J'étais déjà si troublé par ce qui se passait du côté de Mlle Chaverds que je n'arrivais pas à comprendre les dessous de la vie de Bruno. Je l'interrogeais. Il ne se fit pas prier et m'expliqua l'affaire comme la plus naturelle du monde. Ce ton d'enfant est le pire de Bruno. Il le prend quand il se sait coupable et sans excuse. Il se mit à rire. C'en était trop. Je lui envoyai une gifle. Il rit encore. J'en fus pour mes frais. Il tâchait de tourner la rossée en bagarre plaisante. Mais la somme qu'on me réclamait était si considérable que je ne pouvais me laisser désarmer par ces enfantillages. Je bondis sur Bruno. Ce que voyant, il se défendit — chose nouvelle ! — et l'affaire devint un pugilat. Il lui fallut bien céder et il me demanda pardon. Ce dénouement n'arrangeait rien. La table et les papiers étaient par terre. Une chaise noir et or était cassée. Heureusement que les Brugères étaient à la musique militaire !

Dans ces corrections, Bruno aurait pu me mettre en échec, car à la boxe, il me surpassait. Mais il avait peur de moi, au fond. Je le menaçais parfois des pires châtiments et plus d'une fois, je lui promis la mort. Il ne s'y fiait guère. J'avais cet avantage et un autre de surcroît : c'est qu'il parlait et criait en se battant tandis que je frappais comme un sourd.

J'avais fini par aimer le battre. Mais il m'en venait

de si troubles remords que je me précipitais à l'église pour les oublier. La nuit, je m'éveillais parfois, en sursaut, tout frissonnant de l'affreux plaisir que j'avais pris, en rêve, à le frapper, à l'entendre geindre. Les rêves sont absurdes. Ah! Bruno, le gentil Bruno qui promenait partout son sourire et sa grâce et son esprit, qui faisait danser les arpèges de Liszt comme personne, Bruno n'était pas de tout repos. Le temps vint où je ne le frappai plus.

Cependant que j'enrageais contre les factures du tennis, je ne prévoyais pas qu'il y avait parmi les partenaires de Bruno une partenaire privilégiée. C'est elle qui le poussait ou, du moins, est-ce à cause d'elle qu'il s'était jeté dans cette folie du tennis. En France, tout était conjuré contre nous. Bruno glissait sur sa pente avec la plus joyeuse inconscience, au moment même où j'étais distrait et aveuglé par la plus étrange aventure qui soit.

Quand j'eus acheté l'auto, il fallut s'en expliquer avec Henriette. Cela me gênait un peu. Mais je ne pouvais plus longtemps lui cacher qui j'étais. Les Trois-Piliers [1] le savaient et on l'apprendrait bientôt à la faculté.

Lorsque le cabriolet blanc entra pour la première fois dans la cour de la faculté, il ne passa pas inaperçu!

Henriette nous vit de la fenêtre de son bureau qui était au premier étage. Pendant le cours, elle parut un peu nerveuse.

L'après-midi, à trois heures, elle me posa tout de suite des questions :

1. Place des Trois-Piliers. Elle était habitée par les plus aristocratiques familles de Langeval et vivait refermée sur elle-même.

— Quelle est cette voiture ? On vient vous chercher ? Vous n'allez pas partir ?

Je lui dis que j'étais le fils aîné du général comte d'Uttemberg, qu'il m'avait plu, jusqu'aujourd'hui, de jouer à l'étudiant famélique, mais que mon père estimait que le jeu devait cesser. Comme elle n'était ni d'un milieu ni d'une tournure d'esprit qui puissent s'intéresser aux comtes d'Uttemberg, je lui dis qui nous étions en Bavière et en Europe. Je n'étais ici, en pension, chez M. le Conservateur des Hypothèques en retraite, que par une fantaisie de ma mère inspirée par une institutrice.

Elle n'était pas d'humeur à me chercher noise. Elle n'était qu'étonnée et éblouie.

— Oh ! Sigmund, vous êtes réellement *le prince* Sigmund ! Je n'ai plus l'âge des contes mais, le croiriez-vous, dès le premier jour, pour moi, vous étiez un prince. Eussiez-vous été de l'origine la plus ordinaire, vous eussiez été un prince à mes yeux.

Bien que touché par tant d'admiration, je crus devoir rectifier.

— Je ne pouvais pas, étant tel que j'étais, avoir une origine ordinaire.

— Oui, oui, je me réjouis de vos titres, dit-elle, mais je me réjouis plus encore de vous les avoir attribués, en mon cœur, avant de savoir que vous les possédiez.

Tout finit pour le mieux. Je sortis grandi de cette petite cachotterie.

Les leçons reprirent. Henriette s'arrêtait parfois au milieu d'une phrase, perdait ses mots et me regardait. Quand je rédigeais, si je levais les yeux de mon papier, je rencontrais toujours son regard. Plus d'une fois, il se baigna de larmes. Je lui demandai, avec un peu d'ennui, d'où venait cette émotion.

— C'est le miracle de notre amitié, disait-elle, c'est la joie.

Mais je commençais à trouver que sa joie avait des hauts et des bas et qu'elle était plus souvent anxieuse que calme.

Depuis que je lui avais révélé ma qualité, je me sentais devenir plus hautain envers elle. J'entrais sans y penser dans mon vrai personnage.

J'arrivais en retard à nos leçons, par caprice, car je suis naturellement ponctuel. Je partais au milieu d'une conversation. Je critiquais avec ironie ses jugements littéraires. Je mettais en doute ses connaissances grammaticales lorsque sur un point les miennes étaient toutes fraîches.

— Un étudiant allemand sait tout de même plus de grammaire française qu'une élève du collège de R... (c'est là qu'elle exerçait).

Elle souffrait de mes critiques, car elle avait un orgueil professionnel immense. A vrai dire, elle souffrait de tout à ce moment. Ce qu'elle appelait sa joie était bien près de la souffrance. Je n'avais eu à son égard que de petites cruautés bien innocentes dont elle-même était la cause. En se mettant si visiblement à ma merci, c'est elle qui me les inspirait.

Ce jeu me dupait un peu moi-même. Bien des pointes que je décochais à Henriette, ce n'est pas à elle en réalité que je les destinais, mais à Desvalois. Souvent, ces deux personnages se superposaient et, bien que fort différents de nature, ils se confondaient un peu. Le cœur a parfois de ces quiproquos... Pour Mlle Desvalois l'affaire était close. Tant pis, celle-ci paierait pour l'autre.

Nous continuions d'expédier nos lettres à Lucienne. A la vérité, j'étais las de cette charité monotone tandis que les réponses de la malade devenaient de plus en plus copieuses et chaleureuses. On pouvait y lire d'étranges aveux :

« *Mlle Chaverds m'apprend que vous prononcez admirablement le français. Je suis déjà si heureuse de lire ce que vous écrivez que je voudrais l'être davantage en vous écoutant. Quelle est votre voix ? Je cherche parmi toutes les voix que j'aime celle que j'aime le plus pour me dire que c'est la vôtre. Et, quand je parcours des yeux vos lettres, pour la centième fois, c'est cette voix qui, tout haut, me les lit.* »

Une autre fois :

« *Votre photo ne me quitte ni jour ni nuit. Elle est entourée des fleurs sèches et des brins d'herbe que vous m'avez envoyés et que j'ai tissés. Vous savez que les fleurs séchées durent bien plus que toutes les autres ? J'y ai ajouté des fleurs minuscules qui ne poussent que dans le sable des dunes et qui ont une odeur de miel et de sel. La Douceur et la Force. Voilà ce que m'apporte chacune de vos lettres. Ces fleurs de la dune s'appellent des immortelles.* »

Elle reparlait de ma voix et de ma bouche d'une façon assez impertinente.

« *J'observe votre bouche lorsque la Voix qui me lit vos lettres prononce les mots si beaux que vous m'adressez. Sur votre photo je reconnais vos intonations et toutes les modulations de votre voix. Vous voyez que je vous connais déjà beaucoup et que je suis très près de vous.* »

Tout cela m'agaçait un peu. D'autant plus qu'Henriette lisait ces lettres avant moi et lisait les miennes. Je ne me rappelais pas toujours ce que j'avais écrit dans les précédentes. Lorsque je recevais les réponses de Lucienne, elles étaient d'un ton tellement au-dessus des miennes qu'elles semblaient répondre à des lettres plus affectueuses et même plus ardentes que celles que je lui écrivais. Peu m'importait, je faisais des exercices de rédaction.

Mais il était dit qu'il y aurait autre chose.

Henriette me lut une nouvelle lettre du médecin traitant. L'amélioration prévue se produisait. Le corps de Lucienne était maintenu dans l'immobilité absolue par un appareil rigide qu'il fallait réadapter. Mais, ni la malade ni sa famille n'avaient assez d'argent. Cela coûtait cinq cents francs. Henriette me lut également une lettre de Lucienne se désolant de voir sa guérison compromise pour quelques centaines de francs. Maintenant, elle voulait guérir : « Je suis sûre de guérir », disait-elle.

On voulait me faire savoir qu'ayant si bien contribué à l'amélioration du cas de Lucienne, je me trouvais en quelque sorte responsable des frais que cette amélioration entraînait. Quelle logique ! Et, bien entendu, il ne me restait qu'à couvrir cette pieuse dépense.

Pour avoir commis l'imprudence d'écrire des exercices de français sur le cas d'une jeune malade, il me fallait gaspiller cinq cents francs ! voilà un pays où il fait bon choisir ses sujets de thèmes !

Henriette fit tant et tant que je dus jouer le rôle du *prince* et verser les cinq cents francs. Je payais ainsi l'imprudence que j'avais eue de découvrir mon nom et ma conditon. J'effectuai cette dépense comme une mortification.

Mais je résolus d'espacer les lettres et de les interrompre avant peu. J'avisai Henriette que je ne paierais plus rien :

— Si on me rend responsable de sa guérison, serai-je obligé de l'établir et de l'épouser ?

— Oh ! voyons, dit Henriette confuse, vous lui ferez un cadeau.

117

— Pour ce qui est des cadeaux, ce sera le premier et le dernier.

Elle me regarda éberluée et ne dit plus rien. Cette situation était ridicule. Bien des sévérités que j'eus par la suite, envers elle, viennent de là.

*

Je prenais toutes les libertés avec l'horaire des leçons et même avec la simple politesse. Au milieu de la rédaction, je plaquais la lettre à sa fille malade et je partais à la recherche de Bruno. Pendant que je suivais l'ombre dans les ruelles de la petite ville dont je connaissais déjà les vieilles maisons de bois et de pierre, l'image d'Henriette pleurant mon départ, me poursuivait. Car elle pleurait assez souvent depuis quelque temps.

Je n'avais guère le temps de m'attendrir, Bruno m'occupait davantage. C'était le moment où la furie du tennis le tenait. Et celle des cigarettes ! Il en achetait dans une boutique, près de notre maison, des quantités prodigieuses. Il n'en fumait que cinq ou six par jour d'une marque anglaise, je crois, qui s'appelait De Reske. Il s'approvisionnait dans un « Tabac-Librairie » tout voisin. Je n'avais pas pris garde à cette devanture insignifiante. L'arrière du magasin donnait sur la cour-jardin des Brugères. Ses tenanciers étaient donc ces privilégiés de qui nous séparait la petite grille ruinée.

Bruno visitait ce magasin deux, trois, quatre fois par jour. Même en donnant ces cigarettes à tort et à travers, il ne pouvait épuiser ses achats. Il stockait dans sa chambre. Je lui dis ce que je pensais de cette nouvelle sottise.

— Mais je suis obligé de les prendre, dit-il, puisqu'on les fait porter pour moi spécialement.

Cette parole me parut si bête que je lui ordonnai de ne plus mettre les pieds dans cette boutique de voleurs. Il ne me répondit rien, mais il continua ses achats avec une rapidité accrue. Ses visites au « Tabac » étaient interminables, je me demandais quelle connaissance il y avait faite. Jusqu'au jour où accoudé à ma fenêtre, attendant son retour, je vis Bruno qui sortait de la maison du fond. Il gambadait sous les tilleuls et faisait des signes d'amitié à une jeune fille brune qui, d'une fenêtre, les lui rendait. Elle mit son doigt sur ses lèvres comme pour lui rappeler une promesse de discrétion. Bruno sauta par-dessus la grille et rentra dans le domaine Brugères d'où il fit un signe d'adieu à la fille du « Tabac ». J'étais si en colère qu'au moment où il passa sous ma fenêtre, je lui criai :

— D'où sors-tu ?

Mon cri lui tomba sur la tête comme un pavé. Il bondit de surprise. Évidemment son petit manège avait réussi tant de fois qu'il aurait dû réussir toujours. Mais ce jour-là j'avais laissé Chaverds à ses larmes et j'étais rentré à une heure inhabituelle. Heureusement pour nous tous !

Il monta l'escalier avec toute la lenteur qu'il put y mettre et il aurait filé dans sa chambre pour s'y barricader comme il le faisait quand il voulait éviter une explication.

— D'où sors-tu ? lui criai-je encore.

— Je viens de décommander les cigarettes... en passant par le raccourci.

— N'ai-je pas vu à qui tu passes tes commandes ! Tu la connais donc bien familièrement ?

— Oh ! si peu, me dit-il en prenant sa voix d'enfant et son visage d'archange triste.

Il ment à ravir. Qu'il ravisse n'importe qui, mais pas moi ! Les femmes à qui il a menti avec cette voix et ce visage ne l'ont pas oublié. Et ne s'en plaignent sans doute pas.

Je l'eus bientôt convaincu de fourberie. Pour de petits sujets, il se soumet et se repent. Mais ce jour-là, il m'étonna. Il me soutint que cette jeune fille était la plus charmante, la plus aimable, la plus spirituelle qu'il eût jamais rencontrée. Elle riait de tout et de tous. Elle jouait au tennis avec un entrain qui plaisait à tout le club. Elle nageait dans la Loire... et se promenait dans mon auto. Et tout cela pour la plus grande joie de mon frère.

— Et tu ne m'as jamais parlé d'elle ? C'est parce que tu savais que tu agissais mal.

— Pas du tout, mais tu m'aurais empêché de la voir. Tu ne supportes ni mes amis, ni mes jeux, ni les jeunes filles qui me plaisent, me cria-t-il.

— Celle-ci précisément me déplaît. Es-tu fou de fréquenter une jeune fille qui vend des cigarettes, maintenant qu'on sait qui nous sommes ?

Il la défendit et se défendit et me dit que l'opinion publique était pour eux. Puis il se tut et baissa la tête. Impossible de tirer un mot de lui ni même un regard.

Je tremblais : c'était la lubie, c'était la rechute. Voilà comment ressortait la vocation de pianiste, le goût de la vie de bohème. Sans pousser les choses au noir, je me sentis menacé et déjà blessé. Qu'il osât me préférer cette marchande de tabac et me le dire en face, me rendait fou d'humiliation.

J'essayai, doucement, d'obtenir la promesse qu'il

n'irait plus acheter de cigarettes chez elle. Je rouvris même de nouveaux crédits pour ses achats chez d'autres marchands. Pas un mot.

J'essayai d'obtenir un renoncement au tennis. Même silence. Quand il parle, quand il crie, quand il ment — je regrettais déjà qu'il ne mentît plus ! — je peux parler, crier et même le rosser et le convaincre. Ses paroles, ses arguments, ses mensonges, je les mets en charpie. Mais dans le silence, il m'échappe.

Je le connais. Derrière son front, il met en balance les désagréments des scènes que je lui fais et les plaisirs des rencontres avec la fille. Il pense qu'il ne perd pas à payer ces plaisirs avec quelques désagréments que je lui donne.

J'ai envie de dénigrer cette sotte, mais je ne la connais pas. Je risque de mal viser, de paraître ridicule et de la rendre plus attrayante.

Il faut savoir qui elle est. Peut-être n'y a-t-il entre eux que la niaiserie de deux niais. Mais jusqu'où peut aller la niaiserie ? Par sagesse, je reviens à la douceur et nous nous embrassons. En face de Bruno, c'est moi qui ai les larmes aux yeux. Si Chaverds me voyait ? Quelle revanche !

Et c'est alors que ce rapprochement me donna le premier soupçon des véritables sentiments de Chaverds à mon endroit. Il avait fallu que Bruno me mît dans cet état pour que je comprisse ce qui se passait entre Chaverds et moi. C'est par Bruno et par moi que je ressentais enfin que Chaverds, tout simplement, m'aimait.

Tout s'éclairait. Il était bien temps ! Mais dans quel guêpier étais-je tombé ? Mon visage devait être si altéré que Bruno me dit :

— Qu'y a-t-il, Sigmund ? Est-ce à cause de moi ? Tu es pâle.

Sa voix et son émotion me firent du bien.

— Il y a toi, lui dis-je, toi d'abord et encore autre chose. Tu m'as fait beaucoup de mal et tu t'apprêtes à m'en faire davantage.

Il ne pouvait pas plus que moi résister à cette tension. Les sentiments se développent en nous avec une telle intensité qu'ils nous brisent. Il suffit de certains mots prononcés sur un certain ton contenu et ardent pour nous jeter dans ce flux irrésistible qui sort de nos cœurs. Encore une fois, les larmes nous aveuglèrent et nous tombâmes dans les bras l'un de l'autre. Nous parlions ensemble. Je ne sais quels mots venaient à mes lèvres, mais j'entendis, dans la confusion des phrases, cette phrase de Bruno :

— Je te promets, Sigmund, de t'aimer toujours, mais laisse-moi aimer Marine, laisse-moi, au moins, celle-là.

J'étais dégrisé et soudain glacé. Qu'à travers notre transport, il ait pensé à elle, signifiait qu'il n'y renoncerait pas. Et puis, il l'appelait Marine !

Sans savoir comment j'y parviendrais, ni si j'y parviendrais, je résolus sur-le-champ d'anéantir cette effrontée.

Dès cette minute j'eus l'impression de mettre les pieds dans un enfer. J'étais seul contre tous et contre tout. J'ignorais tout d'elle et de ce qu'il y avait entre eux. Je maudissais Henriette et ses dissertations. Quel temps perdu ! Dans la nuit, je m'éveillai au milieu d'un rêve en appelant Bruno. Je me levai et me rendis dans sa chambre. Il était là, endormi. Je voyais à peine sa tête légèrement dorée et émergeant de la lueur laiteuse qui baignait le lit blanc. Je pris sa main qui faisait une tache plus colorée. Je venais de rêver qu'il s'était enfui.

Oui, enfui! Je le voyais, au loin, courir sur des dunes, les cheveux au vent et tirant par la main une jeune fille brune qui se laissait entraîner en se pâmant de rire dans le soleil et dans le vent. Ils allaient très vite. Aussi loin qu'ils fussent, j'entendais toujours ce rire de joie insultante lancé sur moi comme un javelot. Ah! il ne manquait pas son but! Je m'essoufflais, je m'enlisais et eux s'envolaient et se perdaient dans le vent.

Mais Bruno était encore là. Le front et le cou couverts de sueur, buvant mes larmes qui s'étaient épanchées durant mon rêve, je goûtais la joie de retrouver Bruno. Mais derrière son front, si blanc, si lumineux, dans la claire nuit d'août qui argentait les tilleuls, dont le feuillage velouté essuyait les murs blanchis de lune, derrière ce front, où était Bruno? Et si, là, sous mon regard impuissant, dans cette lumière irréelle, Bruno faisait le même rêve? Pour lui, ce ne serait pas un cauchemar. Ce serait un rêve heureux, le rêve qui délivre et qui comble. J'étais seul à entendre son rire. Il fuyait vers son bonheur sans entendre mon cri de détresse.

Ce rêve était si présent que lorsque Bruno s'éveilla parce que je bougeais près de lui, je lui demandai :

— Bruno, nous irons voir la mer; nous partirons tous deux, en Bretagne. Je suis sûr que nous trouverons une plage, où, entre les rochers, il y aura des dunes de sable, mais pour nous seulement, pour nous seuls.

Il était encore trop engourdi pour répondre, ou même pour comprendre. Il gémissait dans une sorte de bien-être animal. Je parlai encore de la mer; il me dit :

— Pourquoi me réveilles-tu pour me parler de la mer?

— Parce que j'ai rêvé que tu allais vers la mer, je veux y aller avec toi.

— Pas en ce moment, plus tard, me dit-il, le mois prochain.

Je compris qu'il ne voulait même pas s'absenter un seul jour de Langeval. Mais toujours chuchotant, je lui dis :

— Plus tard, ce sera trop tard. S'il ne tenait qu'à moi, nous partirions tout de suite et nous ne reviendrions jamais.

— Sigmund, pourquoi me harcèles-tu ? Pourquoi ne tolères-tu rien de moi ? Laisse-moi encore ici. J'y suis heureux. Et toi aussi, tu y es heureux.

— Parce que tu es là, Bruno.

Je devinai qu'il souriait. Mais j'étais trop près pour le voir. Je sentis seulement sa joue se plisser contre la mienne.

— Oh ! dit-il, pourquoi ne pas reconnaître qu'entre Mlle Chaverds et toi, il y a autre chose que...

Mon sang ne fit qu'un tour.

— Qu'y a-t-il ? Que pourrait-il y avoir ? m'écriai-je.

Je n'avais compris Henriette que depuis la veille, mais Bruno déjà savait !

— Parle ! criai-je. Que dit-on ? Je m'étais dressé et j'appuyais de mes deux mains sur ses épaules en le tenant sous moi. Mais lui souriait et parlait avec calme et amitié.

— Pourquoi t'emballer ? Je dis ce qu'on dit au cours et au tennis. Sigmund, je ne te fais aucun reproche. Je souhaite simplement que tu sois heureux. Je t'aime sans te demander de comptes, car je suis si sûr de toi qu'il me semblerait indigne de te laisser croire qu'il me vient des doutes. Rien, pas même Mlle Chaverds ne me fait croire que tu m'oublies ou me délaisses. Pourquoi ne crois-tu pas la même chose de ma part ? Pourquoi ne m'aimes-tu pas dans la sécurité ? Je t'en supplie, Sigmund, laisse-moi un peu parce qu'il y a des moments où... enfin, j'ai peur... J'ai peur de te détester. Tu ne m'aimes que pour toi. Pourquoi ne penses-tu pas que j'existe, seul, oui, que j'existe même quand tu n'es pas là ?

Je m'effondrai sur le lit. Je ne pouvais plus l'entendre. Jamais personne ne m'avait si bien atteint. « *J'existe même quand tu n'es pas là !* » Pour un peu, il aurait dit « *surtout* quand tu n'es pas là ».

Je ne voyais qu'ombre et douleur au-devant de mes jours. Et une colère atroce rampait vers moi, dans les ténèbres. Une sorte de puissant reptile qui d'un instant à l'autre pouvait se dégourdir à la chaleur de ce lit, m'enlacer à Bruno, et l'étrangler et fermer pour toujours cette bouche qui avait si cruellement parlé.

J'ai peur de cette violence mystérieuse qui presse le sang des Uttemberg. Je sais que Louis II d'Uttemberg avait pendu de ses mains sa femme adultère et les deux enfants qu'elle avait eus — qu'Otto décapitait ses chiens lorsqu'ils chassaient mal, et les pleurait ensuite —, que Louis IV poignarda son fils aîné pour une impertinence et que ce même fils qui en réchappa massacra les envoyés d'un souverain étranger qui le traitaient insolemment — sans parler d'autres accidents plus frais ! La terreur qui me vint de me sentir si proche de ces sanglants fantômes me calma et j'essayai de parler.

— Comment a-t-on osé parler de Chaverds et de moi ? Qu'est-ce qui peut faire soupçonner ?...

Bruno n'avait pas senti le danger qu'il venait de courir. Il me dit très calmement :

— Mais tout le monde sait que Chaverds a l'habitude de choisir chaque année un favori. L'année dernière, il était de Zurich. Avant, elle avait un Danois. Cette année, c'est toi : cela fait un peu sourire, mais je t'assure que personne n'y met la moindre malveillance. Je dois même reconnaître que la faveur de Mlle Chaverds t'a plutôt servi. Ils t'ont trouvé plus... comment dire ? enfin, plus humain, si tu veux. Ils reconnaissent bien ta supériorité intellectuelle, mais tu les effraies un peu. Ils te prennent pour un animal glacé et sans âme. On ne dit rien devant moi, mais je l'ai su par Marine. Elle a franchement peur de toi. Ça me fait sourire, tu penses, moi qui sais qu'il n'y a pas d'être plus sensible. Mais tu es violent... il faut en convenir. Enfin, ton flirt avec Chaverds est très bien vu, on ajoute qu'elle paraît bien plus sérieusement pincée qu'elle ne l'a jamais été. Enfin voilà ton roman et celui du professeur. Je le trouve charmant.

— Il est odieux, dis-je, il est inepte. Me croit-on capable de me lier avec cette femme vulgaire ? C'est elle qui répand ce bruit. Elle est peut-être flattée, mais pas moi. Elle me le paiera.

— Mais tu dramatises ! Elle n'a jamais fait courir aucun bruit. Elle est bien trop digne. Elle fait, au contraire, tout ce qu'elle peut pour suivre son inclination sous couleur de travaux littéraires.

— Inclination ! m'écriai-je, inclination. Mais tu es fou ! Comment peux-tu répéter une insanité pareille ?

— Mais, dit Bruno, je ne te reproche rien. Ne te défends pas. C'est tout naturel et ça ne gêne personne.

Je me tus. Ces ragots à propos de Chaverds me donnaient du dépit peut-être, mais mon mal le plus grave n'était pas là. C'était Bruno ma vraie douleur.

— Arrête, lui dis-je. Tu as l'air d'ignorer que chacun de tes mots me désespère un peu plus. Il faut que nous soyons seuls, seuls nous deux. Rejetons Chaverds et Marine. Dès demain, je te sacrifie Chaverds, je me débarrasse d'elle et ne la regarderai de ma vie. Fais de même pour Marine. Puis nous partirons en Bretagne, dans le Midi, ou à Paris, où tu voudras, mais partons

126

d'ici. J'ai peur, Bruno, pour toi et pour moi. Il n'y a rien que nous deux ici-bas.

Et je le pressai de toutes mes forces contre moi.

Surpris, il se dégagea et ce fut son tour de s'asseoir sur le lit. Il ne s'attendait pas au marché que je lui proposais.

— Grand merci, me dit-il. Il ne t'en coûte rien de sacrifier Chaverds que tu n'aimes pas. D'abord elle est vieille, et puis, c'est un professeur.

— Tu préfères la fille du Tabac ?

— Que vient faire le Tabac ? Marine est jeune, elle est jolie et si gaie. Elle me plait. Je ne suis heureux qu'auprès d'elle — pour rien, pour l'entendre rire et la regarder. Sigmund, je crois que je l'aime réellement. Et, elle aussi, elle m'aime.

— Bruno, m'écriai-je épouvanté, tu joues ta vie et la mienne !

Je lui remontrai que nous étions Uttemberg, Uttemberg en deux personnes, et que la vie de chacun n'avait de sens que mêlée à celle de l'autre. Je lui parlai de moi qui ne pouvais rien entreprendre que soutenu par sa présence et son affection. Je lui parlai de lui, de sa faiblesse devant le monde. Combien de Marine, déjà, l'auraient entraîné ? Où serait-il ? Comment vivrait-il ? De quoi vivrait-il ? Qui réfléchirait pour lui ? Qui l'aimerait sans relâche ? Qui porterait le poids de ses fautes ? de ses caprices et même celui de son argent ? Et pour finir, je lui dis :

— Le monde te guette, il te sourit, et il t'attire, mais c'est avec les gens de ton espèce qu'il fait ses pires déchets.

A son regard, je vis que je touchais juste :

— Laisse-moi au moins Marine, me supplia-t-il. Celle-là au moins, puis ce sera fini.

— Tu n'en finiras jamais avec tes caprices et tes

lubies. Dans ta vie, il n'y a rien de sûr que moi. Lorsque tu te reposes sur moi, lorsque je te porte — et je te porterai toujours à travers tous les dangers, tous les obstacles, toutes les vilenies du monde — tu dois te sentir récompensé du sacrifice que je te demande. Pour nous, Bruno, c'est le bonheur. Personne n'y comprendra rien. Mais pour nous, il n'y a que ce bonheur-là au monde.

— Tais-toi ! dit-il, tais-toi ! A moi aussi, tu me fais peur. Je préfère souffrir autrement.

— Tu ne souffriras pas autrement, tu souffriras de tout. Car tu ne sais peut-être pas que les plaisirs que tu te promets, Bruno, se paient. Et la vérité, c'est que tu n'as rien pour les payer. Tu as tout ce qu'il faut pour consommer, mais rien pour payer — que ton sourire. Le monde te trouve gracieux parce que tu es jeune, riche, ou qu'on te croit tel. Mais le jour viendra vite, Bruno, où ton sourire sera déprécié.

— Je ne veux plus que tu me parles, dit-il. Je veux que tu me laisses. Tu as réussi, une fois de plus, à me rendre malheureux. Voici le jour. Je ne pourrai plus dormir, je vais penser à ces choses horribles que tu m'as dites.

Et soudain, il éclata :

— Mais pourquoi m'entraînes-tu dans ton désespoir ? Garde ta douleur ! Garde ton enfer !

Je pus sauver la face, mais le coup était terrible. Je restai calme cependant :

— Je ne suis désespéré que parce que tu me désespères. Partons demain, Bruno. C'est notre salut. Et alors, nous aussi, nous connaîtrons la joie.

Il était fatigué. Je sentis que j'avais bien fait de ne rien dire contre Marine. Dans l'état de ses sentiments, tout ce que j'aurais dit contre elle m'eût rendu plus odieux et elle plus aimable. Il me répondit :

128

— Non, ne partons pas... pas encore. Je veux la revoir. Comment peux-tu détruire cela ? J'étais si heureux, Sigmund, pendant ces dernières semaines. Heureux comme l'eau qui coule.

Il me semblait que dans sa voix, fatigue ou inquiétude, il y avait une cassure. Je désirais, avant de le quitter, obtenir au moins un léger avantage ou une promesse d'avantage.

— Allons voir la mer pour un jour, pour un seul jour !

— Encore ? dit-il. Ne me demande rien maintenant. Je veux parler à Marine, avant.

— Mais pour un seul jour ? Nous reviendrons le soir.

— Eh bien ! soit. Pour un jour, pour un seul jour, me dit-il excédé.

Je le laissai. J'emportais quelque chose. Il me semblait que j'étais moins abattu que lui et l'inquiétude qui l'accablait maintenant avait un peu calmé la mienne. C'est peut-être dans ce sens qu'il faut entendre cette vieille sentence : « Il est doux de faire souffrir ceux pour qui l'on souffre. »

*

Le lendemain et les jours suivants ne furent pas moins lourds. En entrant au cours de la faculté j'eus la désagréable surprise de trouver sur le tableau noir une approximative caricature de Mlle Chaverds et de moi-même. Je sus qu'il s'agissait de moi parce qu'une tête émergeait d'un cabriolet qui ressemblait au mien. Un étudiant avait écrit : « Dulcinée, son chevalier et leur monture. » J'aperçus quelques sourires et on effaça avant l'arrivée de Mlle Chaverds.

Ce que Bruno m'avait dit était donc vrai. Tout le monde jasait des tête-à-tête Chaverds-Sigmund. Mais cette histoire allait finir. Et même brutalement.

A trois heures, je me rendis à la leçon. Henriette avait un air de chien battu qui appelait les coups. Depuis que je savais de quelle nature étaient ses sentiments pour moi, je la méprisais.

— Quel regard sévère, Sigmund ! Que vous a fait votre grande amie ?

— J'ai autre chose en tête, que vos gracieusetés, tout simplement.

— Mais il ne s'agit pas de gracieusetés, nos sentiments valent mieux que ce mot.

Je lui éclatai de rire au nez, d'un rire grossier qui résonnait comme celui de mon père. Je riais très fort, car je n'avais pas le cœur à rire.

Elle frissonna comme si un courant d'air glacé l'eût enveloppée. Elle baissa la tête et ses mains tremblaient. C'était mon tour de voir quelqu'un frissonner. Hier au soir, c'était moi... Aujourd'hui, c'étaient d'autres mains que les miennes qui tremblaient d'angoisse. Je les regardais, fiévreuses, maladroites et affolées, elles remuaient sottement les fiches et les cahiers. Ces mains contractées, veinées de gros cordons, étaient aveugles et indiscrètes comme des somnambules. Elles lâchaient tous leurs secrets. J'eus pitié d'elles. Je les comprenais si bien !

Je voulais voir jusqu'où iraient mon pouvoir et la bassesse de Chaverds, mais je ne voulais pas encore lui laisser entendre qu'il n'y avait plus pour moi rien d'obscur dans ses sentiments.

— Je pense, lui dis-je, qu'après cet achat de corset médical, j'ai rempli tous mes devoirs envers votre protégée ; il ne me paraît pas utile de poursuivre cette correspondance.

— Mais c'est impossible, cria-t-elle, ce serait pire que de n'avoir pas acheté l'appareil ; vous lui feriez bien plus de mal.

— Je ne tiens pas à lui causer le moindre préjudice, mais je désire cesser mes bons offices.

— Voyez la lettre d'aujourd'hui. Elle est si touchante ! Vous ne pourrez résister à cette lecture.

Et elle se mit à chercher dans un petit sous-main où elle rangeait sa correspondance. Elle fourrageait là-dedans, des papiers glissèrent qu'elle rattrapa à la hâte et maladroitement. Je crus apercevoir ma « dissertation-lettre » de la leçon précédente. L'espace d'un éclair. Ne serait-elle pas partie ? J'avais dû confondre car Henriette me communiqua la réponse de Lucienne à cette même dissertation. Il n'en faut pas toujours autant pour faire naître des doutes. Toutefois, j'écartai ceux qui auraient pu se présenter car j'avais autre chose à penser.

Cette lettre était comme les autres, en plus enfiévrée : elle me remerciait de l'achat du corset. Ce n'était pas de la reconnaissance qu'elle exprimait mais de l'amour. Et du plus charnel qui soit. Maintenant que mes yeux étaient bien ouverts j'en voyais partout où il y en avait. J'en avais la nausée. Cette fille malsaine qui se consumait de fièvre et de désir, sur son grabat devant une photo de moi !

Je ne sais si Henriette se doutait que la lecture de cette lettre me soulevait le cœur. Quel rôle jouait-elle dans cette correspondance ? Pourquoi entretenait-elle cet échange ? Pourquoi n'étant ni aveugle ni naïve se plaisait-elle à cette complicité ? Quel charme trouble à faire parvenir, à contrôler, à lire ces aveux à peine voilés d'une sensualité que la maladie, peut-être, exaspère ? Sous ces douceurs et ces préciosités épistolaires, c'était un sang épais, fiévreux et obstiné qui circulait et son éclat sombre jetait des lueurs entre les mots :

« *Vos lèvres me parlent un langage qui n'est ni du français ni de l'allemand, c'est la langue du cœur. C'est une musique et un sourire grâce auxquels ma solitude est la plus douce du monde. Votre image et la Voix merveilleuse embellissent tout, même mon sommeil.* »

Je tendis la lettre à Henriette.

— Tout ceci ne mène à rien, dis-je. Puisqu'elle va mieux, il faut cesser cette correspondance coûteuse et ridicule... Vous m'aviez promis d'aller voir l'abbé Dautuy ? Y êtes-vous allée ?

Elle blêmit et ferma les yeux.

— Il faut tenir votre promesse ou changer votre façon d'être.

— Mais sur quel ton vous me parlez, mon ami ? Vous pourriez me quitter ?

— Je vous quitterai si vous n'accomplissez pas tous vos devoirs religieux. Il faut pratiquer ou rompre.

J'étais stupéfait moi-même de la netteté de l'ultimatum. J'éprouvais le calme de la parfaite indifférence. Il n'est pas difficile d'être habile quand on est tout-puissant. Elle était dans une situation où l'on accepte tout.

— J'irai, dit-elle plaintivement.

— Eh bien ! nous irons à la messe ensemble demain matin et vous communierez. Moi aussi. Mais aurez-vous l'absolution ? Ne me disiez-vous pas que votre âme était troublée ? Je vous trouve parfois étrange, excessive et changeante. Ce n'est pas le signe d'un cœur pur.

— Vous êtes donc cruel ? me dit-elle dans un souffle. Vous êtes aussi cruel. Il me faut aller jusque-là...

— Personne ne vous y oblige, dis-je. Et je sortis.

Nous en avions assez dit, et je ne savais que faire d'elle.

Je courus à la recherche de Bruno. Il était au tennis. Marine aussi. Je l'observai.

Elle jouait médiocrement mais elle manquait ses balles avec grâce. Elle s'en excusait en riant. Elle avait un timbre extrêmement agréable dans le rire. Elle trouvait sur les joueurs et sur elle-même des expressions cocasses qui amusaient ceux qui la regardaient jouer en lui adressant des encouragements plaisants :

— Ne me regardez pas, criait-elle, vous me donnez de la distraction.

— Et à nous aussi, vous en donnez ! lui répondait un étudiant.

Elle était très aimée. Elle se moquait du tennis. Elle ne jouait que pour se donner le plaisir d'amuser, de plaire, de recevoir des compliments et des galanteries. Et d'y répondre.

Elle courait après les balles avec une légèreté un peu affectée. Souvent, elle tombait et montrait ses jambes qui étaient bien faites, fines et vigoureuses. Ces chutes étaient déjà tout un art. Elles faisaient partie du tennis tel que le comprenait Marine. Sa jupe plissée s'envolait et tournoyait avec le maximum d'élégance. Elle avait une coiffure curieuse et très seyante. Elle tressait ses cheveux noirs avec de la soie rouge et verte et s'entourait la tête de cette sorte de turban. Il lui allait à ravir. Mais je le trouvais assez voyant et vulgaire. Elle était un peu rouge de peau. Je le fis remarquer à Bruno, assez sottement du reste.

— Mais ce sont des coups de soleil ! dit-il. Elle a la peau très fine et très pure au contraire. Si tu savais voir, tu aurais vu que c'est justement pour cela que le soleil l'a rougie.

Je me le tins pour dit. C'était le genre d'offensive à ne pas prendre.

J'allais aussi souvent que possible au tennis, maintenant. Les leçons de Chaverds étaient expédiées et j'en manquais plus d'une. Tant pis pour le programme que je m'étais fixé. Le seul programme intéressant, c'était de ramener Bruno à Schwarzberg, puis à Berlin. Et de le ramener dompté. Je me morfondais sur ces courts de tennis en plein soleil. Je m'efforçais de jouer pour tuer le temps de façon à rentrer avec Bruno et évincer Marine. Elle enrageait de cela. Elle avait senti dès le premier regard que nous nous détestions. Elle avait vu l'ennemi.

D'un même mouvement, elle et moi, nous nous épargnions la petite cérémonie du salut. Tout en nous observant, nous nous ignorions.

Dès que j'apparaissais sur les courts, son jeu se gâtait. Sa gaieté était moins franche et ses grâces forcées. Je jouissais de ce trouble et de cet agacement. Lorsqu'elle réussissait une belle pirouette, que la galerie applaudissait bien qu'elle eût manqué la balle, elle jetait un regard sur moi. Elle me voyait glacial et ironique et son plaisir était gâté. Je souriais avec mépris. Une fois, elle sortit en criant :

— J'en ai assez! j'en ai assez!

On la crut folle. Je savais de qui et de quoi elle avait assez. Cela me flattait. Bruno ne s'avisa jamais de lui offrir une place dans la voiture quand j'étais là. Mais j'avais résolu de paraître bon prince, et je lui prêtai de temps à autre le cabriolet, pour une heure ou deux seulement. Je n'ignorais pas pour qui il roulait. Marine s'amusait beaucoup moins de l'auto depuis qu'elle savait que j'en étais le propriétaire exclusif et que

Bruno n'en jouissait qu'au compteur, en quelque sorte. Et le compteur, c'était moi ! Je mesurais leur plaisir, je l'observais, je l'empoisonnais de loin. Bruno me l'avoua. Mon demi-effacement me parut plus efficace que la fougueuse animosité dont j'étais déchiré quand elle était seule avec Bruno. Si elle avait su mieux user de son pouvoir tout neuf, le mien aurait fait long feu. Mais son pouvoir était trop neuf justement. Si elle avait eu le quart de l'habileté d'Henriette, j'étais perdu.

*

Je vivais dans un état d'anxiété dont je ne sortais ni jour ni nuit. Je venais, ce jour-là, d'avoir avec Henriette une scène pénible. Elle s'était confessée et avait communié le matin. Je l'avais accompagnée. C'est l'abbé Dautuy, son confesseur, qui avait officié. Au moment de la bénédiction, il nous regarda. Je pensais qu'il avait mis une intention particulière pour Henriette, dans sa messe. A la fin, elle s'attarda un peu sur son prie-Dieu et je l'attendis à la porte. L'abbé sortit de la sacristie, traversa le chœur et vint lui parler. Il l'accompagna dans la nef, mais ne s'avança pas jusqu'à moi. Je m'apprêtais à le saluer à la porte et à lui parler aimablement. Il répondit correctement à mon profond salut et fit demi-tour vers l'autel où il s'agenouilla. En rentrant, Henriette paraissait plus calme. Elle me le dit et me remercia de l'avoir engagée à s'en remettre à l'abbé.

— Il vous a donné l'absolution, sans difficulté, lui

dis-je, un peu ironiquement. Je suis sûr que vous vous faites des montagnes de rien.

— J'ai l'absolution, mais il y a quand même une montagne à gravir.

— Chacun a sa montagne, répondis-je. Et ce n'était pas à la sienne que je pensais.

— Dans certains cas, la montagne pourrait être aplanie, dit-elle, et ce qui est douleur pourrait être joie si les cœurs s'accordaient. Mais les âmes ne sont pas toujours faciles... Et elle soupira.

Son calme me parut déjà troublé.

— Il ne faut ni aplanir ni tourner les montagnes, mais les gravir, lui dis-je. La Providence les met sur notre route pour ça. Le Christ a gravi la sienne pour nous aider à gravir la nôtre.

Son visage s'altéra encore un peu plus. J'étais sûr que son calme était détruit.

— Ainsi, c'est vous qui me conseillez de gravir mon calvaire ! de souffrir jusqu'au bout. Puissiez-vous vous repentir de la souffrance que vous m'infligez ! Et que personne ne vous inflige la même !

Je comprenais mieux qu'elle ne le croyait de quel calvaire il s'agissait. Cette parabole s'étirait en longueur, à sept heures du matin, sous le porche de Saint-Roch. Cependant, il venait de s'éveiller en moi une sorte d'aspiration à bien agir envers elle. Non pas à verser dans une sentimentalité banale, mais à diriger la sotte aventure où elle s'était engagée et m'avait engagé vers un dénouement digne de ce qu'il y avait de bien en elle et en moi.

Je ne savais comment y parvenir mais je pensais que, peut-être, un peu de grandeur et de sacrifice pourrait couronner ce que les Français appellent « un roman », et qui n'était à mes yeux qu'une ridicule histoire de vieille fille.

136

Mais aurait-elle assez d'étoffe pour devenir, entre mes mains, un personnage supérieur à ce qu'elle était ?

Dans le moment où cette idée germait en moi, l'affaire de Bruno m'avait, malheureusement, fait perdre le calme, la lucidité et l'énergie qu'il m'aurait fallu pour exalter cette âme dévoyée jusqu'à un sacrifice hors du commun. J'étais, moi aussi, piégé d'autre part et je me débattais. Mais quand un dessein se forme dans une âme trempée comme la mienne, on le réalise ou on perd la face.

Chaque après-midi, je n'avais plus d'autre souci que de surveiller Bruno. Mais, soit l'habitude, soit l'attrait de la douce soumission qu'elle me montrait, je passais quelques quarts d'heure chez Henriette. Elle était trop intelligente pour ne pas le sentir. En flattant mon penchant, elle me retenait à elle. Jusqu'où irions-nous dans cet équipage ?

C'est donc l'après-midi de ce même jour que, impatient de rejoindre Bruno, je brusquai un peu Henriette. Je lui dis que sa foi me paraissait tiède, que sa charité envers sa protégée n'était peut-être pas très pure. Je dis cela au hasard, mais tous les coups portaient.

— Que voulez-vous dire ? s'écria-t-elle. Je vous adjure de me dire le fond de votre pensée. Selon ce que vous me direz, je prendrai une résolution qui m'engagera pour la vie. Vous me tenez à merci, parlez !

Je n'avais rien à lui apprendre. C'est moi qui venais de soupçonner qu'il y avait, sous notre correspondance à Lucienne, une énigme qui la torturait. Je m'en tirai par des moralités.

— Il me semble, lui dis-je, que vos sentiments sont depuis quelque temps dans une confusion telle que je crains que les plus purs ne soient contaminés par les autres. Mais je ne sais rien, absolument rien de vos vrais sentiments.

— Vous me parlez comme à une criminelle. Me connaissez-vous bien ?

— J'apprends chaque jour à vous connaître et je me demande parfois si vos sentiments sont aussi purs, aussi sincères qu'ils le paraissent quand vous les exprimez.

— Ils sont plus forts que moi, dit-elle, j'en mourrai et vous l'aurez peut-être voulu.

— Qui ? Moi ? fis-je en simulant la stupéfaction. Que puis-je dans votre désordre secret ?

— Il y a que je vous aime, et que vous m'avez jetée dans un enfer.

Je ne m'attendais pas à cet aveu : il me laissa sans voix.

Elle continua.

— Ah ! ces premiers jours, quelle douceur et quelle duperie ! Quel charme en vous ! Chaque fois que vous reveniez, j'étais plus émerveillée que la veille par votre jeunesse, votre prestance. Et ce don de votre amitié que vous m'avez fait ! Avec quelle chaleur ! J'y ai senti une âme si proche de la mienne. Jusqu'à cette dureté dans vos principes, jusqu'à cette raideur précise de vos gestes, je trouvais tout parfait, tout aimable. J'ai aimé en vous jusqu'au mal que vous m'avez fait. Cette douleur, c'est encore vous ! Vous m'avez blessée dans un endroit du cœur qui ne guérit pas, à mon âge...

Sa voix se brisa, je redoutais ses sanglots et je les attendais. Elle les surmonta, mais elle perdit tout contrôle.

— Je vous aime, hélas ! Je vous aime avec une tendresse infinie parce que je crois que vous avez mal aussi.

Je n'eus garde de répondre à ces folies. Je les lui retournai :

— Qui donc m'a attiré ici ? lui demandai-je avec hauteur.

— C'est moi, murmura-t-elle.

— Qui donc m'a pris la main ? m'a donné du cher Sigmund ?

— C'est moi, je vous en prie, arrêtez, Sigmund.

— Et qui s'est sentie inquiète et coupable, tout en me donnant à entendre que j'avais joué les séducteurs ? Qui donc craignait le confessionnal ?

— C'est moi ! cria-t-elle, menaçante. Tout, tout, c'est moi. J'ai tout fait, je le sais, mais je suis prête à porter seule le poids de ma folie.

— De votre faute, lui dis-je.

— Je n'ai rien fait d'indigne.

— Vous avez désiré le faire, vous m'avez trompé, vous m'avez insulté.

— Moi ? Jamais ! Je refuse de porter ce péché ! Celui-là n'est pas le mien.

— Et quel nom faut-il donner à votre hardiesse ? Comment, sachant qui vous étiez et qui j'étais, avoir osé laisser paraître un sentiment si insolent. Les gens de ma sorte peuvent avoir de la sympathie pour les gens de la vôtre, mais une inclination comme celle-ci, jamais !

— Ce n'est pas une inclination, dit-elle plaintivement, c'est de l'amour.

— Comment ? Votre cynisme ruine ce qui me restait d'estime pour votre caractère.

— Je n'ai plus d'estime à attendre que pour la profondeur et la sincérité de mon amour. Je ne suis plus rien qu'une femme qui aime de toute son âme. J'ai tout jeté dans ce brasier. Ma sérénité, ma réputation, je perds tout. Tant pis... Vous avez piétiné ce que j'avais préservé au fond de mon cœur : qui vous en donnera autant ?

— Je veux un sentiment d'une autre qualité, lui dis-je.

— Menteur ! cria-t-elle, tu n'en veux ni ainsi ni autrement, tu n'en veux pas.

Elle eut un geste d'anathème.

Ce tutoiement, cette cruelle confidence, cette tendresse mêlée de fureur, symptômes bien connus de mon cœur, me bouleversèrent soudain, et je pensai : « La malheureuse ! c'est bien vrai, elle m'aime. » Et j'eus une sorte d'admiration pour cette grandeur de la passion, grandeur qui ne m'est pas étrangère. Elle aussi traversait le feu.

Elle s'exaltait encore. Je crois que des caractères plus faibles que les nôtres seraient brisés ou frappés de terreur par des scènes de cette violence.

Elle tomba à mes pieds et m'embrassa les genoux.

J'étais bouleversé. Il me semblait qu'elle venait de m'élever sur son autel, bien au-dessus de tous les autres hommes et son aveu délirant consacrait, en somme, mon ambition de dominer.

Tout sert d'école aux grands sentiments.

Je me baissai pour la relever. Mais au moment où je touchai son bras, elle hurla comme si j'eusse eu des mains de feu.

— Ne me touchez pas ! Vous m'avez fait trop de mal. Vous m'avez trop humiliée. Vous ne méritez pas de me toucher.

J'étais atterré. Que fallait-il comprendre ? J'étais perdu dans un dédale de sentiments. Elle resta agenouillée et parlait comme une hallucinée :

— Vous avez voulu me faire croire que mon amour était indigne, que je n'avais que bassesse à vous offrir. Je ne vous le pardonnerai jamais...

140

Elle s'écroula sur le parquet. Partir ? Laisser tout s'achever ainsi ? J'étais désemparé et, le croirait-on, la pensée de Bruno et de Marine ne me quittait pas : ils étaient là. Ils s'étaient, à travers moi, mêlés à cette scène. Je les voyais, êtres de fumée, aller et venir dans la pièce et écouter, et comprendre. Nous étions quatre autour d'un autel très antique à attiser un feu terrible où déjà l'un de nous venait de se consumer. Qui serait le suivant ? En regardant, à mes pieds, tressaillir les épaules d'Henriette abîmée dans sa douleur sur le linoléum de la salle à manger, je pensais : « Demain... peut-être ce soir, tu te traîneras ainsi sur la carpette râpée de Mme Brugères, et Bruno excédé, filera en claquant la porte et il éclatera de rire dans l'escalier. »

Cette vision m'époinçonna si fort que je voulus fuir ; mais Henriette se redressa. Elle dit d'une voix suppliante :

— Restez, Sigmund, encore une minute. Il faut finir autrement. Sinon ce serait affreux. Oui, vous avez vingt-trois ans, vous ne pouvez pas juger de ces choses. J'ai quarante et un ans, je suis vieille. Vous le pensez ? eh bien ! oui, je suis vieille depuis tout à l'heure. Ma vie est finie. Quand vous serez parti, je n'aurai plus rien à faire ici-bas.

— Quoi ? vous penseriez à...

— Je ne penserai à rien qu'à vous, qu'à me souvenir de vous, qu'à vous garder un culte. Je ne me rappellerai bientôt plus que vos plus beaux côtés, nos meilleurs moments.

— Il faut, lui dis-je, puisque vous êtes dans ces dispositions, retrouver le sel de la vie.

— Allons, dit-elle, ne me parlez pas comme à une malade. Je vous aime mieux autrement. J'ai fini sur mon compte. Parlons de vous. J'ai entrevu de vous un visage que je n'avais pas vu, un visage que ma douleur a peut-être enfanté et qui, je l'espère, n'est pas le vôtre. Le visage de la cruauté. C'est faux, n'est-ce pas, Sigmund ? Seulement, vous êtes trop pur et trop jeune pour savoir être tendre. Il me semble que cette cruauté n'est pas la vôtre, c'est celle d'une souffrance. Vous souffrez, Sigmund ? On vous fait du mal ? Dites-le-moi, je suis sûre qu'on vous fait du mal.

Je me raidis non sans peine. Et je ne voulus ou ne sus pas lui répondre. Et puis, j'en avais assez. Sans me gêner, je regardai l'heure. Il était plus de six heures ! Déjà le soleil descendait. Je voulais courir au tennis et rejoindre Bruno.

— Vous partez ? cria-t-elle. Elle se dressa puis s'assit, car ses jambes ne la portaient plus. Elle était brisée. Vous reviendrez, Sigmund, encore une fois, nous ne parlerons de rien, mais revenez une fois.

— Oui, lui dis-je, promis. Mais pensez qu'à défaut d'amour, la vie est quand même remplie par l'amour de Dieu. Vous y penserez ? Promettez-le-moi.

— Revenez, Sigmund, répéta-t-elle, je vous dirai ce que j'ai pensé. Mais, vous, pensez à moi. En bien ou en mal, pensez-y, Sigmund.

Et je partis. Elle pleurait, accoudée sur la table parmi les papiers épars. Sa chevelure s'était dérangée, de vilaines mèches pendaient dans son cou, sur son front. Son visage était ravagé, vieilli et bête. Une heure de désespoir l'avait flétrie comme dix années ordinaires. Je haussai les épaules et je courus vers Bruno.

*

A peine au bas de l'escalier, je n'avais plus en tête que la conversation que j'avais surprise, la veille au soir, entre Bruno et Marine. Ainsi allaient ces jours brûlants. C'était le plein été. Mais c'est surtout dans nos cœurs que brûlaient les feux impitoyables de sa canicule. Seul Bruno était heureux. C'était intolérable.

Ce soir-là, je m'étais, contre ma coutume, attardé dans le garage de M. Brugères où se trouvait notre voiture. J'étais descendu dans la fosse d'où l'on peut inspecter les dessous du moteur. Une fuite à une canalisation d'huile me donnait un peu de souci.

Sans s'inquiéter d'une présence possible, Bruno et Marine, qui me croyaient ailleurs, entrèrent comme des fous, s'installèrent sur les sièges, juste au-dessus de ma tête et le silence fut tel que j'en conclus qu'ils s'embrassaient. Ils chuchotèrent en soupirant.

Je m'étonnais qu'ils n'entendissent pas battre mon cœur. J'étais si oppressé que j'ouvris mon col. Leurs pieds frottaient les tôles au-dessus de moi. Marine demanda :

— Emmène-moi promener, Bruno, sortons d'ici. J'ai peur de ton frère.

Il lui dit quelques tendresses pour la faire taire mais elle insista en lui répétant que la crainte de mon voisinage lui ôtait tout plaisir d'être avec lui.

— Tu es folle, mon amour ! Mais comme je le suis aussi, allons où tu voudras.

— Allons à la Loire. Nous serons revenus à la nuit. Tant pis s'il crie, nous ne l'entendrons pas.

Tout retomba dans le silence : ils s'embrassaient encore. Cela dura.

La voix changée de Bruno demanda précipitamment :

— Marine, il faut nous voir, nous voir souvent, nous voir beaucoup, je veux te garder contre moi.

— Oui, dit-elle, dans un souffle. Il faut nous voir toujours. Serre-moi fort, j'ai peur de te perdre. Es-tu bien à moi ?

— Nous ne nous perdrons pas, ma chérie, mais il faut nous voir davantage. Plus longtemps, seuls, tout à fait, toute la nuit. Nous gâchons notre amour, nous n'avons que des escapades. Nous sommes fous d'être si timides. Moi aussi, j'ai peur, quand j'y réfléchis.

— Ne pense qu'à moi, dit-elle. Ne pensons qu'à nous. Mais il y en a d'autres qui pensent aussi à nous.

Ainsi, il y avait donc quelqu'un qui disait : « *Nous* » à Bruno ! Et ce n'était pas moi !

Bruno tâchait de la rassurer. Ce qu'il disait était bête, mais sa voix était douce et épaisse comme un sirop. C'est ce qu'elle aimait. Ce n'était pas la voix d'un amant bien résolu. Il ne recherchait aucune assurance contre qui menaçait son amour, il ne recherchait que cette extase sensuelle et des baisers pour l'entretenir.

Après un silence, Marine lui dit :

— Tu es mon Bruno, mon Bruno ! Nous resterons ensemble. Il le faut maintenant.

Ils convinrent, en parlant bas, de se retrouver le lendemain à la nuit. Je ne pus entendre où ils se retrouveraient, mais, dans un chuchotis mourant, je perçus :

— Comme l'autre soir, ça ira bien.

Après un silence, où je crus que l'air allait me manquer, la voiture gronda, m'enfuma et s'enfuit. Mon cœur s'arrêtait. Il ne voulait plus souffrir. A grand-peine, je me tirai du puits, je me traînai jusqu'à ma chambre et m'endormis en travers du lit.

J'étais si désemparé que ni le soir ni le lendemain je n'osai parler à Bruno.

C'est qu'il y a de la différence entre deviner qu'on est trahi, le savoir, et en avoir le spectacle.

144

Quand, le lendemain, au sortir de la terrible crise de larmes de Chaverds, j'arrivai, après six heures, au tennis, je ne vis ni Bruno ni Marine. J'étais si vulnérable que leur absence m'anéantit. Si l'on avait pu voir le fond de mon cœur, le spectacle de sa confusion eût épouvanté. Je les demandai à droite et à gauche ; quelqu'un de loin me cria :

— Ils sont partis ! en faisant un geste qui signifie « Envolés ! » Je tombai sur un banc. Partis ! Ce mot signifiait : Morts ! Disparus ! Que sais-je ? Partis où ? Partis pour toujours ? Ils étaient partis, absolument.

Les mots sont comme les êtres, ils n'ont pas qu'un visage. Ils sont ce que les circonstances et notre cœur les font. L'apparition d'une même personne peut être, selon le temps, un message de joie ou de douleur et c'est bien la même personne. Les mots ne sont fidèles qu'à leur orthographe et les êtres ne sont fidèles à rien. Pas même à soi. Partis ! J'étais hébété sur mon banc.

Dans un monde lointain que je devinais baigné de la lumière d'une soirée d'août, des voix radieuses criaient : « Play, Ready ! », jetaient des nombres et des exclamations joyeuses. J'entendais le plac-plac, le bruit des balles bien reçues et bien renvoyées par les raquettes sonores, et j'apercevais, dans l'air doré, les trajectoires parfaites des balles, lourdes et précises comme des billes d'ivoire. C'était déjà un autre monde. Ce n'était plus le mien. La douleur m'en avait chassé.

Un étudiant à qui Bruno prêtait de l'argent, un certain Brown, passa près de moi et me dit :

— Vous les attendez ? Ils sont à la Loire. Ils rentreront chez vous. Mais les coussins de votre voiture vont en prendre. Ils étaient six en maillot de bain, et en joie, ils ont traversé la ville en jouant du tambour.

J'éclatai de rire. C'était un hoquet strident, un spasme qui se déclenchait. L'étudiant me regarda sévèrement. J'avais mal, je me levai et partis très vite ; si ce rire s'arrêtait, j'allais peut-être fondre en larmes.

Il me sembla que les joueurs jouaient de nouveau dans un monde vrai, que ce monde était beau, que Bruno était bien meilleur, bien plus fidèle que je n'avais cru. Il n'était parti que par légèreté, pour s'amuser. Il m'avait fait peur — pour rire ! Et Marine n'était ni aussi dépravée, ni aussi vulgaire, ni aussi dangereuse que je l'avais cru. Que je leur étais donc reconnaissant d'avoir fait monter six fous sur les coussins de ma voiture ! Puisque Bruno allait revenir...

Bien plus calme, j'évaluai, en rentrant au logis, l'étendue de mon mal. Je pris peur. Peur de moi, de quelque chose de démesuré qui était en moi et dont j'étais la proie et qui m'avait terrassé là, sur ce banc. Je m'en étais dégagé par une sorte d'accès de démence. Comment des âmes froides pourraient-elles juger les convulsions, les fureurs, les splendeurs de nos âmes de feu ? Comment oseraient-elles juger, elles qui rampent, semblables à des larves dans les ténèbres et la médiocrité ? L'obscurité de vos destins vous fait aveugles, alors que nous vivons en plein soleil, dans l'azur, l'or, le sang et le feu des glorieuses passions. Quel homme, saisi dans les remous de telles passions n'est effrayé de sa prodigieuse et cruelle fortune ? Quel saint, quel héros, quel génie n'a poussé, en face de son tragique destin, le cri d'effroi de la créature qui se sent broyée par son propre triomphe ?

Serais-je le seul, dans le monde moderne, à pouvoir lancer ce cri magnifique ? Comme je comprends maintenant la surhumaine confusion où me jetait la musique de Wagner ! Le cri des trompettes et ces sanglots sublimes qui secouent les foules comme les tempêtes soulèvent les mers, et les brisent et font jaillir de leurs flots de poix des gerbes éblouissantes d'écume qui éclaboussent la terre et insultent ses dieux !

J'oscillais entre ces pôles dans un balancement vertigineux. Tantôt force et espoir, tantôt désespoir et démence. Mais toujours, j'ai gardé un visage net. Je fus toujours le comte Sigmund. Je ne fléchis pas. On nous ridiculise à l'étranger parce que nous portons un corset sous nos uniformes et trop d'aigles dans nos armoiries. Nous portons aussi en nous, du moins je le porte, un corset d'un tout autre acier. Et quand on effacerait les aigles de nos armoiries, et quand on brûlerait nos cartulaires, d'autres aigles nous déchireraient encore le cœur.

Quand je vis Bruno, le soir, je voulus paraître gai. Je le parus. Il le remarqua et me dit sa joie de me retrouver après cette journée. Il resta avec moi jusqu'à onze heures. Nous avons parlé de Schwarzberg. Si le souvenir de l'odieuse rencontre dans le garage n'avait été si présent, j'aurais peut-être eu deux ou trois bonnes heures. Mais ces heures-là ne sont jamais mon lot.

La nuit ?... je ne sais plus. Je crois que j'eus de réels accès de démence suivis d'amnésie. Je concentrai toute mon énergie pour me garder enfermé dans ma chambre. Si j'étais entré chez Bruno, je l'aurais peut-être tué.

Ne parlons que de ce qui fut.

Au matin, Bruno me dit :

— Tu as l'air moins agréable qu'hier. Je ne te comprends plus.

Je faisais de mon mieux pour être calme, mais gai, je ne le pouvais pas. Je lui dis que je ne sortirais pas. En fait, j'ignorais si j'attendrais le soir, si je serais vivant le soir, et s'il le serait lui-même. Il me demanda si j'étais souffrant, si j'avais du travail.

— Ni l'un ni l'autre. J'ai envie de faire quelque chose... mais je ne sais pas quoi.

— Eh bien! cherche, dit-il étourdiment, va voir Henriette!

— Tais-toi, criai-je. Je n'ai rien à y faire. Plaise au ciel que tu n'aies rien à faire ailleurs!

— Mais, dit-il, avec un terrible air d'innocence, j'irai seulement au tennis cet après-midi.

— Non, non! Tu m'as promis de venir à la mer avec moi, allons-y aujourd'hui, voilà ce dont j'ai envie.

« Et s'il met le pied dans la voiture, pensais-je, il ne rentrera pas de sitôt à Langeval. » En l'enlevant, je l'enlevais à son rendez-vous du soir.

Il refusa doucement. Puis violemment. J'insistai. Il s'enferma dans son silence. C'était fini. J'essayai tout : supplication, tendresse, menace. J'étais si désemparé que j'aurais pu le tuer, mais pas le battre.

Je pensai à l'argent. Il avait fait des dettes à travers la ville qui lui donnaient du souci. J'avais refusé de payer le club de tennis et le bar où il rafraîchissait ses parasites.

— Viens à la mer, je te donnerai mille francs!

Il parut réfléchir et il refusa. Je lui demandai combien il devait et il me dit, timidement : « Quatorze cents francs. »

— Viens, je t'en donnerai quinze. Tu n'auras plus de soucis. Ce sera une belle journée pour nous. Il faut que nous y allions, tu me l'as promis.

— Je l'ai promis, mais pas pour aujourd'hui. Attends encore un peu.

— Bruno, lui dis-je, en lui serrant la main, c'est aujourd'hui, je suis malheureux, fatigué, c'est aujourd'hui qu'il faut y aller.

Il baissa la tête, pensivement. Je le laissai prendre son arrêt.

— Si je paie mes dettes, avec ce que tu me donnes, je n'aurai quand même plus un sou après. Donne-moi deux mille francs.

J'étais abasourdi par l'énormité de la somme. En 1924, deux mille francs ! Mais je désirais tant l'entraîner ! Je sentais que s'il sacrifiait le rendez-vous pour une somme, même aussi importante, c'est que cette somme passait à ses yeux avant le rendez-vous. Il savait donc ce qu'était l'argent ? Cet argument l'avait déjà touché, l'autre jour, quand je le suppliais de ne pas jouer sa vie pour une fille sans fortune et sans naissance. Jolie ? L'idiot ! C'est lui qui a besoin d'une vie jolie, douce et soyeuse. Son tailleur et son chemisier le savent. Et ses amis en profitent. Sur le dos de combien d'étudiants ai-je reconnu les vestons de Bruno ? Ça le faisait rire de les voir piller son armoire. Ces plaisirs se paient. Et Bruno a, sans doute, plus besoin de ce genre de plaisirs que de ceux de l'amour.

J'avais presque raison dans ma façon de voir. Mais l'avenir me montra que je n'avais pas tout à fait raison.

Quand Bruno me vit hésiter devant l'énormité de la somme, c'est lui qui insista.

— Si tu me donnes deux mille, dans une minute nous partons.

— Nous partons, mais quinze cents suffisent, dis-je.

Vexé, il répliqua :

— Nous irons à la mer une autre fois.

Et il fit un brusque demi-tour pour sortir.

Toute mon angoisse reparut. Cette discussion et la somme à débourser m'en avaient distrait. La peur de me retrouver seul avec ma douleur, dans cette chambre où elle s'était installée, familièrement, face à moi, me fit céder d'un coup.

— Je te donne deux mille, criai-je, reviens !

Et je respirai, soulagé. Il se retourna et vint à moi.

— Donne-les-moi tout de suite, alors.

— Tu n'as pas confiance ? lui dis-je, outré.

Comment aurait-il pu soupçonner qu'il ne s'agissait pas aujourd'hui d'une de ces petites tromperies par lesquelles je l'avais souvent amusé ?

— Si ! me dit-il, mais je vais rendre immédiatement à Brown les deux cents francs que je lui ai empruntés. Il n'a plus le sou et mange du pain dans sa chambre. Je n'osais pas te le dire.

Il mentait, bien sûr. Mais dans cette sorte d'affaire, il n'y a pas de mensonge. Il y a des habiletés et des maladresses.

Il reparut une demi-heure plus tard. Il était pâle et agité... Il avait sûrement pleuré.

— D'où viens-tu ? m'écriai-je. Mais je savais déjà.

— D'où je t'ai dit. Et maintenant filons. Il est neuf heures, profitons de tout notre temps pour rentrer à la nuit.

J'avais mon idée là-dessus. Son « rentrer à la nuit », n'était pas une expression à lui. Je n'ignorais pas d'où il sortait, ni les supplications qu'il avait reçues et peut-être les reproches. Mais par où était-il entré chez elle à huit heures du matin ? Comment l'avait-il vue ? Il était certain qu'elle n'était pas sortie de sa chambre. Alors ?

Oh ! Bruno !

Pour lui montrer que je n'étais pas dupe, je lui dis :

— Tu n'as pas oublié les cigarettes, à ce que je vois ?

Il haussa les épaules :

— Crois-tu que je ne pense qu'à elle ?

Sa réponse me renversa. Quel fourbe ! Il ne me

déplaisait pas qu'il prît la peine de mentir. C'était la première fois qu'il disait — encore que sans sincérité — un mot déplaisant pour Marine. Si je n'avais tant regretté mes deux mille francs, j'aurais vu la journée s'annoncer mieux que je ne l'attendais la veille. Pour n'en rien laisser voir et le remercier de son bon mensonge, je lui dis en l'embrassant :

— Aujourd'hui, nous ne penserons qu'à deux frères que nous aimons.

Et la grande journée commença.

*

A y regarder de près, quel jour de cet été-là ne fut grand ? Tous furent sublimes et dans mon cœur ravagé aucun n'est passé sans laisser une ruine ou une plaie. L'été de ma vie ! Sous un feu sans merci, ma douleur fière brille comme un diamant noir.

Quant à Bruno, tant que je vivrai, il vivra de moi et pour moi. Je ne repense ma vie ancienne que par lui. Au fond, je n'écris que pour le retrouver. Je nous prolonge ainsi. Mais n'est-ce pas là une illusion ? Ne suis-je pas seul ?

Pourquoi s'en étonner ? Ne l'ai-je pas toujours été ! Quand Bruno vivait, n'étais-je pas seul, déjà, à le faire vivre en moi ? N'étais-je pas seul à vivre en lui, contre lui souvent, à forcer son cœur, à y planter ma présence ? N'ai-je pas réussi dans un combat totalement solitaire, contre lui et contre l'univers, à marier nos existences et à m'installer dans la sienne ? Je ne vois pas qui pourrait se comparer à moi, à nous.

Bruno m'a dit, une fois, parmi tant de choses qui lui jaillissaient de la gorge, sans qu'il sache, ni qu'on sache pourquoi :

— C'est affreux, Sigmund, tu ne m'aimes que pour toi.

Ce n'était pas un reproche, semble-t-il. Il avait le ton de la pitié. Ce mot m'a pincé le cœur. Voilà de ces traits qui se fichent mollement dans un coin du souvenir et quand on veut les arracher, il est trop tard. L'abcès est là. Il suppure, il lancine pendant bien des nuits et la cicatrice ne se ferme jamais.

S'il est vrai que je ne l'ai jamais aimé que pour moi, j'en suis puni, car, au lieu de me perdre dans cet amour fraternel, je me suis toujours retrouvé. C'était insuffisant. Ce sera toujours insuffisant. Rien que la mort, sans doute... mais je n'ai pas osé. Jamais plus belle occasion ne nous fut offerte que le jour du voyage à la mer. Ah ! quel beau départ nous aurions réussi dans cet océan sombre et lourd.

Je l'ai manqué. Mais la nostalgie de l'abîme est toujours en moi.

En un clin d'œil, la voiture fut dehors. Sans chapeau, sans veste, sans plan, nous partions. Tous les deux. Je croyais sortir d'un enfer. Le ciel n'était pas des plus purs, mais fin août, on peut toujours espérer un bel après-midi, même si la matinée est brouillée. Je sentais grandir ma joie avec la vitesse et la distance qui nous séparaient de cette maison où j'avais souffert. Les démons dont j'avais été la victime restaient prisonniers derrière moi. M. et Mme Brugères les abritaient dans leurs sales tentures et leurs placards de vieil hospice. Je voulais croire que je les quittais pour toujours et peu s'en fallut que ce vœu ne fût comblé...

Nous roulions rapidement. Il est bien vrai que, dans ces pays d'Ouest, la campagne française est riante. C'est curieux : une campagne riante ! Si je pense ces mots en allemand, ils deviennent absurdes. Mon cœur aussi était riant, ce matin-là. Bruno ne l'était pas au départ, mais il retrouva bien vite son bon naturel. En traversant Nantes, il fredonnait. Nous suivions le vieux quai et les gens nous regardaient avec sympathie de leurs belles fenêtres du XVIIIe siècle. Bruno mit son bras sur mon épaule. Ce n'était peut-être pas un mouvement d'affection, c'était un mouvement de bien-être. Je m'en contentai, il signifiait que Marine n'était plus entre nous.

Bruno, sans préavis, me fit part de son désir de visiter la Brière. Moi, j'en tenais pour la mer. Cette petite discussion nous anima un peu et me fit oublier la scène du matin.

— La Brière te plairait, me disait-il, tout ce qu'on m'en a dit me donne envie de visiter avec toi ce pays mélancolique.

Mais c'est la mer que je voulais — et même la mer sauvage et non pas les plages à la mode. J'étais touché cependant par ce que Bruno me disait de ce marais étrange, de la vie à demi aquatique de ses habitants, de son ciel, de ses miroirs d'eau, de ses villages de chaume. Tout cela se rapportait à moi, à mon caractère et à mes goûts. Je l'écoutais avec douceur, mais rien n'aurait pu me faire renoncer à aller contempler l'Océan donnant l'assaut aux rochers bretons. Et je voulais n'y aller qu'avec lui et tout de suite.

Comme nous approchions de La Baule, après avoir dépassé la bifurcation qui conduit dans la Brière, Bruno trahit soudain ses véritables préoccupations. Je n'y avais, hélas ! pas la part que je croyais.

Lorsqu'il vit que je n'irais pas en Brière, il voulut

stopper à La Baule. Là, au moins, j'aurais la mer. Il était près de midi. Il me proposa de déjeuner sur la terrasse d'un restaurant d'où nous verrions monter la marée tout à loisir. Après une flânerie sur la plage, qu'il voulait bien accorder à mon caprice maritime, nous n'aurions qu'à faire demi-tour et il serait à Langeval à l'heure dite. De plus en plus soupçonneux, je l'écoutais développer ses plans. En voyant ma mine s'assombrir, il dit :

— Ça ne te suffit pas, La Baule ? Tout le monde m'a dit que c'était une des plus belles plages de France ?

— C'est précisément pourquoi je n'en veux rien voir — je veux la mer, et pas de plage, pas de baigneurs, pas de restaurant.

Et nous dépassâmes à toute allure des bois de pins et des villas de retraités que les pareils de M. et Mme Brugères avaient construites dans cet endroit pour goûter, du bout des lèvres, à la grande vie d'une plage élégante.

Bruno retira brusquement son bras de mon épaule et rouge de colère, il cria :

— Alors, jusqu'où irons-nous ? J'en ai assez. A quelle heure serons-nous rentrés à Langeval ?

Tout à trac, je lui répondis :

— Nous rentrerons demain ou dans deux jours.

— Arrête, ou je saute !

Et il se dressa si brusquement sur son siège que son mouvement fit dévier le volant. L'auto courut vers le fossé et il s'en fallut de rien qu'elle ne versât dans une vasière dont l'eau rouge comme du minium, bordait la route.

— Assieds-toi, dis-je les dents serrées et fort amicalement. Dès que nous trouverons la vraie mer, nous nous arrêterons.

— Tout de suite ! hurlait-il.

154

Mais l'embardée que nous venions de faire l'avait un peu assagi. Il me rappela nos conditions. Il n'avait accepté que si nous rentrions « à la nuit ». Mais moi, j'avais dit « la mer » et non pas une guinguette, ni des marécages.

— Regarde ! ajoutai-je.

La chaussée s'étendait entre des marais salants. Jusqu'à l'horizon, vers la droite, un pays plat formait un damier d'eau. Les eaux dormaient dans les cases miroitantes, ou ternes ou verdâtres, parfois rouilleuses, parfois d'un vermillon surprenant. Ici et là, scintillaient de précieuses pyramides de sel, d'un blanc pur. Des hommes, bottés jusqu'aux hanches et coiffés de larges parasols, ratissaient le sel ou farfouillaient avec des outils invisibles dans ces cases liquides dont ils troublaient les étranges bouillons.

Au loin, une légère éminence relevait le pays et portait sur son flanc les tours et les créneaux d'une petite ville qui avait, depuis le XVe siècle, oublié de vieillir : Guérande.

En face, à gauche, partout, l'horizon était reculé à l'extrême limite du regard, et un grand ciel vide montait. La mer devait être là. Je l'ai d'abord devinée à ce vide angoissant et sublime du ciel. Mais, je ne l'avais pas vue. C'était elle qui déjà nous accompagnait sur la gauche. C'était cette chose lointaine et toute proche qui par-delà une lande merveilleusement plate poussait au-dessus de nos têtes ce ciel immense et l'éclairait de son irradiation de métal.

La ligne du rivage m'échappait car la lande tombait brusquement dans les eaux. Mais on entendait la mer se briser au pied des éboulis invisibles. C'est l'horizon que je regardais. Le plus loin possible.

Je ne pouvais me détacher de ce trait qui délimitait, au bord du monde, le ciel et les eaux. Cette longue ligne à peine incurvée, oscillant à peine, à peine sinueuse, à peine vivante et la plus longue que jamais regard d'homme ait suivie, trahissait imperceptiblement la respiration tumultueuse de l'Océan. Cette ligne me fascinait. « Là, pensais-je, il y a quelque chose. »

C'est cette ligne irréelle qui d'abord me retint. Et alors que je me disais qu'il y avait « quelque chose » là-bas, l'océan, le ciel, la rencontre et l'alliance de leur sublime grandeur me répondirent : « Il y a quelqu'un — c'est toi-même qui es là-bas, et on n'y atteint pas. »

Mais il est beau de savoir qu'on manquera son but simplement parce qu'il est sublime.

Peu à peu, la route s'approchait du rivage. Au large, la mer semblait calme, mais plus près de nous elle se gonflait et respirait avec plus de rapidité. Est-ce bien de l'eau ? C'est un monde dont la couleur n'est ni le bleu, ni le gris, ni le vert, mais qui semble être une couleur originale, une couleur dense, qui, sortant du domaine de la lumière, de l'air, des distances, se serait alourdie et condensée, tout en gardant de sa nature première, si subtile, une fluidité, des éclats, et un incoercible besoin d'agitation et d'envol. La mer me parut être constituée par la magique substance d'un arc-en-ciel qui se serait fondu en eau. Un immense arc-en-ciel qui à l'aurore du monde eût enjambé les espaces interstellaires pour unir des Soleils errants. Ainsi, cette eau, riche de couleurs, d'espace, de lumière, projette encore au-dessus de nos continents étriqués ses arcs-en-ciel menus qui unissent une colline à une autre, ou une forêt à un village. Dans la mer que je voyais pour la première fois, je retrouvais toute la gamme des bleus, des verts et des rouges, les indigo et les jaunes, les irisations des orages, la pourpre des soirs, les roses acides de l'aube, les écailles d'argent de midi, les ardoises des jours de pluie, ou l'azur plat des matins paisibles.

Mais je ressentais surtout l'immensité de sa force. J'entendais sa rumeur confuse. Déjà elle me parlait et me troublait et pouvait faire jaillir de mon trouble les plus surprenantes révélations. C'était la mer, et c'était encore moi.

Elle m'avait reconnu et j'ai tout de suite salué en cet océan de Bretagne un fidèle et immémorial allié, un parent, mon égal. De cette alliance me vint une joie sourde. Une joie qu'il me fallait cacher, même à Bruno, comme une complicité que j'aurais eue avec une divinité jalouse.

Bruno était près de moi. Il contemplait la lande où deux ou trois moulins, ventrus et chenus, gardaient encore leurs ailes déplumées et brisées. Le sable très pâle ne donnait naissance qu'à des herbes sèches et argentées sur lesquelles les embruns déposaient leur sel.

Le soleil perça, brûlant et blême. Le sable prit un éclat métallique insoutenable. La mer, par plaques, bleuit, étincela, dansa. Tout s'animait et riait. Les vagues couraient sous la surface lumineuse comme un frisson dans une soie rare, à la fois lourde et souple. Le vent nous échevelait et gonflait nos chemises comme des ballons. Bruno dit :

— La mer va s'envoler comme une écharpe !

C'était vrai. Je n'ai pas l'œil pittoresque. Bruno qui est artiste voit réellement les choses comme elles sont.

Sur quoi, il se plaignit d'avoir très faim. Moi aussi. Il décida qu'au prochain village nous ferions halte pour déjeuner. Je ne m'y opposai pas. Mais, étant partis comme des fous, sans veste, nous n'avions qu'un peu d'argent dans nos poches. Je proposai à Bruno d'acheter quelques victuailles que nous mangerions au bord de la mer. Il accepta.

Nous étions en vue d'un très beau clocher qui annonçait un village important. L'étendue de mer que nous découvrions s'accroissait sans cesse. Elle nous cernait. La mer se gonflait vers l'horizon et semblait vouloir déborder de toutes parts. Nous avancions dans une presqu'île. A Bourg-de Batz, nous achetâmes les victuailles.

Je fus frappé par la grandeur et la beauté de l'église de ce hameau. Très loin, sur la lande et sur les marais comme sur la mer, la haute tour de granit jette un appel. Elle se dresse de toute la force de sa foi. Son aspect seul, à la fois rude et doux est une prière pour le ciel et un encouragement pour les hommes. Je voulais entrer. Bruno m'en empêcha, parce qu'il avait trop faim. Le pain frais, les charcuteries, le fromage avaient tellement excité son appétit qu'il était désagréable à force d'impatience. J'aurais été bien fou d'aller au-devant d'une scène pour un casse-croûte remis d'un quart d'heure. Nous poursuivîmes notre route vers Le Croisic. Mais, malgré les plaintes de Bruno qui voulait s'arrêter n'importe où et manger, je revins en arrière, je pris un chemin étroit et rocailleux qui longe la falaise. Il suivait un éboulis de rochers de granit sur lesquels la mer se brisait en vagues énormes. A quelques mètres, à peine, elles déferlaient en bouillons d'écume éblouissante. Au loin, la mer semblait assoupie, mais à nos pieds, elle menait un train d'enfer.

Je sondais ses profondeurs à la coloration des eaux. Elles avaient les couleurs mêmes des mystères : le vert des antres végétaux de la forêt, les violets de la religion, les bleus insondables de la nuit. A plat ventre sur le granit, fasciné par le mouvement et les clameurs que je surplombais, j'aurais ainsi attendu la nuit, sans bouger. Bruno, agacé, voulait déjeuner sur place, mais le lieu ne me paraissait pas le meilleur de ceux que nous pouvions trouver. Je lui permis de conduire la voiture et d'arrêter où il voudrait si, deux cents mètres plus loin, une plage idéale ne s'était présentée. A peine avions-nous parcouru cette distance que la falaise s'effondrait et dessinait un croissant. Un amoncellement de blocs énormes faisait penser à une colossale colonie de tortues endormies et prêtes à rouler dans les flots.

Tout au bas de cet écroulement, bien protégée, bien arquée, ensoleillée, une minuscule plage de gravier et de sable blanc nous faisait signe.

En sautant de roc en roc, nous fûmes bientôt au pied du chaos. Bruno se jeta sur une dalle tiède et humide d'embruns et étala ses provisions. Je l'imitai.

Nous faisions comme les Français, nous engloutissions de longues baguettes de pain doré. Je ne me rappelle pas en avoir jamais autant mangé. Le vent assaisonnait notre déjeuner avec son sel qu'il nous jetait au visage. On pouvait à peine parler tant le fracas des vagues était grand.

Ces bruits étaient compliqués. Les uns venaient du large en ronflement continu et grave. D'autres jaillissaient nets et perçants avec les gerbes d'écume contre le front du granit. Certains sifflaient, gargouillaient, gloygloytaient dans les entonnoirs et les fissures des rochers. Par des cheminements mystérieux, la mer s'insinuait comme mille reptiles dans les trous de la falaise ruinée. Elle y perçait des couloirs et des cavernes. Elle s'y ruait sauvagement ou s'y coulait comme un flot d'huile. Elle en ressortait en trombe, arrachait du sable et des galets qu'elle tirait après elle dans

159

l'abîme qui aussitôt les rejetait furieusement contre les rochers.

Ailleurs, on voyait l'eau filtrer d'une fissure comme une source innocente de la montagne. Des langues d'eau léchaient doucement des plaques de pierre couvertes de mousse visqueuse et abreuvaient selon un rythme parfait des algues à demi vivantes qui bougeaient dans de petits aquariums de granit. Parfois une vague se retirait dans son lit en ouvrant d'épouvantables creux au fond desquels on entrevoyait des algues longues et souples comme des serpents, on entendait aboyer des monstres dont les gueules broyaient les rochers, crachaient du sable et de l'écume verte. L'abîme se refermait avec un claquement de dalle funèbre. Et le secret était sauvé : un reflet sur l'eau, une nappe d'écume, tout redevenait impénétrable et tout recommançait. Et l'océan disait : « Je suis la force, la violence et la douceur. Je joue, je tue, je vis. Je suis la vie. Et je suis aussi la vérité, car je suis éternel. J'ai toujours raison parce que je suis la force et l'éternité. »

Bruno était allongé près de moi, nous avions quitté notre pierre plate pour nous étendre sur le sable. Il nous fallut bientôt reculer car la marée montait. Nous nous fîmes une couche de galets. Le sable scintillait tant il contenait de mica. Bruno souhaitait que la marée montât plus vite. Moi, je ne désirais rien.

Je sentais se préparer en moi un mouvement de bonheur. Un dosage miraculeux de tous les ingrédients qui composent cet état d'exaltation d'où le doute est absent venait de se réaliser en moi. Bruno était là. Nous nous tenions la main. Le soleil brûlant d'août nous frappait au visage, sur le cou, sur les bras. Nous avions la fraîcheur humide des galets sous les épaules. Nous avions la caresse du vent tiède et la blessure des cailloux pointus. Et, au-dessus de nous, un ciel plus vaste que je ne le vis jamais et si désert qu'au centre de cette voûte, nous étions les seuls hommes vivants. Les continents s'étaient engloutis : Bruno et moi étions restés.

Le ciel ne s'était pas complètement épuré. Une géographie blanc et bleu y dessinait ses mers et ses îles qui se reflétaient dans la mer. A travers les espaces d'azur, de longs convois de nuages circulaient en rêvant avec la mollesse et la plasticité des choses sans destin. Leur indifférence, cette vitesse cotonneuse répandaient à travers tant de lumière et tant de bruit une paix blanche, une douceur qui ne sont pas d'ordinaire mon lot.

Le souhait de Bruno fut soudain réalisé. Parmi les clameurs du ressac, un coup de tonnerre dont la violence ébranla le sol sur lequel nous étions couchés nous fit sursauter. Trop tard. Une lame d'une puissance imprévue venait de s'écraser tout près de nous. La mer était blanche d'écume. La plage avait un éclat insoutenable. Des châles vivants en soie neigeuse revêtaient les rochers et, dans le clignotement que cette brutale irradiation m'imposait, j'eus à peine le temps d'entrevoir la nappe d'écume courir à nous. Déjà, nous étions trempés.

Des mugissements, des chocs de béliers, se répercutaient autour de nous dans les rochers. Une sorte d'ivresse de la brutalité s'était déclenchée. Toutes les cavernes, tous les entonnoirs, toutes les fissures crachaient et criaient. Tous les monstres des eaux poussaient en même temps leurs hurlements de triomphe ou d'effroi. J'étais réellement au centre d'une féerie fantastique.

Comment serais-je resté froid ? Cette orchestration peu à peu s'organisa, j'en devinai les intentions comme les techniques. Sur les eaux, le spectacle se corsait également. Bruno, gagné lui aussi, avait remis son bras sur mon épaule et tous deux juchés sur un rocher autour duquel les eaux furieuses tournoyaient, nous admirions.

— J'ai bien envie, me dit-il, de voir le spectacle d'encore plus près.

Et il fit mine de plonger.

— Es-tu fou ? Nous sommes déjà dedans.

— Pas assez, j'ai envie de m'y tremper.

Il grimpa sur un rocher où il se déshabilla et sauta dans l'eau. Mais le ressac était si violent qu'on ne pouvait franchir la ligne où se brisaient les vagues. Le danger était réel, je ne l'y laissai pas seul. Je le revois, nu, parmi les éclaboussures d'écume, ou émergeant à peine d'un miroir d'eau verte, ou les pieds sur les galets, se découper sur un fond de lames violettes ou indigo. Il courait vers les rochers lorsqu'un mur d'eau menaçait de l'ensevelir, il bondissait pour éviter le choc. A le voir ainsi comme une créature née de ces eaux et qui semblait ne paraître à la lumière que pour la première fois, j'éprouvai le plus vif désir de participer à ce jeu dans un lieu si bien fait pour me plaire, et dans un moment où j'étais enivré par un spectacle qui épurait et fortifiait mon âme.

Je jetai mes vêtements sur ceux de Bruno, et je courus à lui. Une courte accalmie nous permit de nous enfoncer dans l'eau sans risque d'être entraînés vers le large ou jetés contre les rochers. Quelle beauté et quel bien-être ! Était-ce un jeu ? Tout prenait sens. La brutalité de mes impressions et celle de tous les contacts est restée en moi. D'énormes galets roulaient sur nos pieds et meurtrissaient nos chevilles. L'eau parfois grimpait le long de notre corps, des genoux aux épaules avec une espèce de sauvagerie. Elle nous

162

quittait aussi soudainement et nous laissait nus dans le soleil tiède. Des claques stupides d'eau glacée nous tombaient sur le ventre ou sur la nuque et nous coupaient le souffle. On était affairé, assailli, giflé, poussé, parfois jeté bas. Le ressac nous prenait en coupe-jarret. Il fallait nous agripper l'un à l'autre. On luttait contre des puissances que je savais fraternelles, on recevait leurs baisers comme des coups et on tombait dans leurs étreintes comme dans des passes de catch. On ne s'entendait pas parler. Nous avions roulé plusieurs fois sur les galets. Bruno était ivre et moi aussi. Nous sautions un peu à tort et à travers, nous étions sans défense. Quand, soudain, une de ces lames qui pousse d'un seul coup les marées à l'intérieur des golfes les plus profonds, se dressa, à quelques mètres de nous. Je fus saisi d'admiration plus que d'effroi. C'était une dalle d'ardoise dressée très haut au-dessus de nos têtes. Elle courait à nous, elle nous avait vus. Elle venait pour nous. Je n'entendis plus rien et la lame sembla, d'une profonde inspiration, se gonfler, s'étirer en hauteur, se crêter d'une écume qui dansait dans le vent et alors le soleil la transperça. Il en fit une dalle de verre translucide, tout à coup ramollie, agitée de frissons, prête à fondre. Doucement, le cimier d'écume culbuta, la lame s'incurva, le rouleau s'écrasa. Il n'y eut plus que cris, chocs, étincelles. La main de Bruno m'avait échappé. Je partis, très vite, très loin, aveugle, sourd dans un long voyage de ténèbres. J'eus encore conscience d'un contact sous moi, très dur. J'attendis. Je suffoquai. Et il y eut de la lumière. J'étais accroupi. Je me levai avec peine. Bruno était à genoux, un peu plus loin. Les mains sur son visage. On aurait dit qu'il pleurait. Il essuyait comme il pouvait le sable qui le recouvrait. Il me semblait qu'il y avait très longtemps que j'avais vu la grande vague. L'eau s'était retirée, des

163

cascatelles tombaient de tous les rochers qui s'égouttaient. J'allai vers Bruno péniblement. Il tourna la tête et me regarda épouvanté :

— Oh! Sigmund, tu es donc blessé!

J'avais les coudes écorchés et la tête un peu douloureuse, mais je n'avais pas vu ma jambe ruisselante du sang qui mêlé à l'eau et au sable, me couvrait, de la hanche au pied, d'un enduit écarlate qui agglutinait mes poils et faisait un tableau assez peu engageant.

Ma hanche avait donné contre un rocher ; la blessure avivée par l'eau froide et salée épanchait beaucoup de sang. Ce n'était qu'une entaille mais Bruno en fut effrayé. Quant à lui, ses genoux le portaient à peine, tant ils avaient frotté sur les galets. Ils étaient à vif, usés jusqu'à l'os. Blessé, il l'était à l'épaule et son sang s'écoulait sous son bras et sur son flanc. Il ressemblait à l'esclave blessé de Michel-Ange.

Nous fîmes quatre pas en nous tenant par les épaules et encore chancelants. Dès que nous fûmes sur les galets nous nous écroulâmes, enlacés l'un à l'autre, exténués. Nous grelottions. Nous nous serrions de notre mieux. Le vent passait sur nous sa main froide.

Le bien-être vint. La lassitude et les coups nous laissaient merveilleusement apaisés. Peu à peu, les pensées reparurent avec timidité.

— Bruno ? tu dors ?

— Non, ne bougeons pas encore.

Où étions-nous ? Dans quel mirage avais-je donné, une fois encore. Après le silence mortel qui avait précédé l'engloutissement, voilà que, peu à peu, les chants et les musiques de la mer reprenaient leur sens. Dans cet état de prostration j'en percevais plus nettement les accords. Je n'étais pas encore sûr d'être sorti du gouffre, je croyais en entendre les orgues et cette lumière verte que je laissais filtrer entre mes paupières

164

closes en était l'éclairage. Dans ce monde froid, il y avait cependant, tout contre moi, la chaleur de Bruno. J'avais changé d'univers. Peut-être avais-je franchi cette ligne d'horizon au-delà de laquelle est sans doute ma vraie patrie. J'étais dans la mort idéale. Bruno, seul avec moi, avait franchi le seuil funèbre. Bienfaisantes, la lame et la dalle de lumière verte qui nous avaient ensevelis. Amie, cette mer qui d'une étreinte brutale nous avait ravis au monde absurde de Langeval, et nous donnait asile, dans ses gouffres glauques. Ah! cavaliers d'écume dont j'entends encore le front éclater contre les rochers bretons, venez à nous! Venez nous enlever au piétinement et aux boues de la société. La Mort m'avait souri! L'étreinte sanglante et glacée, c'était celle d'une amie sans faiblesse.

— Bruno! parle-moi! murmurai-je.

— Nous aurions pu mourir, Sigmund, dit-il dans un souffle.

— Nous sommes encore morts, Bruno, restons encore dans cette mort.

Et il se serra encore plus fort contre moi en gémissant :

— J'ai froid. J'ai froid comme sous les sapins. Tu te souviens ?

Je ne pus répondre. Je tenais serré entre nous, de toutes mes forces, le froid sacré de la forêt, de la mer et de la mort. Ce froid des épaules et cette ardeur de l'âme, ce feu sous la glace, c'est moi.

— Écoute, lui dis-je. Écoute bien.

Une sorte de hululement plus mélodieux que tous les autres sortait d'une trompe de granit où l'eau et le vent se jouaient. Ce chant d'un charme très mystérieux se répétait à intervalles réguliers et réussissait malgré sa douceur à se faire place parmi les fracas des cuivres et des grosses caisses. Ce leitmotiv grave et tendu, mit à la longue, par sa répétion même, un comble à notre délire sentimental.

— C'est le chant des sapins, lui dis-je, c'est le même. Tu te souviens ?

— Ce n'est pas tout à fait le même, répondit-il. Celui-ci est en majeur, mais ils disent la même chose.

— Ils chantent pour nous, pour nous seuls, Bruno.

Je voulus le regarder, j'ouvris les yeux, c'est son épaule ensanglantée que je vis.

— Bruno, ton sang coule encore.

— Tant pis, laisse-le ! Je suis bien, reste près de moi.

Je me penchai sur lui et baisai son épaule. C'était très salé. Il me regarda. Je lui dis :

— J'ai bu ton sang.

Il prit mon bras et posa ses lèvres sur la blessure que je portais au coude. Il me regarda encore et me dit :

— Moi aussi, j'ai bu de ton sang. Nous avons le même.

Je ne voyais que sa bouche rougie par mon sang. Au lieu d'écouter, je voyais les mots se former et j'observais passionnément le dessin changeant de ses lèvres. Je savais découvrir ses pensées dans les lignes et les volumes merveilleusement expressifs de sa bouche.

Le vent fraîchit encore. Le soleil se glissait de loin en loin entre les nuages qui montaient à l'horizon. La lumière déjà n'avançait qu'en glissant sur les eaux et nous parvenait en ricochets étincelants et tièdes.

La marée était étale. Les grandes eaux mugissaient sans rugir. Seule, la trompe mystérieusement répétait son appel. Le ciel tout à coup s'embrasa. Le vent suspendit ses rafales. Nous atteignions un sommet. Bruno se pressa contre moi et me dit :

— Encore un peu... puis ce sera fini, pour toujours.

Ce don funeste et délicieux des larmes que nous partagions depuis notre enfance avait été si fortement stimulé par le spectacle de l'océan et du ciel qu'il s'épanouit soudain. Je perdis le souffle comme j'avais perdu pied. Je m'engloutis dans l'abîme salé et délicieux des pleurs comme dans la mer.

— Oh! Bruno, m'écriai-je, puissions-nous mourir tels que nous sommes et mourir tout de suite.

Je pleurais silencieusement. Entre ma joue humide de larmes et son épaule sanglante, mes larmes diluaient son sang. Et lui appuyait son front sur mon cou qui en était couvert. Nous étions l'un et l'autre englués dans le sel, le sang, le sable et les larmes. Je ne sais quand la claire conscience des choses nous revint. Nous étions transis. La mer se glaçait de rose. Le granit seul semblait un peu tiède. Mais, sous nos corps, la dalle où nous étions allongés était dure et rugueuse comme un tombeau celte. Nous étions couchés, nus et abandonnés sur ce bloc solennel et barbare où notre lien fraternel s'était renoué. Nous avions connu par avance la perfection de l'anéantissement parmi les fureurs et les gloires d'un opéra fabuleux que Dieu nous avait consacré dans des rochers inconnus de Bretagne. C'est pourquoi, il y a dans cette pointe de la France, des antres où vivent mes dieux fraternels.

Il fallait repartir. Ce fut bientôt fait. En retrouvant l'auto, je retrouvai l'autre monde : Langeval, la maison Brugères, Chaverds, Marine...

Mais une sorte de confiance m'était venue. Je me retrouvais devant mes ennemis, armé à neuf. Je sortais de cette incursion dans le monde idéal, durci pour la lutte quotidienne. Je venais d'avoir la preuve que Bruno était toujours près de moi, qu'il appartenait encore à notre monde Uttemberg, qu'il était encore sensible à nos secrets enchantements. Mieux : je devinais qu'il ne pourrait plus y échapper.

Ce sont des révélations de cet ordre que j'arrache à la nature au cours de mes plongées. Lorsque je me dissous dans cette admiration effrénée, lorsque je fonds en larmes de tendresse, qui soupçonnerait en ce personnage apparemment effondré, le fier Sigmund ? Au cours de cette journée sans pareille, j'ai éprouvé cette exaltation surhumaine et je l'ai fait partager à Bruno. Nous avons connu cette fusion des cœurs, cette pacification de l'âme, cet avant-goût délicieux de la mort que la plupart des hommes n'entrevoient que dans les spasmes de l'amour charnel.

Nous n'arriverions à Langeval qu'assez tard. Et j'étais décidé à retarder Bruno. Il paraissait moins impatient que le matin. Il sortait lentement du charme. Je hasardai cette question :

— Si nous dînions à La Baule, en passant.

— Comme tu voudras, me dit-il doucement.

Plus question d'être rentré « à la nuit ». J'imaginai que la scène du matin dans la chambre de Marine avait été une scène de rupture. Je l'imaginais et je voulus le croire.

— Mais c'est à toi d'en décider, Bruno, lui dis-je, car je n'ai plus d'argent, il faut que tu paies et je te rembourserai.

Je m'attendais si bien à un refus que je l'eusse accepté sans trop d'amertume.

— Entendu, mais il est bien convenu que tu me rembourseras.

Quelle joie ! Il avait oublié sa méfiance. Il avait oublié son rendez-vous ou il négligeait de s'y rendre.

Le chemin du retour fut plus long. Il était près de

minuit quand l'auto entra au garage. J'étais tranquille, las, heureux. Je n'avais eu depuis le matin que des joies — et je pourrais même dire des victoires, et je ne sais quelles promesses d'autres victoires.

J'allais enfin dormir dans une chambre débarrassée de ses démons. Je les avais noyés à Batz.

A peine étions-nous montés et affalés dans les fauteuils de ma chambre que Bruno me dit :

— Si nous réglions nos comptes d'aujourd'hui ?

Je lui versai, sans mot dire, le prix de la note, il l'emporta, m'embrassa et sortit. Je l'entendis pendant quelque temps dans le cabinet de toilette. Il était là. J'étais tranquille.

*

Je me jetai en travers du lit et je goûtai le prolongement exquis de cette journée. La mer étale et, pour un moment pacifiée que nous avions un instant contemplée à Batz : elle était en moi. J'en avais fait mon plein. Mon cœur battait lentement, régulièrement, pour toujours. L'avenir était clair, je sortais lucide de tant de joie. Je voyais s'étaler devant moi la table nette où s'inscrivent les résolutions.

C'est alors que m'apparut, pour la première fois depuis le matin, le visage désolé et soumis de Mlle Chaverds. Mon second souci revenait en surface.

Il ne se présentait déjà plus comme un souci, mais comme une de ces entreprises nouvelles, difficiles pour soi et pour autrui, que nous concevons dans certaines heures de plénitude où tout paraît aisé.

Pauvre Chaverds ! Elle revenait de loin. Il me semblait l'avoir quittée depuis un siècle. Mais elle revenait dans un beau moment.

L'aventure sans issue où elle s'était engagée allait finir. Je le décidai.

Voilà comment naquit en moi l'idée d'utiliser, d'un même coup, mon pouvoir sur son cœur et sa foi religieuse, en vue d'un grand dessein qui l'ennoblirait et qui m'honorerait, tout en ayant le remarquable avantage de rompre toutes relations entre nous, pour toujours.

Dès que j'eus entrevu cette délicate et noble stratégie, je résolus de lui consacrer tous mes loisirs, de la mener à bien et rondement.

Cette réflexion m'avait fait perdre la notion du temps. J'allai dans la chambre de Bruno. Je croyais le trouver couché et même endormi.

Sa chemise tachée de sang traînait par terre, son pantalon froissé était jeté sur le lit. Le lit était fermé et vide.

On m'aurait poignardé sur place que le coup n'eût pas été plus fort. Je compris tout. J'étais joué. Tout était anéanti. J'avais envie de hurler de colère, de déception, de dépit, de vengeance. Et j'avais peur. J'avais peur de la souffrance qui m'attendait dans la chambre voisine où elle était tapie derrière les chiffons des Brugères, comme une bête immonde.

Il y a des hommes dont les jours et les ans se succèdent en reflétant toujours une image immuable de leur vie. Quand je parcours à nouveau les années, quand je me penche sur une journée, sur une heure de mon passé, je ne vois que hauts et bas, exaltation et détresse. Mes heures de calme ressemblent à la mort, mes heures de tumulte sont des heures d'agonie ou de folie : je n'ai jamais eu de véritable paix.

Je me mis à chercher Bruno. Je croyais que je ne savais pas le voir bien qu'il fût là. Il était forcément là ! Pourquoi serait-il parti ? J'ouvris les placards, bousculai les fauteuils, découvris le lit. Même au prix d'une hallucination, j'aurais voulu le voir, là.

Et pourtant, je savais qu'il était parti et je savais où il était parti. La grande journée ne comptait plus pour lui, ni le sel, ni le sang, ni le sable, ni le vent, ni la mer, ni ses musiques. Tout cela n'avait existé que pour moi.

Mais pourquoi l'avoir ramené ?

Je rentrai dans ma chambre. Je traînais quelque chose après moi, je regardai ce qui me suivait ainsi : c'était la chemise ensanglantée de Bruno, que je tenais sans le savoir. Ma chambre fourmillait de démons. Je m'assis sur le bord de mon lit ; je m'y écroulai. Je me livrai à eux.

Jusqu'à l'aube je me laissai déchiqueter, fibre à fibre.

Dès que la grisaille du jour me le permit, je me levai. Je tenais à peine debout. Ma fatigue de la veille m'accablait. Le coup que j'avais reçu à la hanche laissait une large plaque bleue. L'articulation était douloureuse. Mes épaules, mon cou, mes genoux, mes coudes, rien ne jouait. En outre, j'étais écarlate et fiévreux et couvert de coups de soleil. N'importe ; mon angoisse seule comptait et j'étais bien mal en point pour lui faire front.

Et qu'allait être cette journée dont l'aube à peine éveillait quelques moineaux dans les tilleuls ? Je regardais la cour, la grille ruinée que Bruno enjambait avec allégresse, la maison d'en face. C'est là qu'il était. Où ? Derrière quelle fenêtre ? Par où entrait-il ? Car enfin, il y avait un passage qui lui permettait, avec la complicité de Marine, d'entrer à toute heure. Je ne pouvais tout de même pas croire que la complaisance des parents lui tenait toutes les portes ouvertes !

J'avais tant de fois, pendant la nuit, rebrassé toutes ces pensées en me blessant à toutes leurs épines que je voulus les fuir en fuyant ma chambre. Je sortis. Je voulais retrouver Bruno. J'allai dans la cour. Je franchis la grille moi aussi. Je flairais sans vergogne à toutes les portes, à tous les volets clos. J'avais mal partout.

Il me sembla que ce qui formait, en apparence, deux maisons ne devait, en réalité, en former qu'une seule. Le bureau de tabac et la maison contiguë que j'avais crue habitée par une autre famille étaient également la propriété et le logement des parents de Marine. Mais cela ne m'avançait à rien et quand je fus à bout de forces, j'allai dans la rue. J'épiai la façade.

Personne à cette heure. Quelques chiens maigres reniflaient le long des caniveaux. Un ciel brumeux préparait un jour d'orage. Et toutes ces vieilles petites maisons négligées ! Je regardais bien les deux façades jointes : il y avait deux portes d'entrée. L'une repeinte avec sa boîte aux lettres et sa plaque de cuivre astiquée. L'autre, à demi abandonnée.

Vers six heures, quelques ouvriers passèrent. Puis des femmes qui poussaient leurs petites charrettes vers le marché aux légumes. Elles me regardèrent. Quelle tête devais-je avoir ? Je n'y pensais pas. J'étais sorti sans col ni cravate, je n'étais ni lavé, ni rasé, ni peigné. J'avais peut-être encore du sang et du sable dans les cheveux. Sans parler de l'expression de mon regard et de mes traits après une nuit pareille.

Si j'avais employé dans d'autres entreprises l'énergie que j'ai dépensée dans celle-ci, ma vie et celle des

172

autres auraient été bien changées. Puisse venir le temps où cette liberté d'agir me sera donnée !...

Mais j'étais encore loin d'être le maître de moi-même. Il est clair que je ne pouvais l'être qu'en devenant celui de Bruno. Je dominerais sur nous deux ou sur personne. Si j'étais seul, la vie me serait insupportable. Et lui ? Dans le monde tel qu'il est, il s'en tirerait, en somme, mieux que moi, car, s'il a besoin de n'importe qui, personne ne lui est indispensable. Tandis que moi, je ne veux que lui, et rien ne saurait le remplacer.

S'il fallait le perdre, je me perdrais aussi. Je sais le moyen d'en finir... Mais, nous finirions ensemble. Et pour être sûr que nous sortirions du même pas de cet enfer, je le ferais passer devant.

Bruno le sait très bien. Mes yeux le lui ont dit.

Malgré mes blessures, je faisais hâtivement les cent pas dans la rue déserte sans perdre la maison de vue. Tout à coup, la porte abandonnée cria un peu, s'ouvrit, Bruno était déjà sur le trottoir. La porte fut repoussée avec précaution et lui, sans tourner la tête, se dirigea vers notre logis. Mais j'avais bondi. J'étais près de lui. J'aurais pu l'étrangler. Sans rien dire, je marchais à son côté. Il ne parut pas surpris. Il me regarda : j'étais désarmé.

Son regard exprimait une détresse, un chaos, un désespoir, que sais-je ? Bruno n'était plus coupable. On le faisait souffrir : il avait besoin de moi.

Quel attelage nous formions ! Il n'était ni peigné ni rasé. Ses joues étaient sablées d'or par mille grains de barbe naissante. Ses cheveux, encore poissés par l'eau de mer, se plaquaient en mèches sales. Son col ouvert et chiffonné, son veston froissé lui donnaient l'air de sortir d'un bouge. Hors de sa poche, sa cravate pendait. Ses souliers traînaient leurs lacets dénoués.

Il en aurait fallu moins pour justifier ma colère, mais ce matin-là, le regard de Bruno aurait retourné le monde, si le monde savait lire les regards. Ses yeux avaient pâli, ils n'étaient plus bleus, ils étaient gris comme une eau de mortier. J'étais bouleversé par ce changement. Rien n'avait jamais affecté Bruno à ce degré-là. Il l'aimait donc tellement ?

Je faisais la part trop belle à la jeune personne. Elle était pour beaucoup dans le désarroi de Bruno, mais j'y étais aussi pour quelque chose. Quand j'appris ce qui s'était passé entre eux, la douleur de Bruno me parut plus supportable et mon espoir, peu à peu, redressa la tête.

Toujours silencieux, nous rentrâmes chez les Brugères. Au moment où il allait s'esquiver vers sa chambre, je le saisis à bras le corps, et le jetai dans la mienne comme un sac. Je crus que toutes mes jointures éclataient. Tant pis ! je jouais tout l'avenir sur le quart d'heure qui allait suivre. Je l'avais jeté si fort, sans tenir compte de sa surprise, ni de sa faiblesse, qu'il s'affala sur le parquet. Je poussai la porte et donnai un tour de clé. Je le regardai, couché et immobile à mes pieds, comme si je l'avais tué. Il fit un effort pour se lever, le même geste qu'un boxeur assommé qui entend compter huit ! neuf ! Ses yeux hagards et ses mains maladroites cherchaient un secours, un appui. J'attendais, sans lui offrir ni un regard ni une aide. Et soudain, il retomba : knock-out. Alors, il éclata en sanglots.

J'eus la brusque révélation que j'allais gagner. Mais ces sanglots-là, je ne pouvais les entendre. J'avais usé mes dernières forces. S'il avait tenu une minute de plus, c'est moi qui aurais flanché. Devant ses larmes, je ne pouvais même plus sauver les apparences. Je m'agenouillai près de lui et je lui dis très doucement :

— Bruno, qu'as-tu fait ?

Je me gardai bien de le toucher : à son contact, j'aurais fondu comme à la flamme.

Il pleurait et balbutiait, je pus deviner ces mots :

— C'est fini, Marine, c'est fini pour toujours.

Je n'en ai jamais entendu de plus beaux.

La force me revint. Il attendait tout de moi. Je ne savais qu'une chose, c'est qu'il me revenait. J'étais le maître.

Il me confessa tout. Quel amer plaisir à l'entendre déballer des secrets désormais inoffensifs !

Depuis trois semaines Marine lui avait donné la clé de la porte abandonnée. Il y était passé plus souvent que je ne l'avais su. Est-il donc toujours aussi facile à un être naïf comme Bruno de tromper quelqu'un d'aussi attentif que moi ? J'étais stupéfait de l'apprendre, et blessé.

— Mais, où l'as-tu connue ?

— Au tennis. Elle jouait en double avec moi. Elle me faisait perdre mais je m'amusais tellement ! Tu dis que je joue avec des jeunes filles qui te paraissent sottes. Marine n'était pas sotte, et tu es injuste. Quand je lui parlais de moi, elle comprenait tout et partageait tout...

— Et quoi donc, par exemple ?

— Tiens, les sapins, la nuit... elle aimait que je lui parle de ces choses d'Allemagne.

— Quoi ? Salaud ! criai-je, tu lui as parlé de nos sapins ? Tu as osé ?

— Oui, me dit-il, elle m'aime, elle a tout aimé et tout compris. Je ne le regrette pas car je ne le dirai plus jamais à personne. J'ai eu au moins la douceur de faire cette confidence une fois.

175

— Tu n'en avais pas le droit !

— J'avais tous les droits, me dit-il, parce qu'elle m'avait donné tous les droits sur elle et je les lui avais donnés sur moi.

— Mais tu es fou ! m'écriai-je.

Ces aveux que j'avais imaginés, je les tenais pour imaginaires, mais de les entendre formulés, comme allant de soi, par Bruno lui-même, et tout chauds, et réchauffés par la foi qu'il leur accordait encore, m'était intolérable.

— Nous nous aimions trop. Elle m'a dit qu'elle ne le regretterait jamais parce que nous étions nés l'un pour l'autre. Je le crois, Sig, je le crois réellement.

— Bruno d'Uttemberg a été mis au monde pour amuser les vacances de Mlle Marine des Tabacs-Allumettes, dis-je en ricanant. Le crois-tu ? C'est une Française, idiot ! La vie pour elle est un amusement et son jouet, c'est toi et tes confidences et tes regards, et tes mines et tes délires. Pauvre niais, on en rira encore longtemps de ton aventure. « Vous vous souvenez de cet Allemand, ce Bruno, il n'était pas mal, mais quel balourd ! »

— Non, dit-il, je ne le croirai jamais ! Je ne veux pas le croire. Je ne veux pas que tu me le fasses croire. Je suis sûr que nous nous sommes aimés, sûr !

— Et pourquoi es-tu si sûr ?

J'aurais voulu tout savoir, connaître leurs mots et même leurs caresses. Mes questions me paraissaient bien hardies, je craignais qu'elles ne ranimassent dans le cœur de Bruno ce qui devait y mourir. Et qui n'était pas mort.

Mais ce que je tenais surtout à savoir, c'est ce qu'on disait de moi. Car on en parlait : je les avais entendus, au garage. Bruno me dit la vérité tout uniment.

— Elle ne t'aime pas.

Mais je ne pus rien apprendre d'autre. Le visage de Bruno prit alors une telle expression de douleur que je n'insistai pas. La rupture s'était, sans doute, faite sur ce chapitre...

Je lui demandai ce que Marine disait pour être aimable.

— Elle ne le disait pas pour être aimable, me répondit-il, piqué, mais parce qu'elle m'aimait.

— Qu'aimait-elle en toi ?

— Ah ! cesse, tu me fais mal, ne le sens-tu pas ?

— Dis-moi, une fois pour toutes, quelque chose qu'elle t'a dit, qui t'a ému et je ne t'en parlerai plus.

Je voulais me faire mal à sa propre douleur. Il resta silencieux. Je doutais fort qu'il répondît. Mais il parla. J'eus lieu de m'en repentir...

— Elle aime mes lèvres quand je parle. Elle dit que mes lèvres changent de dessin, que chaque syllabe esquisse un sourire et lorsque je lui dis des tendresses en allemand ou des vers qu'elle ne peut comprendre, elle comprend quand même parce que ma bouche exprime mieux que les mots ce que je veux dire. Moi, c'est dans ses yeux que je sais lire, même la crainte de me voir repartir. Cette crainte, je la lisais toujours même au plus fort de nos joies. Son amour de petite fille était plus grave et plus menacé que tu ne l'imagines, Sigmund, et plus respectable que tu ne le dis. Tu ne sais pas la délicatesse qu'il y a dans l'amour de Marine, tu ne peux pas savoir que son cœur est plus profond, plus intelligent que sa façon de jouer au tennis. Il n'y a que moi à le savoir, mais je le sais bien.

A mon tour, je restais silencieux. J'étais accablé par ce qu'il venait de dire. Je n'étais donc pas le seul à lire le dessin des lèvres de Bruno ? Il y a vingt ans que je l'observe et me tais. Mais Marine, en dix semaines, en sait autant que moi et elle a su le lui dire.

Il continua de rêver tout haut et me dit que son amour aurait pu être heureux mais qu'il était troublé.

— Et par quoi ? Et par qui ? demandai-je.

— Par toi !

Marine lui faisait des scènes à mon sujet. Ma seule vue la rendait hargneuse. Elle s'en vengeait sur Bruno et me dénigrait si bien qu'il prenait ma défense. Trop souvent, elle sommait Bruno de choisir entre elle et moi. Tout s'arrangeait, mais les nerfs fléchissaient à la longue. En somme, Marine m'avait bien servi. Tandis que mon demi-effacement m'avait été plutôt favorable.

En entraînant Bruno au bord de la mer je lui avais permis de comparer mon affection et l'amour de la demoiselle. Et le soir lorsqu'il courut au lit de Marine où elle l'accueillit par les plus vifs reproches, qui répétaient ceux du matin et ceux de la veille, il trouva entre elle et lui le cadavre de leur amour. Ce n'était pas une nuit d'amour qu'ils avaient passée, mais une nuit funèbre.

Je la vois. Elle l'avait attendu pendant des heures. Il arrivait enfin, défait, anxieux et lointain. Elle avait pleurniché, maudit. Elle m'avait mis en pièces au moment où j'étais au sommet de l'estime de Bruno. J'étais le même que lors de l'escapade nocturne dans les sapins, j'étais celui qui avait failli mourir avec lui et dans la joie, cet après-midi même. J'étais celui qui avait le même sang.

— Tu es toujours entre elle et moi. Si je t'oublie, c'est elle qui parle de toi. Quand elle t'oublie, c'est moi qui te vois et qui t'entends. A cause de toi, je ne pouvais plus l'aimer. Tu es le plus fort ! Et pourtant, je n'oublierai jamais Marine. Je l'aimerai toujours. Mais continuer comme ces dernières semaines, je ne peux plus, car elle et toi, vous avez fait en sorte que je ne puis l'aimer que contre toi, et toi contre elle... Je ne peux plus.

Il s'arrêta là. A bout de souffle.

Je me tais sur le bonheur qui rayonnait en moi.

— Il aurait fallu partir pour pouvoir nous aimer, ajouta Bruno. Il aurait fallu que nous t'échappions. Nous y avions bien pensé, c'était décidé. Nous allions partir dans les Pyrénées.

— Quand ? lui demandai-je.

— Il y a huit jours, dit-il accablé.

C'était le jour où j'avais fait ce rêve étrange ! C'est le jour où, pour un mot en l'air, je les avais crus en fuite. Craintes imaginaires ? Il n'y a pas d'imagination entre Bruno et moi. Il y a lui et moi, et entre nous, rien n'est faux, ni incertain. Tout ce qui se passe de l'un à l'autre est vrai ou le devient. Il ne s'agit pas ici de prémonitions, il s'agit d'une communauté d'âme et de sang qui fait que rien ne m'échappe de ce qui se passe en Bruno et s'il était plus attentif, il ne se passerait rien en moi qu'il ne ressente sur l'heure. J'avais donc réellement sujet de trembler ce jour-là ! Et que faisais-je ? Je m'occupais de Chaverds et de son infirme !

Il m'en vint un grand ressentiment contre toutes deux.

Ce mouvement d'impatience ne devait pas s'effacer de sitôt. Il me donnerait par la suite, plus de hardiesse pour régler le cas de Mlle Chaverds.

Bruno continuait sa plainte :

— Oui, me dit-il, tu m'as poursuivi, pourchassé partout.

Il y avait de la haine dans sa voix.

— Jusque dans les bras de Marine, même lorsque je me cachais le visage entre ses seins, j'entendais ta voix... tes sentences. Tu es effrayant, cria-t-il. Mais qui es-tu donc ? Tu as empoisonné le plus grand bonheur de ma vie. J'aurais mieux aimé que tu me tues... tiens, hier, j'aurais voulu mourir. Et j'en aurais fini avec tout ça.

Il se cacha le visage. Il ne pleurait pas. C'était bien fini.

J'avais encore un mot à lui dire :

— Je ne t'ai rien enlevé qu'une babiole, je ne te prive que d'un bonheur de vacances mais en échange, je t'en assure un plus durable et plus noble. Tu seras un homme, Bruno, un homme noble. Et mon cœur et ma vie t'appartiennent comme personne ici-bas ne peut t'appartenir.

D'une voix sourde, il me répondit :

— Je voulais simplement aimer Marine.

Il était toujours par terre et moi près de lui. Nous parlions, agenouillés l'un en face de l'autre. Cette attitude me parut soudain si révélatrice que je bondis à ma table de nuit où je me saisis de mon missel et de mon chapelet. Je revins m'agenouiller à ma place et je plaçai le Livre entre nous. Je pris sa main droite dans la mienne en emmêlant le chapelet à nos doigts unis.

— Récitons le *Credo*, lui dis-je.

Je commençais, il me suivit. Puis j'appliquai sa main sur le missel, et la mienne pesant sur la sienne, je lui demandai de jurer avec moi :

— Je jure devant Dieu de garder à mon frère une fidélité éternelle et totale.

Nous prononçâmes ensemble le serment. Il bredouillait, je crus qu'il n'en viendrait pas à bout, mais je le soutenais de toutes mes forces. A la fin, il eut un cri d'enfant blessé et des sanglots secs qui m'épouvantèrent. Je le pris dans mes bras et lui dis tout ce qui me vint du cœur. Il se calma, je le conduisis dans sa chambre, je le couchai et je lui dis :

— Repose-toi, Bruno. Nous avons tant de grandes

180

choses à faire ensemble ! Nous trouverons pour mourir de nobles occasions. L'Allemagne a besoin de nous.

*

Bruno réagissait bien. Mes grands remèdes furent toujours efficaces sur lui. C'était une bonne nature. Il se guérissait de son misérable amour comme d'une grippe. Il avait de bonnes heures dans le jour, mais, vers le soir, il m'inquiétait.

Il n'allait plus au tennis. Je lui prêtais l'auto tant qu'il voulait. Il partait avec un nouvel ami, un Suédois, qui le suivait comme un chien et l'admirait humblement. J'étais tranquille. A des gens de cette sorte, Bruno ne s'attache pas. Il faut l'éblouir ou l'attendrir. Avec les gens ordinaires, il est, comme on dit, gentil. Bien fous, ceux qui prennent cette attitude pour un sentiment.

Dans le cercle de ses amis et de ceux de Marine, on ne le voyait plus. Par contre, j'étais assidu à la séance de tennis du matin. Lorsque ses anciens acolytes me demandaient Bruno, je leur répondais qu'il travaillait seul. L'une des étudiantes, par ignorance, par étourderie, ou par malice, me dit :

— Je croyais que Bruno était parti avec Marine. On disait qu'ils allaient se fiancer et partir dans les Pyrénées avec la famille de Marine.

Je ris, pour une fois, sans effort, et lui répondis :

— Et vous, ne dit-on pas que vous êtes fiancée au portier de la Faculté, on sait qu'il est charmant avec les étudiantes.

C'était un affreux bossu, souvent aviné, qui gardait la porte pendant les vacances de la Faculté.

Elle me tourna le dos pour ma plus grande satisfaction. J'avais de l'aisance, maintenant, sur ce sujet. Le départ de Marine me fut confirmé. Tant mieux. Je n'aurais pas pu laisser Bruno porte à porte avec elle. Si sa famille ne l'avait pas emmenée dans le Midi, c'est nous qui serions partis. J'avais déjà prévu de me replier au Croisic. Mais puisqu'elle avait pris ses distances, le repliement n'était plus utile.

Ce départ à point nommé de la famille du Tabac me fit croire que les parents n'ignoraient pas l'aventure. Qui sait ? ne l'avaient-ils pas encouragée ? Le train des choses dans ce pays permet tous les soupçons.

Marine et Mlle Chaverds n'étaient pas alors mon seul souci : l'Allemagne passait avant elles. Les amours de ces personnes voudront bien attendre pour que j'en divulgue les dernières convulsions.

Je recevais indirectement des nouvelles de ce qui se passait à Munich. C'était notre cousin Eric qui nous tenait au courant. Mon père ne m'informait qu'à demi-mot, car il craignait terriblement le viol de sa correspondance. Il n'avait pas tort. Mais ses informations ne m'éclairaient guère, et même, faussaient mes idées. Mon père est un militaire : tout le secret de son attitude est là. Tant qu'Adolf Hitler n'eut pas la bénédiction de la Reichswehr, mon père se tint sur ses gardes. Mais il ne put résister longtemps à son envie de faire l'important. Il s'employa d'abord à rapprocher Ludendorff de Hitler. Il y réussit. C'est alors qu'il prôna, dans nos milieux, le nom de Hitler qu'il présentait comme l'homme de Ludendorff. C'était faux, mais ce fut habile.

Pour mener son action, mon père fut assez heureux de retrouver un officier qui avait servi sous ses ordres et qui lui était dévoué. Il le chargeait de certaines démarches que le comte d'Uttemberg ne pouvait pas faire — et cet officier s'en acquittait certainement plus adroitement que celui qui croyait les inspirer : il était bien meilleur manœuvrier que son ancien chef.

Cet officier s'appelait le capitaine Röhm.

Il a joué un rôle si grand dans l'orientation politique de la Bavière en ces années 23 et 24 — et dans la nôtre — que j'en dirai un mot.

Les événements politiques de Bavière, qui avaient précédé notre voyage en France, n'avaient pas eu leur dénouement, et nous l'attendions. Hitler avait déjà des amis un peu partout dans la diplomatie comme dans l'armée — et même dans les partis politiques qui le combattaient.

Au mois de novembre précédent, en 1923, Hitler dont l'influence à Munich s'accroissait sans cesse avait cru pouvoir prendre le pouvoir à la faveur d'une simple manifestation de rue. Ludendorff était à ses côtés, l'Armée ne bougerait donc pas. Plusieurs ministres du gouvernement de Bavière lui avaient donné leur parole que le gouvernement laisserait faire. L'histoire a enregistré cet événement sous le nom de putsch de Munich. Je n'ai pas à le raconter. Je ne raconterai pas davantage les secrets du Parti que l'histoire n'enregistrera pas. Je peux, s'il me plaît, divulguer les miens, mais je ne dirai rien des autres. L'important est que le putsch échoua par la traîtrise de ceux qui avaient promis de le soutenir, c'est-à-dire des ministres bavarois. Ils se souvinrent à temps de leur légalité ! Le spectacle était inimaginable. Nous suivions Hitler et Ludendorff, à pied, dans les rues, les deux hommes allant côte à côte vers le Palais du gouvernement qui allait être pris et occupé sous les acclamations de la foule et sans effusion de sang, lorsque la Police et l'Armée, sous les ordres du gouvernement, tirèrent sur nous ! On a vu ce spectacle à Munich le 3 novembre 1923.

Hitler a pardonné à ceux qui avaient tiré sur lui et sur les siens. Il les gagna ensuite à sa cause car il sut les convaincre qu'en tirant sur lui, ils tiraient sur l'Allemagne nouvelle. Ce putsch retarda notre succès. Mais il eut une conséquence heureuse, il fit de Hitler l'incarnation de la Renaissance allemande. Il nous fallait peut-être cet échec et ce sang pour teinter nos drapeaux et mériter nos martyrs. L'Allemagne de Hitler, c'était celle des victoires futures.

Hitler fut condamné à cinq ans de forteresse. Jamais honte pareille ne sera assumée par un tribunal. Cette nouvelle jeta la consternation dans nos rangs.

Je sus par Eric que Hitler avait été accompagné dans sa réclusion par un jeune Munichois des plus distingués et des plus dévoués, Rudolf Hess. Il partageait la cellule de notre chef et écrivait, sous sa dictée, un livre qui devait déciller les yeux de tous les Allemands et faire le tour du monde : *Mein Kampf.* La crainte que Hitler inspirait déjà à ceux qui le persécutaient faisait qu'on prenait avec lui quelques précautions. Il n'était en cellule que pour certains journalistes, en réalité, on lui attribua un appartement. Le secret où on l'avait mis n'était que partiel. Ainsi, de loin, il pouvait diriger, conseiller les plus fidèles, et faire circuler en manuscrit quelques chapitres de son livre. Lors de son voyage à Langeval au début du mois de septembre 1924, Eric nous en apporta une copie.

Nous la lûmes à haute voix, à tour de rôle. C'était très beau.

Eric, Bruno et moi, parmi les poufs, les franges et la garniture Empire de la cheminée des Brugères, nous avons parlé, rêvé, combattu et triomphé cette nuit-là pour la nouvelle Allemagne. Ces défroques n'en revenaient pas. Et si la barbiche de M. Brugères avait pu savoir quel sort nous réservions, dans le monde que nous rêvions, à de pareilles barbiches et à leurs porteurs, elle aurait frémi. Ce monde conçu dans la prison où l'on avait enfermé Hitler, nous allions le construire au grand soleil.

Voilà pourquoi je négligeai Mlle Chaverds, mais je ne l'oubliais pas.

Qu'on sache comment je suis entré en relation avec le parti de Hitler.

C'est le trop célèbre capitaine Röhm qui présenta mon père à Hitler. Ensuite ce fut notre tour à Bruno et à moi. La présentation eut lieu chez Mme Hanfstaengel, une admiratrice du Führer. Cette première rencontre dans un salon ne fut pas éblouissante. Hitler n'était pas à son aise et il me parut, comme je l'ai dit, à peu près insignifiant.

Quelque temps après, pendant l'été de 1923, il nous convoqua dans un bureau du *Völkischer Beobachter*. L'entrevue dura une heure et demie, il parla sans arrêt. Il reprocha aux gens de notre classe de ne pas le comprendre. Il nous sauvait du marxisme et nous ne voulions pas de lui ? Que nous demandait-il ? Des officiers, des hauts fonctionnaires, et la Foi en lui. Il nous fit compliment de notre adhésion et nous dit qu'il ne l'oublierait pas. Puis, il parut saisi d'une transe et se jeta dans une sorte d'incantation sur la Pureté de l'Allemagne. Pureté de sa race et de son idéal. Il s'élevait aux considérations les plus sublimes et me fit partager cet émoi que j'ai déjà décrit. Il s'exprimait avec une force et une conviction dont aucun Allemand normal ne pouvait se défendre. C'est à partir de ce jour que je sus ce que je devais faire pour l'Allemagne. Je

sortis de là rempli de visions. Je saisis le bras de Bruno
et je lui dis :

— C'est notre Chef. Il nous mènera au succès.

— On dirait qu'il répétait une conférence, dit Bruno,
il ne fait tout de même pas un discours pareil chaque
fois que deux jeunes gens viennent lui dire bonjour... et
avec des gestes par-dessus le marché.

J'aurais cru Bruno assez intelligent et assez intuitif
pour comprendre que nous venions de trouver devant
nous un homme de génie. Bruno me répliqua qu'il ne
comprenait pas que je fusse si délicat pour choisir mes
auteurs et que je le fusse si peu devant un homme qui
parlait mal, dans le désordre, et qui rabâchait des
idées qui traînaient dans les vieilles ligues pangerma-
nistes de 1900. Et il finit cette méchante critique en me
disant sur un ton désinvolte :

— Puisqu'il te plaît, il me plaît aussi, à condition
que tu ne m'emmènes pas à ses réunions.

Néanmoins, il donna son adhésion, sans rien objec-
ter. Il croyait qu'il s'agissait d'une ligue de plus, et sans
importance. Il s'aperçut plus tard qu'il y avait plus
d'importance à adhérer au Parti de Hitler qu'au Parti
Blanc-Bleu, du trône de Bavière.

Quelques années plus tard, je lui rappelais ses
moqueries et ses sarcasmes à l'égard de Hitler et de son
éloquence. Il me pria de me taire et n'était pas très
rassuré. Mais avec moi, lui ne risquait rien. Je répondais de lui. Pour d'autres, c'était bien différent.

L'essentiel était qu'il ne se découvrît à personne.

Aussi, avais-je en lui toute confiance et l'ai-je presque toujours associé à mes affaires et à nos secrets.
C'est ainsi que lorsque Eric nous apprit à Langeval
qu'on allait élargir Hitler de sa prison et qu'il ne ferait
pas cinq ans, Bruno entendit et sut le nom des
personnages qui, à la Justice et à l'Intérieur, s'em-

ployaient à obtenir la libération de l'homme qu'ils reconnaissaient déjà comme leur chef. Il nous fallut attendre plusieurs mois pour que cette bonne nouvelle fût vérifiée : Hitler fut libéré en février 1925. Le Parti retrouva alors son unité, sa force et prit son élan vers le pouvoir.

Eric nous apprit également qu'une filiale du Parti était créée à Berlin et quand je lus les noms de ceux qui en étaient les fondateurs, j'éclatai de rire tant la farce était belle qu'ils jouaient à leurs anciens amis de la social-démocratie.

Ces nouvelles encourageaient nos espoirs. J'imaginais un moment qu'elle serait la surprise de Mlle Desvalois si elle pouvait savoir le sujet de nos ardentes discussions au cœur même de cette « France la Doulce » où elle nous avait expédiés. J'éprouvais, en imaginant cette surprise, une satisfaction stimulante et la joie d'échapper à son autorité et même de la bafouer. Lorsqu'on n'a pas été opprimé, les plaisirs de cette sorte restent inconnus.

Avant de quitter Langeval, je fus chargé par Eric de faire un rapport sur les opinions de la bourgeoisie française et sur celles des étudiants. Ce fut le premier travail de la sorte que je fournis. On me fit tenir, peu après, un mot de remerciement et de très vives félicitations. C'est alors que je vis la croix gammée pour la première fois : elle tenait lieu de signature. On me demanda bien d'autres rapports par la suite. Parfois plus précis et même plus techniques. Puis ce fut mon tour d'en demander à d'autres agents. Je réunissais, je confrontais, j'interprétais. Et c'est moi qui adressais à notre Führer, directement, le fruit de mes recherches. Il me témoigna toujours la plus entière confiance. C'est ainsi que je débutai, à Langeval, dans le Parti. Qui l'aurait dit ? Pas Mademoiselle en tout cas.

Voilà pourquoi j'avais négligé Henriette. Sans toutefois l'oublier. Bruno brûlait mon essence sur toutes les routes et allait vers sa guérison, et je jouais au tennis sans négliger mes devoirs patriotiques. Cependant Henriette Chaverds me criblait de billets impérieux et tendres pour me rappeler à elle. Je lui accordais, me souvient-il, de rares et courtes entrevues. Il ne se passait rien, Henriette me semblait plus calme. Mais c'était une façade qu'elle se donnait pour ne pas me contrarier par ses transports. Elle agissait bien, car après les semaines que je venais de passer entre Bruno et elle, je n'étais plus disposé à affronter de nouvelles scènes. Mais la passion de Chaverds reprit bientôt ses droits — ou du moins voulut les reprendre.

J'avais désormais le cœur et la tête libres devant elle. Je choisissais mes coups et ils portaient. Et, quels que fussent les siens, ils se perdaient hors de la cible car elle visait un endroit qui était pour elle, hors de portée : mon cœur.

En quelques jours, elle avait vieilli. Son visage s'était allongé, il avait jauni. Le cerne de ses yeux brillants d'une mauvaise fièvre disait ses cruels combats suivis d'autant de défaites.

Et pour afficher son désarroi, cette amoureuse maladroite s'était remise au tailleur et aux blouses de lingerie. Elle avait repris son uniforme.

A vrai dire, ce pitoyable changement me convainquit davantage de la sincérité de son sentiment et me rendit une part de cette estime que j'avais eue pour son caractère.

Je supposais qu'en revenant à son ancien costume, elle n'avait peut-être pas obéi à son propre sentiment mais aux injonctions de son confesseur. Car elle conti-

188

nuait à suivre mon conseil et sa dévotion ne faisait que croître. C'est alors que me sentant responsable de cette conduite si bienfaisante, je voulus rencontrer l'abbé Dautuy afin d'échanger sur ce cas — et avec la délicatesse et la discrétion qui s'imposaient — des vues qui pourraient servir l'abbé dans son ministère et moi dans le dessein que j'avais sur la pénitente que je lui avais adressée.

Je ne voulais m'ouvrir de ce dessein secret à personne. J'espérais seulement que l'abbé Dautuy serait assez bon pour me suivre sans exiger de savoir où nous allions.

Langeval n'est qu'un grand village ; un après-midi, Henriette et moi nous rencontrâmes l'abbé devant Saint-Roch.

Dès l'abord, je vis que l'abbé était toujours prévenu contre moi. Par qui ? Par Chaverds ? Par Bruno ? A leur insu, ils avaient pu faire de moi un portrait que l'abbé avait interprété avec malveillance.

J'espérais tout de même que l'abbé Dautuy saurait, quand il me connaîtrait davantage, revenir sur ses injustes préventions.

C'était un homme jeune encore — peut-être avait-il quarante ans. Beaucoup de fraîcheur et de santé. Un peu l'air paysan, mais des manières parfaites. Enfin, poli à la française, en se tenant sur ses gardes et visiblement prêt à mordre. Il parlait à Henriette avec naturel et douceur. Envers elle, comme envers Bruno, il avait l'air bon, indulgent — mais il l'était du haut de son ministère. A moi, si je parlais, il me répondait d'un mot poli et achevait sur une esquisse de salut qui me donnait à chaque fois envie de prendre congé. Cette façon de m'écarter de la conversation était puérile. Ce jour-là, pour l'obliger à me considérer avec plus de gravité je parlais hardiment de Mlle Chaverds afin de bien montrer que je tenais à ce qu'il l'aidât dans sa lutte contre elle-même. Je dis :

— Mademoiselle s'est bien appuyée sur vous, monsieur l'abbé, pendant ces derniers jours ; elle en a tiré un grand profit.

Ils devinrent l'un et l'autres écarlates. L'abbé se ressaisit vite et son regard clair et étincelant se fixa sur moi avec une telle intensité que je rougis à mon tour. L'abbé se pencha vers Henriette et en lui effleurant le bras du bout des doigts, pour la pousser, il dit à mi-voix :

— Vous pourriez aller à la chapelle de la Vierge, j'irai dans un instant prier avec vous.

Elle partit sans même m'accorder un regard d'excuse. J'en fus choqué.

L'abbé me planta encore son regard gris en plein visage. J'attendais qu'il voulût bien s'expliquer. Il paraissait attendre lui aussi. Enfin, il parla :

— Je m'étonne, Monsieur, que vous ne pensiez pas à regretter la phrase malheureuse qui vous a probablement échappé devant Mlle Chaverds et son confesseur.

— Je l'ai dite pour le bien de Mademoiselle, et pour aider son confesseur dont...

Il m'interrompit d'une voix cassante :

— Le bien de cette personne, Monsieur, ne vous regarde pas. Vous le savez très bien. Mais puisque vous avez la témérité d'en parler le premier, vous agiriez en chrétien en cessant de vous en préoccuper et même en cessant de paraître devant elle.

— Monsieur l'abbé, lui dis-je, je suis bon catholique et je ferai ce que vous me direz.

— Fort bien, dit-il, tout de suite. Je vais vous entendre en confession et je vous dirai ce que vous devez faire. Je ne puis parler autrement de ce sujet.

190

Je sursautai. Tant d'à-propos et de vivacité me désarçonnait. Il m'en imposait et je lui en voulais. S'il m'avait poussé vers le confessionnal, il me tenait. Et le sort de Chaverds eût été changé sans doute. Mais pas en bien. La Providence dans ce cas fut de mon côté et me laissa la voie libre.

Je répondis à l'abbé que je n'étais pas prêt à me confesser. Pour faire diversion, je lui dis que je lui enverrais Bruno qu'il connaissait bien. Il me regardait sans répondre. Sous ce regard qui ne m'épargnait pas, je cherchais à dissimuler ma confusion et je parlai de ma famille, de ses croyances et de sa place. Après quelques phrases, il m'interrompit de nouveau :

— Je devine déjà tous vos titres, tous vos mérites et toutes vos vertus. Mais puisque vous êtes bon catholique — dans votre estime, du moins — il faudrait demander plus souvent et avec sincérité à un prêtre comment l'Église estime votre catholicisme — car c'est le seul avis qui compte, vous en conviendrez ?

Ce ton ironique et agressif me déplut et m'irrita et je lui répondis sur le même ton :

— Il y a des prêtres haineux qui déguisent leur haine nationale sous l'autorité de leur sacerdoce.

Très calmement, il me dit :

— Déjà insoumis ? Déjà les mauvaises raisons ? Ce que je vois en vous, comme en votre frère, comme en tout chrétien et en tout homme, ce n'est pas sa nationalité, c'est l'âme. C'est tellement plus important. Mais puisque vous craignez que je ne sois prévenu, l'Église vous laisse le choix de votre confesseur et vous pouvez même le choisir dans le plus grand secret. Je ne vous impose pas ma direction. Je ne l'ai offerte que parce que vous avez parlé, en public, d'un sujet que vous êtes le dernier à pouvoir aborder en ma présence. Il ne vous est permis d'en parler qu'au tribunal de la

191

Pénitence. Vous me comprenez ? Et votre nationalité, vos titres et vos mérites n'ont rien à voir en tout cela — à mes yeux tout au moins.

— Je n'ignore pas que l'Église me permet de choisir mon confesseur, lui dis-je. C'est déjà fait et ce n'est pas vous, monsieur l'abbé, car je vous crois plus sévère pour moi parce que vous êtes un prêtre français et parce que je suis Allemand.

Il prit son temps, et avec cette gravité que j'aurais voulu lui voir pour m'écouter lui parler de Chaverds, voici ce qu'il me répondit :

— Je n'ai aucun moyen de vous empêcher de croire une pareille chose. Je puis seulement vous affirmer devant Dieu que je n'ai rien à me reprocher. Mais l'Église me rassure pleinement puisqu'elle vous donne la liberté et le secret de la confession. Vous en avez usé, je m'en félicite. Vous parlez un excellent français. Pas un confesseur ne pourra se douter qu'il confesse un étranger en raison de la pureté de votre accent. C'est sans doute ce qu'il y a de plus pur en vous.

Ce trait me laissa sans parole. Je retrouvais Mlle Desvalois, son esprit détestable et inquisiteur. Qu'avait-il pu imaginer sur moi à travers la confession de Chaverds ? Quel portrait lui avait-elle fait ? J'aurais volontiers rompu brutalement, mais je pensai qu'en cédant à ce mouvement d'humeur, je compromettrais le succès de mon dessein.

J'éludai son attaque et je pris congé en lui demandant de recevoir Bruno. De la sorte, il voyait que je ne rompais pas. Il ne dit ni oui ni non. Mais il me demanda, sans désarmer :

— Le croyez-vous aussi bon catholique que vous ?
— Je ne crois pas. Il est léger, dis-je.

L'abbé branla la tête et prit un air accablé. Je ne sais ce que cette mimique signifiait, mais cette façon de répondre ne faisait assurément pas grand cas de ce que je venais de dire.

Je n'ai jamais rien vu d'aussi intrépide, ni d'aussi assuré que ce prêtre. Et je ne m'attendais certes pas à trouver tel. Il y a dans ce pays une variété incroyable de caractères. On y trouve tout. Celui-ci avec son air bonhomme avait la trempe d'un chef.

J'en fus bien aise. Dans ces conditions je pouvais mieux tolérer ses hardiesses et je m'en tirai sans être humilié.

Après nos promenades au Jardin-Royal, je reconduisais Henriette chez elle. Là nous parlions un peu. Mais nous n'avancions qu'en tâtonnant l'un vers l'autre, pour ne pas heurter d'un mot maladroit, le sentiment douloureux et coupable qu'elle nourrissait.

Elle aussi faisait figure de malade. Ou, plus justement, Bruno me semblait avoir été blessé dans un accident, tandis qu'Henriette était une vraie malade, avec fièvre et infection générale. Je ne l'aurais pas touchée du bout du doigt dans cet état-là.

Le plus étrange, c'est qu'elle s'en doutait. Et c'était un sentiment favorable aux vues que j'avais sur elle. Plus elle se croyait pestiférée et plus elle s'approchait du but que je lui avais fixé. Elle était revenue à la Religion avec tant d'ardeur, je la voyais dans un état de contrition si propice que je crus le moment venu de l'éclairer.

Il suffisait de lui bien montrer à quelle croisée des chemins son destin terrestre venait d'aboutir. Ce n'était pas difficile. Je le lui dis.

Elle n'avait désormais qu'à traîner une vie languissante. Dès que les grands feux de sa passion seraient tombés, elle deviendrait une vieille fille irritable. Elle

193

était trop intelligente pour n'en pas souffrir. Elle souffrirait de son échec dans son amour-propre — sans parler de son insatisfaction. Elle souffrirait aussi devant Dieu, car je l'avais bien persuadée que sa passion était coupable. Et je ne manquais pas de le lui répéter. Enfin, je lui découvris que même dans son métier elle ne trouverait pas les apaisements et les diversions honnêtes qu'elle espérait, parce que c'était justement dans ce métier que la faute avait été commise. Il en resterait en quelque sorte contaminé.

Mais elle avait déjà pensé à tout. Il me suffisait de l'enfoncer dans ces pénibles vérités.

— Je sais ce qui m'attend, dit-elle, mais tant pis. Au fond de toutes ces misères, qui sait si je ne vaux pas mieux que dans ma sérénité de petite-bourgeoise ? Qui sait si les moments les plus grands de ma vie ne furent pas les plus douloureux et les plus vils à vos yeux ? Je ne me croyais pas capable de si bien souffrir. Si c'est là mon péché, tant pis. Je paierai.

Je ne m'y attendais pas ! Elle se trouvait dans des dispositions si étranges qu'au lieu de la voir se diriger dans le chemin que je lui préparais, elle lui tournait le dos.

— Voyons, Henriette, je comprends mal. Vous acceptez, sans aucun secours, de porter votre péché ? Vous avez l'air d'en tirer gloire — vous en tirez même du plaisir. Et dans le même temps, vous prenez un confesseur ?

Je me demandais si ce confesseur n'était pas pour quelque chose dans son redressement. Il réussirait peut-être à m'ôter tout pouvoir sur elle. La preuve vint : elle se rebella !

— Non, cria-t-elle, vous ne comprenez pas, vous ne comprendrez jamais !

Aussitôt, je fis demi-tour et je partis.

194

Deux heures plus tard, sa femme de ménage m'apporta un billet. Elle me suppliait de passer dans la soirée, à n'importe quelle heure, même après dîner.

Le fait méritait réflexion de ma part.

Je passai chez Henriette à dix heures du soir. La curiosité me poussait, mais il m'avait paru sage d'attendre cette heure.

Henriette était livide, décoiffée. Elle ne pleurait plus parce qu'elle ne le pouvait plus. Ses yeux étaient gonflés. Dès la porte, elle me saisit la main et, à reculons, elle m'entraîna sous la lampe. C'était désolant ce visage de vieille femme !

Où donc en avais-je vu de pareils ? Je reconnus bientôt les traits bouffis de larmes que les peintres de « pietas » baroques donnèrent à leurs saintes extasiées et douloureuses. Les yeux au ciel, elles laissent couler à flots des pleurs hystériques sur leur visage convulsé. La faiblesse rampante, nul ne l'ignore, inspire la cruauté. Aussi, ces peintres bavarois en peignant leurs « *saintes* » jouaient sans doute avec des plaisirs plus proches du sadisme que de la dévotion. En face de Mlle Chaverds je me laissais aller au même penchant.

Elle ne pensait à rien. Elle ne voyait que moi.

— Vous êtes venu, Sigmund, me dit-elle. Vous êtes donc venu. Vous m'aimez donc un peu ? Oh ! que vous me faites de bien en venant... Asseyons-nous. Ne parlons plus de ces choses qui font mal. Restez là... près de moi.

J'étais venu pour parler, précisément, de ces choses qui font mal.

Nous étions côte à côte sur un canapé maigre. Elle tenait une de mes mains dans les siennes jointes. Je n'osais bouger dans la crainte de déclencher une crise de nerfs. J'en pouvais tirer un grand parti. Mais la moindre maladresse risquait d'être fatale à mon dessein.

Elle parlait bas. Entre deux phrases, elle soupirait. Son attente depuis mon départ l'avait mise à bout de souffle. Je connaissais pour les avoir parcourus ces chemins du désespoir. Bruno m'avait entraîné dans leur dédale plus d'une fois. Mais moi, j'en dissimulais les fatigues. Tandis qu'elle laissait battre son cœur à nu.

— Sigmund, j'ai entrevu l'enfer, cet après-midi ; j'ai cru que vous m'aviez abandonnée pour toujours. Je ne peux supporter l'idée de vous perdre.

Elle eut un spasme de la gorge qui me fit mal. Comme elle n'avait plus de larmes, elle ne pouvait pleurer. Mais aussi dans quelle affaire s'était-elle jetée ! Amoureuse de Sigmund von Uttemberg ! Quelle aberration ! Encore aurait-elle pu tomber plus mal, car j'étais honnête et pur. Je ne l'avilirais pas, moi, au contraire.

Elle m'avoua qu'elle venait de découvrir qu'elle était incapable de se dominer. Maintenant, il fallait que je l'aide à vivre avec cette passion.

— Ou alors, gémit-elle, je préfère mourir.

C'était le moment propice :

— Pourquoi ? lui dis-je avec une grande aménité. Pourquoi faire quelque chose d'horrible avec un sentiment si grand, si sincère ? Puisque le ciel n'a pas voulu qu'il s'épanouît selon vos désirs, peut-être s'épanouirait-il dans votre âme si vous la donniez à Dieu. Ce serait si beau, Henriette, si vous pouviez être fière de ce qui vous tourmente aujourd'hui.

Elle m'écoutait, prodigieusement attentive. Je croyais l'avoir touchée. En réalité, elle ne m'entendait pas, ce n'est pas le sens de mes paroles qui l'intéressait.

— Comme vous parlez doucement, Sigmund,

comme vous me parlez bien! Jamais vous n'avez eu cette douceur. Il me semble que nous allons entrer dans la paix. Nous allons faire une grande paix.

Je lui dis que c'était, en effet, de paix qu'il s'agissait, que j'y pensais pour elle depuis longtemps, et que je priais Dieu qu'il l'apaisât. Lui seul pouvait donner la paix, mais, ajoutai-je : « Il faut vous donner à lui totalement. »

Mais elle m'écoutait mal. Elle faisait fausse route :

— Vous voulez que Dieu bénisse notre amitié, Sigmund, vous voulez qu'il n'y ait entre nous qu'une pure et sainte amitié! C'est cela! Ce sera la plus profonde, la plus noble, la plus durable amitié. Nous serons l'un à l'autre et nous serons purs.

Elle se lança dans un délire où cette amitié devenait aussitôt une passion tout à fait semblable à sa folle passion. J'enrageais intérieurement de cette démence.

Je me retrouvais, de ce fait, à mon point de départ. Il fallait repartir.

Je lui demandai alors si depuis qu'elle avait suivi mon conseil et s'en était remise à son confesseur, elle n'avait pas connu, en se rapprochant de Dieu, des moments de rémission et d'apaisement.

Elle en convint.

Je lui dis alors qu'une paix bien plus grande lui pourrait être donnée si, au lieu de s'approcher simplement de Dieu, elle se donnait à Lui.

— Perdez-vous en Dieu, donnez-Lui tout et, de votre amour impie et douloureux, vous ferez une foi magnifique. Magnifique et douce. Et je vous admirerai, Henriette.

Elle poussa un cri, se couvrit le visage de ses mains et gémit. Je ne l'avais pourtant pas frappée, ni rudoyée. Ni même surprise. Elle aurait dû, depuis longtemps, se préparer à cette idée.

197

— Je ne peux pas... C'est trop me demander... Dieu n'exige pas ça.

— C'est vous qui devez l'exiger de vous-même, et Dieu vous récompensera.

Et la voilà qui se rebiffe encore !

— Mais est-ce bien à vous de l'exiger de moi ? Est-ce bien à vous de me jeter au couvent, au tombeau ? Sigmund, mon ami, soyez au moins mon ami. Que j'aie le droit de vous voir, de lire un mot de vous pour moi, de vous écrire à vous seul. Même si je ne puis vous voir, ni vous lire ni vous écrire, que j'aie au moins le droit de le désirer, sans parjure et sans sacrilège.

Ce beau discours m'apprenait au moins qu'on avait déjà parlé sans moi de cette retraite. Son « Dieu n'exige pas ça » c'était un mot de l'abbé Dautuy. C'est donc lui qui l'avait détournée de cette vocation que je voulais faire naître. Je ne cachai pas à Henriette que la religion telle qu'on la comprenait dans son entourage était dépourvue de toute efficacité dans un cas aussi épouvantable que le sien.

— L'abbé Dautuy pense que la piété, l'espérance, le temps, le travail et l'absence m'apporteront la paix. Il me dit : « J'ai confiance en vous. Tenez-vous droite et priez. » Il ne croit pas à ma vocation profonde.

— Il vous dit aussi autre chose que vous n'osez pas me répéter, lui dis-je, mais je sais ce qu'il pense de moi.

Elle se tut. L'abbé avait fait du chemin. Huit jours auparavant, Henriette m'eût tout dit. En moins d'une semaine, l'abbé serait plus maître que moi. Je ne pourrais plus me faire entendre. Il fallait, dès que la décision serait prise, détacher Henriette de son confesseur.

La nuit s'avançait. Nous étions là à chuchoter passionnément dans la salle à manger ridicule. Je me levai, le cœur lourd :

⟋ Minuit ! Je vous quitte. Je vous fatigue, et je le crains, sans profit. Je vous sens fermée, presque hostile. Rien de salutaire ne peut naître de cette disposition. Aussi, je m'en vais.

Elle s'accrocha à mon bras. La fièvre et la peur reparurent dans ses yeux. Je m'assis de nouveau. Je lui répétai ma proposition. Je voulais en quittant la France ramener un Bruno plus fidèle et savoir Chaverds au couvent.

Si Chaverds m'obéissait, je crois que je finirais par aimer en elle une part de sa personnalité qui n'eût pas existé sans moi et qui, en somme, me ressemblait : cet amour impossible, cet élan brisé, cette fièvre qui la consumait devant une source tarie, enfin, l'anéantissement dans le sacrifice et l'avant-goût de la mort. Cette part grandiose d'elle-même, elle me la devrait.

Avec des ménagements, je le lui dis. Je m'attardai sur cette affiliation de nos âmes.

— C'est simplement votre présence que je désire, me dit-elle. Je suis touchée que vous ayez de moi une si noble idée, mais, hélas ! je n'en suis pas digne, je vous aime comme une femme sincère et sensible aime.

« Pourquoi ? Et pour qui me rejetez-vous ? Qui me préférez-vous ? Qui vous a fait souffrir ? Pour qui me faites-vous souffrir ? Je ne sais pas qui vous êtes, je ne vous connais pas. Vous me faites peur. »

Aussi froid et aussi préservé que je fusse, le souffle de ce brasier m'effleura. Ce visage avait sa beauté, son tragique, cette voix semblait appartenir à un double qui lui eût révélé des secrets à demi conscients, cette voix résonnait dans la maison silencieuse : je me troublai. Et ce trouble, hélas ! me fit parler. On ne joue pas, à froid, le jeu de la passion — surtout quand on est Sigmund von Uttemberg. Le feu réveille le feu. L'exaltation de Chaverds était trop sincère pour n'être pas contagieuse ; en un instant, elle m'emporta dans son tourbillon. Elle avait blessé en moi — je m'en excuse et m'en repens — une forme assez basse de l'orgueil qui est l'orgueil d'être aimé. Je fus surpris d'être aussi sensible à cette blessure. On est toujours plus sensible qu'on croit.

Les mots : « Pour qui me faites-vous souffrir ? » me firent perdre cette maîtrise de moi dont je me croyais si sûr. Elle venait de gratter des plaies trop fraîches... Et on m'aimait, malgré qu'elle en eût — quelqu'un m'aimait. Cette folie me fit lui répondre :

— Oui, je passerai ma vie loin de vous, j'aimerais mon frère plus que vous, et plus que personne au monde, et mon frère m'aimera plus que personne au monde.

Trop tard ! J'étais atterré par ce que j'avais dit, et je l'avais dit triomphalement.

Elle se jeta sur moi. Je crus qu'elle allait me frapper et, me fixant de son regard de visionnaire, elle cria à je ne sais qui :

— Je le savais ! C'est un monstre !

J'avais perdu.

J'allais partir et sans doute pour toujours, et sans aucun avantage après avoir été si près de les avoir tous. Mais la curiosité me fit attendre.

Très doucement, je lui parlai. Je m'assis près d'elle, aussi près que je le pus. Je parlais dans son cou :

— Ce qu'il y a de monstrueux, ce n'est pas ceci ou cela, dans la vie. Ce qui est monstrueux, c'est l'inutilité de la vie. La mienne sert à quelqu'un et elle servira à de grandes choses. La vôtre, consacrée à moi, ne servirait à rien, car je n'ai besoin de personne. Je veux vous aider à sortir de ce scandale qu'est l'inutilité de votre vie — et l'inutilité de votre douleur. Il y a une grande

200

chose en vous, c'est votre passion : donnez-la à Dieu. Elle servira Dieu, vous et moi !

— Et moi ? Et Henriette Chaverds ? je ne suis donc plus rien ? on m'enterre ?

— Quelle preuve plus magnifique de la grandeur de votre amour que le sacrifice que vous en faites ? Vous vivrez dans ma pensée, je recevrai vos prières comme des messages d'amour, je vous enverrai les miennes. Je vous vénérerai.

J'étais si bien entré dans mon rôle, je désirais si fortement la fléchir, que je me jetai à genoux devant elle. Ce n'étaient pas les faveurs d'un amant ordinaire que je lui demandais, mais il n'y a pas deux façons de supplier une femme amoureuse.

— C'est une union mystique que je vous demande, Henriette !

Elle mit ses deux mains sur mes épaules. Ses lèvres blanches ne se décollaient pas malgré ses efforts pénibles pour parler. Elle voulait accepter, mais ses lèvres, ses dents, ses joues, sa gorge, sa poitrine, son souffle se refusaient à ratifier. Je croyais que le *oui !* allait jaillir, m'exploser au visage, et m'inonder de joie.

Mais elle eut un recul. Elle avait peur.

— Ainsi donc vous m'aimeriez, Sigmund ?

— Toujours, lui dis-je. Je m'unis à vous dans la Foi. Je vous donne le meilleur de moi, vous me donnez le meilleur de vous. La part mystique de Sigmund vous est dédiée.

— Merci, Sigmund. Peut-être aurions-nous dû commencer par là. Mais les chemins du cœur sont ardus et secrets. Et je ne sais plus... Je ne sais même plus ce que je suis. Restez près de moi, Sigmund, allons ensemble vers la Paix. Sans vous je suis perdue, éperdue.

C'était si vrai, je me sentais alors si maître d'elle et de moi, que je pouvais tout faire. Mon entreprise était plus difficile, car c'est pour Dieu et pour toujours que je voulais sa soumission. Mais il fallait bien jouer le rôle d'amant puisque les femmes ne cèdent qu'à celui-ci.

J'étais toujours à genoux devant elle. Pour des raisons différentes, nous tremblions tous les deux.

— Non, Henriette, vous n'êtes pas perdue. Vous vous retrouverez en Dieu, et là, vous me retrouverez toujours. Si vous prononcez vos vœux, ajoutai-je, j'en prononcerai un également. Pour vous seule, dans le secret de mon cœur, un vœu éternel. Acceptez, Henriette, devenez une sainte.

Comme une somnambule, elle murmura :

— Je me sacrifie à Dieu pour Sigmund.

— Tu prieras pour moi, Henriette !

— Je ne prierai que pour toi.

— Et moi pour toi, Henriette, je prierai tous les jours pour toi. Et voici mon vœu : par fidélité mystique envers ta sainte image, je ne me marierai jamais.

Je la fis mettre à genoux près de moi. Comme je l'avais fait pour Bruno, je voulais un serment solennel. Je lui demandai son missel. Nous récitâmes le *Credo*. Elle mit sa main droite sur le livre, j'appliquai la mienne sur le tout, fortement. Je lui demandai de me jurer qu'elle prononcerait ses vœux et entrerait dans un ordre cloîtré. Elle était à ma gauche, mon bras libre passé sur ses épaules la soutenait, et par pression, l'incitait à bien prononcer son serment. Elle débita la phrase de sa voix inspirée et je lui jurai à mon tour de ne pas me marier et de lui conserver ma fidélité spirituelle.

Je la relevai.

— Que la Paix soit en toi, lui dis-je, comme elle est entre nous.

Elle n'avait ni souffle ni sang. Il lui restait l'éclat du regard. Elle me dit :

— Occupe-toi de moi, comme si j'étais ton frère — c'est lui qui a la plus belle part.

Tant que mon visage était près du sien, je lui murmurai :

— Ne voyez plus l'abbé Dautuy, Henriette. Je suis avec vous, vous n'avez plus aucun sujet de trouble. Soyez en paix.

Je sortis avec mille précautions de cette maison de bois toute craquante sous mes pas. Il faisait nuit noire encore. Un brouillard tombait en bruine. L'air était lourd et moite. J'étais léger. Je voulus retenir cette date. C'était le 2 septembre. Anniversaire de Sedan ! Un grand jour. Ma pensée se retourna vers Mlle Desvalois. Je venais de me venger de ses mépris. Que dis-je, de m'en guérir ! Ses sourires et ses sarcasmes ne me blesseraient plus.

*

Le lendemain, je ne disposais que de peu de temps pour voir Henriette. Je dus lui sacrifier mon heure de tennis. Elle m'attendait. A longueur de journée, elle m'attendait. Nous parlâmes quelques instants en nous tenant la main. Je la félicitai de son courage et du calme où je la trouvais. Dès mes premiers mots, sa bouche trembla et ses larmes coulèrent.

Je lui promis de revenir le lendemain. L'après-midi, je devais aller place des Trois-Piliers, chez M. de Claincourt. Je rappelai à Henriette qu'elle ne devait pas voir l'abbé Dautuy. Je lui conseillai de se fixer un travail et de s'y tenir. Quant à moi, toute ma pensée était en elle. Cela devait suffire à la calmer pendant mon absence.

J'aurais préféré m'occuper d'elle à retourner chez les Claincourt. Mais ces gens ne se pouvaient traiter comme les autres. Nous nous devions au moins quelques politesses. Celles qu'ils m'avaient faites m'avaient touché et je les leur rendais sous forme de quelques heures d'ennui que je leur consacrais. Là au moins, on savait qui nous étions. On savait faire ressortir les nuances avec tact et même avec grâce, entre le comte d'Uttemberg et les autres invités. Je fus surpris agréablement que les Claincourt sussent que j'avais rang d'Altesse et qu'ils l'eussent mentionné sur l'invitation. La réception de cet après-midi était donnée pour nous, et pour nous présenter les Trois-Piliers.

Il y avait plus de monde que lors des précédentes réceptions : les baigneurs des plages ou ceux des villes d'eau rentraient à Langeval, en camp volant entre le 1er et le 8 septembre et au bout de quelques jours, ils repartaient dans leurs terres jusqu'en novembre, me dit-on. C'était pour me faire entendre qu'on n'avait pas pu donner de dîner. Ce n'était pas la saison...

Je serrai des mains et échangeait saluts et courbettes avec des gens sans intérêt qui allaient se grouper selon des affinités qui m'échappaient. M. de Claincourt et moi allions de groupe en groupe. Les gens parlaient de leurs récents voyages, ou plutôt des personnes qu'ils avaient vues pendant leurs voyages. Ils étaient en joie lorsque deux d'entre eux avaient rencontré le même ami en deux villes différentes. Immanquablement l'un disait :

— Le monde est petit !

— Surtout le nôtre, répliquait quelque parvenu.

Bruno n'avait besoin ni de Claincourt ni des cérémonies pour se mêler aux groupes. Il avait déjà son groupe de vieilles dames. L'une d'elles, qui paraissait jouir des honneurs de la compagnie, le lorgnait à travers un monocle. Ses lèvres et son menton coupant ne disaient rien de favorable. C'était un portrait surprenant. Mais le pire c'était le regard qu'elle jetait sur Bruno. Elle m'effraya. Attiré malgré moi, je m'avançai vers ce cercle. Bruno s'interrompit et après quelques pirouettes, il disparut. Le regard de la marquise de Sornay tomba sur moi. Rarement je me suis senti plus rétracté et pris d'un tel désir de fuite. Je devinais une force peu commune dans ce crâne enturbanné de paillettes, de plumes d'autruche et de cheveux blonds. La voix me perça comme un fer.

— Que nous dira cette Altesse du Saint-Empire ? cria-t-elle insolemment. Parlera-t-elle avec autant de grâce que son aimable frère ?

Que répondre ? Ses yeux me tenaient. Tout le monde m'attendait là. Je pressentais que cette vieille femme allait faire ma réputation à Langeval. Et moi, qui sottement étais venu à elle ! Elle m'épiait de loin, comme une araignée de son coin poussiéreux et elle savait qu'après avoir voltigé de groupe en groupe, je tomberais dans son cercle. J'y étais.

— Madame est trop bienveillante, lui dis-je, de trouver un Allemand gracieux.

— Votre frère l'est, c'est un fait, dit-elle. Rien ne le gêne pour l'être. Que voulez-vous — et elle prit à témoin sa petite cour admirative et craintive — il est jeune, il est beau, il est fort. C'est tout à fait suffisant. Il y aurait même du superflu, si par exemple il avait d'autres talents.

Je rougis et fus décontenancé par cette sortie. Les

autres avaient l'air de trouver cette insolence naturelle. Bruno, plus loin, riait avec des jeunes gens. M. de
Claincourt était sur des épingles.

La marquise fit une moue qui voulait être un sourire
et ajouta :

— Mais Votre Altesse a du talent pour deux. Votre
Altesse partage en bon frère, il nous est revenu que
Votre Altesse est un frère sans pareil.

Et cela sur un ton qui me fit penser que, par des voies
mystérieuses, ces Trois-Piliers savaient sur Bruno, sur
moi, sur notre entourage bien plus de choses qu'on ne
pouvait le supposer — et prêtes à tourner en calom-
nies. Sans raison, je me sentis devenir cramoisi. Je ne
pouvais m'avancer qu'avec timidité parmi des gens
que reliaient mille intelligences indiscernables. Je me
sentais faible et je devins violent. Ce qu'elle venait de
dire de Bruno était inadmissible et me permettait tout.

— Il n'est pas utile, Madame, d'être insolent à la
mode de certains villages pour être intelligent et on
peut être doué sans pour cela être centenaire. Si mon
père l'eût permis, Bruno d'Uttemberg aurait pu être le
plus brillant pianiste de ce temps.

— Pianiste ? — elle se saisit de ce mot comme d'une
proie — de la musique ? Des flonflons ? Et on vous dit
sérieux ? Sachez que rien ne vaut le silence pour
réfléchir — du moins pour les gens qui en ont le goût et
les moyens. Monsieur votre cadet aime la musique ! Je
ne me suis pas trompée. Et vous le défendez avec une
ardeur... passionnée. C'est bien. C'est bien ce qu'on
nous a dit.

Je m'inclinai et je rejoignis Bruno.

Je n'avais pas fait très bonne figure. La marquise
m'avait jeté bas devant un cercle de gens inconnus et
dont plusieurs m'étaient déjà hostiles. Cette affreuse

206

personne me rejetait dans la cruelle paralysie, dans ce doute de moi où me jetaient les regards de Desvalois.

Comment pourrais-je comprendre un pays si cruel !

Pour les Claincourt et quelques-uns de leurs familiers qui m'avaient fait bon visage, je ne voulus pas quitter la maison trop tôt. Je me dirigeai vers Bruno. Il avait trouvé un ami. Je dis ami parce qu'ils parlaient avec beaucoup d'aisance et de gaieté et intéressaient les personnes qui les écoutaient. Je ne voyais l'ami que de dos. C'était un officier — un capitaine. La tournure était d'un jeune homme. On le nomma : c'était le capitaine d'Audémont-Froissy.

Il n'a fait que traverser cet après-midi, mais il l'a marqué. Je ne veux pas l'oublier. Il m'en a plus appris que bien des gens que j'ai fréquentés pendant bien des années. Il m'a détesté, je crois, dès l'abord. Ce n'est pas exceptionnel. Mais il est de ces gens, très rares, dont je ne souffre pas qu'ils me détestent. Chez le capitaine d'Audémont, ce sentiment était si fort qu'il ressemblait à l'indifférence. Il ne m'a vu qu'une heure. Nous nous sommes quittés ennemis mortels. Mais je l'ai admiré et c'est peut-être le seul homme avec qui je souhaiterais aujourd'hui passer une heure.

Le capitaine d'Audémont avait à peu près notre taille, mais il était plus mince et plus maigre. Je pense que l'abus du cheval et des sports, une vie assez ascétique et sans doute une réflexion continue, une volonté toujours bandée usaient littéralement ses forces. Le visage du capitaine aurait pu être le mien ou celui d'un officier allemand de bonne naissance. Émacié, mais d'une bonne santé évidente, coloré, il était caractérisé par un nez mince et osseux. Un beau front droit le dominait où s'affichaient le courage et la loyauté du chevalier et même une sorte d'audace.

Cet homme portait le signe de la force la mieux

ordonnée, la plus sobre, la plus contenue qui soit. Il n'y avait en lui rien de superflu et tout était si poli, si net, qu'il semblait que le drap de sa vareuse, l'or de ses galons et le grain de sa peau fussent le produit d'une fabrique secrète où toute fantaisie, tout ornement auraient été sacrifiés à la qualité. On ne voyait sur lui ni vernis ni dorures, mais on devinait l'armature en acier fin, mince et infatigable.

Le plus frappant à mes yeux était son type germanique.

Mais lorsqu'il parlait, l'impression s'effaçait. Son langage était plus souple, sa parole plus nuancée et plus vive que les nôtres.

Dès que je fus près d'eux, il me fixa un instant. L'éclair bleu me pénétra. Toujours ce regard terrible, celui de Desvalois, de Sornay, de l'abbé Dautuy et d'Audémont; le même éclair impitoyable.

Le visage du capitaine perdit sa gaieté, il devint calme et lisse; un air de supériorité paisible établit aussitôt les distances. Je dis à Bruno qu'il semblait bien animé et je le dis avec satisfaction, parce que, pour une fois, une des relations de Bruno me plaisait. Si j'avais été plus souple, j'aurais aimé aller au-devant de la sympathie du capitaine avec plus d'habileté.

— Nous parlions, me dit Bruno, des petites mésaventures qui surviennent aux cavaliers. Le capitaine en a observé de très étonnantes et il a la gentillesse de me proposer un cheval pour faire un petit temps de galop près d'ici.

Je ne tenais guère à voir Bruno repartir loin de moi, comme il l'avait fait pour le tennis. Mais l'affaire de Marine était encore trop fraîche pour que je le contrarie. Enfin, je pensais que le capitaine m'offrirait également un cheval.

Il n'en fit rien. La sympathie était bien localisée à Bruno.

Ma présence avait déjà éteint la conversation.

Je me repentis un peu d'avoir été séduit avant de m'être mis en garde. Dans le moment où la défiance et l'envie venaient enfin m'éclairer sur la dangereuse personnalité du capitaine, il posa son regard sur le mien et me dit :

— Vous avez de bonnes nouvelles de Bavière, on nous dit dans nos journaux que ce pays est plein de vie et de patriotisme.

Son regard appuya plus fortement et je me surpris en train de lui répondre, bien qu'il ne m'eût posé aucune question et que je ne lui dusse qu'une banalité polie en retour.

— La Bavière, dis-je, est en pleine renaissance, les ligues patriotiques organisées foisonnent, mais nous espérons rassembler ces bonnes volontés en un mouvement unique à la fois social et militaire.

Il fixait la pointe de sa bottine. Puis il me regarda de nouveau. Il me tenait dans l'illusion qu'il lisait en moi.

— Un pays vaincu cherche sa revanche — bien fou qui l'oublie — mais les moyens d'y atteindre ne viennent pas aussi vite que l'envie.

Je l'interrompis. J'étais sans contrôle, j'allais au-devant de ses questions :

— Nous en avons déjà. Il y a des armes pour une police d'État, mais elle peut se transformer en armée intérieure, car notre idée est que l'Allemagne doit être reconquise d'abord de l'intérieur. C'est notre peuple allemand qui doit être repris en main et convaincu de sa grandeur et de l'injustice du traité de Versailles. Alors, bien encadrés et confiants en notre destin, nous...

D'un air négligent, c'est lui qui m'interrompit :

— Vous dites *Nous, Notre*, vous parlez pour votre famille, pour vos amis, votre pays...

Je dis vivement avec fierté :

— Je parle pour notre Parti, celui d'Adolf Hitler.

Le capitaine parut surpris et me dit avec son naturel hautain et affable :

— Je ne savais pas qu'il y eût des gens de l'ancienne armée et de l'aristocratie dans l'entourage de M. Hitler.

— Il y en a peu, dis-je mais nous avons l'honneur d'en être et un jour on nous en sera reconnaissant.

— Heu ! le général Ludendorff n'a pas eu à s'en louer. Monsieur votre père tiendra sans doute compte de l'opinion du généralissime.

— J'en doute, ajoutai-je, il y a des places pour les officiers dans le nouveau parti.

— C'est probable, répliqua-t-il, d'un air qui jouait l'indifférence, mais un officier allemand n'est pas un homme à occuper ces places, ni à suivre des réunions dans les brasseries. J'imagine qu'il a mieux à faire — ou du moins autre chose. Enfin, cela paraît compliqué vu de Langeval.

— C'est très clair, lui répondis-je, tout enflammé par l'éloge qui venait de lui échapper des officiers allemands. Les officiers qui entreront au Parti créeront l'armée du Parti — elle existe déjà : ce sont les Sections d'Assaut.

Il me parut incrédule, son sourire me le fit comprendre.

— La bonne volonté de ces messieurs est évidente, mais pour créer une armée il faut, vous le savez, autre chose que de l'expérience et un état-major. Et qui prendrait la tête de cette reconstitution ? Ludendorff ? Sa tentative de putsch avec M. Hitler paraît l'avoir déçu.

210

J'aurais dû après cet entretien offrir la moitié de mon sang pour rattraper mes paroles, mais hélas! je les avais dites et les voici :

— Nous avons le capitaine Röhm, c'est lui qui organise les Sections d'Assaut. Il a l'expérience et aussi ce qu'il faut en plus.

Le capitaine d'Audémont me dit assez brusquement, comme si ce nom n'eût pas dû être prononcé :

— Connais pas! Il ajouta avec nonchalance : « Mais des inconnus dans des périodes troublées révèlent souvent de réels talents. Ainsi, M. Hitler fait beaucoup de bruit. Je ne sais si c'est du bruit ou de l'action, mais vous en parlez déjà fort bien. » Et, en changeant de visage, il conclut par un compliment des plus impertinents :

— S'il y a beaucoup de gens de votre qualité dans son entourage, nous entendrons parler de lui encore bien davantage — ou je me tromperais fort. Cela, Monsieur, nous vaudra de nouvelles rencontres.

Et il me salua à la perfection et glissa plus loin sans même prendre garde au salut que je lui rendais.

Il m'avait fait dire ce qu'il avait voulu. J'étais percé à jour. J'étais atterré par la révélation que j'avais faite du nom de Röhm. Fallait-il informer Eric ?

Mon indiscrétion me parut une trahison.

Et pourtant le capitaine ne m'avait pas questionné. Son dédain voilé, son regard impitoyable n'avaient même pas essayé de donner le change. Il avait fait ce qu'il avait voulu et j'avais obéi. Mais n'est-ce pas un honneur que de succomber aux séductions de la noblesse, de la force d'âme et de l'intelligence ? C'est parce que je les admire que je leur obéis.

Dès que le capitaine nous eut laissés, je pris congé à mon tour en demandant à Mme de Claincourt de me permettre de venir la saluer avant son départ pour leur terre, qui avait lieu quelques jours plus tard. Elle me pria à dîner, en cachotterie, car elle n'avait qu'une domestique. Il n'y aurait que nous. Je faillis la prier d'inviter le capitaine tant je désirais réamorcer nos relations. Mais je réfléchis par la suite qu'on ne revient pas sur un échec de cette nature sans courir le risque d'aviver l'hostilité — et de commettre de nouvelles indiscrétions.

En sortant, je courus chez Henriette. Je la suivais de près comme un médecin suit un malade dont le cas évolue vite. Malgré le serment je craignais qu'elle ne revînt sur sa décision. Quel échec pour moi ! Je ne pouvais être privé de cette victoire. Il me la fallait contre Desvalois, contre Mme de Sornay, contre le capitaine, contre la France entière et surtout contre le doute qui parfois s'emparait de moi.

Comme je quittais Bruno en hâte, il me dit en plaisantant :

— Je suis sûr que tu vas encore chez Chaverds ? Et ta promesse ?

Sa taquinerie me rappelait des heures trop pénibles pour que je n'en fusse pas affecté.

— C'est vrai, lui dis-je, mais si tu savais pourquoi j'y vais, tu en serais étonné. Ma promesse sera tenue, je te la renouvelle.

Il éclata de rire.

— Oh ! non, me dit-il, pas de serment pour cette bonne Chaverds. Mais puisque tu me dis qu'il n'y a rien entre vous et que vos cours sont terminés, je me demande ce que vous pouvez bien vous raconter pendant des heures. Qu'est-ce qui vous amuse donc ?

— Dieu ! lui répondis-je gravement.

Bruno en resta abasourdi.

Il ne me posa aucune question. Il ne montra jamais de curiosité pour mes affaires. J'ai eu souvent l'impression qu'elles lui faisaient un peu peur. En les ignorant, il se croyait à l'abri.

Je tenais à ce que l'abbé Dautuy crût que je n'étais pour rien dans la défection de sa pénitente. Mais comme c'était moi qui l'avait détachée de lui, le soin de le remplacer auprès d'Henriette me revenait donc. Mais qui choisir ? Je penchais à croire qu'il valait mieux faire accomplir ces démarches par une tierce personne à qui j'aurais tout raconté. Du moins tout ce qu'il était sage et utile de dire.

Tout en cheminant, la tête encore pleine des conversations que je venais d'entendre chez les Claincourt, j'eus l'idée que Mme de Claincourt pourrait être l'intermédiaire que je cherchais.

Il ne fallait qu'y bien réfléchir.

Quand j'arrivai chez Henriette, je ne trouvai que sa femme de service. Elle me dit que Mademoiselle rangeait les livres qu'elle avait à la Faculté car les cours devant se terminer en fin de semaine, elle devait faire place nette. Je réclamai des explications. Rien ne me permettait de soupçonner une supercherie, mais... je craignais qu'Henriette ne fût retournée chez l'abbé Dautuy.

La bonne femme me pria d'attendre Henriette qui ne pouvait tarder à rentrer. Il était six heures et demie, et à sept heures, elle dînait.

Un peu désappointé, j'attendis dans la salle à manger. Je pensais à tout ce qui s'était passé ici, entre nous, depuis deux mois à peine. Il me semblait que notre histoire durait depuis des lustres. Tout comme les histoires du tennis, de la Faculté, de Marine, des Brugères, des Claincourt... Ce séjour à Langeval aurait rempli une vie ! Il a presque rempli la mienne. En outre, le souvenir de Desvalois se mêlait à ce monde. Cette ville était la sienne. On m'y parlait d'elle quand je n'y pensais pas moi-même. Ce souvenir, par un mystère de l'âme, brouillait en moi le sens du temps, car je reportais souvent vers mon enfance et vers Mademoiselle des rencontres, des mots, des paysages, des attitudes et des visages du présent. Inversement, Desvalois surgissait du passé et se mêlait au monde présent et m'y mêlait, non pas tel que je suis, mais tel que j'étais du temps que j'écrivais sous sa dictée. Si bien que je ne savais plus, parfois, si l'abbé Dautuy ne me connaissait pas depuis Schwarzberg, si le bureau de tabac n'était pas dans une ruelle de Munich ou de Nuremberg, si Henriette Chaverds n'était pas le double réincarné de Desvalois, si Mme de Claincourt ne jouait pas au bridge avec la comtesse de Kirschausen, ma mère et la baronne de Böhm en 1912. Je m'étais évadé de la francophilie maternelle, mais j'étais resté si profondément, si secrètement circonvenu, que je ne sais quelle inconsciente familiarité avec les réalités françaises me faisait rejeter dans un passé lointain et familier ce qui n'était qu'un passé proche et me représentait des figures nouvelles sous cet angle du déjà vu où se confondent si curieusement la réalité, le souvenir, le rêve et la rêverie.

Notre séjour durait depuis plusieurs semaines lorsque j'eus conscience de cette confusion. Je m'aperçus avec une surprise assez honteuse que je n'éprouvais aucun sentiment d'exil. C'est ainsi que je mesurai avec angoisse l'empire de ce pays et l'emprise de Desvalois sur mon esprit.

Du temps que je rêvais ainsi, Henriette se faisait attendre. Mes yeux allaient et venaient sur ces meubles piteux. Ils se fixèrent à un moment sur l'angle d'un sous-main rouge dans lequel Henriette rangeait ses papiers. Cette petite corne rouge m'éblouit : c'est là qu'étaient les lettres de la jeune malade.

Nous n'en parlions plus depuis les grandes scènes. La correspondance avec Lucienne en était restée au point que j'avais fixé. Depuis le serment qui me liait à Henriette, je me sentais une telle responsabilité que rien de ce qui l'intéressait ne devait me rester étranger. J'avais autant de droits sur sa conscience que son confesseur, et autant de droits qu'Henriette sur le sous-main rouge. C'était plus de raisons qu'il n'en fallait : j'ouvris le sous-main.

Toutes mes lettres étaient là !... avec celles de la jeune malade. Elles n'avaient même pas été pliées comme on le fait pour les glisser dans les enveloppes. En revanche, celles de la malade l'étaient et paraissaient avoir voyagé. Mais aucune enveloppe timbrée et oblitérée ne les accompagnait. Si, finalement, j'en trouvai une. Je la reconnus car c'est la seule que j'avais vue. C'était celle qui contenait les fleurs séchées — dites immortelles. L'adresse était bien de la main qui écrivait les lettres signées « Lucienne », mais les timbres portaient un seul cachet *Langeval 29 juillet*. On l'avait postée à Langeval, pour Langeval. C'était bien d'enveloppes semblables qu'Henriette tirait les lettres de Lucienne, mais elle ne me les remettait jamais. Les lettres que je prenais pour celles d'une malade dont le sort m'avait fait pitié étaient en réalité des lettres d'Henriette. Et celles que j'écrivais à cette créature, sans doute imaginaire, Henriette les gardait. Mon illusion pouvait ainsi être totale. La duplicité et l'habileté de cette femme y veillaient. J'étais confondu. Elle s'était jouée de moi.

Quand avait-elle été sincère ? Une colère effroyable monta en moi, je ne la freinai pas. Je jetai par terre le bureau. Papiers, livres, encriers, tout se répandit. Je considérai ce fatras d'ignominies.

Par bonheur, Henriette ne rentra pas. J'eus le temps de réfléchir. Pourquoi risquer de compromettre ma victoire si difficile ? Et encore incertaine. Non. Je ne ferais pas de scène. C'eût été une grave erreur que de ranimer un feu encore trop vif au cœur d'Henriette.

Je me sentis plus serein après cette réflexion. Au contraire de bien des gens dont les réactions spontanées sont les plus sages, je gagne à contenir les miennes, à temporiser, et à suivre mes calculs. Hors du sentiment, qui, parfois, me bouleverse, je suis un être de volonté et de mémoire.

Quand Henriette entra, je savais que je tirerais parti de sa fourberie pour accroître mon pouvoir et affermir sa vocation.

D'abord, elle ne vit que moi, et me sourit. Je restai grave — non hostile. Son sourire me rassura. Elle ne pouvait sortir de chez l'abbé avec ce sourire. Elle avait les bras chargés de livres. Je l'aidai, nous restions silencieux. Alors, elle vit son bureau, les papiers, le pillage... Et le sous-main rouge écartelé, les lettres en morceaux : elle ne vit plus que cela.

— Oh ! C'est abominable... Ce qui nous arrive est abominable !

Elle me prit la main et s'assit, livide. A aucun prix, il ne fallait céder à ma violence. Elle eût été capable de rompre son serment et de courir chez l'abbé Dautuy lui raconter ce qui ne le regardait pas. Je lui abandonnai donc ma main.

— Ce qui nous arrive, Henriette, est au-dessous de nous... Il ne peut plus rien nous arriver de fâcheux. L'amitié que nous avons scellée est de celles qui ne s'altèrent pas. Même notre volonté ne peut nous délier de notre serment.

J'ajoutais avec cette douceur persévérante que j'avais cru bon d'adopter :

— Il y a des sentiments qui ne pourraient survivre à une atteinte aussi grave, mais il y en a qui survivent à tout parce que Dieu les a faits éternels, parce que, déjà, ils ne sont plus de ce monde. Le sentiment qui nous unit est de ceux-là, Henriette, c'est pourquoi je vous pardonne.

Elle sanglotait :

— C'est affreux... Cette souillure sur mon amour.

J'étais révolté par sa fausseté, par cette aptitude au péché. Hier, avant-hier, la semaine dernière, elle le savait bien qu'elle avait truqué son amour. Mais il n'y avait qu'elle à le savoir : ce n'était donc pas une souillure. Aujourd'hui, je le savais, je pouvais le lui dire en face ; alors c'en était une : « Une de plus ! pensai-je, tu les laveras toutes à la fois dans la pénitence à perpétuité. »

Mais, je devais lui tenir un autre langage.

— Je ne veux pas vous accabler, mais au contraire vous décharger d'un fardeau que vous ne pouvez plus et ne devez plus porter. Ayant eu ma part dans ce fardeau, je désire savoir ce qui s'est passé en vous. Il faut partager tous nos secrets, lui dis-je, je sais bien qu'il y avait un autre enjeu que cinq cents francs.

Malgré le ton très doux de ma voix, elle ne pouvait être insensible à ma volonté.

— Il n'y avait aucun enjeu, me répondit-elle, car je ne jouais pas. L'enjeu c'était moi. Voici tous mes secrets. Je vous ai d'abord écrit, la nuit, dans un cahier. Je vous écrivais des mots de tendresse et les confidences que je n'osais vous dire. Ces épanchements, bientôt, ne me suffirent plus. « Il faut que Sigmund les lise », pensai-je. Je projetais de vous envoyer le cahier. C'eût été une folie. J'avais peur de vous. Votre pureté de glace me paralysait. L'idée de cette correspondance m'est venue toute seule. Lucienne existe, je ne l'ai pas inventée. Elle est bien mon ancienne élève, elle est *allongée* — cela est réel. Mais elle n'est pour rien dans mon égarement. Je l'ai utilisée à son insu pour mettre sous vos yeux les mots qui vous étaient destinés. C'est bien à elle que vous avez adressé votre première lettre. Mais la réponse qu'elle vous fit était si plate, si mièvre que j'eus scrupule à la mettre sous vos yeux. Je lui ai donc substitué la réponse que j'avais dans mon cœur. La vraie, Sigmund, c'était la mienne. Je vous observais pendant que vous la lisiez. J'en étais bouleversée. Vos yeux au moins s'attardaient sur ces mots, vos mains palpaient ce papier. Tout brûlait. Je pensais que vous en seriez réchauffé. J'ai continué à vous écrire. C'était ma seule joie. Et elle m'était douloureuse parce que je vous trompais. J'avais déguisé mon écriture mais non mes sentiments. Au fond, j'ai fraudé pour rien. Vous ne m'avez pas laissé d'autre issue pour arriver jusqu'à vous.

Je trouvais qu'elle en prenait à son aise. De la sincérité de son mobile, elle se faisait une excuse. Et comme elle avait souffert, elle s'estimait quitte envers moi.

Je devais pourtant être miséricordieux jusqu'au

bout. J'étouffais donc le ressentiment que chaque mot d'Henriette réveillait en moi.

— Vous voyez qu'en vous confiant à moi, Henriette, vous n'êtes pas perdue. Nous avons pris, grâce à Dieu, le bon chemin, le seul. Vous remontez la pente, votre main dans la mienne.

— Oh! Non, dit-elle, je ne remonterai jamais à la lumière. Mon âme est morte.

— Comment! m'écriai-je, n'avez-vous pas juré de me garder une foi éternelle? Et moi? Je vous dois le même sentiment et je vous le donne avec joie. Ne désespérez pas de vous, Henriette, alors que moi j'espère.

— Je sais, je sais, dit-elle accablée. Je tiendrai mon serment. Je tiendrai tous les serments que vous voudrez — mais j'ai peur tout de même du sacrilège, car ce n'est pas Dieu qui commande, c'est vous. C'est à vous que j'obéis, car je ne suis plus rien, je ne suis que ce que vous voudrez. Mais pas Dieu, ne mettez pas Dieu entre nous.

— N'importe, fis-je impatienté par ces subtilités, je parle pour Lui. Plus tard la Foi viendra. Elle sera plus resplendissante pour avoir été mieux méritée.

En la quittant, je lui recommandai de ne se fier qu'à moi. Je la remis en garde contre l'abbé Dautuy. Je lui promis de la confier sans tarder à un confesseur qui la soutiendrait énergiquement dans la voie de la paix.

En sortant, j'aperçus par-dessus son épaule, des lettres déchirées, d'autres intactes qui jonchaient le sol. Je ramassai les feuilles et les morceaux. Henriette, les poings sur les yeux, pleurait sur son infamie dont j'emportais les preuves. A tout hasard.

Il me fallait sans tarder voir Mme de Claincourt. Je n'attendis pas le dîner et je la fis prier de me recevoir à l'heure qu'elle voudrait dès le lendemain. Elle était si curieuse qu'elle me convoqua à neuf heures du matin. J'avais glissé dans ma prière une phrase à sous-entendu qui avait dû la mettre sur le gril. J'eus une petite déconvenue, car un de ses familiers, vieil original au visage émaillé d'écarlate par la couperose, était là en témoin, en confident, en officieux : M. Abel Redouin que, dans leur cercle, ils appelaient Corymbe. Je ne voulus pas de lui. En deux mois, les Trois-Piliers m'auraient, je crois, ligoté, et pompé tous mes secrets, si je m'étais laissé faire. Moyennant quoi j'aurais partagé les leurs. Mais je n'avais que mépris pour leurs dentelles et leurs pièges. Sans formule, quand je vis que M. Redouin était prêt à tendre l'oreille, je priai Mme de Claincourt de me dire à quelle heure elle serait seule à m'entendre. On n'était pas habitué à ces façons. M. Redouin se déclencha sur son fauteuil et prit la porte en affichant une telle désolation que je le crus près de verser des larmes.

Nous étions en tête à tête dans un petit bureau. Mme de Claincourt était coiffée d'un fichu de soie noire et enveloppée dans un peignoir mauve. Elle avait meilleur air que dans ses toilettes d'après-midi. Dans ce fauteuil, sous ce lambris, elle ressemblait assez aux portraits qui étaient accrochés au-dessus d'elle et qui représentaient des personnes contemporaines de Mme du Deffand et de Voltaire. Il me semblait qu'elle allait plutôt s'entretenir avec eux qu'avec moi.

Mais elle brûlait de savoir ce que j'étais venu lui

apprendre. Elle n'écouta qu'à peine mes excuses et mon compliment. Et avant de rien savoir, elle s'offrit à m'aider. Je lui racontai l'histoire d'Henriette. Sans m'y mêler. Je fis bien comprendre à la comtesse de Claincourt que je n'étais qu'un confident et que je partageais avec elle les secrets d'une autre. Cela la ravit.

— Je ne suis pas étonnée qu'on se soit confié à vous, vous êtes si réfléchi, d'un cœur si noble !

Elle était toute à sa joie d'être mêlée à cette affaire et elle ne me posa aucune question. Ce que je trouvais agréable en elle, c'est qu'elle ne désirait que bien faire. Elle me donna le nom de son vieil ami, le vicaire général M. le chanoine Dieuze, je crois. Bruno m'avait parlé de lui — car Bruno connaissait tout le monde. Il allait à la messe avec des étudiants qui avaient été jadis les élèves de l'abbé Dieuze au collège du Saint-Esprit, où on le surnommait *monseigneur Pète-Sec*. Il passait pour intraitable et fort perspicace.

J'étais sûr à l'avance que si le chanoine me connaissait, il prendrait position contre moi. Il valait mieux que je ne parusse pas. Je priai donc Mme de Claincourt de mettre Henriette en rapport avec le chanoine — sans prononcer mon nom, et sans même faire allusion au rôle que j'avais pu jouer dans la rencontre. Je lui fis sentir de quelle lourde responsabilité je la chargeais : « Une âme est entre vos mains. » Elle frémit, mais c'était encore de joie. Elle s'exalta tellement qu'elle proposa de retarder son départ pour se consacrer à cette délicate affaire. Je m'excusai de lui infliger cette peine :

— Vous ne sauriez croire combien je suis touchée de la confiance que vous me témoignez... Qu'est-ce qu'un séjour à la campagne ! Il s'agit de sauver cette âme.

Elle me promit de voir le chanoine. Lors du dîner,

elle me fixerait la date et l'endroit où aurait lieu la première visite d'Henriette à ce *monseigneur Pète-Sec*.

Je courus chez Henriette avant midi. Elle rangeait. Elle préparait son départ. Bien à l'avance. Elle s'occupait ainsi.

Je lui dis qu'un prêtre d'une culture et d'un mérite bien plus assortis aux siens que ceux de l'abbé Dautuy s'occuperait probablement d'elle, si elle l'acceptait. Je ne voulais pas lui imposer celui-ci particulièrement.

— J'accepte tout, je vous l'ai dit. Mais, de grâce, qu'il ne me couvre pas de cendres, je n'en puis plus, je m'en suis assez couverte moi-même.

J'étais stupéfait. Je comparais cette femme à gestes et à répliques d'automate à celle que j'avais connue deux mois plus tôt, fière, réfléchie, avec un fond d'indépendance et même de rébellion.

J'avais eu vraiment une influence considérable sur elle. Je me trouvais le maître d'une destinée.

*

Pendant qu'il nouait sa cravate, avant d'aller dîner chez Claincourt, Bruno m'annonça, comme une chose insignifiante, que la direction de la voiture était faussée.

Je ne répondis rien. Mais il put deviner que ce que je pensais n'étais pas gracieux. Il se tut également. J'essayai de voir son visage, mais il se pencha pour nouer ses lacets. Pendant qu'il se dissimulait ainsi, il me dit que les ailes avant avaient également un peu souffert. Je tapai du pied de colère. Mais je ne dis rien.

Je le laissais rouler tant qu'il voulait, je lui donnais presque autant d'argent que je pouvais ; en revanche, lui trouvait le moyen de faire des frais de réparations. Pendant que ma colère se changeait peu à peu en mauvaise humeur, Bruno ajouta qu'il avait déjà confié la voiture à un garagiste. C'en était trop. Où ? Lequel ? Pourquoi sans m'avertir ? Et que s'était-il passé ?

Par miracle, Bruno savait à peu près comment l'accident s'était produit. En général, il ne sait jamais rien de ce qui est désagréable à dire. Il s'agissait d'un choc — insignifiant — contre un camion de coke. A peine s'en était-on aperçu ! Et pourtant, il s'arrangeait pour me faire entendre que, outre le vernis, les organes essentiels étaient lésés. Comme je lui disais avec vivacité ce que je pensais de lui, il s'excusa :

— Ce n'est pas ma faute, c'est le Danois qui conduisait.

Cette excuse valait bien une gifle, mais je craignais de réveiller des choses à peine assoupies. Je me contentai de lui dire que je ne donnerais rien pour les réparations. Qu'il s'en remette au Danois.

— L'assurance paiera, dit-il, rasséréné.

Son optimisme m'agaçait tellement que je haussai les épaules. Puis il me vint l'idée de tirer vengeance de ce vilain tour. J'allai au tiroir où je rangeai tous les papiers concernant la voiture et je les donnai à Bruno.

— Voici les papiers, dis-je, il est trop juste que ce soit toi qui fasses payer l'assurance, tu as l'air de t'y entendre — et puis enfin, tu es responsable.

Jamais je ne vis figure plus stupéfaite, ni plus déconfite. Je me vengeais bien. Si ma colère n'eût été aussi proche, j'en aurais ri. Je tournai les talons et rentrai dans ma chambre. Bruno ne tarda pas à m'y

223

rejoindre ; il rapportait les papiers et les déposa sur ma table. Il vint à moi, et me dit :

— Voyons, Sigmund, tu sais bien que je ne peux pas.

Et il m'embrassa.

C'était la première fois depuis le serment. Je ne puis croire que le mouvement ait été tout à fait désintéressé, mais enfin Bruno l'avait eu et l'effet fut, sur moi, d'autant plus bouleversant que l'élan de Bruno était inattendu.

Je sais bien qui est Bruno lorsque, en pensée, je suis seul avec lui, mais j'ignore qui il est lorsqu'il est, lui, seul avec moi, dans sa pensée. Or, cette idée que les autres se font de nous dans leur solitude est la seule qui puisse nous importer. Et elle nous échappe toujours. Je n'ai jamais su ce que Bruno pensait de moi.

Et de notre voyage en France ? Qu'en a-t-il pensé ? Que ne donnerais-je pour lire le récit qu'il en ferait comme lui pourrait lire le mien ?

S'il donnait de son séjour en France une relation aussi sincère que la mienne, sans doute n'y verrait-on que louanges et plaisirs. Les cours de la Faculté seraient agréables et instructifs. (Il les manquait quand il voulait.) Les camarades excellents. (Il les gavait et les promenait.) Quant aux Français, gais, bons enfants, hospitaliers... que sais-je ? Enfin, il y aurait le souvenir de Marine dont je crains bien que le cœur de Bruno ne soit pour toujours illuminé. Il ne m'a reparlé d'elle que deux fois.

Pour Bruno, cette image de la France ressemblait à celle que, depuis notre enfance, Mlle Desvalois nous avait si bien mise dans l'esprit.

Une fois, pendant notre séjour à Langeval, il m'a dit : « Grâce à Desvalois, nous profitons de tout en France. C'est vraiment merveilleux ce qu'elle nous a donné. »

Pour moi ce voyage fut un véritable martyre coupé de quelques heures délicieuses avec Bruno. Pour lui, ce fut un enchantement coupé d'heures atroces et c'était moi qui les lui donnais. Pendant ces mois passés à Langeval, il fut mon tourment et ma seule joie et je ne fus pour lui qu'un trouble-fête. C'est ainsi que nous échappent ceux que nous croyons le mieux posséder.

*

Mme de Claincourt organisa l'entrevue du chanoine Dieuze et d'Henriette. Je n'y parus pas — même sous forme d'allusion. La comtesse de Claincourt qui avait espéré jouer un rôle plus grand fut évincée et son ami le chanoine la mit immédiatement à l'écart. Elle partit ainsi pour sa campagne à la date prévue. Elle en fut désolée.

Le chanoine confia Henriette à un autre prêtre qui s'occupait des vocations tardives. J'ai oublié son nom et ne l'ai jamais vu.

Henriette s'absentait souvent. Je restais parfois deux ou trois jours sans pouvoir la joindre. Elle changeait. Je ne sais si les exercices religieux et la méditation y étaient pour quelque chose, ou si son amour pour moi s'altérait, mais elle se durcissait. Malgré sa fatigue et sa pâleur, elle affichait parfois l'expression autoritaire que je lui avais connue au début de notre liaison.

Je me demandai si cette altération ne provoquerait pas un retour sur elle-même et une rupture de son serment.

Bien au contraire. Elle se tendait vers le but que je

lui avais fixé. J'étais saisi d'étonnement devant cette volonté. Je ne pouvais ignorer que le succès de mon plan me faisait perdre toute influence sur Henriette. C'est ce qui arriva, plus tôt que je ne m'y attendais.

Je rencontrai à quelques jours de là, M. l'abbé Dautuy, près de Saint-Roch. Il avait visiblement l'intention de passer sans me voir. Mais il me salua et je m'avançai vers lui. Il se contenta de me regarder avec pitié.

Je lui parlai de Bruno que je lui avais envoyé et je me plaignis un peu de la légèreté de mon frère.

— C'est bien possible, me dit-il, mais ses sentiments sont purs. Il est bien regrettable que des gens plus graves n'aient pas les mêmes.

Je voulus parler plus sérieusement, mais il m'interrompit :

— Vous m'avez assuré que vous étiez catholique, Monsieur, vous accepterez, je suppose, un conseil de moi. C'est tout ce que je puis faire, mais je dois le faire. Allez à l'abbaye de Sestres, faites une retraite et prenez un directeur à qui vous parlerez de votre frère et de vous. Vous y serez mieux éclairé et mieux soutenu que par moi. Et je prie pour qu'à l'avenir vous ayez plus grand souci de votre âme que de celle de quiconque au monde. Pensez à vous, Monsieur, tout le danger est là.

Ce discours débité roidement, il salua et s'en fut. Je n'en suis pas à une rebuffade près, mais celle-ci, inspirée par le dépit de l'insuccès auprès d'Henriette, était rude. Elle me rappelait le trait de Desvalois. J'en souffris longtemps.

*

Pendant une semaine, la ville fut déserte. Henriette était partie faire une retraite au couvent de Monterlé. C'est à douze kilomètres. Je lui offris de la conduire en auto. C'eût été une joie pour moi de l'accompagner à la porte même du couvent.

— N'ayez, je vous prie, aucun souci de quelque ordre qu'il soit, à mon sujet. Il faut vous habituer, et nous habituer peu à peu à l'idée que je n'existe que comme un souvenir.

Je n'en pus croire mes oreilles. N'eût été ce visage déjà cireux qui révélait une farouche domination sur la chair, j'aurais pu croire qu'elle n'avait éprouvé à mon endroit qu'un caprice, et qu'il était fini. C'eût été bien mal la comprendre. La sincérité et la profondeur de sa passion, je les retrouvais dans la sincérité et la profondeur de la mortification. Je l'admirais mais elle m'échappait.

Elle me tendit le bout des doigts, me poussa vers la porte et la referma sur moi précipitamment.

Bruno aussi était parti. Pour trois jours, chez le capitaine d'Audémont. J'ignorais que le capitaine et sa femme qui n'avaient pas paru chez les Claincourt fussent musiciens. Bruno avait parlé de piano. Pour l'amour du cheval et de la musique, ils invitèrent Bruno à la campagne. Je commençai par refuser. Mais, il le prit de haut et je sentis qu'il était sur le point de faire un retour sur ce qui s'était passé dans les dernières semaines. C'était trop pénible et trop dangereux, dans cette maison, dans cette ville, dans ce cercle des Audémont où Bruno trouvait tant de complicités et moi tant d'ennemis. Je ne devais plus rien tenter ici.

J'acceptai par force et, pendant l'absence de Bruno,

je préparai notre retour en Allemagne. Je fis nos malles et quelques réflexions.

J'avais, maintenant, hâte de partir. La fin septembre est pour moi un triste moment de l'année. Je me sens me dissoudre. Mes pensées s'envolent et s'éparpillent comme des feuilles sèches. J'en ai mille et je n'en retiens aucune. Des langueurs maladives me jettent dans la mélancolie et des réveils de brute dans la violence et la douleur.

Le pays de Langeval tout sottement suivait le rythme des saisons. Les marronniers du Jardin-Royal perdaient leurs feuilles chaque après-midi. Ce que j'aimais le plus c'étaient les longues files de peupliers et de saules qui jaunissent les premiers, d'un jaune paille et léger comme un rayon de soleil oublié le long des prairies. J'allai une fois, à pied, flâner sur le bord de la rivière. J'oubliais dans cette chaude et calme clarté que j'étais à Langeval. J'étais dans un nouveau rêve. Je suivais la rivière. Du ciel et des arbres dorés, la lumière heureuse de l'été finissant tombait sur mes épaules, mais je baignais jusqu'à mi-corps dans le reflet vert et froid des eaux et des herbes aquatiques. L'air était calme, comme craintif. Au bout d'une heure, je me laissai assiéger par des réflexions si moroses sur le monde, que je dus fuir. je me rappelle encore aujourd'hui ce bel après-midi de solitude et de détresse.

— Que serait-ce si je le perdais pour toujours ? pensais-je alors.

L'absence de Bruno me tuait.

Cependant que je me morfondais, il devait briller de tous ses feux chez les Audémont. A cheval, au piano, à table, au bal. Je craignais qu'il ne fît des rencontres. Chez les Audémont, il risquait de voir d'autres Marine dont les pères ne vendraient pas des allumettes et du tabac.

Enfin il rentra. Avec un jour de retard. On avait prolongé la fête. Rayonnant, comblé par tout le monde de prévenances, et ayant comblé tout le monde de gentillesse et de joie.

— Qu'a-t-on dit de moi ? demandai-je à brûle-pourpoint.

— Personne n'a parlé de toi.

Et il se jeta dans la description de la maison, du parc, des eaux et des soirées. Il m'agaçait. J'en avais jusqu'au cou de ses enfantillages.

— Nous partons à la fin de la semaine prochaine, lui dis-je.

— Déjà ? Pourquoi ? On pourrait attendre le 15 octobre. Je suis invité pour la chasse du 3 au 14 octobre. Tu pourrais bien aller, me dit-il avec importance, chez les Claincourt, par exemple, ils ne refuseraient pas si je le leur demandais.

— Je n'ai pas besoin de ton intervention pour me faire inviter ! Tu oublies vite que c'est moi qu'on invite et que c'est moi qui t'amène.

J'étais dans une fureur secrète contre le monde. Voilà comment il me rendait Bruno. Insupportable et vain. Je n'avais pas tort de me morfondre sous les peupliers de cette rivière molle et triste.

Dès que j'aurais revu Henriette et que je serais assuré de sa décision, nous rentrerions à Schwarzberg.

*

Elle rentra à Langeval au jour dit — le 17 septembre, je crois. Elle m'envoya un mot pour me prier de passer la voir, non plus chez elle, mais à une adresse inconnue. Là, je devrais demander à la personne qui m'ouvrirait non pas Henriette, mais M. l'abbé... j'ai oublié ce nom. Elle disait, *in fine,* que cette visite n'était pas indispensable mais qu'étant sur le point de quitter Langeval, elle croyait devoir m'en aviser, avec la permission de son confesseur. Je n'étais pas habitué à cette désinvolture. Je fus tenté de ne pas me rendre à cette visite. J'avais compris que dans la partie qu'elle jouait, je n'étais plus la pièce essentielle. En conséquence, je n'y prenais plus le même intérêt. Il m'en vint même un peu de dépit. Toutefois, j'allai à l'adresse indiquée, ponctuellement.

La maison se trouvait dans la ville basse, au fond d'une vieille ruelle. Tout un côté en était bordé par le haut mur d'un jardin dont les arbres dépassaient le faîte. En face, le monotone alignement des fenêtres d'une caserne, d'un collège ou d'un couvent épousait les sinuosités de la venelle. Je trouvai bientôt l'unique porte de cette vénérable bâtisse. C'est là qu'habitait Henriette.

J'eus à peine le temps de demander l'abbé... que la bonne sœur tourière me fit entrer dans un petit parloir carrelé de briques où l'on avait rangé des sacs de lentilles et de haricots.

Je regardais avec tristesse cette noble et nette pauvreté.

Peu après, la même bonne sœur me fit passer dans une pièce voisine, toujours sans mot dire. Cette pièce était très sombre. La fenêtre, très haute, était grillée puissamment et s'ouvrait sur une galerie obscure. Les murs sans couleur se perdaient dans les ténèbres. Au milieu de la pièce, une table-guéridon à tapis grenat du plus triste effet. Seul luxe de l'endroit, un parquet miroir. Une ombre se glissa, à contre-jour, de l'autre côté du guéridon. Je reconnus la silhouette d'Henriette.

On l'avait vêtue de noir, avec un col montant et des poignets boutonnés comme un sarrau d'écolière. Sa pâleur me parut redoutable. C'est tout ce que je voyais d'elle. Elle l'affichait dans cet univers noir. Cette lividité m'expliquait tout. Elle me disait que le monde était déjà entre nous, qu'Henriette avait franchi la grande étape, qu'elle était épuisée mais sereine. Elle sentait la mort. Le guéridon nous séparait, pour toujours.

Avec beaucoup de banalité, je lui demandai de ses nouvelles. Elle me dit qu'elles étaient bonnes. Je lui demandai ensuite si elle reviendrait bientôt dans son appartement. Elle secoua la tête, sans mot dire. Il me sembla deviner un reste d'émotion, mais la prodigieuse volonté d'Henriette l'avait domptée. Je ne voyais qu'un visage de plâtre. Sans moi, jamais elle n'eût réussi ce redressement. Même si c'est contre moi que ce redressement s'était fait.

J'étais tout de même surpris par la puissance du sentiment religieux dans une âme qui en paraissait privée. Cet exemple prouverait assez qu'on peut obtenir beaucoup d'un être faible auquel une volonté plus forte imprime sa marque.

Je lui dis que mon séjour à Langeval touchait à sa fin. Elle acquiesça de la tête. Pour la première fois, je me trouvais à court de paroles. Dans son sarrau de coton noir, elle était aussi humble et aussi vaincue qu'il est possible de l'être mais je sentais que mon pouvoir sur elle n'était plus rien. Je sentais même que cette créature que j'avais brisée tenait la tête haute — et me jugeait.

Je m'étais peu à peu habitué à l'obscurité et je vis luire deux ou trois meubles dans des coins d'ombre opaque. Henriette semblait s'appuyer sur cette ombre ; elle aurait même pu s'y réfugier si je l'avais attaquée et au besoin, disparaître. Dans cette obscurité, le visage et les mains d'Henriette étaient seuls vivants et lumineux. Et aussi une ligne frisante de clarté qui cernait sa silhouette sur le fond gris de la fenêtre à réseau de fer. J'étais assez troublé par ce décor. Elle appuya ses mains sur la table, non pas à plat, mais le bout des doigts seul en contact avec la peluche grenat. Elles se joignaient, se détachaient, puis formaient le geste de la prière.

Le temps passait. Je pensais qu'elle avait quelque chose à me dire et je craignais que la porte ne s'ouvrît et qu'on me priât de sortir avant de l'avoir entendue.

— Avez-vous une nouvelle à m'apprendre ? lui dis-je.

— Ce n'est pas une nouvelle, vous savez de quoi il s'agit, me dit-elle. Après mon temps de retraite et de noviciat, je prononcerai mes vœux, si Dieu veut de moi. Mais auparavant, je vous présenterai une requête, je souhaiterais que nous nous dégagions, réciproquement, de notre serment. Vous voyez que, pour ma part, je tiens le mien. Je vous dégage du vôtre envers moi : vous êtes libre de toutes vos pensées à mon égard, vous n'êtes tenu à aucune sorte de fidélité, ni de fait ni de souvenir.

— Comment ? Mais j'y tiens, moi, Henriette. Je tiens à vous être fidèle.

— Vous agirez selon votre désir, me dit-elle, mais vis-à-vis de moi vous n'êtes tenu à rien. Dès que j'aurai prononcé mes vœux je me considérerai comme déliée envers vous, ayant rempli mon engagement, mais si vous vouliez, de votre gré, me délier dès aujourd'hui, je vous en serais très reconnaissante.

— Mais pourquoi rejetez-vous ce serment alors que vous lui obéissez ?

— Simplement pour prononcer mes vœux de plein gré et sans croire que j'obéis à un serment qui n'a plus de sens.

— Ce serment nous faisait honneur, je n'admets pas que vous le repoussiez.

— Il m'est venu des doutes sur la valeur de ce serment. Annulons cet engagement douteux, dit-elle calmement.

Blessé par cette attitude orgueilleuse, je refusai de la délier. Elle me répondit :

— Je ne suis pas surprise. Vous aimez me tenir dans la voie du salut. Vous aimez mieux cela que mon salut lui-même. N'importe. Je serai fidèle au serment, mais sachez que ce n'est pas vous qui me l'imposez — c'est moi. J'ai choisi.

Sa voix s'était un peu élevée et frémissait.

— Demeurerez-vous ici ? lui demandais-je.

— Je ne crois pas.

— Où serez-vous ? Où pourrais-je vous demander une prière ?

— Je l'ignore. Le lieu importe peu et pour vous et pour moi. J'ai choisi d'entrer au Carmel.

— Au Carmel ? Mais alors...

— N'est-ce pas conforme au serment ? Vous avez l'air étonné. Il n'y a qu'un cloître, c'est celui où je vais.

Ses mains tremblaient sur la peluche grenat, ses mains d'une blancheur de porcelaine, éclairées de l'intérieur, par une lumière surnaturelle. Les doigts s'entremêlaient avec une lenteur surveillée, mais jusqu'au poignet, il n'y avait jointure, nerf ou veine qui ne parlât. C'était le langage terrible que j'avais appris sur la table de la salle à manger Henri II. Maintenant, il ne m'était plus destiné. Je regardai ces mains comme un spectacle indécent.

C'est ce que quelqu'un avait déjà pensé pour nous. Dans l'ombre opaque une ombre lentement se souleva et j'entrevis un prêtre qui, agenouillé dans l'angle le plus obscur, avait assisté à notre entretien. Et il venait y mettre fin. C'est sur cette ombre priante qu'Henriette prenait appui contre moi.

Ce prêtre s'avança vers la porte, l'ouvrit et s'effaça pour me laisser sortir. Je m'inclinai devant lui en franchissant le seuil.

Ce souvenir, parmi quelques autres aussi terribles renaît parfois, encore, dans mes nuits. C'est fini. Son histoire a reçu la conclusion la plus parfaite. Sa voix s'est apaisée dans le chant des offices, et ses mains dans les plus humbles travaux et la prière. Henriette est au Carmel de Santa-Maria de Penanegra, en Castille, depuis vingt ans.

Notre séjour à Langeval ne fut dès lors qu'une affaire de valises, de visites et de préparatifs. Septembre touchait à sa fin. Les étudiants d'été s'étaient dispersés aux quatre coins de l'Europe à travers les premières bourrasques d'automne. Langeval, matin et soir, s'ensevelissait dans des buées bleuâtres. La Faculté fut livrée aux peintres et aux plâtriers. Les plages renvoyaient leurs baigneurs. Leur solitude automnale m'appelait à elles, au contraire. Que la mer devait être belle à Batz !

M. et Mme Brugères nous exprimèrent des regrets polis. Mme Brugères eut un mot comique :

— Quel dommage ! Nous aurions pu organiser des petits bridges cet hiver.

Bruno partait plein de regrets et sa sincérité éveillait partout des regrets semblables. On ne l'a pas oublié à Langeval. Il a envoyé des cartes pendant dix ans.

Pour moi, les adieux d'Henriette m'empêchaient de prendre au sérieux les autres adieux. Il me parut digne de laisser se refléter sur ma physionomie, pendant quelques jours, la gravité pathétique de la scène au parloir du couvent. Je réussis car Bruno le remarqua :

— On dit par ici que tu fais une tête d'enterrement. Et c'est vrai. Qu'est-ce que tu as vu ?

— J'ai vu Mlle Chaverds entrer au couvent.

Il prit une mine effarée et après un moment de réflexion, il me dit et je crois bien que sa voix avait un ton de reproche :

— Je me demande, Sig, ce que tu peux bien faire dans des histoires pareilles.

— Mon devoir, dis-je gravement.

Il ne voulut pas répondre et sortit. Nous n'en parlâmes jamais. Il est de ces gens qui ne tiennent pas à altérer leur bonne humeur.

*

Notre second séjour à Paris au retour se confond probablement dans ma mémoire avec celui que nous fîmes à l'aller. Et bien des réflexions que j'ai dites à propos du premier durent en réalité naître lors du second. Ce séjour fut de plus longue durée que l'autre parce que mon père le désirait.

Eric me donna des nouvelles d'Allemagne. En pensée, j'étais déjà là-bas. Il me fit part de tout le bien qu'on avait dit de mon rapport secret. J'avais déjà la confiance et l'estime de notre Chef. Il me donna bien des informations, pour ma plus grande joie, sur la filiale que le Parti venait de créer à Berlin, où nous finirions nos études. Le Parti n'était plus bavarois, il devenait national et prussien. Quel chemin depuis la Ligue Blanc-Bleu !

— Vous êtes déjà chaudement recommandé, me dit Eric, vous voilà sur la grande scène.

Ces nouvelles accrurent mon impatience de rentrer. Eric qui était intelligent et sérieux remarqua un changement dans mon visage :

— Vous avez pris de la gravité en France, me dit-il, c'est le contraire qui se voit d'ordinaire. Cela prouve que vous avez tiré de votre voyage une expérience peu commune.

Je me contentai d'acquiescer.

— Ou je me trompe, ajouta-t-il, ou vous allez faire de grandes choses au Parti. Il me semble deviner en vous des aptitudes et des résolutions pour bien servir la nouvelle Allemagne.

— C'est désormais toute mon ambition, lui répondis-je d'une voix qui devait être lugubre.

— Comment cela ? Auriez-vous eu des déceptions d'un autre côté ?

— Au contraire, dis-je, je suis comblé, je n'ai plus rien à attendre. Je me voue donc au triomphe de notre Parti, de notre Chef et de l'Allemagne.

Il n'insista pas. Il était assez bien élevé pour n'aller pas au-delà de ce que je lui découvrais de moi. Sous une forme impersonnelle, il me donna néanmoins son avis qui me surprit.

— Je ne crois pas qu'on soit jamais comblé au point

de s'oublier pour un idéal, il me semble plutôt que les gens comblés n'ont garde de s'oublier, tandis que ceux qui se vouent à une cause recherchent l'oubli d'une déception et comblent ainsi...

— Pardon, lui dis-je, je me crois comblé non parce que je suis en possession de biens ou de satisfactions qui m'emplissent de bonheur, mais parce que je suis en possession d'une conviction que je crois noble et qui me tient lieu d'amour, de fortune, de plaisirs.

— Est-ce la foi en notre Parti ?

— Pas exactement. C'est la foi en moi-même. Je sais que je suis plus fort que mes ennemis et cette force je peux maintenant la donner tout entière au Parti.

— Vous avez donc eu des doutes sur vous ? Vous avez subi des épreuves ?

— Pourquoi me posez-vous de telles questions ?

— Mais parce que votre foi me paraît de fraîche date. J'ai bien vu à votre visage qu'il y avait quelque chose de changé en vous.

— Puis-je savoir de quoi est fait ce changement de ma physionomie ?

— Vous prenez, d'une façon plus accentuée, cet air de morgue prussienne qu'on nous reproche à Paris, dit-il en souriant.

Lui, cachait la même morgue sous un parisianisme saisonnier, cela faisait partie de ses fonctions. Il ajouta :

— Vous êtes visiblement plus stable et plus fort.

— Je le resterai, répondis-je.

Et ce fut vrai. Mon visage s'est modelé peu à peu sur ma conviction et les hommes ont pu y lire, si bon leur semblait, l'immense mépris que j'avais pour eux.

Cependant que je restais dans la compagnie d'Eric et d'autres Allemands de Paris qui étaient dans nos idées, Bruno papillonnait. J'avais peur ! Mais Bruno ne regardait plus les femmes de la même façon. Il y avait plus de désinvolture dans son attitude. Il avait pris les façons françaises. Il semblait entourer les femmes de mille prévenances, ce n'était ni tout à fait du mépris ni tout à fait de la comédie. C'est tout cela à la fois. Avec un air de se moquer et de se laisser prendre, sachant trouver des compliments émus et des traits ironiques et même cyniques. Bruno pouvait encore avoir des caprices, mais je le sentais prévenu contre l'amour.

En revanche, il avait le piano.

Il ne jouait guère les petits-maîtres précieux et torturés que les nerfs parisiens pouvaient seuls tolérer. Mais il connaissait Liszt et Chopin et il était assez beau pour supporter le ridicule de les jouer parmi ces gens. On le savait Allemand, il était donc romantique et pardonnable. Et lui savait être heureux. On l'avait adopté d'emblée.

Tout Paris, toute la France, et tous leurs clients — et Dieu sait s'ils en ont à travers le monde et même en Allemagne, et même dans ma famille ! — tous, tous sont liés dans une conjuration impie qui couvre le monde pour l'énerver et l'abêtir. Cette conjuration universelle fomentée par la France, c'est la conjuration du bonheur. Ils se croient nés pour être heureux !

Bruno avait si bien compris cette aptitude à mettre de l'amusement partout, que lorsqu'il perdait son temps ou l'occupait à des stupidités, il répondait à mes reproches :

— Mais, je ne perds pas mon temps, puisque je m'amuse !

Amusez-vous donc ! Amusez-vous sans moi ! Je travaillerai contre vous.

C'est dans cette disposition que je quittai la France. Sans regret. Je n'avais plus rien à y faire. Plus rien à apprendre de ce pays. Il m'avait fait tout le bien et tout

238

le mal possibles. J'en ramenais Bruno! On me l'avait arraché et je l'avais repris. Il s'était affilié à la fameuse conjuration du Bonheur. Moi, on m'en avait exclu.

Il me restait l'Autre.

*

Pas plus qu'avec la France, je n'avais plus désormais, rien à faire avec Desvalois. Aussi vais-je lui dire maintenant un dernier adieu. Bien que la scène finale ne se soit produite qu'en 1932, la rupture était consommée lors de mon retour de Langeval.

Elle a régné sur mon enfance et sur ma jeunesse même; elle a sans doute incliné ma vie. Discrète, effacée, elle aurait pu passer inaperçue. Les envoyés du mal sont transparents aux yeux des imbéciles. Ils coulent parmi les autres. Mais si le destin les fixe près de nous, ils nous découvrent lentement les plus tortueuses subtilités de l'esprit et de l'âme. Ils dissolvent les caractères et les soumettent à leurs enchantements. Une sorte de lumière, venue d'ailleurs, émane d'eux et ils projettent sur moi un regard fatal qui me brûle le cœur.

Voilà de quels êtres j'ai peur. Mlle Desvalois appartenait à cette engeance.

Il y avait des faits dont elle ne s'accommodait pas. La popularité grandissante de Hitler, elle la ressentit comme un échec. Elle souffrait de nous voir enthousiastes. Mais elle n'y pouvait rien. Ni elle, ni les journalistes de Paris, ni les fantoches de Genève, de

Londres ou d'ailleurs. Auprès de Bruno, elle jouait encore du sentiment :

— Voyons, mon petit, vous avez été élevé par moi ; comment pouvez-vous croire de telles horreurs sur mon pays ? Me croyez-vous capable de vous avoir trompé à ce point ?

Bruno baissait la tête. Il aurait vite cédé si je n'avais été là.

J'avais remarqué que si mon père avait bien avalé son dépit amoureux, il le digérait très mal. Et, peu à peu, malgré les efforts de ma mère, les discussions éclatèrent. Elle se plaignit beaucoup, lors de notre visite à Schwarzberg en 1931 : Mademoiselle excédée menaçait de partir. Mais sa vie, maintenant, était là, près de ma mère. Sa vraie famille — ne l'a-t-elle pas dit ? — c'étaient ma mère et Schwarzberg. Je ne dis pas sa patrie, car en 1932 elle était bien plus chauvine qu'en 1920. Les succès de Hitler exaspéraient son orgueil national.

Plus le succès du Parti s'affirmait, plus mon père devenait agressif. L'air de Schwarzberg était irrespirable pour Mademoiselle.

Les vieux domestiques qu'elle avait connus avant 1914 étaient morts. Les remplaçants, très jeunes, n'étaient plus de la même école, ils la traitaient en Française — en ennemie.

Cependant, Briand venait à Berlin. Une foule de misérables se pressa pour l'acclamer. *Briand retten Sie uns*[1]. Les sauver ? Ne savaient-ils pas que le sauveur de l'Allemagne ne pouvait être qu'un homme de sang allemand ? Il y avait encore dans notre peuple — surtout dans l'aristocratie, ma mère en est le vivant

1. « Briand sauvez-nous », cri poussé par le peuple lors du voyage de Briand à Berlin.

240

exemple — des restes de sentimentalité pour la France. Ce n'était plus tolérable en 1931.

Je suppose que mon père saisit l'occasion du voyage de Briand à Berlin et de notre présence à Schwarzberg pour lancer son attaque contre la France. Ah ! la scène de l'échelle galante était bien loin ! Mademoiselle ne sut pas éviter la provocation. J'en fus surpris. Elle était d'ordinaire plus calme et plus habile. Cette fois, elle éclata :

— Mais que cherchez-vous, Monsieur ? Encore la guerre, à cette table ? Encore la guerre en Europe ? On dirait que vous n'avez pas assez souffert de l'autre ? Vous pourrez ensuite pleurer sur les ruines et dire comme Guillaume que vous n'avez pas voulu *cela*. Et pourtant, vous désirez *cela*. C'est votre salut, la guerre ! Vous le croyez. Vous en avez même persuadé votre cuisinière. Que Dieu vous en garde !

Mon père éclata de rire. Il était tout à fait rouge. Le spectacle de son gros rire n'avait rien d'engageant. Mais je n'étais pas fâché qu'il prît cette attitude avec elle.

— Quel Dieu ? dit-il. Celui des Français ? Il ne s'occupe que des couturiers et des modistes.

Mademoiselle sortit. Ma mère la suivit en s'essuyant les yeux. Puis elle rentra bientôt, prit mon père à partie :

— Vous voulez donc me rendre absolument malheureuse ? Vous avez donc juré de me séparer de ma seule amie ? Est-il nécessaire au relèvement de l'Allemagne et au triomphe de votre parti que je chasse la seule personne qui depuis 1910 est une amie parfaite qui nous a donné ses meilleures années, à nos fils et à nous ? Et c'est ainsi que vous la traitez ?

Mon père haussa les épaules sans mot dire. Ma mère rejoignit Mademoiselle. Je pense qu'elles eurent un entretien décisif. Pendant quelques jours chacun respecta la neutralité. Je pensais que nous repartirions pour Berlin, Bruno et moi, avant qu'il y eût rupture. Mais cette rupture était inévitable.

Selon son habitude, mon père fit son petit voyage hebdomadaire à Munich. Il y suivait les affaires du Parti et les siennes. Les nouvelles qu'il nous rapporta étaient extrêmement encourageantes. Il avait été décidé par le Führer que l'année suivante, 1932, devait marquer le plus haut effort de propagande et qu'avant un an le sort de l'Allemagne serait changé. Mon père avait reçu des instructions précises pour agir dans les milieux militaires. Il nous exprimait son espoir et nous conseilla même de rejoindre Berlin où des instructions appropriées à notre rôle devaient nous attendre. Il parlait au salon, en fumant, dans un nuage d'enthousiasme. Par malheur pour elles, ma mère et Desvalois entrèrent. Mon père bien lancé continua — sans rien dire de confidentiel sur le Parti. Nous parlions maintenant presque toujours en allemand :

— Il n'y a plus un Allemand, disait mon père, digne de ce nom qui puisse désormais se refuser à Hitler. C'est à lui seul qu'il faut nous donner.

Ma mère répondit :

— Je crois être aussi bonne Allemande que n'importe qui et pourtant je dis que cet homme est néfaste et que je ne le suivrai pas.

— Vous feriez mieux de ne pas dire de telles énormités, dit mon père, je maintiens que tout Allemand doit servir Hitler pour servir l'Allemagne. L'avenir me donnera raison.

— L'avenir pourrait bien vous ôter aux uns et aux autres le désir d'avoir raison ! dit Mademoiselle. Et quant à Hitler, je le crois néfaste. Je vous le dis du fond du cœur : je suis une amie de l'Allemagne et même je crois l'aimer mieux que vous ne l'aimez vous-même.

Elle n'avait plus son grand air. Elle était blême et paraissait toute petite maintenant, mais elle fit sa déclaration d'un ton solennel et même pathétique. Pour étouffer la pointe d'émotion qu'elle nous donna, nous éclatâmes de rire, mon père et moi. Bruno était tout à son émotion. Il sentait que Mademoiselle ne prononcerait plus jamais cette phrase, qu'elle ne l'avait dite que pour s'en décharger et que c'était un adieu. Je l'avais ainsi comprise. Desvalois n'avait pas l'habitude de gaspiller ses intonations.

Mon père n'en cherchait pas tant, il répondit :

— Vous aimez l'Allemagne ? Vous l'aimez morte, oui.

— Vous vous trompez, Monsieur, je l'aime vivante. J'aime en elle ses forces de travail, de joie, de jeunesse et de beauté. Mais je déteste les forces de mort que vous et vos amis y entretenez. Votre haine et votre orgueil sont des forces de mort.

— Je ne vous demande pas de nous aimer, ma chère Desvalois, dit mon père avec une désinvolture toute nouvelle, je ne vous demande que de respecter la puissance allemande.

— Je ne vous demande, répliqua-t-elle, que de m'appeler Mademoiselle et de m'épargner le reste de vos amitiés.

— Eh bien ! dit mon père, très sûr de lui, respectons-nous réciproquement.

— Je regrette, ajouta-t-elle — et je perçus le ton « tragédie française » — mais c'est précisément impossible. Je puis encore aimer dans votre pays ce qu'il y a d'aimable mais, comme vous le soumettez à la force la plus odieuse, je ne puis plus le respecter. L'Allemagne a encore des côtés aimables, mais elle n'en a plus de respectables.

Le comte d'Uttemberg devint écarlate. Elle-même perdit son calme ; elle éleva la voix :

— Non, ce n'est pas l'intérêt de votre pays que vous soutenez parce que vous ne l'aimez pas. Vous ne l'aimez que contre nous et contre l'Univers. Votre patriotisme est fait pour moitié de dépit et pour moitié d'envie. Même dans vos affections personnelles vous n'aimez pas vous retrouver, vous ne cherchez qu'à vous oublier, à vous perdre dans des chimères, à vous fuir tellement vous vous ennuyez avec vous-même. Alors qui voulez-vous qui vous supporte ?

Et elle sortit.

Je ne devais plus jamais la revoir. Je ne devais même plus jamais entendre parler de Mlle Desvalois mais je n'ai jamais cessé de penser à elle. Il y a tant de sortes de fidélités.

Ce soir-là, la vieille Allemagne et ma jeunesse finirent ensemble.

III

Le triomphe et la mort

On a tout dit sur soi lorsqu'on a raconté sa jeunesse. Après la vingt-cinquième année, la vie déjà se répète. Dans la grande époque de Rome, les patriciens mouraient de mort violente, assassinat, guerre ou suicide, avant d'atteindre l'âge mûr. C'était bien. Ils avaient dit leur mot et quittaient le banquet à la première nausée.

On sait que je ne pèche point par vanité. Je continuerai à parler de moi, bien que les bouleversements de ma vie intime n'aient plus jamais atteint le degré de violence qu'ils eurent dans ma jeunesse.

C'est ma mission patriotique qui donne désormais à ma vie déclinante son prix et sa grandeur.

Dès mon retour de France, nous nous installâmes à Berlin. Nos études furent définitivement orientées. Voici comment.

Le choix n'allait pas sans poser de graves problèmes. Pour des gens de notre sorte, le régime de Weimar ne laissait aucune chance. Mais ce n'était pas une raison suffisante pour nous empêcher de faire quelque chose.

La plénitude de mes succès intimes remportés à Langeval n'était qu'un chef-d'œuvre secret. Quelles que soient l'intensité et la noblesse de sa vie intérieure, un homme de qualité n'est pas dispensé de l'exprimer dans l'action.

Mais que faire ?

En art, je n'avais que du goût. Bruno, à la rigueur, aurait pu choisir cette voie.

L'Armée ? Je n'ai que du courage. C'est bon pour les soldats. Je suis discipliné, mais hors des formes militaires. En outre, je manquais de simplicité.

Il ne restait que la Politique. Je m'y consacrerais dans le seul domaine où elle fût accessible · la diplomatie. C'était bien neutre et bien fade mais je pensais relever mes fonctions d'activités plus subtiles et plus dangereuses.

Tout cela exposé à mon père dans des formes qui lui étaient agréables recueillit son approbation. Valable pour moi, mon argument le fut aussi pour Bruno. Nous suivîmes donc la même carrière. Bruno en prit son parti. Le temps des caprices était passé.

En 1928, nous entrâmes à la Wilhelmstrasse. Département français. En dépit des services que nous y rendions, je ne pense pas que nous eussions monté bien vite ni bien haut dans la carrière : on me tenait en suspicion. Quelles que fussent la qualité de mes rapports et l'abondance de mon travail, on me reprochait secrètement de travailler mieux et davantage en dehors du ministère. Si le Parti d'Adolf Hitler avait échoué, ma carrière eût été brisée, ma liberté et peut-être ma vie eussent été menacées par mes ennemis.

Mais dès 1932, les mauvais jours étaient passés. Hitler obtint quatorze millions de voix et deux cent trente sièges au Reichstag. Personne ne pouvait plus s'opposer à nous, sauf l'Armée. Or, la Reichswehr, avec le général von Schleicher, reprenait force et autorité et

246

poursuivait le même idéal que Hitler. Mon père suivit le mouvement. Je n'ai jamais compris pourquoi il avait été séduit par Hitler né du peuple et porté au pouvoir par le peuple. Sur quatorze millions de voix qui ont confié au Führer le destin de l'Allemagne, il n'y en avait pas quatre douzaines provenant des Uttemberg ou de leurs pareils. Hitler est la création la plus démocratique du siècle.

De toute façon, quelles que fussent nos sympathies pour von Schleicher, son apparition sur la scène politique était trop tardive. Le premier, l'unique grand rôle était pris. C'eût été compromettre la partie qui s'annonçait triomphale que de substituer un Führer à un autre, ou d'en suivre deux. C'était Adolf Hitler, et lui seul qui sauverait l'Allemagne.

Ces années-là furent heureuses et fécondes. J'allais du même pas que notre Führer et que notre Parti, de succès en succès. L'Allemagne montait au zénith des nations et ma fierté s'enflammait à chaque progrès. Vus de près, comme je les voyais de mon poste, les hommes et les autres nations étaient réellement tels qu'ils m'avaient paru être : serviles, lâches avec les forts et aimant les coups des puissants pour mieux leur obéir, insolents avec les désarmés. J'étais infatigable. Je travaillais nuit et jour. Je vivais pour mon Parti un amour nouveau. Il n'est pas en moi un sentiment de quelque noblesse qui ne devienne passion.

C'est moi qui ai réussi à amener à nous les *Casques d'Acier*. J'ai contribué à faire défiler dans Berlin deux cent mille de leurs hommes. La rivalité de cette ligue et de nos S.A. aurait dû me rendre moins empressé à les attirer à Berlin, mais je fis prévaloir mon point de vue. Goebbels l'approuva. En amenant les *Casques d'Acier* à manifester à nos côtés, nous en faisions nos invités et nous étions les maîtres à Berlin.

Bruno m'aidait à peine dans mon travail au Parti. Mais il était fidèle. Je parvins à l'intéresser à fond à l'organisation du défilé de cinquante mille jeunes Hitlériens à Potsdam, le 20 octobre, jour anniversaire de la naissance du vieux maréchal Hindenburg. Il s'en tira bien. Bruno figurait en chef de la jeunesse hitlérienne bavaroise. Le maréchal nourrissait à l'égard de Hitler et du Parti d'assez fâcheux sentiments. Ce défilé merveilleusement réglé et où figuraient, en plus de Bruno, quelques jeunes gens de notre classe et des militaires, améliora sensiblement nos relations avec le maréchal. Adolf Hitler n'oublia pas que j'avais inspiré et dirigé cette stratégie politique. Il me demanda si j'avais besoin de quelque chose. Il s'attendait, je crois, que je lui demande une distinction, mais je lui fis part de mes soucis financiers. Il me dit, un peu désappointé, de m'adresser à Goering qui m'avoua être sans le sou, mais il me fit nommer je ne sais quoi au Reichstag, fonction fictive qui nous valut un deuxième traitement au moins égal à celui de la Wilhelmstrasse. Bruno l'apprit en lisant les décrets ministériels. Ce qui me contraria. Je crus devoir lui faire un cadeau, mais il le refusa. J'en étais abasourdi. Il devenait insatiable.

— Et alors ? Rien ne te plaît ?

Il rit et me dit :

— Je sais mieux que toi choisir mes cadeaux, et tu n'aurais pas le souci de chercher si...

— Si je te donnais la somme ?

— Merci, tu la réduirais au prix d'une boîte de cigares. J'attends mieux que cela.

Je commençais à être inquiet.

— Et que veux-tu donc ? Une caisse de cigares ?

— Pas du tout. La moitié de la gratification mensuelle que tu vas toucher. Ce sera plus pratique. J'achèterai ce qui me plaira et tu pourras dissimuler l'autre moitié dans ta cassette de vieux grigou où je n'irai pas regarder.

Je refusai. Mais il me dit qu'ayant défilé à Potsdam et fait encore ceci... et cela... pour me plaire et gratis, c'était un droit et non une faveur. Il ajouta que nous vivions comme des pions de collège, tant et si bien que je cédai et perdis, en partageant mon traitement, la joie que j'avais eue à l'obtenir.

Ma véritable charge au Parti consistait à recueillir les informations qui nous venaient de l'étranger. Rien de ce qui s'écrivait ou se disait sur le Parti à la surface de la planète, ne devait rester ignoré de nous. Nous voulions épingler nos amis comme nos ennemis où qu'ils vécussent, afin de demander une aide aux uns et des comptes aux autres. Mes fonctions au ministère me servaient dans cette tâche encore que la suspicion où me tenait mon chef direct affilié à la social-démocratie freinât de plus en plus mon activité. On ne me communiquait plus rien d'important et le courrier m'échappait. Je résolus alors de me passer des services qu'on me rendait si mal.

J'eus l'idée de créer un réseau d'informations dans les capitales étrangères qui doublât en quelque sorte la diplomatie officielle et la surveillât. Je ne rencontrai pas à réaliser mon projet de bien grandes difficultés. Ce fut simplement une affaire d'ordre et de travail. Nos premiers et nos meilleurs agents furent nos amis de la diplomatie officielle. En quelques semaines, grâce à eux, le courrier de mon service fut bien plus intéressant que celui de la Wilhelmstrasse. Ainsi, à Paris, Eric von L... mon cousin, eut bientôt constitué le plus réussi de nos réseaux européens. A Washington, nous rencontrâmes les éléments les plus favorables et les plus dévoués. Mais je ne voyais en détail que les informations des pays de langue française.

Grâce à mon organisation, dès que Hitler eut pris le pouvoir, je fus à même de lui présenter tous les éléments du plus opportun et du plus vaste mouvement diplomatique que l'Allemagne eût jamais connu. En quelques heures, la diplomatie du Reich devint une diplomatie loyale. Il m'avait suffi de retourner mon personnel comme un gant ; la doublure passait à l'endroit. Quant à l'endroit, fidèle à la social-démocratie, il passait à l'ombre.

J'aurais pu consacrer ma vie à ce service. Entre le Führer et moi, il n'y avait que Goebbels à qui je fournissais toutes ces informations et dont j'orientais la propagande à l'intérieur et à l'extérieur. Mais l'Allemagne est comme mon propre cœur, et l'un et l'autre sont à l'image de l'époque : tout y est sujet à convulsions.

L'année 1932 fut décisive. Elle fut pour moi une année de labeur intense mais elle ne fut pas une année de richesse. Nous aurions pu vivre avec notre traitement des Affaires étrangères, mais Bruno dépensait trop et m'obligeait à dépenser beaucoup plus que mes goûts ne l'exigeaient.

En avançant en âge, il prit l'habitude d'un certain luxe sans perdre celle du puéril gaspillage qu'on lui connaît. Notre appartement était beaucoup trop important pour nous. Il exigeait l'entretien de trois domestiques, et lorsqu'il était désert, il était triste comme tous les appartements sans femme. Aussi Bruno le remplissait-il d'invités ou allait-il se distraire ailleurs. Ses invités, bien entendu, étaient ses parasites. Ses préférés furent les musiciens, les pires qui soient. Il en installa plusieurs à demeure qui en attiraient d'autres. Il fallut recommencer les scènes de Langeval, jeter ça à la porte, freiner les dépenses. Puis je me relâchais et je perdais peu à peu, plus que je n'avais regagné. Ce train grotesque en marge de mon travail m'exaspérait, mais j'étais fait à lui. Je ne m'emportais que de loin en loin lorsque mes dépenses devenaient ridiculement exagérées. Bruno ne réagissait plus. Simplement il boudait. Nous nous répétions déjà. Au fond, nous ne savions plus désirer une autre vie. Je ne regrettais qu'une chose, c'est que Bruno la fît partager à trop de gens — et à mes frais.

Pour combler le déficit, je disposais heureusement des subventions importantes que me versait le Parti pour les fonctions quasi officielles que j'y remplissais. Bruno en ignorait le montant. S'il l'avait su, je n'aurais pu rien refuser. Il lui arrivait de me taxer d'avarice et même de rapacité ! Avec Bruno la cruauté fut souvent mon pain quotidien. Mais c'était encore Bruno, et c'était du pain bénit.

J'avais maintenant à son endroit cette certitude qui me donnait une parfaite assurance dans mes tâches patriotiques. Il était bien rivé à moi. Notre union devait connaître encore de dangereux passages et dans les moments les plus inattendus, mais ces années de triomphale ascension du Parti et de l'Allemagne coïncidèrent avec une parfaite quiétude de notre cœur. Ainsi je pus dépenser en faveur de ma mission politique cette ardeur passionnée que j'avais jadis consacrée à Bruno et à Chaverds. Je n'aimais plus que mon Parti, et je ne haïssais plus que ses ennemis. Rien de mes forces ne s'est perdu hors de ce but. Que de travail ! Que de calculs ? Et toujours récompensés ! Chaque ennemi que je découvrais au Parti était un ennemi vaincu. J'étais fort. Tout un réseau convergeait vers moi et m'apportait sur le monde et même sur mes amis les renseignements les plus précis. Je savais qui Bruno recevait chez nous, en mon absence, et même ce qu'il disait, et même ce qu'il écoutait et de quelle oreille il l'écoutait. Quand je fus fatigué de ses artistes, tous opposants à notre Parti, et tous compromettants, je lui fis peur. Chaque fois qu'un des imbéciles qu'il engraissait se trouvait compromis, je n'ai pas hésité à l'envoyer se faire nourrir aux dépens de l'État. On ouvrait alors des camps de travail — et de repos aussi. Ils étaient faits pour les gens de cette espèce. Mais les eussé-je fait tous enfermer, Bruno en eût soudoyé d'autres. Bruno était Bruno et je devais le prendre tel quel. Tant pis pour moi, mais tant pis aussi pour ceux qui, ayant mal profité de mon argent, en ont été punis.

Il le prit d'abord à la légère, mais après l'hécatombe du 30 juin 1934[1], mes menaces lui parurent plus sérieuses. Bruno me redoutait, au fond de son cœur. Il est bien vrai que notre aventure est assez singulière pour effrayer une nature comme la sienne. Pour moi, je n'ai peur que de mon désespoir.

Ma vie fut donc, une fois de plus, traversée par un orage. Il s'agit du complot du capitaine Röhm. Cet orage creva sur nous en pluie de sang. Il fit un tel éclat que je ne saurais le passer sous silence. Mais comme je n'en fus ni la source ni la victime immédiate, je n'en dirai que ce que je puis dire, c'est-à-dire ce qui me concerne.

1 Connue dans l'histoire du nazisme sous le nom de « *Nuit des longs couteaux* » (30 juin 1934).

Tout le monde sait que l'ancien capitaine Röhm, devenu chef des S.A. et commandant plus d'un million de soldats, fut passé par les armes avec un certain nombre de ses amis qui étaient, la veille encore, ceux du Führer. Une terreur foudroyante s'empara de nous tous. Hitler ne fut pas le moins atteint, c'est pourquoi il frappa si fort et si près de lui[1].

Röhm n'était pas sans reproche, mais il était utile et puissant à la tête des Chemises Brunes. On lui passait tout pour cette raison, même ses vilains amis qu'il ne cachait pas assez. Sa perte fut résolue le jour où sa puissance, au lieu de servir le Führer, gêna son ascension. Et ce jour fut marqué par Röhm lui-même : c'est le jour où il rompit avec la Reichswehr et insulta les chefs Schleicher et Blomberg. C'était précisément le moment où Hitler avait besoin d'être soutenu par la Reichswehr pour plaire à Hindenburg.

Sur ces entrefaites, von Papen sortit de sa réserve et se posa officiellement en rival de Hitler. Il prononça le 17 juin 1934, à Marbourg, un discours des plus virulents contre le régime inefficace que les nazis voulaient instaurer. Hindenburg le soutint. Hitler se trouvait sur le point de tout perdre juste à l'heure où il devait atteindre le pouvoir suprême.

Voilà donc le moment que Röhm, en vrai soudard impulsif, avait choisi pour dresser la Reichswehr contre nous, alors qu'il fallait l'apaiser.

Entre Röhm et la Reichswehr, Hitler devait choisir. En sacrifiant un ami inutile, Hitler agit en maître futur de l'Allemagne : il abattit Röhm et ses amis. Enfin, pour que le peuple comprît il restait à déshonorer les victimes. Ce fut fait et ce n'était pas le plus difficile.

1. Röhm fut massacré de même que Strasser, Schleicher von Kahr. Von Papen fut épargné mais tous ses secrétaires furent assassinés.

Mais avant d'en arriver là, Hitler était trop humain, trop sentimental et trop doux pour n'avoir pas essayé de convaincre Röhm de s'effacer. En ce mois de juin 1934, il reçut Röhm à plusieurs reprises, il l'exhorta, il le supplia, il lui rappela les débuts de Munich, il l'embrassa et pleura. Röhm demeura inflexible. Il blessa les sentiments les plus tendres de notre Führer et, ainsi, mérita son sort.

J'avais été averti que la police particulière du Führer surveillait étroitement Röhm, von Papen, Schleicher et autres. Je frémis. Je crus aux prémices d'une guerre civile. Je crus aussi qu'on me rangerait sans doute dans le camp des rebelles. On sait que nous étions entrés dans le Parti sous les auspices de Röhm. Quelle fâcheuse recommandation ! Mon père était toujours resté en bons termes avec le fondateur des S.A. Il le recevait à Schwarzberg. Il jouait parfois au soldat avec lui et participait incognito à des expédition punitives. Depuis le 30 juin ces fréquentations étaient devenues un crime.

En outre, j'avais, de mon côté, commis une imprudence : je m'étais approché de von Papen. Par malheur, je ne l'avais que trop vu, et je lui avais même communiqué divers dossiers de mon service. Ma complaisance m'attira ses bonnes grâces, car il aimait les fiches et les documents. Quelle importance y avait-il à lui en fournir, puisque je le croyais, alors, en passe d'être chancelier du Reich ?

Je n'avais en aucune façon l'idée de renier mon serment à Hitler, mais dans le cas où Hindenburg l'aurait fait arrêter et aurait dissous le Parti nazi (la chose fut près d'être réalisée) je n'aurais pas été fâché que von Papen sût qu'il pouvait compter sur moi. Un bon serviteur de la Patrie doit être, en toutes circonstances, distingué des aventuriers et des intrigants et mis en mesure de servir.

Mon erreur m'apparut clairement à la fin du mois de juin 1934. Röhm qui était violent pensa tout de suite à la violence pour sortir de l'impasse. On signalait qu'en Bavière, il rassemblait des hommes. En Suisse, il possédait un trésor de guerre. C'était la guerre civile et l'écroulement complet de l'Allemagne. Quant à moi, j'étais compromis des deux côtés.

J'avais eu un avertissement de ce qui allait se passer lorsque le docteur Edgard Jung qui avait rédigé pour son ami von Papen le discours de Marbourg fut enlevé de son domicile par la Gestapo.

Je cessai aussitôt toutes relations avec von Papen : c'était trop tard. Lorsque les mitraillettes crépitèrent après la nuit du 30 juin où Röhm périt, je compris, en voyant ceux qu'elles laissaient étendus dans les cours, sur les trottoirs, ou dans leur chambre même, que beaucoup de nos amis tombaient pour des suspicions moins graves que celles qu'on pouvait faire peser sur moi.

En Bavière, le Führer fut expéditif. A Berlin, Himmler fut plus lent et plus méthodique. J'étais, de quart d'heure en quart d'heure, au courant de ce qui se passait. Goering fit convoquer von Papen, lui donna une escorte et le fit consigner chez lui. Cette protection me donna à croire que von Papen était perdu. Mais il s'en tira. Ses collaborateurs furent fusillés. Des centaines de corps furent incinérés pour épargner aux familles des attendrissements inutiles et fatigants. Le général von Schleicher fut abattu à son domicile. Quand j'appris que le chef de cabinet de von Papen venait d'être frappé, je crus mon tour venu. Je proposai à Bruno une mission à Cologne de crainte qu'il ne se

255

trouvât près de moi et sacrifié. Puis, je le rappelai avant qu'il fût parti. L'idée de le perdre me paraissait atroce. Je l'imaginais heureux sans moi — et ce que j'imagine de Bruno est toujours vrai. Il me sembla plus digne qu'il partageât en tout mon sort. Je le retins toute la journée près de moi. Il ne se doutait de rien, il n'était que de mauvaise humeur. Il croyait qu'il ne s'agissait que de Röhm et de ses amis.

— As-tu fini d'arpenter cet appartement, me cria-t-il. Es-tu fou ? Tu me rappelles tes fureurs dans l'appartement des Brugères à Langeval. Si tu as une scène à me faire, fais-la, mais reste en place !

À quoi bon lui répondre ? Il n'y avait peut-être plus entre nous qu'une scène à faire : celle des adieux.

Pendant toute cette journée, je sentis chaque rafale de mitraillette m'effleurer la tête. Il me semblait que les balles traversaient mes cheveux et frôlaient mon crâne et qu'il s'en trouverait bientôt une qui frapperait légèrement plus bas et ferait éclater mon front. J'en avais déjà vu éclater des fronts, dans la cour, en contrebas de mon bureau. Je peux m'habituer à voir éclater le crâne des autres. Mais à l'idée que le mien pouvait s'ouvrir comme une grenade et éclabousser le mur, j'étais révulsé.

Ce jour finit. D'autres suivirent. Tout s'apaisa.

Je rencontrai Himmler quelques jours plus tard. Il ne me regarda pas. Il était de ces gens qui savent voir sans regarder. Je me sentais « vu » jusqu'au malaise. J'étais en sursis.

C'est ainsi que prirent fin les relations du capitaine Röhm et des Uttemberg.

D'aussi fâcheux dénouements laissent toujours des traces qu'il est opportun d'effacer par le temps et par l'absence. Je crus convenable de quitter Berlin et de servir mon Führer et ma Patrie à l'étranger : c'est Madrid que le sort désigna.

Bruno ignora tout du danger que nous avions couru et grâce à quoi nous allions voyager. Pour lui, c'était un agrément, pour moi une nécessité dont je sus faire vertu.

*

C'est Bruno qui l'avait découvert dans une fournée d'invités cosmopolites. Ce jeune Espagnol était attaché militaire. Il était chamarré comme un Bolivien et semblait sortir d'un four à pain tant il était sec et recuit. Sa gravité d'apparat amusait Bruno qui s'attacha à lui comme à un animal exotique. Je ne lui accordai pas d'abord plus d'attention que je n'en accorde aux trouvailles de Bruno. Les quelques mots que je lui entendis prononcer me firent découvrir sous ce sérieux superbe une ignorance et une naïveté inimaginables. Je n'éprouve aucun intérêt pour cette sorte de caractère. Il revint souvent. Je m'étonnai de la constance de Bruno. Je fis prendre des renseignements. Bruno avait connu par lui une petite colonie espagnole de Berlin et cherchait aventure parmi les brunes filles de commerçants. En échange, l'Espagnol trouvait dans l'entourage de Bruno des liaisons faciles parmi les amies des musiciens.

Peu de temps après le 30 juin, lorsque la vie mondaine reprit, je rencontrai notre Espagnol dans une réception. Comme nous nous y ennuyions l'un et l'autre, nous nous rapprochâmes. Je ne lui parlai pas des sujets dont Bruno se chargeait de l'entretenir, mais je l'interrogeai sur son pays. Je découvris un autre homme. Une passion l'animait que j'étais à même de bien comprendre : la passion de sa patrie. Il me parla du pillage systématique auquel les Rouges avaient soumis l'Espagne depuis le départ du roi Alphonse. Le peuple sans cesse travaillé par la propagande était plus malheureux, plus mécontent, plus haineux que jamais. En quelques années, la démocratie avait livré l'Espagne à la haine. La flamme de ses yeux sombres, l'éclat rauque et sauvage de sa voix me persuadèrent que, si le peuple était gagné à la haine, les autres classes l'étaient aussi.

Je lui dis que rien n'était irrémédiable et que l'Allemagne avait connu le même sort — et même pire — car elle avait en plus un traité de paix ignominieux et injuste à traîner comme un boulet de bagnard. Malgré cela, nous nous en étions sortis.

Dans un mouvement d'exaltation, il me dit dans quelle admiration il tenait notre Parti et l'Allemagne nouvelle. Il connaissait également l'Italie fasciste, mais c'est nous qu'il admirait le plus. Je m'étonnai qu'il n'eût pas plus de compréhension pour une « sœur latine », mais sans voir mon ironie, il m'avoua que Mussolini était trop libéral. « Les Italiens ne sont pas sérieux, me dit-il d'un ton tragique, mais les Espagnols le sont, jusqu'à la mort, et nous le ferons voir bientôt, j'espère. » J'aurais pu sourire de sa mimique, mais le sujet ne s'y prêtait pas et je devinais que son sérieux pouvait réellement devenir tragique. Je compris, en rapprochant cette information de celles que je centralisais à l'Office, que les Espagnols pouvaient être pour nous un atout sérieux en Europe. Je n'avais pas eu à m'occuper de cette question, mais puisqu'elle se posait à moi d'une façon si vivante, il était bon que j'y réfléchisse.

Je me tenais sur mes gardes depuis quelques instants et je lui demandai :

— Au nom de qui parlez-vous ?

Tout de go, il me répliqua :

— Au nom du général Don Felippe de Ayala, commandant à Tetuán.

Je ne répondis pas. C'est lui qui poursuivit :

— Je sais qui vous êtes. C'est pourquoi je vous parle ainsi.

Sèchement, je lui répondis :

— Tout cela ne m'intéresse pas. Je ne m'intéresse qu'à l'Allemagne.

En vérité, je l'avais trouvé prodigieusement intéressant. Presque trop.

J'établis un rapport avant de me coucher. Le lendemain, je fis rechercher et traduire toutes les informations qui nous arrivaient d'Espagne. Un projet était né. Je demandai une fiche sur notre jeune hidalgo, bien entendu. A la première audience que m'accorda le ministre, je l'entretins de cette affaire. Il sourit avec malice et me dit : « Il y a deux ans que nous sommes là-bas, et ce que vous dit ce jeune homme, c'est ce que nos agents lui ont appris. Vous voyez qu'ils commencent à savoir leur leçon. » Il me confia alors qu'il y aurait sous peu une « Affaire espagnole ». « Une très grosse affaire »...

— Mais en quoi cela vous intéresse-t-il ? me demanda Goebbels. Je vous croyais voué aux Français, corps et âme.

Je ne crus pas favorable à mon dessein de lui donner une réponse immédiate. Je le priai de me recevoir quelques jours plus tard afin de lui exposer mon point de vue sur cette affaire. Il me dit en riant :

— Vous avez l'œil à tout, vous vous démenez comme un diable dans un bénitier.

Il parlait souvent du diable avec ironie parce qu'on disait à Londres et Paris qu'il en était le suppôt à Berlin.

En rentrant, je chargeai Bruno d'inviter son hidalgo à déjeuner pour le lendemain.

— Il ne viendra pas, me dit Bruno avec dépit, tu as encore trouvé moyen de blesser un de mes amis et celui-là n'était pas un parasite, ni un marxiste. Fais tes commissions toi-même.

— Il viendra, lui dis-je, si tu lui dis ceci : Mon frère désire vous parler de l'Espagne nouvelle.

— Quelle Espagne ? me demanda Bruno.

— Pas de celle de Don Quichotte, lui dis-je. Une autre.

— C'est un secret ?

— Jusqu'à demain, oui, après il n'y aura plus de secret pour toi. Et si tu aimes l'Espagne, nous irons la voir.

Bruno bondit de joie et son hidalgo vint déjeuner le lendemain. Il comprit fort bien la prudence et la sécheresse que j'avais affichées lors de notre entretien. Il m'exposa dans le plus grand détail et avec l'enthousiasme des purs ce qu'était l'armée espagnole et quels étaient ses desseins. Ses plans, comme ses hommes, étaient simplets. Il fallait s'en occuper et mener par des voies plus sûres d'aussi bonnes volontés. Le grand courage des Espagnols qui pouvait seconder si heureusement les desseins de l'Allemagne nouvelle méritait une aide. J'avais déjà pensé à la lui apporter.

Mais il y avait mieux. On n'a pas oublié que dès le temps du collège, j'avais été captivé par le destin de ces villes qui, pour moi, figuraient les anneaux d'un collier d'or autour de la planète : Gibraltar, Suez, Aden, Singapour, Panama. Celui qui possède ce collier tient le monde à la gorge. L'Espagne, pour Bruno, c'était la mantille de Carmen; pour moi c'était le *Rock* de Gibraltar. On pouvait concevoir que si, dans ses convulsions, l'Espagne se heurtait à l'Angleterre, Gibraltar serait un point douloureux.

Pour en avoir le cœur net, je dis négligemment à notre jeune ami :

— Que ferez-vous de Gibraltar ?

— A nous ! s'écria-t-il.

— Qui vous l'a dit ?

— Don Felippe de Ayala, il l'a inscrit en tête des revendications de la nouvelle Espagne. Il dit que Gibraltar, c'est la plaie que l'Espagne porte au flanc comme le Christ son coup de lance dans le foie.

— Il est dur, le Rock, lui dis-je.

— Toute l'Espagne l'assiégera, tous les Espagnols, toutes les Espagnoles le réduiront en poussière à coups de marteau, cria-t-il.

— Il vaut mieux le prendre tel qu'il est, murmurai-je. Nous y parviendrons.

— Avec l'aide de Dieu ! ajouta-t-il précipitamment en levant les yeux au ciel.

Il changea de visage, et je crus bien qu'il priait mentalement.

— Eh bien ! dis-je, je pars pour l'Espagne, si don Felippe et Dieu veulent me seconder, Gibraltar un jour ne sera plus au flanc de l'Espagne qu'une plaie guérie — une victoire commune de nos pays.

Il rayonnait. Il aimait ce langage.

Pendant que je parlais, j'avais devant les yeux « the Rock » bien dessiné, aussi net et vivant que si je l'avais réellement connu. Mais au sommet, c'est la bannière du Reich à croix gammée qui flottait — et nulle autre.

Cette vision fut si intense que je restai absent de la conversation. Un nouvel amour venait de naître en moi. J'aimais cette tâche nouvelle, j'aimais ses dangers, ses difficultés, j'aimais ses récompenses, j'aimais les défaites de mes ennemis, j'aimais ce rocher superbe. De cette passion naissante un flot de courage, d'espoir, d'énergie s'épanchait en moi qui pourrait me porter jusqu'au but, dussé-je faire mille détours et voyager mille ans avant de l'atteindre. Quand je revins à moi, l'Espagnol me pressait les mains, me remerciait ; finalement, il me donna l'accolade.

Je pensais déjà aux formalités de notre nomination en Espagne.

Deux mois après le complot du 30 juin, nous étions à Madrid. On avait créé un poste pour moi à côté de l'ambassadeur. Je dis bien à côté. Bruno était attaché régulièrement à l'ambassade. Il ne travaillait donc pas près de moi, il m'échappait un peu. On sait combien il est sensible au pittoresque et aux nouveautés des voyages et combien les colifichets de la géographie et de l'histoire me laissent indifférent et même me déplaisent. Je me moquais des mantilles, des châles, des églises, des palais, des Goya et des Velasquez, je me moquais du vin de Xérès et du manzanilla, je me moquais des gitanes et de leurs égosillements, je me moquais de l'Espagne et des Espagnols, je n'aimais que Gibraltar.

Bruno aimait tout et je ne pouvais lutter contre cette séduction. Il me venait parfois de brusques inquiétudes à son sujet. Il restait longtemps absent. Après avoir installé magnifiquement un vieux palais madrilène, il y séjournait à peine. Il préférait ceux des autres qui étaient souvent plus beaux que le sien. Mais ce lui fut une nouvelle occasion de gaspiller, de bibeloter, de s'amuser à mes dépens.

En plus d'une vie mondaine des plus exigeantes, Bruno voyageait à travers l'Espagne. Quelques mois après notre arrivée, cette vie mondaine parut l'intéresser fort peu. Je lui en fis la remarque. Il en convint. Il me dit qu'à Madrid, les salons étaient encore plus ennuyeux qu'à Langeval et qu'il ne sortirait plus que pour déposer des cartes. Cette réserve cachait quelque chose.

— Et qu'as-tu donc découvert ?

— Le peuple espagnol, me dit-il.

J'avoue n'avoir pas compris sur-le-champ, car cette découverte pouvait s'entendre de tant de façons — toutes stupides d'ailleurs — que je ne savais à laquelle Bruno s'était arrêté. En ce temps-là, Madrid et presque toutes les villes espagnoles étaient le théâtre presque quotidien de grèves, d'émeutes, d'incidents de rues et de cafés : la politique était partout. Le marxisme rongeait ce peuple aussi peu fait que possible pour cette maladie ; il réagissait avec vigueur, mais l'ennemi était puissant, et puissamment soutenu du dehors. Les meetings, les cortèges, les rixes avaient un caractère original, à la fois sordide et grêle, mais tragique. Je crus d'abord que c'était ce que Bruno s'était avisé d'aimer.

Je ne craignais qu'une chose, c'est qu'il ne se montrât trop dans les lieux de réunion, ou même ne s'affiliât à quelque ligue. Il ne prenait pas ce pays assez au sérieux et il ne se consacrait qu'à demi aux affaires que notre gouvernement préparait. Il connaissait bien notre dessein, mais il ne croyait ni à la foi politique ni à l'organisation de nos amis espagnols. Il ne croyait qu'à la beauté du décor ibère et maure. Je l'avais bien prêché cependant. Il aurait dû m'écouter et me croire quand je lui disais que les passions politiques et le courage ne manquaient pas ici. Il ne manquait qu'un peu d'ordre et des armes. Nous étions là pour en pourvoir ceux qui en manquaient afin de les débarrasser des marxistes. Ceux-ci étaient déjà pourvus. Encore un peu de retard et notre partie serait compromise. Mais Hitler n'était pas alors si assuré de toutes les forces allemandes qu'il pût les disperser à la légère. Néanmoins, je tenais à mon idée et je l'avais dit au Führer lui-même. Toutes les forces dépensées en Espagne nous seraient rendues au centuple. Une forteresse amie au sud de l'Europe, la Méditerranée, l'Afrique du Nord sous notre contrôle, les forces de l'U.R.S.S., de la France et de l'Angleterre mises en échec. Et qui sait si, à la faveur de la rixe, Gibraltar comme un gros louis d'or disputé ne roulerait pas sous la table où nous le ramasserions ? Je n'étais là que pour provoquer la rixe et mettre le pied sur la pièce d'or.

La préparation de la sédition militaire ne me fit pas perdre de vue Gibraltar. Je visitai la ville à deux reprises sous un faux état-civil. Quelle émotion lorsque le Rock m'apparut, gris, morne, splendide au-dessus de la mer d'Algésiras. Il me parut non pas rattaché à cette côte, mais jeté au-devant d'elle par-dessus le détroit depuis la côte d'Afrique à laquelle il semble appartenir. Ce bloc émerge sans faille ni défaut, retenu au large du continent par un mince pédoncule de terre basse et de sable comme une cerise pend le long d'une branche. Quand je m'approchai, le Rock montra ici et là des alvéoles meurtrières où pointaient des canons. Sa vie souterraine et secrète se trahissait à ces insignifiantes ouvertures. Je fis le tour de cette montagne de dynamite — sans en savoir plus qu'avant de venir. Je parcourus l'unique rue de la ville, toute en longueur, prise entre les rochers écrasants et la mer toute proche. Des boutiques tenues par des Orientaux, Égyptiens et Indiens, vendaient de la camelote espagnole, châles, mantilles et éventails, et leurs inévitables tapis. Dans l'ombre du rocher, cette rue toujours froide, obscure et embrumée puait l'Angleterre, l'Espagne et l'Afrique réunies. Mais il y avait la mer et l'Océan. La houle qui battait les rochers de Batz, mon empire secret, battait aussi la forteresse.

Je repris vers le soir le petit vapeur à touristes, je revins à Algésiras au milieu d'une bande de gens en vacances. J'étais parmi eux comme l'un d'eux. Avec mon passeport français et mes grâces de voyageur natif d'Orléans, je savourais au fond de mon cœur toutes les joies et toutes les forces de mon étonnante situation.

Le pèlerinage nourrit toujours la foi.

*

Je ne tardai pas à comprendre ce que Bruno entendait par le Peuple espagnol. C'étaient tout simplement les auberges où l'on danse, où l'on joue, où l'on intrigue niaisement pour une danseuse plus ou moins gitane. Le principal attrait de ces lieux de plaisir tenait à leur saleté, à leur pauvreté, et à la bassesse du public qui les fréquentait. Comme on les trouvait artistes, ces Espagnols loqueteux ! « Quel peuple, disait Bruno, il est admirable. » Les Français lui semblaient alors d'un

265

bourgeois et d'un conventionnel achevés. Il n'y avait plus de beau au monde que les bouges de Madrid. Pour en voir de plus colorés, il fit à plusieurs reprises le voyage de Barcelone. Il m'avoua s'y être fait voler sa montre et même sa cravate, l'imbécile ! Je ne savais pas tout.

Son initiateur dans ce monde puant était un diplomate portugais. Entre tous les Portugais qui sont des gens fort sérieux et fort posés, celui-ci était léger. Il était aussi des plus désargentés.

Ce n'était pas tout à fait pour le peuple, pour ses danses que Bruno suivait son mentor ibère. C'était pour jouer. Car ces bouges étaient aussi des tripots. Sans doute, Bruno n'aurait pas si bien suivi si on l'eût amené à la table de jeu d'un cercle ou d'un casino élégant. Il se serait vite ennuyé. Mais le goût du pittoresque, de la canaillerie et un relent de danger et d'exotisme l'eurent bientôt séduit. Il prit goût à perdre son argent parmi cette canaille qui flairait en lui le seigneur bon enfant, la dupe sympathique. En Espagne, la plus basse classe a un instinct infaillible de l'aristocratie, elle sait flatter en se flattant et être servile avec hauteur. Le sang de Bruno était sensible à ces façons. Tandis qu'on traitait son Portugais comme un entremetteur, on saluait Bruno jusqu'à terre. Une rose rouge, du jasmin ne tardaient jamais à fleurir la table où il s'asseyait, et on l'abreuvait de compliments chevaleresques. Ils lui donnèrent même un surnom : *El Senor San Miguel* en raison de sa ressemblance avec l'archange saint Michel peint par je ne sais quel peintre espagnol et reproduit par la propagande religieuse. Ici, comme ailleurs, Bruno s'installait dans cet entourage aussi aimable que fripon. Ce qui l'amusait, c'était de jouer de grosses pièces d'argent de cinq *pesetas*, appelées *douros*, dont on faisait des tas de dix, devant soi, et qu'on poussait en avant sur le marbre sirupeux des tables, et il les entendait tomber comme un carillon argentin dans le chapeau de son partenaire. Quand le chapeau était plein, l'autre lui demandait la permission de se retirer en faisant une révérence. Et il sortait en disant : *Hoy para mi, mañana para Usted. Si quiere Dios...* « Aujourd'hui pour moi. Demain pour vous. Si Dieu veut. » Bruno était enchanté de ces façons. « Il faut être Castillan, me disait-il, pour savoir sortir à temps. Ils auraient pu remplir dix chapeaux de mes écus d'argent. »

— La chance pourrait tourner, disais-je, déjà beau qu'ils en aient rempli un.

— Pas du tout, répliquait Bruno, leurs cartes sont truquées. Ils ne me volent que modérément ; ce sont des gens très bien élevés.

De telles répliques sont intolérables. Mais le temps des gifles était passé, bien qu'il les méritât encore.

Il les méritait pour un motif plus grave : il ne faisait pas son travail. Sans l'avoir connue, il se comportait comme si l'ancienne diplomatie l'eût formé. Or, elle était morte. Mais y avait-il songé ? Nous étions une exception dans le personnel de l'ambassade d'Allemagne — je veux dire par notre classe : les autres n'étaient que fonctionnaires nommés par le Parti. C'étaient souvent d'anciens commis rompus aux affaires que leur zèle pour le Führer avait fait distinguer. Ils travaillaient. Tant de vertu ne les rendait pas indulgents. L'exemple que Bruno donnait était déplorable. Ses absences, ses négligences ne pouvaient passer inaperçues. Bien que l'ambassadeur y mît toutes les formes avec moi, le moment vint où il fut bien obligé de me parler de cela. J'attendais ce pénible moment depuis plusieurs semaines.

Quand l'ambassadeur eut fini, je souris, et lui dis :

— Il est vrai que vous avez raison en apparence. Mon frère travaille ailleurs. Il faut que les apparences trompent tout le monde. Je l'occupe.

Il se contenta de mon explication, mais il avait déjà dû envoyer un rapport à Berlin.

Pour un temps, je pus ainsi couvrir les fautes de Bruno. Mais ce n'étaient pas les fautes de Bruno qu'il m'aurait fallu cacher, c'était Bruno tout entier. Dans l'Allemagne du Führer, Bruno n'était pas à sa place. J'en conviens.

Il y avait dans son cas quelque chose de plus troublant que ses négligences. L'ambassadeur ne s'était plaint de celles-ci que pour me faire entendre que l'assiduité de mon frère à l'ambassade d'Angleterre devenait un sujet d'inquiétude. Il aurait pu aussi bien aviser l'ambassadeur Sir Charles W. F... qu'il se devait de surveiller les visites de sa femme. Mais Sir Charles ne s'inquiétait guère de l'assiduité de Bruno. Il était bien trop occupé à surveiller tous nos agissements et à repérer les agents que nous avions répandus à travers l'Espagne et le Maroc espagnol.

C'est pour l'amour de la musique que Lady W. F... recevait Bruno. Officiellement. Tout, dans les débuts, se passa correctement. Toute autre femme lui aurait ouvert sa porte aussi gracieusement, mais en ce temps où Bruno se consacrait aux gitanes, une lady suffisait à ses goûts plus relevés. C'était une des plus belles créatures que j'aie jamais vues. Assez grande, souple et fine, un visage presque latin avec une chevelure d'un noir comme en ont certaines Galloises, et le regard mauve pâle et parfois étincelant. Ce n'était pas une beauté froide ; il y avait en elle une fantaisie cachée et malicieuse, un sens artistique refoulé et le goût du plaisir. Je fus informé du tour que prenait cette liaison musicale. Ils jouaient à quatre mains... On fit porter un second piano. Elle chantait. Bruno aussi. On échangeait des morceaux. On se rencontrait à cheval au *Parque*, et on suivait le lit à sec du Manzanarès ; on visitait l'Escurial et Tolède. On séjournait au château de La Granja. On y faisait des collations charmantes, car Bruno y conviait des guitaristes. On reconstituait dans ce Trianon transplanté des Fragonards un peu exotiques. Bruno n'oubliait que deux choses : que j'étais là et que la guerre se préparait — ou du moins, que nous la préparions.

Il fallut le défendre, et me défendre. J'eus tôt fait de voir que Lady W. F... dans sa splendeur était mille fois moins dangereuse que la petite Marine de Langeval. Je ne pus savoir ce qu'il obtint d'elle. J'imagine que, comme beaucoup de ses pareilles, elle dut donner mille acomptes sans jamais acquitter le solde. En Angleterre, la galanterie exige, comme tout le reste, un registre comptable.

Mon devoir exigeait que j'examine cette comptabilité.

Nous avions à l'ambassade même un agent. Valet de chambre de Lady W. F... C'était un sujet britannique originaire de Gibraltar, fils d'un Anglais et d'une Espagnole. Nous ne l'y avions pas mis sans peine. Il nous rendait des services. Sa situation privilégiée et dangereuse avait un inconvénient. Il nous était très difficile de communiquer avec lui. Sous peine de compromettre et de perdre notre agent, il nous fallait user de précautions infinies qui finissaient par nous paralyser. C'est alors que j'eus l'idée d'utiliser le piano, la musique et Bruno : en transmettant les partitions, lieds et autres fariboles, Bruno transmettait nos messages. Les notes de musique constituaient un code que nos services venaient de mettre au point. C'est par ce canal que nous avons communiqué pendant deux mois. Je disais simplement à Bruno de me remettre les morceaux qu'il désirait apporter à sa Lady... Nos agents en « préparaient » un. Et Bruno l'emportait. Je lui recommandais :

— Voici ce que tu dois jouer en premier lieu.

Le valet de chambre de Lady W. F... entendait, savait que ce premier morceau était chargé d'un message et il le captait. Bruno se douta bientôt de quelque chose. Je le vis au regard qu'il me jeta. Mais il continua loyalement son métier de messager. Il était, ma foi, le plus beau messager d'Espagne, et c'était bien justice qu'il servît la plus belle des causes aux dépens de la plus belle Anglaise. Il a toujours mis de la grâce en toute affaire.

La tempête vint de Londres. C'est là-bas qu'ils découvrirent quelque chose. Je sus d'abord que le valet de chambre de Lady W. F... n'existait plus, et comme un malheur n'arrive jamais seul, les désastres fondirent sur Bruno et sur moi comme la grêle. En trois jours la place n'était plus tenable.

La disparition de notre agent et de quelques autres du même réseau nous avait désorganisés. Je partis pour Tanger, où je devais rencontrer au consulat un personnage des plus importants pour nous... Je fis ce voyage à bord d'un petit avion commercial. Je survolai Gibraltar. On devine les pensées qui me vinrent à tenir sous moi cette forteresse.

Tout alla bien. Je rapportai de ce voyage l'assurance que toute l'armée et tous les fonctionnaires du Maroc espagnol étaient prêts à agir. A l'escale de Séville, au retour, je pris contact avec un officier en civil, qui n'était autre que le père du jeune hidalgo que nous avions connu à Berlin. La République espagnole l'avait cassé et il était interdit de séjour hors de l'Andalousie. C'est donc là qu'il s'employait. A l'en croire, le sud de la péninsule était aussi enthousiaste que les *Marruec-cos*. J'en acceptais l'augure, mais j'aimais mieux mes informations que les siennes. Celles qui me venaient de Malaga, d'Alicante, de Grenade, me semblaient moins optimistes. Mais il n'est pas de peuple au monde qui soit plus disposé que l'espagnol à croire ce qu'il désire.

Le soir même j'étais à Madrid et rentré dans mon identité. J'aurais aimé voir Bruno. Il demeura introuvable. J'en fus affecté. C'était le printemps de 1936. Il faisait déjà chaud dans le Sud, mais à Madrid, les nuits étaient encore glacées par le vent des Sierras. A Tanger comme à Séville j'avais entrevu l'été ou plutôt, je l'avais respiré. Les jasmins et les orangers étaient en fleurs, la tiédeur de l'air corsait leur parfum et m'avait un instant grisé. Pendant quelques instants, dans un jardin de Tanger, j'avais été la proie d'un désir de fou, j'aurais voulu courir à la mer, m'y jeter en pleine eau, puis courir dans les orangeraies, briser les arbres, me rouler dans leurs feuillages odorants et mordre leurs rameaux fleuris.

Il était plus de minuit. Je ne pouvais dormir. Je sortis. Puerta del Sol et calle de Alcala, quelques cafés encore étaient ouverts. J'entrai. A peine assis, je repartis. Je marchai encore. J'aurais aimé m'asseoir, boire de l'eau sucrée à côté des Espagnols, ne penser qu'à mon cigare et prononcer de temps en temps une phrase insignifiante. J'essayai d'un autre café. A peine assis, je crus étouffer. Je compris alors. Ce n'était pas l'ivresse du printemps andalou, c'était l'angoisse.

Je retrouvais, après des années, l'horrible état où je me plongeais à Langeval, dans la chambre des Brugères, en attendant le retour de Bruno... Quel atroce souvenir !

— Bruno ? pensais-je. Où est Bruno ? Que fait-il ?

Et je sortis. J'avais peur et je sentais que ma peur n'était pas vaine. Je courus chez nous.

Dans l'antichambre, un serviteur de l'ambassade d'Allemagne m'attendait. « Voici le messager noir », pensai-je et je lui criai :

— Parle vite, qu'y a-t-il ?

— Son Excellence vous attend, j'ignore pour quelle raison.

— A cette heure-ci ?

— Son Excellence m'a dit de vous attendre chez vous jusqu'à votre retour et d'insister pour que vous passiez chez lui à n'importe quelle heure.

— Y a-t-il longtemps ?

— Il y a une heure, un peu après l'émeute du Barrio Negro.

— Une émeute ? Où est ce quartier ?

— Là-bas, hors-ville, c'est un vieux quartier gitan et andalou, surtout des femmes et des voleurs, maintenant c'est surtout un quartier rouge, alors ce soir, comme ils remuaient trop là-dedans, la police a fait une descente pour mettre la paix. Il y a eu des coups et des arrestations. C'est tout.

Un quart-d'heure plus tard j'appris que ce n'était pas tout.

L'ambassadeur avait un curieux visage pour me recevoir à une heure du matin. Vraiment peu amène et aussi grave que s'il allait m'annoncer la mort de Bruno. Ce qu'il m'en dit lui paraissait certainement plus terrible que la mort. Il n'y alla pas par quatre chemins.

— J'ai le regret de vous apprendre que votre frère vient de se mettre et de nous mettre dans un cas extrêmement pénible étant donnée la situation actuelle de l'Espagne. Il a été arrêté voici un peu plus d'une heure dans un bouge gitan du Barrio Negro.

— Mais on doit le relâcher immédiatement ! dis-je.

Sèchement, l'ambassadeur me répliqua que je n'avais pas besoin de lui apprendre ce qu'il avait à faire et que mon frère était sans doute libéré et déjà rentré chez lui.

— Ce n'est pas sa liberté qui me donne des inquiétudes, ajouta-t-il, mais sachez que votre frère a été trouvé au cours de la rafle par les agents de la Sécurité espagnole dans l'arrière-salle d'une auberge des plus mal famées en compagnie d'un médiocre attaché portugais, à qui la société de Madrid a fermé ses portes en raison de ses mauvaises manières au jeu. Vous me comprenez ? Il est regrettable qu'un attaché de mon ambassade se soit trouvé en compagnie de ce vilain monsieur.

— J'en conviens, lui dis-je, et j'y mettrai bon ordre.

— C'est un peu tard. Et d'ailleurs, je n'ai pas fini.

Il ne m'avait jamais parlé ainsi. Quoi qu'il eût à me dire, ce ton signifiait la rupture totale.

— Votre frère nous a tous compromis. Sa réputation personnelle, cela vous regarde puisque vous avez la prétention d'y veiller. Mais Lady W. F... était avec lui. Oui, dans l'auberge ! La femme d'un diplomate britannique ! Les Espagnols sont furieux. Les Anglais ne le sont pas moins, vous l'imaginez. Et je le suis aussi. Les Espagnols du gouvernement de la République vont interpréter la présence d'un diplomate allemand dans ce quartier comme vous pouvez le penser. Nous allons être accusés de fomenter des émeutes. Même s'ils n'y croient pas, les journalistes ont là une belle affaire à monter. Voyez quelle gêne dans notre travail futur. Il se pourrait que le gouvernement espagnol demande mon rappel.

J'étais atterré par les effets de la folie de Bruno. L'ambassadeur ne voyait pas le plus grave. Il ne pensait qu'au gouvernement espagnol et à sa place. Je me moquais bien de l'un et de l'autre. Moi, je pensais à l'ambassade d'Angleterre. C'est là qu'allaient se développer les pires conséquences. Sir Charles W. F... allait certainement faire un retour en arrière. Lui et d'autres. Ils allaient pouvoir expliquer ce qui leur avait échappé dans les transmissions de nos agents. Mon travail en Andalousie, à Tanger risquait d'être réduit à néant, car dans ces sortes d'affaires on n'abuse pas les Anglais à moitié, ou ils ne voient rien, ou ils voient tout.

Je rentrai chez moi, impatient de voir Bruno et d'en apprendre davantage. Je me demandais si ce n'était pas un cas pour le tuer. Car enfin, par sa faute, notre réseau du sud de l'Espagne était anéanti. Mais je ne pouvais, je ne sais pourquoi, ranimer cette violence qui, en de moindres occasions, m'inspirait des meurtres moins justes. Quand je rentrai, il dormait. J'étais si désarmé que j'hésitai à le secouer. Je l'appelai. Il s'éveilla et me dit plaintivement :

— Ah ! que je suis heureux de te voir, si tu savais ce qui arrive !

— Je sais, murmurai-je, que tu as ruiné ta carrière et la mienne.

Ma douceur le troubla tellement que je m'aperçus alors — il faut donc vivre trente ans avec son frère pour arriver à faire de telles découvertes ? — que j'avais bien perdu mon temps en enrageant contre lui et qu'un peu de tristesse et de douceur le touchait tout de suite.

Il me raconta son arrestation, celle de Lady W. F... Il omit de parler de celle du Portugais. Je la lui rappelai.

— Pas d'importance, dit-il, ça lui est déjà arrivé, à lui.

Cet escamotage ralluma en moi de très obscures appréhensions à l'égard de ce Portugais. Je sais bien comment Bruno entretient son optimisme : il oublie ce qui le gêne. Jusqu'alors, Bruno était toujours passé à travers l'eau et le feu sans se mouiller et sans se brûler. Il semblait bien ce jour-là être en train de se mouiller ; et je pensais en le regardant que si je faisais mon devoir c'est moi qui devrais le brûler.

Il me donnait des détails sur la bousculade, et j'écoutais son récit qui s'animait peu à peu d'une espèce de joie. C'était drôle en effet ! Cette plèbe infecte, hurlante, dans l'obscurité d'un quartier où l'électricité n'était pas encore installée. De médiocres réverbères, dont certains étaient brisés, jetaient sur la cohue, de place en place, des flaques rondes de lumière où l'on voyait des démons noirs aux prises avec d'autres, casqués, bardés de cuirs astiqués et brandissant leurs matraques blanches.

— Nous étions grimpés sur un balcon, dit Bruno. Nous les regardions dans un de ces cercles violemment éclairés, comme des vibrions dans le champ d'un microscope monumental. La police volait les châles des gitanes et les gitans les leur revolaient. Ah ! L'Espagne est bien étrange !

— Que faisais-tu avec ta lady dans ce bouge ?

— Ah ! Voilà, dit-il, soudain dégrisé. Il y a quelque chose de grave. Lady W. F... part demain. Sir Charles est rappelé à Londres. C'était notre dernière soirée. C'est fini. Elle est désespérée que les choses aient si mal tourné, car elle était sortie à l'insu de son mari. Il devait travailler toute la nuit pour ranger ses affaires. Elle a voulu voir les gitans avec moi, avant de quitter ce pays pour toujours. Que va-t-il arriver à Lady W. F... ?

Il pensa alors à me demander qui m'avait averti.

— Comment, on le sait déjà ?

Il pâlit. Enfin, il comprenait toute la gravité de son cas.

— Tout le monde le sait, lui dis-je. A Berlin aussi, on le sait et à Londres et à Paris, et demain les journaux de toutes les capitales publieront des commentaires sur ton arrestation dans une émeute. Ils diront que tu étais là pour la fomenter... imbécile ! Criminel imbécile ! criai-je. Et mon poing partit dans sa figure, mais il esquiva le coup qui l'atteignit à la nuque. Il roula du bord de son lit, et s'effondra sur le tapis.

Je crus l'avoir tué. Un léger craquement s'était fait sentir sous mon poing dans ses vertèbres. Il était couché devant moi, au pied de son lit, le nez sur le tapis, immobile et long. Long comme le cadavre de Bruno. Je me mis à frissonner sans oser le toucher... Enfin, je vis qu'il respirait. Je m'assis sur le lit, et du bout du pied je le touchai. Il bougea. Une joie sans mesure m'envahit. Je m'agenouillai, je le pris dans mes bras. Je lui parlais, je lui pardonnais, je l'appelais à voix basse. Il me demanda enfin, comme autrefois je le lui avais demandé à Langeval :

— Sig, partons d'ici, rentrons en Allemagne.

Ce souhait n'était pas difficile à exaucer : je crois bien que l'ambassadeur avait déjà réquisitionné un avion. Mais Bruno n'était pas d'un caractère à renoncer à ses plaisirs, même pour une affaire aussi grave. S'il voulait partir c'est parce que ses plaisirs étaient usés. Mais comment ?

Il me restait à l'apprendre avant de quitter Madrid.

*

Bruno m'avait bien dit que Sir Charles devait partir le jour même. Londres le rappelait. Pourquoi si brutalement ? J'eus confirmation de la nouvelle dès la première heure, à mon bureau. Ce rappel n'était pas sans rapport avec la disparition du valet de chambre. Était-on informé que les fuites se produisaient à l'ambassade même ? L'après-midi, j'appris que deux de nos agents à Algésiras et à Ceuta avaient également disparu. Je n'eus plus de doute. Pauvre Lady ! Son piano était vraiment trop dangereux pour elle. A cinq heures, son mari et elles partirent. Aucune visite, aucun bristol. Néanmoins, à midi, je sus que notre ambassadeur avait reçu Sir Charles. J'ai tout ignoré de leur entretien. A six heures, l'ambassadeur d'Allemagne fut reçu par le ministre des Affaires étrangères d'Espagne. A huit, je fus convoqué par notre ambassadeur. A minuit, nous partions.

Mais à dix heures, Bruno recevait son Portugais. Je l'aurais volontiers fait jeter dehors, mais, bien qu'il fût une canaille, il était quand même attaché diplomatique et nous avions des journalistes aux trousses. En fait, sauf une feuille extrémiste, aucun journal ne commenta l'incident de la veille. Une grave insurrection dans les provinces minières du nord retenait l'attention : toute l'Espagne regardait vers les Asturies. L'ambassadeur d'Angleterre et le nôtre, mieux avisés, regardaient vers le Sud, vers Gibraltar, vers Séville et vers le Maroc. On sentait, dans le vent du Sud qui nous apportait l'été, le terrible été d'Afrique, le souffle de la guerre qui allait libérer l'Espagne, c'est-à-

277

dire qui allait lui donner un maître. C'était l'été de 1936.

Pendant que Bruno recevait son acolyte, je rangeais quelques papiers en vue de notre départ imminent. Des éclats de voix, enfin des bruits de dispute et un cri me parvinrent de la chambre de Bruno. J'y entrai. Il tenait le Portugais à la gorge. En me voyant, il le lâcha et resta pétrifié. L'autre, épouvanté, se jeta vers moi. Il fallait qu'il eût peur, car il me détestait et me craignait. Je le repoussai si brutalement qu'il tomba, et sans même le regarder, je marchai sur Bruno qui ne broncha pas.

— J'attends, dis-je. Parle et vite. Dans deux heures, nous prenons l'avion.

— J'ai perdu au jeu cet hiver. J'ai des dettes envers lui. Je ne peux le payer et il exige. C'est un voleur ! Il a triché ! Je n'ai pas perdu !

— Combien ? dis-je, en me tournant vers le fripon. Je croyais qu'il s'agissait de ces piles de *douros* qui font du poids, du bruit mais dont la valeur n'est pas considérable.

Mais au lieu de me donner un chiffre, il me dit que Bruno avait signé des reconnaissances à un notaire espagnol et à deux autres personnes qui l'avaient chargé de recouvrer leur dû, car on savait que nous partions.

Quel mensonge ! La stratégie était claire. Les autres n'étaient que des complices, mais ils avaient bien fait les choses. Bruno avait signé devant notaire. Il était pris. Nous étions pris. Son notaire ferait du scandale à l'ambassade. De toute façon, il était trop tard pour manœuvrer. Je crus m'en tirer, la mort dans l'âme en payant.

— Donnez les reconnaissances, dis-je. Je paie.

— Je ne les ai pas sur moi. Le notaire les garde, si...

278

— Je veux les papiers tout de suite, criai-je.

— Ne les paie pas, dit Bruno, ils m'ont volé. Et il bondit prestement et saisit le cou de son ami de la veille. J'eus à peine le temps de le lui arracher des mains, il l'aurait étranglé. Ce spectacle ne m'eût pas choqué, mais il n'eût pas été sans conséquence.

— Combien ? demandais-je à l'homme en le secouant.

— Ne paie pas, répondit Bruno. Il avait peur d'entendre le chiffre.

— Douze cent mille francs ! gémit l'autre.

Je me crus poignardé. « Mais pourquoi des francs ? » demandai-je.

— Parce que la *peseta* baisse toujours sous ce gouvernement. Alors, on a converti en francs.

Nous étions ruinés ! A peine possédais-je cette somme. Mon père ne me donnerait rien. Emprunter ? J'étais sans ami à Madrid comme ailleurs. Et dans moins de deux heures, il fallait prendre l'avion et en finir avec cette aventure espagnole. Ah ! je comprenais mieux maintenant pourquoi Bruno *oubliait* de parler de son ami portugais ; et pourquoi, au sortir de son évanouissement, il me demandait de fuir ce pays. En dix mois, il avait dilapidé tout mon capital, sans compter ses appointements et les emprunts qu'il faisait sur les miens.

— Les papiers ! dis-je. Je veux voir les papiers.

— Le notaire est chez lui ; il les a ; il nous attend.

— Allons, dis-je.

— Ne paie pas, répétait Bruno, niaisement.

Je n'avais rien à lui répondre.

Un taxi attendait à notre porte. Nous roulâmes dans cette ville noire. Quel notaire ! Une chouette logeant dans une ruelle nauséabonde, au haut d'une ruine. Tout se serait effondré si la couche de crasse huileuse s'était détachée des murs. Et ces odeurs! Le notaire était étendu sur un canapé crasseux. Il n'était pas seul. Deux vilains personnages étaient appuyés au mur. Les mains au fond des poches de leurs pantalons à hautes ceintures. Leurs yeux brillaient fixement entre leurs paupières bistrées. Ils faisaient penser à des jaguars dressés qui ne savent faire qu'un seul geste en obéissant à un signe. Le cuir rouge vif de leurs escarpins délicats de danseurs gitans dépassait à peine le bas de leurs pantalons.

Je pensai un peu tard à l'imprudence de notre visite.

On voit peu de notaires de cet acabit. Et le plus fort c'est qu'il était réellement notaire! Il m'en donna toutes les preuves. Il fallut parler. Il savait assez de français. Voici comment ils me dépouillèrent. Je voulus leur vendre le palais où nous habitions. Ils voulaient de l'argent et rien que de l'argent. Nous avions une demi-heure pour nous libérer et ils comptaient là-dessus. C'était vraiment un bon notaire! Il nous acheta la maison — au prix que nous l'avions payée quand elle était en ruine : les aménagements, l'ameublement, tout était par-dessus le marché. Cela valait bien six cent mille francs — il accepta trois cent mille parce que nous étions des gentlemen « señores caballeros ». Restaient neuf cent mille à trouver.

— Inutile de chercher, dit le notaire, j'ai confiance en vous, donnez-moi un chèque, je sais que vos fonds sont à la Banque d'Angleterre. Nous allons faire le calcul et convertir en livres sterling. Voici le cours du jour.

J'étais suffoqué. Comment savait-il que mes fonds étaient à Londres? Je niai et lui offris de payer avec des bijoux. J'ai toujours quelques pierres en cas...

Il rit, ses dents étaient d'une blancheur aiguë. Je n'ai rien vu d'aussi menaçant, que cet homme noir.

— Sans compter, dit-il, qu'à Berlin, on ne serait pas content si l'on savait que vous placez vos fonds à l'étranger.

Le temps passait.

— Votre Grâce perd du temps inutilement, me dit-il. L'ambassadeur va envoyer chez vous sa voiture pour vous porter à l'aérodrome et vous ne serez pas rentré.

Il griffonnait des chiffres sur des rognures de papier.

— En chiffres ronds, vous me devez, au cours du jour, quarante-cinq mille livres sterling.

Il se leva, aussi sûr de lui que si j'avais donné mon accord. Les deux hommes de main se décollèrent de la muraille, et découvrirent un petit coffre-fort qui y était encastré. Les deux hommes se placèrent entre lui et nous et nous firent reculer d'un pas, Bruno et moi. Le Portugais passa derrière eux. Bruno et moi étions acculés à un placard. D'un même geste, les deux hommes retirèrent leurs mains de leurs poches. Les canons d'acier de deux revolvers, nets, brillèrent. C'est bien ce qu'il y avait de plus propre dans toute cette affaire. Entre les deux assassins, la main du notaire se glissa en agitant les trois reconnaissances que Bruno avait signées. Il les agita, et elles frôlaient les armes luisantes. Qui se serait avisé d'aller les prendre ?

— Voici vos papiers, écrivez vite le chèque sur le coin de ma table.

Je l'écrivis sous sa dictée : A l'ordre de « Señor Don Alonso Henrique Muñoz y Perez Calafán, calle Corte n° dos, Madrid ».

Je m'avançai vers les revolvers et tendis mon chèque. Il le regarda de près.

— Il est bon, fit-il.

L'échange des papiers se fit correctement.

Il alluma un bout de bougie qui traînait sur sa table parmi des bâtons de cire à cacheter, des allumettes, des mégots et des papiers sales. Il me tendit courtoisement la flamme.

— Vous pouvez brûler tout de suite ces reconnaissances, me dit-il, vous avez affaire à des caballeros. Tout est conforme à l'honneur.

Je les brûlai en effet. Entre les deux assassins qui remirent, calmement, leurs mains dans leurs poches, la tête du Portugais s'était glissée comme une tête de noyé. Il était blême et flasque. Son succès l'épouvantait, c'était clair. Je le vis comme un mort. Il lui arriva malheur en effet ; quelques semaines plus tard, au cours d'une violente échauffourée dans les rues de Madrid, il fut tué d'un coup de feu à bout portant. J'avais laissé son nom et son signalement à un de nos agents subalternes qui nous accompagna à l'aérodrome.

Nous retrouvâmes Berlin. Pendant huit jours je ne parlai pas une seule fois à Bruno, je ne lui accordai même pas un regard. Il m'avait ruiné deux fois. Sa carrière, et peut-être la mienne, était irrémédiablement compromises, et je n'avais plus un sou.

L'accueil que je reçus au ministère aurait pu être pire. On voulut bien se souvenir de mes bons services pour excuser les fautes de Bruno. Je fus rétrogradé mais j'obtins qu'il ne fût pas chassé.

Je ne devais donc pas voir les fruits de mon activité en Espagne. J'appris de loin, comme tout le monde, que, avec des hauts et des bas, l'Espagne triomphait de ses ennemis et des nôtres.

Le ministre me laissa trois mois sans emploi avec interdiction de quitter Berlin.

Je n'eus pendant ce temps qu'une obligation, celle de me tenir à la disposition de Wilhelm K... von B... que je

282

connaissais depuis mon passage à la Wilhelmstrasse. Je lui fournis sur l'Espagne toutes les informations que je pus. Je passais trois heures par jour avec lui et son secrétaire qui prenait des notes. Ces conférences durèrent un mois et demi. Il fut assez émerveillé de mes connaissances et chanta mes louanges ; il hâta ma réintégration et celle de Bruno. J'appris un peu plus tard que mon auditeur venait d'être nommé à l'ambassade de Madrid en remplacement de l'ambassadeur que j'y avais connu et qui demandait son rappel pour raison de santé. Encore une victime du piano de Lady Charles et des danses gitanes. A sa façon, Bruno, on le voit, remuait le monde autour de lui.

Quant à Gibraltar, c'était une affaire sans issue. Pourquoi ne pas le dire ? C'était un échec. L'Espagne le revendiquait. Mais, sans nous que pouvait-elle ? Personne ne put reconstituer le réseau que j'avais réussi à tisser autour du Rock fameux. Même en 1940 aucun progrès réel ne fut réalisé. J'avais alors d'autres projets en tête. J'avais renoncé à celui-ci, parce qu'il faut bien savoir renoncer à ce qui nous échappe.

Pour lors, étant en disgrâce, je n'avais qu'un devoir : me taire et attendre. Je craignais qu'on ne m'oubliât. On usait si vite les hommes dans ce service ! Wilhelm K... von B... en m'apprenant sa nomination à Madrid, me dit qu'on lui avait parlé de moi. J'appris plus tard que c'était lui qui avait parlé de moi. Le Führer était au courant. Il ne prenait pas notre cas au tragique.

— Je ne veux pas me priver plus longtemps de lui, je veux qu'il travaille, avait-il répondu au nouvel ambassadeur à Madrid.

La direction de mon service me fut rendue. Il s'était compliqué car depuis notre départ en Espagne la répression de l'opposition juive, en Allemagne et dans le monde, avait mis l'Allemagne dans l'obligation de créer un Centre d'Information pour la question juive. Nous recevions là tout ce qui se disait et s'écrivait à propos des juifs. Nous recensions nos ennemis et nos amis. Toute ligue antisémite, toute publication se rapportant à ce sujet étaient connues de nous. Nous établissions des contacts avec toute personne qui sur ce point partageait notre conviction. Il nous fallait une armée de traducteurs. Ce travail ne me parut pas aussi attrayant que les informations politiques. A vrai dire, ce que j'aimais surtout c'était l'information militaire. Mais je n'y avais plus droit, à Berlin, elle était réservée à l'armée.

Je repris mon travail, Bruno réintégra la Wilhelmstrasse. Il gagnait fort peu. Mon traitement, quoique considérable, ne s'augmentait plus de l'indemnité que j'avais touchée pour mes vagues fonctions au Reichstag. Il y avait à cela deux raisons : le Reichstag n'existait plus — il était parti en fumée. Et en allant à Madrid, j'avais perdu ma charge. Je n'osais, à peine relevé de ma disgrâce, réclamer son équivalent. J'étais donc fort pauvre.

On connaît Bruno maintenant, on devine qu'il ne diminua guère ses dépenses. Au début, il resta comme abasourdi par son aventure. Mais notre situation ne l'accabla qu'un moment.

Quant à moi, le choc fut tel que je vieillis d'un seul coup. Jusqu'à notre départ à Madrid, je ne paraissais pas avoir trente ans, bien que j'en eusse trente-cinq. En reprenant mon poste à Berlin, j'avais les tempes argentées d'un homme qui a passé la quarantaine. Bruno, du coup, eut dix ans de moins que moi. Ce changement dans mon apparence le frappa. J'y gagnai auprès de lui. Il eut spontanément des mouvements d'affection. Son regard exprimait parfois un repentir, une tendresse nouvelle. Je crois que, lorsqu'il me vit

284

régler en moins d'une heure cette dette immense, sans récriminer, simplement pour le tirer du pas, il fut ébloui. Il savait que pour mille francs, j'étais bien capable de faire une scène, mais en voyant que je n'en faisais pas pour un million et plus, il se sentit écrasé.

Il se fit plus doux, plus petit et plus mien.

Mais ses bons sentiments ne l'empêchèrent pas de reprendre peu à peu ses anciennes dépenses. Je lui faisais quelques reproches mais j'étais las d'en faire. Avec le temps, il me sembla que l'emprise que nous avions l'un sur l'autre devenait si profonde qu'aucune des réactions que les êtres ordinaires ont entre eux n'était plus possible entre nous, parce que nous ne formions qu'un être unique en deux personnes.

La première moitié de cet être unique avait le malheur de subvenir aux besoins de l'autre. Et c'était difficile. Je le dis à Bruno. Mais comme il y avait déjà plusieurs mois que nous étions revenus de Madrid, les images désagréables du Portugais, du « notario », et de ses sinistres acolytes s'étaient fort estompées. Une réalité plus agréable remplaçait cet affreux souvenir. Les musiciens avaient disparu — et d'autres. Leurs rangs s'étaient éclaircis, mais on était toujours gai. Bruno s'adonnait au piano plus que jamais et vraiment de mieux en mieux.

Un jour que nous étions seuls, il répétait un morceau si brillant, d'une chaleur, d'un mouvement tels que j'en fus saisi et conquis. Je lui demandai quel était ce morceau et de quel musicien.

— Comment, tu ne le connais pas ? C'est le *Caprice espagnol* de Rimski-Korsakov.

Et il se lança comme un fou dans ces pages éblouissantes, cependant que le plus amer déboire me remontait du cœur. Ah ! son « caprice espagnol » ! Ce n'était pas le mien. Mais je l'avais payé quand même.

J'ai toujours eu le respect de l'argent. C'est un outil d'une puissance respectable, mais d'une puissance facile et dangereuse entre des mains inexpertes. Quand je chapitrais Bruno, il me répondait avec impertinence :

— C'est justement entre des mains inexpertes et innocentes qu'il doit être, il s'en va en fumée et en musique et ne fait jamais de mal. Ce sont les gens réfléchis et calculateurs qui en font mauvais usage ou simplement un usage triste. Tandis que moi...

Et il me tendait la main, comme un mendiant. Je les regardais ses mains. Je les vois encore. Fortes, fines, blanches. Ses phalanges amusées, amusantes vivaient et parlaient. Ces mains faites pour les jeux, les jeux vifs, ou doux ou même brutaux. Leur paume se renflait sous le pouce vers le poignet qu'on sentait dur et resserré sur des fils d'acier pressés comme ceux d'un câble. Certains, fins et bleus, transparaissaient à fleur de peau et cachaient des cordages plus forts et plus profonds. Les doigts trop prestes du pianiste avaient une grâce ironique pour mendier, mais on les savait assez forts pour être capables de prendre.

Une fois, à Berlin, il me tendait ainsi sa main impatiente.

— Allons, donne, puisque ton argent ne servira qu'à bien faire.

C'est un coup de pied que je lui envoyai sans réfléchir. La pointe de mon soulier heurta les phalanges et fendit la peau au-dessus des ongles. Il se jeta sur moi et sous le coup de sa douleur, il me frappa au visage. Tous ces gestes furent si rapides, si irréfléchis que je ne lui rendis pas son coup. Nous restâmes face à face, décontenancés et soudainement très malheureux.

Je lui donnai aussitôt la somme qu'il me demandait. Il m'embrassa et sortit, les yeux brillants de larmes. Je m'effondrai dans un fauteuil. C'est moi qui étais blessé aux doigts et au cœur.

Me voilà encore égaré dans le récit de mes malheurs. Car cette ruine en fut un ! Bien que j'eusse repris mes fonctions à l'Information Politique, la paix n'était pas entrée en mon cœur. L'argent fuyait plus que jamais. Depuis notre disgrâce passagère, et à cause d'elle, je menais de mon côté une vie plus mondaine et plus dispendieuse. Je sortais, je fréquentais tous les salons officiels : c'est l'éternel moyen de minimiser les disgrâces, il faut se montrer partout avec les gens qui vous ont disgrâcié.

J'écrivis sous un pseudonyme transparent une étude sur l'Espagne, je fis répandre cette brochure. La Presse la trouva bonne et lui fit des emprunts. On m'en sut gré au ministère de la Propagande mais je n'en tirai aucun profit. Comme personne ne me l'avait demandé, j'avais dû couvrir les frais d'impression.

Des terreurs secrètes me saisissaient. Je m'éveillais parfois bouleversé, en rêvant que Bruno trouvait ailleurs l'argent que je ne pouvais plus lui donner. J'imaginais tout. Tout ce qui, dans le monde tel qu'il est, peut procurer de l'argent à Bruno — à Bruno tel qu'il peut devenir... Après une scène plus pénible que les autres, je m'étais endormi un soir, encore poursuivi par mes craintes. Mes sommeils sont ainsi traversés de

287

méditations imaginées dont l'absurdité n'est qu'apparente. Je sortis de mon rêve comme d'un accès de démence, je venais de rêver, que dis-je, je venais de voir Bruno épousant la fille du comte von Böhl — celui des houillères. Il était à Cologne, dans la cathédrale, et sortait du porche central. Sa femme en blanc, lui en vêtements de sport, culottes et bas tyroliens. Il jeta en l'air son chapeau vert en éclatant de rire comme un gamin. La foule l'acclamait. Sa femme le suivait à deux pas en arrière. Je n'étais pas invité, je me tenais au bas des marches parmi les badauds. J'étais même parmi les pauvres. Pourtant, c'est moi que Bruno regardait. Je m'avançais vers lui et j'allais le saisir et l'entraîner, mais le comte von Böhl, énorme, se plaça entre lui et moi et, du bout de sa canne, m'écarta. Je cédai docilement et rentrai parmi les mendiants. On me rejeta au dernier rang. Au-dessus de toutes les têtes, j'aperçus Bruno qui descendait en courant les marches de la cathédrale, sa femme empêtrée dans sa traîne le suivait sans pouvoir le joindre. Il courut vers une auto découverte. C'était notre Voisin blanche, celle de Langeval, celle de Marine et des étudiants. Ils étaient tous là, tous ! En vêtements de plage, en maillots de bain, en shorts, décoiffés, échevelés, secoués par le rire. Marine tendit la main. Bruno la saisit et sauta dans l'auto. Ils étaient partis ! Je regardais les marches du porche. Désertes ! Il n'y avait plus qu'un corps, à plat, visage contre terre et les bras en croix. C'était une croix noire. Je m'approchai et poussai un cri : je reconnus Mlle Chaverds, en religion sœur Amélie-Félicité. Je m'enfuis au bas des marches. Sur la dernière étaient assis le comte et sa fille perdus dans un rêve. Ils attendaient en regardant la terre, inutilement. Ils ne me virent pas. Je m'éloignai. Chacun de ces personnages vivait au milieu d'un désert... C'est tout.

Ce rêve me laissa dans un malaise qui dura plusieurs jours. Je craignais tellement les rêves où Bruno m'apparaissait ! Je ne sortais pas de cette vision torturante. Mais une idée en sortit qui ne fut pas vaine.

*

Mon travail m'absorbait beaucoup, non point par l'intérêt que j'y prenais, mais par l'attention et le temps qu'il exigeait de moi. C'était le grand moment de la persécution antisémite. Les journaux, les ligues pour ou contre, dans le monde entier ne parlaient que de nous. Le ministère de la Propagande venait dans mes services chercher ses informations et orienter ses campagnes de presse ou de radio. Le Comité aux Affaires juives épurait plus ou moins selon les réactions de l'étranger. Ce nouveau bureau me surmenait d'autant plus que je n'étais pas stimulé par une haine réelle contre les juifs. En Bavière et dans l'entourage de ma famille, je n'avais jamais entendu s'élever les couplets terribles qui étaient alors à la mode. Quant aux prêtres qui m'ont instruit, les juifs étaient pour eux les Hébreux de l'Histoire Sainte. Jusqu'à un certain âge, je crois bien que je n'ai accordé à ce peuple qu'une existence en quelque sorte métaphysique.

Mais enfin, il y avait des juifs. C'est un fait et non une considération métaphysique. Le Parti en fit une question politique. Il avait ses raisons. Mais c'était faire bien de l'honneur à ces persécutés que d'ameuter autour d'eux l'opinion mondiale. S'ils étaient tels qu'on le dit, le gouvernement du Führer avait les moyens de procéder sans bruit soit à leur expulsion, soit à leur... comment dirais-je, mettons évaporation. Mais le monde, et l'Allemagne en particulier, vécurent pendant au moins trois années dans le rabâchage des histoires juives. Que de temps perdu ! Je sentais bien la lourdeur de cette maladresse qui nous aliéna des amitiés déjà acquises, même parmi les juifs influents d'Amérique, d'Angleterre et de France. Cette question juive nous coûta plus cher que la guerre d'Espagne. Et ne rapporta rien.

Mais c'est en cela qu'on voit que Hitler sortait des masses et avait été porté au pouvoir par des suffrages populaires. C'est pour flatter cette masse où s'était développée la haine des juifs que des gens, peut-être aussi clairvoyants que moi, activaient, par ordre, la propagande antisémite. On offrait au peuple des persécutions. Ce qu'il y a eu de spectaculaire dans toute cette affaire m'a fait croire que ce n'était pas la persécution qui était nécessaire, mais son spectacle.

Lors d'une conférence de ministres au Bureau de l'Information, je fus prié de m'expliquer sur ce sujet. Je leur dis à peu près ce que je viens d'écrire. Aucun d'eux ne me répondit. Je dirai même qu'ils n'eurent pas l'air de me comprendre. En sortant, le petit ministre de la Propagande me prit à part.

— Pourquoi ne voulez-vous voir qu'un côté des choses ? Les juifs nous sont nécessaires pour le moment parce que nous n'avons rien d'autre à offrir au peuple. Attendez encore un peu, nous lui offrirons un meilleur gibier, vous vous en doutez ? Alors, donnons du juif, et espérons mieux... En outre, cette affaire nous permet de récompenser, sans grever nos finances, le dévouement des meilleurs ouvriers de la Révolution nazie et les Associations du Parti.

Cette explication ne me parut pas satisfaisante. On

aurait pu distraire le peuple sans ameuter tous les gouvernements étrangers. Dois-je ajouter qu'à dater de ce jour une fissure infime entama la confiance absolue que j'avais en notre Führer, je sentis fort clairement que les grandes tâches n'étant pas encore abordées, une faute dans la stratégie politique venait d'être commise. Et on s'obstinait à la rendre plus grave chaque jour. Avant de commencer la guerre, les persécutions spectaculaires avaient déjà créé dans tous les pays une ligue antiallemande. C'était l'amorce d'une coalition future. Je redoutai que, dans la guerre, nous eussions des stratégies aussi « spectaculaires ». Ces doutes ne m'eussent jamais effleuré deux ans plus tôt.

Mais les paroles de mon ministre éveillèrent en moi d'autres échos. N'étais-je pas, n'étions-nous pas, nous Uttemberg, parmi les meilleurs ouvriers du triomphe de Hitler ? Pourquoi ne pourrais-je prétendre à ces récompenses qui provenaient de la confiscation des biens impurs d'Israël ? Personne ne me semblait plus méritant. Plus d'un ouvrier de la onzième heure s'était déjà engraissé sans avoir encouru, comme nous, les persécutions de la social-démocratie.

Je fis mon enquête sur les confiscations. Je dus convenir, non sans peine, que les plus belles parts étaient déjà distribuées. Du temps que j'étais en Espagne à cerner Gibraltar, d'autres ici avaient fait le siège des banques et des firmes juives. Je leur reconnus dans leur entreprise plus de succès que je n'en avais eu dans la mienne. Au lieu de préparer des campagnes de propagande, j'aurais mieux fait d'apprendre comment on s'approche des biens d'Israël. Il n'était pas trop tard pour mieux faire.

Je tremblais plus que jamais à l'idée que Bruno ne se lassât de ma pénurie et qu'il lui vînt à l'idée d'épouser une riche héritière, comme je l'avais vu dans mon cauchemar. Il était alors en pleine possession de ses moyens pour tenter l'affaire. On l'avait déjà sollicité. Plus que moi. Mon air et mes façons, une certaine manière d'éconduire les premières offres m'en avaient pour toujours débarrassé. Bruno, lui, ne décourageait jamais les espoirs. C'est par mon entremise que les familles apprenaient le refus. Et elles me l'imputaient. Mon père venait de recevoir de deux familles des plus honorables et des plus fortunées des ouvertures à ce sujet. Il pensait que l'une des héritières serait ma femme, et l'autre celle de Bruno. Il me donna à choisir.

Il me parla de lui, de son âge, de sa fatigue ; il aurait voulu nous marier sans tarder. Il me parla de sa jeunesse ; il trouvait à je ne sais quoi, disait-il, que la nôtre était plus triste que la sienne. Il eût aimé, je crois, recevoir quelques confidences sur nos débordements.

— Et à Paris ? Je vous l'avais défendu, pourtant ! disait-il en riant. Où alliez-vous ?

Et il me cita des noms d'endroits où les gens se livrent à la débauche. Je lui dis que je ne les connaissais pas, que les Français m'étaient suffisamment odieux au naturel pour que je me dispense de les voir dans le stupre.

— Oh ! Mais il n'y a pas que des Français, il y a de tout, là-dedans.

Lors de cet entretien, je décourageai doucement son espoir de voir ses fils se marier. Je lui dis que la guerre menaçait de divers côtés — il n'en fallait pas parler, la mode était à la Paix — et que le moment n'était pas propice au mariage. Il se récria :

— Justement, mariez-vous tout de suite, ayez au plus tôt des enfants, j'y tiens. Et après, faites la guerre et ce qu'il vous plaira, mais il faut penser à ces enfants sans retard.

Je lui promis d'y réfléchir dès que j'aurais rétabli mes finances. Je lui touchai un mot de mon indigence, mais il parut être, à ce moment-là, frappé de la plus absolue surdité. Je revins à la charge, il tomba dans le mutisme et s'en fut. Je le regardais s'éloigner. Il avait les jambes enflées, il marchait mal. Son crâne et son visage prenaient une couleur vineuse, mais ses terribles yeux, sous leurs buissons gris, furetaient toujours dans le corsage des femmes. Il devenait gênant, en société. Il en perdait la parole et se mettait à bégayer pour peu que son regard se fût glissé entre deux seins, quels qu'ils fussent.

Il mourut deux ans plus tard, dans son lit et dans son sang. On le trouva baignant dans un flot de sang qui lui avait jailli du nez et de la bouche. Il n'y avait en dehors du lien filial rien de commun entre nous.

Sa visite avait orienté encore plus franchement mes pensées vers ce projet de mariage. A tel point que j'en étais arrivé à me faire à une idée qui pourra sembler stupide. Qu'on veuille bien ne pas me juger trop vite !

Voici mes pensées. Si Bruno se mariait, je le perdais. Mais si le mariage était pour nous, désormais, le seul moyen de retrouver l'aisance, il fallait choisir ce moyen, car rester pauvre, c'était perdre Bruno. Alors ? C'est moi qui me marierais, c'est moi qui serais riche. C'était dans mon rôle. J'étais mieux armé que Bruno pour écarter de moi, et de lui, l'intruse.

Avant de recourir à ce moyen en quelque sorte désespéré, je voulus tenter ma chance au partage des biens juifs. Je m'en ouvris à notre ministre. Il s'étonna qu'on m'eût oublié. Jouait-il la surprise ? Je l'ignore. Il mit cet oubli sur le compte de ma demi-disgrâce, un peu trop récente, il est vrai. Mais il me parut plein de bonne volonté à mon égard. Malheureusement, dit-il, quelques excès avaient été commis dans la distribution, et une légère rumeur de scandale avait transpiré dans certaines classes sociales. On mettait le holà à la distribution. Tant pis pour les derniers venus !

— Désormais, conclut-il, le Führer ne laissera plus les biens confisqués à la disposition du liquidateur, ni des personnes commises aux Affaires juives. C'est le Trésor qui en sera comptable et les attributions ne se feront qu'en Conseil des ministres, et après examen des dossiers des quémandeurs. Les Ligues du Parti, les Associations de Jeunesse allemande auront la priorité.

Je compris que l'affaire espagnole suffirait à faire écarter ma demande dans le cas où j'en présenterais une, et je compris surtout que les premiers pourvus désiraient mettre fin à la curée. L'occasion était passée, tant pis pour la justice ! Je le dis à mon ministre. Il me conseilla de m'adresser directement au Führer.

— Le Führer connaît mieux que personne vos mérites — il fera droit à une requête bien présentée. Je lui en parlerai. L'essentiel est d'être discret, mais, avec vous, la recommandation est superflue.

Je demandai l'audience du Führer. Il était aux manœuvres de l'aviation et ne rentrerait que deux jours plus tard. J'attendis donc.

Bruno, le lendemain, me parla de divers amis nouveaux. L'amour de la musique le menait un peu partout. Je fus étonné de l'entendre faire l'éloge d'une jeune fille d'une intelligence, d'un talent musical, d'une culture... enfin, un éloge à la Bruno. En outre, elle était très belle.

— Elle a tout, tout pour elle, je n'oserai lui faire qu'un reproche, dit-il, mais c'est pour toi une qualité, elle est presque trop intelligente et trop cultivée, elle manque de... jeunesse et elle n'a que vingt-trois ans. Cette fille a un côté génial, je l'admire, mais elle m'intimide. Pourtant, depuis que je la connais, je ne puis passer un jour sans la voir.

— Curieux, dis-je, que tu fréquentes des gens si bien.

Elle lui prêtait des livres. Il me les montra : *la Philosophie des Arts*, du penseur Karl Mendel-Basel, *Exégèse musical*, de Maurice Nathanson, *La Religion de Bach* d'après ses psaumes n°..., etc., par le chef d'orchestre Blumenfeld.

— Comment ? lui dis-je, mais tous ces livres sont interdits et c'est une jeune fille allemande qui les lit ? Qui est-elle ?

— C'est Sarah Gründewaldt, la fille des *Magasins Univers*.

Je ne pus rien dire, tant je ressentis intensément l'approche d'une nouvelle catastrophe. « Sarah, pensai-je, ce sera un caprice juif. Et c'est moi qui en ferai les frais. »

*

Le Führer me reçut. Il me parla de Gibraltar et me dit que l'affaire serait reprise et qu'il me la confierait. « Vous en ferez le siège d'ici même, me dit-il, et si les militaires ne veulent pas d'un diplomate, et bien, nous vous ferons militaire. Votre père — comment va-t-il ? — n'en sera pas fâché ? »

Puis il me parla de l'Espagne dont il était satisfait. Nos tanks y poussaient sûrement le général de Ayala au pouvoir. Il me parla de Dantzig, des Sudètes et de Vienne. Je crus bon de lui parler des juifs et d'introduire ma requête ; il n'aimait pas les requêtes parce qu'il n'aimait pas écouter. Il détestait qu'on parlât devant lui, même pour lui offrir quelque chose, à plus forte raison pour solliciter. Mais j'eus bientôt fait. Il se souvint alors de ce que lui avait rappelé mon ministre. Il me confia qu'on l'avait beaucoup agacé avec cette histoire des biens juifs, et qu'il ne voulait plus en entendre parler. Et il se lança dans un discours antisémite, toujours le même depuis Munich. Il roulait toujours ses yeux qu'il humectait facilement de larmes. Je me demandais pourquoi le plus grand homme d'État de l'Europe, et le chef absolu de la nation la plus puissante, se mettait en transes pour un auditeur qui était convaincu depuis plus de dix-sept ans. A Munich, en 1922, je comprenais qu'il tînt ce langage, mais ici, à Berlin, au faîte de la puissance ? J'étais seul. J'estimais que le Chef de l'Allemagne et de l'Europe perdait son temps. Cela me permit néanmoins de faire un rapprochement entre ses attitudes et les « comédies » que jouait mon père. Ils partageaient au moins ce talent de simulateurs et de mimes, tout en l'exerçant sur des théâtres différents mais à des fins également intéressées.

Tout en l'écoutant, je n'étais pas seulement inquiet pour sa tâche de Führer, je l'étais pour ma requête. Dès qu'il reprit du souffle, je la renouvelai, hardiment.

— Ah ! oui, dit-il. Eh bien, il est trop tard. Ils se sont conduits comme des porcs, comme de gros porcs de Poméranie. Ils se sont bourrés à crever, mais qu'ils prennent garde ! C'est fini. Tant pis pour les autres. L'argent juif ira aux Jeunesses Hitlériennes.

Je lui demandai si je devais considérer sa réponse comme une sanction.

Il me regarda, éberlué. Je crus qu'il allait me faire chasser. Par bonheur, nous étions seuls. S'il y avait eu des témoins, il eût joué une scène de colère et j'en aurais fait les frais.

— Que voulez-vous ? Exactement, que voulez-vous ? dit-il impérieusement.

— Rétablir ma fortune, car les Uttemberg n'ont jamais fait d'affaires depuis Versailles et la débâcle financière. Nous avons tous été au service du Parti, sans profit.

— C'est juste. Mais pour les biens confisqués, je ne reviendrai pas sur ma décision. Écoutez-moi. Vous êtes bien placé. Si un juif vous semble déloyal, faites-le saisir. Sachez ce que vous voulez ! Le liquidateur recevra mes instructions. Mais qu'il n'y ait pas de bruit autour de vous, car c'est à moi que vous rendriez des comptes. Je fais avertir le liquidateur et votre ministre. Allez !

Et je partis. Ce n'était rien, mais avec un peu d'adresse, cela pouvait devenir quelque chose.

Depuis notre retour de Madrid, la ruine, mais aussi l'ignominie de ceux qui m'avaient ruiné, m'accablaient. Je finis par découvrir, en me scrutant, que je voulais retrouver mon capital non seulement pour Bruno, mais aussi pour moi-même. J'avais subi un échec. Tant qu'il ne serait pas effacé, je vivrais dans l'angoisse du vaincu. Par hygiène mentale, je désirais me venger.

J'aurais voulu interdire à Bruno de revoir cette Sarah. Je lui dis, en prenant des détours, qu'on jasait un peu sur les *Magasins Univers*. Il y avait des plaintes contre Gründewaldt et Bruno d'Uttemberg, assidu d'un salon juif !

— Jamais de la vie ! s'écria Bruno. Ils ne sont pas juifs. Ils m'ont dit que leurs ennemis faisaient courir ce bruit, c'est faux. Je sais les noms des quatre grands-parents de Sarah : il n'y a pas de juif parmi eux, donc aux yeux de la loi elle n'est pas juive.

— Il y a peut-être des demi-juifs parmi ces grands-parents, ou des quarts de juifs. Cela suffit.

— A quoi est-ce que cela suffit ? Je ne te comprends pas, me dit-il. Ton attitude est stupide sur ce point.

— Cela suffit à leur créer des ennuis, répondis-je impatient, ils en ont eu et en auront encore.

— Ils ont payé assez cher pour qu'on les laisse en paix !

Ce mot fut un trait de lumière pour moi : « Ah ! ils ont payé ! Qu'ils paient donc encore ! Que Bruno serve au moins à réparer le dommage qu'il m'a causé ! » pensai-je. Sarah, en somme, pouvait être moins catastrophique que je ne l'avais craint.

— Sais-tu combien ils ont donné au Parti et à qui ? demandai-je.

— Je ne sais à qui, mais M. Gründewaldt a versé pour les œuvres. Il m'a même confié qu'il avait personnellement aidé deux grands dignitaires qui l'avaient protégé. Ses magasins n'ont jamais été pillés, et tu as pu remarquer que, si l'on jase, on n'écrit rien contre lui. Il est pourtant visible.

— Oui, dis-je, quelques dizaines de millions de marks, même en 1938, sont toujours trop visibles, et quinze succursales à Berlin, à Hambourg et à Dresde, à dire vrai, cela crève les yeux. Il y a des gens qui n'en dorment plus. Ils rêvent de s'occuper eux-mêmes des biens de M. Gründewaldt. Puisque tu es en confidence avec ce monsieur et sa charmante fille, tu peux leur être utile en leur donnant cet avis, amicalement.

— Mais c'est impossible ! s'écria Bruno. Il ne faut

pas les laisser spolier. Ces gens sont d'une parfaite loyauté et j'ajoute, d'une distinction, d'une culture... Et il reprit ses louanges.

Je le laissai aller un moment, puis je l'interrompis :

— Me connaissent-ils ?

— Ils ne t'ont jamais vu, mais ils savent parfaitement qui tu es. Ils n'osent pas t'inviter, bien entendu, mais ils t'admirent beaucoup.

— Ils n'ont pas tort, car je peux leur rendre un immense service.

— Lequel ? dit Bruno angoissé. Il me regardait avec épouvante. On aurait dit que c'était lui qui était menacé. Il commençait à comprendre.

— Inutile, répliquai-je, de bavarder sottement, répète à ton ami ce que je t'ai dit, et il comprendra plus vite que toi. Seulement je suis aussi un dignitaire. Sinon des premiers, je suis des seconds, et dans l'embarras.

— Mais ce sont des gens terrorisés, tu ne vas pas, toi aussi, les faire payer ?

Pour le coup, je me réveillai de ma torpeur :

— Et toi ? lui dis-je entre les dents, ne m'as-tu pas fait payer ? N'étions-nous pas sous la menace, chez ton notaire espagnol ? Faudra-t-il encore que je joue le terre-neuve chez tes amis juifs ? Allons, Bruno, va voir tes amis et tâche de m'aider. Sais-tu que nous sommes ruinés ? Ruinés comme personne. Et par ta faute ! Prends garde maintenant !

En retrouvant ma violence — et elle était juste — je retrouvai Bruno. Il ne répondit pas, mais je le sentis obéissant. Pour l'aider dans sa tâche, j'ajoutai plus doucement :

— Puisqu'ils me connaissent si bien, tu verras qu'ils comprendront vite. Et s'ils désirent mieux comprendre, invite-les donc ici, à dîner, veux-tu ? Vous ferez de la musique, avec Mademoiselle. Son père et moi nous vous écouterons... tout en parlant.

En rentrant, le surlendemain, je crois, j'aperçus un second piano. Je crus que Bruno, au lieu de s'occuper de nos affaires, avait imaginé une réunion musicale. Je me trompais. Il m'apprit qu'il avait invité dix personnes, que Sarah et lui joueraient ensemble sur deux pianos. Je le trouvai plus habile que d'habitude. Il avait peur.

— Qu'a dit M. Gründewaldt ?

Bruno rougit et se troubla.

— Qu'il était ruiné et ne pouvait espérer l'aide que de ses amis, d'aide désintéressée. Il ne peut plus payer. Il a donné tout ce dont il disposait, il en peut faire la preuve. Je le crois sincère. Mais il est heureux de te la fournir à toi-même.

— Une Fräulein Sarah Gründewaldt n'est jamais ruinée, dis-je. Tu le verras, Bruno.

J'avais demandé sur M. Gründewaldt et sur ses affaires une enquête, surtout auprès des banques. Leur nationalisation nous permettait de tout contrôler. Il était facile de savoir où l'on pouvait rejoindre la fortune de Gründewaldt. Je connaissais bien les chemins que prenaient les capitaux pour gagner la Suisse ou Paris ou Londres ou New York. Mais il fallait attendre plusieurs jours.

M. Gründewaldt était un petit homme un peu bistré, un peu grave, un peu effacé. Il n'avait pas plus de quarante-huit à cinquante ans. Ses paupières plombées glissaient lourdement, lentement sur des prunelles énormes, noires, éteintes. Il parlait avec douceur et avec une élégance un peu livresque. Ses mains ecclésiastiques modelaient ses paroles en parfait accord avec ses lèvres charnues et sa langue épaisse. Sa conversation était intelligente et agréable, mais un peu endormeuse en raison de sa prononciation et de ses manières. On avait toujours envie de répondre : Amen ! à la fin de ses phrases. C'était le type du bourgeois allemand libéral. Ce que les Français appellent le « Bon Allemand ».

Il m'intéressait énormément. Je me laissai séduire, car tel était son dessein, et le mien.

Je lui parlai de sa fille qui était assise à côté de Bruno. On avait laissé la mère à la maison — peut-être, n'était-elle pas sortable. Ce devait être une matrone. Mais Sarah était là. Elle était belle. Une sorte de biche, de gazelle plutôt. Elle en avait la gracilité, mais non la vivacité. C'était une gazelle léthargique. Elle semblait grande bien qu'elle fût de petite taille. Son buste était trop long. Debout, elle perdait un peu de son élégance, parce que sa démarche lente ne s'accordait pas avec les lignes pures, longues et frêles de ses bras, de ses mains, de son cou qui portait un visage exquis comme un camélia. Elle en avait le teint. Un nez fin, un peu busqué, et d'admirables yeux. Les yeux du père, fendus jusqu'aux tempes, d'un noir insondable, tour à tour éteints, languides ou brûlants. Elle jouait de ses lourdes paupières comme d'autres d'un éventail. C'était surprenant.

Ses cheveux noirs, partagés par une raie, cachaient ses oreilles. Sa chevelure la coiffait de deux ailes noires luisantes d'où tombaient, le long du cou, deux bijoux en grappes d'or et de perles, trop lourds. Elle était hiératique et c'est à peine si ces bijoux oscillaient quand elle se tournait vers Bruno. Il bavardait. Je surpris quelques regards qu'elle jeta vers lui quand il riait. Quelle condescendance pour ce jeune homme !

Elle avait deux mille ans d'avance sur lui et elle le savait.

C'est moi qu'elle regardait avec le plus d'attention. Mais je ne sus rien lire dans ses yeux. J'en conçus de l'estime pour son intelligence.

Je souris intérieurement en nous voyant, nous quatre, les deux Gründewaldt et les deux Uttemberg, parmi ces musiciennes et ces musiciens, qui continuaient à jouer ou à composer tout en parlant et en mangeant. Bruno cachait son inquiétude. Il bavardait pour amuser sa voisine qui l'écoutait de loin. Elle me surveillait et me sondait. Tandis que j'écoutais à peine le père qui cherchait à me flatter, j'évaluais Sarah. Je savais qu'elle serait la pièce essentielle de notre partie. Rien ne lui échappait et elle comprenait tout.

Le père parut très sensible aux compliments que je lui fis de sa fille. Il l'adorait, c'est sûr. Elle le lui rendait bien. Ces deux êtres si proches, si différents, si unis, étaient dans le monde non pas comme père et fille, mais comme un couple conjugal. A deux pas de distance, ils restaient joints et accordés. Je dis au bonhomme :

— Ah ! comme mon frère est heureux de pouvoir s'entretenir avec elle, et faire de la musique, et la voir chaque jour.

— Mais, Monsieur, ma maison vous est ouverte, vous viendrez tous les jours si vous voulez. N'est-ce pas, Sarah ?

Elle s'approcha de nous, il lui répéta ce que nous venions de dire.

— Monsieur est trop occupé, dit-elle, il n'a pas de loisirs à consacrer à une petite jeune fille encore étudiante.

— Il ne s'agit pas de loisir, Mademoiselle, vous êtes mieux qu'un loisir pour ceux qui vous voient et qui

302

vous écoutent. Vous leur apportez de grandes richesses. De tout ce que Bruno m'a dit, je suis convaincu, dès la première rencontre.

— Ah! Monsieur, elle joue divinement, s'écria le père avec ferveur. Avec votre frère, ils nous ont donné des soirées inégalables. Sarah! joue donc pour Monsieur, et pour ton père aussi, car le plaisir de t'entendre est toujours nouveau. C'est une fée!

Cette fée-là me semblait bien positive malgré ses talents artistiques. Le patriarche, orgueilleux et attendri, continuait son éloge pendant qu'elle s'installait à l'un des pianos et Bruno à l'autre.

Bruno l'attendait. Elle prit son temps, joignit les mains, s'étira les doigts, leva les yeux au plafond. Le tout avec un parfait sérieux. C'était quand même de la comédie. Ses deux mains en l'air, les doigts crispés, elle jeta sur Bruno un regard impérieux et ils attaquèrent.

Ce fut éblouissant. Bruno brillait plus qu'elle, mais, pour tout dire, il jouait trop personnellement pour servir le jeu de sa partenaire. On sentait une fougue, un sentiment, une foi dans son jeu qui emportait l'auditeur et même l'oppressait un peu. Tandis que Sarah jouait avec la perfection, la retenue, et l'intelligence d'un philosophe qui aurait été le maître de la technique du piano. Quand ils eurent plaqué leur dernier accord, le piano de Bruno semblait échauffé et frémissant de la vie de l'artiste. Le piano de Sarah retomba dans sa léthargie de meuble. Le visage de Sarah fit de même. Elle n'était ni rouge ni émue. Son regard sombre et lourd s'était renversé et regardait en elle-même. C'est probablement là que la musique vivait encore. Alors que Bruno projetait son art autour de lui, et le rendait vivant, elle l'analysait, le conservait dans les arcanes de son étrange et subtile intelligence où personne n'avait rien à voir.

D'autres musiciens leur succédèrent. Mais Gründewaldt et moi, nous nous étions retirés dans le fumoir pour parler. Il était venu pour mieux me connaître et je vis tout de suite qu'il cherchait à savoir quelle était en moi la fissure ou la faiblesse. Il me mitraillait de flatteries, mais aucune n'allumait la flamme molle de la vanité. Il s'essoufflait, et je le laissais faire.

En somme, j'avais au départ le même dessein que lui, mais le mien avait été réalisé : il avait suffi de lui parler des talents, de la beauté de Sarah, pour le voir fondre comme cire au feu. Je me répands fort peu en compliments, aussi les rares que j'exprime ont-ils une vertu singulière. Ils bouleversent ceux à qui je les fais. En quelques phrases, avec quelques regards, Gründewaldt fut persuadé que j'avais pour sa fille l'admiration profonde, la plus justifiée, et que Sarah était la femme la plus sensationnelle que j'eusse jamais vue. Il pensa sans doute que là pouvait être ma faiblesse. En fait, c'était la sienne.

*

Après cette rencontre, la musique nous réunit deux fois encore chez les Gründewaldt et chez nous. J'allai plusieurs fois au thé de Mme Gründewaldt. Enfin, le père organisa une grande soirée au cours de laquelle il ne me quitta pas. Il n'avait d'attention que pour moi. J'écoutais sa conversation en dormant.

Je contemplais pensivement Sarah. Lui, parlait sans

arrêt et confidentiellement. J'acquiesçais. Il me sentait en humeur de partager les craintes et les soucis d'une famille aussi intéressante. Le nom de Sarah revenait sans cesse : on eût dit que les *malheurs du temps* ne menaçaient qu'elle ; sa fortune, son avenir seuls étaient compromis. Il n'était pas question des *Magasins Univers* ni de la fortune de Gründewaldt. C'était pour Sarah seule qu'il tremblait. Il ne nommait pas ces menaces flottantes. C'est là ce que j'attendais.

— Croyez-moi, lui dis-je, Sarah n'a rien à craindre de personne.

Ses yeux s'allumèrent, l'espoir parut, mais je le rabattis.

— Ce n'est pas Sarah qui est menacée, c'est tout autre chose.

— Mais qui donc me menace ? Et pourquoi ?

— Vous le savez, puisque vous me dites depuis un quart d'heure que la vie de votre famille devient impossible à Berlin à cause de vos ennemis.

— Mais, me dit-il, savez-vous quelque chose ?

— Bien sûr, lui répondis-je, c'est pour savoir ce que vous comptez faire que je désirais connaître votre famille à laquelle Bruno m'a si bien intéressé.

— Et pourtant, je n'ai rien à me reprocher, et personne ne peut rien me reprocher. Le nouveau régime ? Que m'importe, je suis un commerçant, un père de famille, je travaille, j'obéis aux lois, etc.

Il se défendit longtemps de s'être intéressé en ami ou en ennemi au Parti Nazi. Il n'avait pas de parti. Il était pour le Commerce et pour la Famille. On connaît le discours.

— Il faut s'engager ! répondis-je. On vous tient pour un Allemand peu loyal envers le régime. Vous avez exprimé des jugements sévères sur ses mesures économiques et financières. Vous avez bien dit que « Hitler c'était la ruine » ? Vous avez bien, en nos débuts, manifesté le désir de transférer vos capitaux et vos affaires en Amérique ? Jusqu'à quel point ne l'avez-vous pas fait ?

Il était blême. Il nia tout. Du même ton persuasif et ronronnant, il me supplia de le croire et répéta ce qu'il m'avait déjà dit : « Je suis un Allemand loyal. Je donnerais ma vie pour mon pays. » Il ne parla pas de sa fortune. Je le lui fis remarquer. Il crut triompher.

— Mais, j'ai déjà donné ma fortune au Parti. J'ai tant donné que je n'ai plus de disponibilités. Je ne possède plus d'argent, je vis sur les bénéfices de mon affaire, au jour le jour.

Je le regardais en souriant.

— Vous ne me croyez pas. Je vous en fournirai la preuve. Puisque vous vous intéressez à moi, vous avez le droit de tout savoir pour mieux nous défendre.

Il n'attendait pas que je lui offrisse mon bras. Il le prenait. Je ne le retirai pas, mais ce n'est pas à lui que je désirais l'offrir et, pour le lui faire entendre, je lui dis :

— Je serais, en effet, navré que Sarah eût des chagrins. Je le supporterais mal ; et pourtant nous nous connaissons depuis trois semaines. Mais il m'a suffi de la voir et de l'écouter pour ne plus l'oublier.

Il retrouva son assiette.

— Vous pouvez beaucoup pour son bonheur, murmura-t-il, je le sais, et je m'en réjouis.

La soirée finit sur cette heureuse impression.

Les jours qui suivirent nous rapprochèrent bien davantage. Mon intimité avec le père faisait des progrès étourdissants. Mais Sarah se tenait dans une réserve assez dédaigneuse. Je ne m'en formalisai pas. Je lui fis de mon côté une cour réservée, mais assidue. Le père y mettait du sien. Il nous laissait en tête à tête des quarts d'heure entiers. Sarah me répondait à peine. Elle se mettait au piano.

— Ah! disait le père en rentrant, vous lui avez demandé de jouer ce morceau. Comme il est beau, n'est-ce pas?

Et Sarah se retirait dès qu'elle pouvait. Je répétais son éloge et son père parlait de ses affaires. Il me pressait maintenant de lui donner des garanties contre ses ennemis, mais je n'avais garde de m'engager. Il le sentit et s'étonna.

— C'est que, voyez-vous, il y a encore autre chose dans votre cas, lui dis-je d'un air embarrassé.

— Et quoi? Je vous ai tout dit.

— Pour quelle raison avez-vous donc appelé votre fille Sarah? Vous n'imaginez pas le tort que cela lui cause et vous cause.

Il prit la chose en riant et il me confia que sa grand-mère maternelle s'appelait Sarah, et que ce prénom était resté dans la famille en souvenir d'elle. Elle était pianiste, élève de Liszt.

— Vous avez dû entendre parler d'elle? ajouta-t-il.

— Je ne crois pas. Comment s'appelait-elle?

— Sarah Meyerson. Elle a laissé une méthode pour le piano.

— Ainsi, ce que l'on dit est vrai! Votre grand-mère était juive?

— Elle était Allemande et de vieille souche. Nous sommes tous Allemands et personne jusqu'à ces temps derniers n'a prétendu le contraire.

— Ça change tout, lui dis-je d'un air découragé.

Jamais je ne vis un homme plus défait. Son teint bistre tournait au vert. Ses joues grasses retombaient. Il vint à moi, me prit les mains et me dit:

— Je n'ai plus que vous. Si vous vous détournez de

307

moi, je sens que nous sommes perdus. Ils me prendront tout... même ma fille.

Je baissai la tête.

— Que faire ? lui dis-je. Réfléchissez à ce que nous pourrions faire pour éviter le pire. Je cherche de mon côté.

Je ne doutais pas que, stimulé par la peur, il ne devînt aussi inventif que le Grec Ulysse. Peut-être son invention rejoindrait-elle la mienne ? Qui sait ?

Deux ou trois jours plus tard, il fut rappelé à l'ordre dans un café du Kurfurstendam, interdit aux juifs, par des jeunes gens du Parti qui l'avaient reconnu. Bruno me dit que cet incident l'avait bouleversé. Le cas devenait pressant.

Je revis Sarah plusieurs fois sans son père. Elle faisait des efforts visibles pour se dégeler mais sans succès. Enfin, il fallut être plus clair que nous ne l'avions été jusque-là.

— Il me semble que vous n'êtes pas aussi gaie que lors de nos premiers dîners, lui dis-je, seriez-vous inquiète ?

— Un peu, me dit-elle, cela vous étonne ?

— Je ne puis croire que vous soyez inquiète pour les mêmes raisons que votre père. Ces soucis ne sont pas pour vous.

— Si, tous les malheurs de mon père sont les miens. Dans cette maison, nous ne sommes qu'un seul cœur. Je sais ce qui angoisse mon père, ce qu'il ne me dit pas, je le devine en le regardant et, si quelque chose m'échappe, je l'apprends en vous voyant, vous, Monsieur. Pourquoi ne vous dirais-je pas ces choses-là ? Vous aussi, vous les devinez aussi bien que moi.

— J'espère, lui dis-je, que vous voyez en moi un ami,

un soutien. Je ne suis venu vers votre famille, vers vous particulièrement, que pour vous être utile. Si par surcroît je vous semblais aimable, mes vœux seraient comblés.

Son regard se détourna. Derrière son front plissé et ses lourdes paupières rabattues, elle m'échappa. Les femmes de ce caractère ne pleurent pas ou, du moins, leurs larmes coulent à l'intérieur et leurs yeux restent secs. Ce silence me déplut.

— Un mot de vous m'encouragerait, ajoutai-je, je serais heureux de savoir si une intervention de ma part en votre faveur vous serait agréable.

Nouveau silence. Ma patience s'usait rapidement.

— Voulez-vous me signifier que je n'ai pas à me mêler de vos affaires ? Pour vous être utile, je veux bien vous obéir, mais au préalable, je voudrais connaître clairement vos intentions.

Elle releva lentement son front et me dit sans me regarder :

— Comment voulez-vous que je croie que vous désirez le bien de mon père, vous ?

— Et pourquoi doutez-vous de moi ? Il me croit bien, lui ?

— Il attend un miracle, mais il ne vous croit pas. Ce n'est pas la même chose.

Ce discours tenait bien les promesses de son regard et de sa physionomie.

— Je peux vous convaincre d'un mot. Ce n'est pas pour lui, c'est pour vous que je suis ici. Ce n'est pas votre père, ni la fortune de votre père que je désire sauver, c'est vous. Ne l'avez-vous pas senti ?

— Non, Monsieur, je ne l'avais pas senti. Mon père a cru le sentir pour moi, mais je n'ai pu partager son sentiment quand il me l'a confié.

— Il est plus attentif que vous. Vous n'accordez

donc aucune attention à ma personne ? Je vous suis si parfaitement indifférent ?

— Loin de là. Vous savez très bien que je vous observe, mais ce que j'apprends à chacune de vos visites, ce n'est pas précisément votre affection pour nous.

— Pour vous ! Pour vous seule ! Ne l'avez-vous pas senti ?

— Il faut nous aimer tous ensemble. Moi, je ne suis que la fille de mon père, de ma mère et la sœur de mes frères. Il faut nous sauver tous ou ne sauver personne.

— Si vous consentiez à être sauvée, nous pourrions ensuite sauver les autres. A l'abri du nom d'Uttemberg, il y a place pour ceux que vous aimez. Acceptez-vous mon nom ?

Elle se dressa et pâlit. Son regard flamboyait. J'avais touché au plus vif. Mais son mouvement fut si prompt, et si violent que je ne pus savoir si c'était un mouvement de joie et de délivrance ou un mouvement de haine. Elle ne dit rien sur le moment. Elle s'assit et regarda ses mains appliquées sur sa jupe noire. Elle se domina et me dit :

— Ainsi donc, mon père avait raison. Je ne pouvais croire qu'un homme comme vous, si engagé dans le Parti, dans ses doctrines, dans son succès, et dans ses bénéfices, puisse regarder vers nous, les vaincus, les ruinés.

— Vers vous seule ! dis-je, agacé par ce rappel de la tribu et par cette fierté.

— Vers moi ? Mais savez-vous que mon arrière-grand-mère est juive ? Que j'ai du sang juif plein les veines ! Regardez-moi ! Écoutez-moi au piano ! C'est elle, c'est Sarah Meyerson qui joue avec les mains de sa petite-fille. Ces mains, dit-elle, en les élevant au-dessus de sa tête, ce sont des mains juives, Monsieur. Alors que me voulez-vous ?

— Non, Sarah ! vous n'êtes pas juive. La loi ne vous reconnaît pas comme telle. Aucun de vos quatre grands-parents n'est juif. Il n'y a qu'un préjugé en raison de votre arrière-grand-mère, mais je me fais fort d'apaiser les mauvaises langues. Je ne me soucie pas de votre arrière-grand-mère.

— Je tiens à être sa petite fille, je ne vous le cache pas — et ma première fille s'appellera Sarah.

Je haussai les épaules. Sa première fille ? Elle n'était pas encore née. C'est la première sottise que j'entendais dire à Sarah.

Elle ne fit pas mystère qu'elle n'éprouvait à mon égard rien qui ressemblât à de l'amour.

— De la sympathie ? lui dis-je.

Elle secoua la tête en signe de dénégation. Quelle impertinence !

— Alors ? C'est mon congé ? ajoutai-je.

— Pourquoi ? Jamais de la vie. Si vous devez sauver ma famille, nous la sauverons ensemble. Seul, vous ne le feriez pas. Vous avez besoin de moi ? Je suis à vous. Vous pouvez le dire à mon père. Il sera soulagé d'apprendre que j'accepte votre proposition et la sienne.

Je restai sans parole. C'est elle qui commandait. Par bonheur, ce qu'elle voulait était aussi ce que je désirais. Pour la suite, je pris la résolution de ne plus l'intéresser à nos affaires car elle était une partenaire trop dangereuse. Le père suffirait pour conclure.

Avant de la quitter, je lui recommandai d'informer Gründewaldt de son heureuse décision et je lui promis de revenir le lendemain soir pour présenter ma demande en mariage.

— Plus tard, sans doute, éprouverez-vous de la

sympathie pour moi, et peut-être de l'amour, ajoutai-je, quand vous connaîtrez les preuves du mien.

— Ce sera de la reconnaissance, me dit-elle.

Même bien engagés, les jeux de mon destin ne sont jamais faciles. Comment m'avancer jusqu'au cœur de cette famille sans m'engager plus que je ne l'avais fait, et comment m'en retirer avec mon butin, tout en évitant un esclandre? J'avais bien plus à craindre du liquidateur et de mes rivaux qui convoitaient les *Magasins Univers*, que de la famille Gründewaldt. Le Führer me soutenait, mais sous condition...

Berlin devenait intenable. J'aurais aimé en partir. L'Anschluss, les Sudètes, Dantzig... Les défilés, la propagande... Chaque soir il fallait fournir d'arguments des nuées d'orateurs qui se répandaient à la Radio et dans les meetings. En cette année 1938, la politique étrangère prenait le pas sur la propagande intérieure, ou, du moins, nourrissait cette propagande. A l'intérieur, seule la question juive restait brûlante. L'incident qui avait bouleversé le père de Sarah à la terrasse d'un café élégant où il avait eu l'imprudence d'aller se montrer, ne pouvait paraître fortuit qu'aux yeux des naïfs. J'y vis le prélude d'une offensive de ceux qui voulaient ouvrir la succession de Gründewaldt. Il fallait les devancer, mais sans bruit.

Par ailleurs, cette offensive me servait, car, en développant la peur de mon protégé, elle le rendait plus malléable. Je crus bon de le pousser dans cette voie. Il fallait qu'il comprît que sa fin approchait. Je fis donc ajouter quelques lignes dans un article où la Propagande attaquait le commerce juif et je désignai les *Magasins Univers*. C'était bien risqué, car je stimulais ainsi le zèle de mes rivaux. Je résolus donc de tout régler le même jour. Le journal parut le lendemain de mon entretien avec Sarah. Je le fis déposer chez son père.

Le soir, c'est lui qui vint chez moi, tant il était inquiet. Cela ne s'est jamais vu : le père vint chez moi pour écouter ma demande en mariage.

Il était à demi mort. Mais il lui restait quelques réflexes de défense. Il m'accorda sa fille en trois mots et il en vint au plus pressé : célébrer le mariage, changer la firme et retrouver la paix.

J'accordai tout cela aussi rapidement qu'il m'avait accordé sa fille. Mais il restait à régler à quelles conditions le mariage serait célébré. Il me donna le chiffre de la dot. Je lui dis que je n'en voulais pas. Le coup faillit l'étouffer.

— Mais combien voulez-vous ? Vous savez que je suis ruiné ? Je vous l'ai prouvé, vous connaissez ma situation en banque.

— Il faut qu'en sortant d'ici, lui dis-je, vous ayez réglé toute cette affaire et dans les bonnes formes. Demain il sera trop tard. Vous êtes sous la menace d'une liquidation totale. Le journal de ce matin contient le faire-part.

— Totale ! Mais c'est impossible, les *Magasins* ne m'appartiennent pas. Je n'ai qu'une faible part des actions.

— Écoutez-moi, lui dis-je, je sais ce que vous possédez et vos ennemis le savent peut-être encore mieux.

Il se renversa dans un fauteuil et s'éventa avec son mouchoir. J'estimai qu'il était prêt à m'entendre.

De dot je n'en voulais pas car on croirait, ou l'on dirait, que j'avais épousé sa fille pour sa fortune. Je voulais toucher avant le mariage, le montant de cette dot. Je tenais à épouser une femme à égalité de fortune. J'apportais mon nom, ma protection, ma situation, j'étais en droit d'attendre cette marque de reconnaissance de la part de la famille qui tirait de moi un profit inestimable.

Il m'écoutait, bouche bée, mais il n'avait pas perdu ses moyens en ce qui concerne l'arithmétique.

— Dans ces conditions, me dit-il, le chiffre que j'avais fixé pour la dot de Sarah ne sera pas le même, car je ne puis vous verser une somme pareille.

— Vous me verserez le double, lui dis-je, avec le plus grand calme, et je vais vous prouver que vous pouvez aisément le faire.

— Quoi ? deux millions et demi de marks ? de la main à la main ? Mais personne à Berlin ne peut le faire aujourd'hui !

— Si, vous, monsieur Gründewaldt !

Et je lui dis ce que j'avais appris sur ses transferts de fonds à l'étranger. L'enquête n'était plus secrète, les autres savaient aussi.

— Vous perdrez tout, et vous êtes pour ce fait passible d'emprisonnement. Vous savez ce que cela signifie pour vous ?

En outre, je le convainquis de mensonge : il m'avait dit qu'il ne possédait qu'une faible part des actions des *Magasins Univers* et il en possédait soixante-sept pour cent. Il ne nia plus.

Il n'était pas dans mon intention de l'accabler. Je ne lui demandai pas toute la somme en espèces, mais une moitié en virement sur mon compte à Londres où il me restait une vingtaine de livres depuis le désastre de Madrid ! et l'autre en actions des *Magasins Univers*.

Il refusa. Je lui représentai que ce qu'il me donnait reviendrait en quelque sorte à sa propre fille et que les actions dont il se défaisait en ma faveur ne lui ôteraient pas sa majorité dans le conseil d'administra-

314

tion. Il aurait mes voix, je les lui déléguerais une fois pour toutes.

En regard de cette association pour ainsi dire familiale, j'évoquai le camp de concentration, après la dépossession totale.

— Et Sarah ne sera pas à l'abri. Elle est si violente dans ses propos ! Elle a une franchise terrible. Que lui arrivera-t-il ? ajoutai-je.

Après un silence, il me dit :

— Je vais essayer de faire ce que vous voulez, mais c'est peut-être la dernière signature que j'aurai à donner. J'ai peur ! J'ai presque aussi peur de vous que des autres.

Il était vert, les yeux larmoyants, la bouche distendue. Il me déplaisait.

— Comment, lui dis-je, j'épouse votre fille, vous me la donnez librement, et vous avez peur pour de l'argent ? Elle a plus de courage et plus de confiance que vous. C'est elle qui a raison et elle est prête à s'en remettre à moi.

— Elle vous l'a dit ? s'écria-t-il. Elle s'en est remise à vous ? Vous m'étonnez beaucoup !

— Hier, oui, elle a accepté avec une confiance totale. Elle m'a dit qu'elle et moi, nous vous sauverions tous et votre fortune également.

Il parut ébranlé. Il s'étonnait que Sarah m'eût marqué tant de confiance, mais le simple fait de l'apprendre le réconforta.

— Allons, dit-il, demain matin, nous mettrons ces affaires en ordre.

— Demain matin ? Vos ennemis seront à votre porte et je veux avoir le droit de les empêcher d'entrer. C'est ce soir ! C'est tout de suite !

Il eut la simplicité de me dire qu'il voulait s'entretenir avec Sarah avant de signer. Et puis, il n'avait

315

aucun des papiers sur lui. Tout était ailleurs. Où ? Hors de Berlin. Mais encore ? Dans une maison de campagne où il avait aménagé une cachette. Il redoutait les perquisitions.

— Allons-y, dis-je. Et je l'entraînai.

Il était près de onze heures du soir. En sortant, j'envoyai Bruno tenir compagnie à Sarah et lui faire savoir que son père et moi travaillerions une partie de la nuit.

Dans l'auto, Gründewaldt songeait. Nous roulions déjà hors des faubourgs quand il dit à demi-voix :

— Vous faites une belle affaire.

— Comment ? répliquai-je, savez-vous que ce mariage va me brouiller avec ma famille ? Qu'il me sera difficile de l'expliquer à mes chefs, à mes égaux, à mon frère ?

— Oh ! votre frère... Il ne vous en fera pas de reproche... si vous lui faites un beau cadeau.

Je préférai ignorer cette basse calomnie.

— Mais il y a le Parti ! Votre grand-mère Meyerson, on va me la jeter à la tête et les coups qui vous étaient destinés, c'est sur moi qu'ils vont tomber maintenant. Je puis les supporter et même les rendre, mais enfin, reconnaissez que le comte d'Uttemberg pouvait faire un plus brillant mariage — et même une meilleure affaire.

Je me renfrognai et je lui dis sur le ton le plus désagréable :

— Je vais vous déposer chez vous. J'irai au ministère de la Propagande où j'ai des rapports à revoir. Et nos relations en resteront là.

— Vous me jetteriez dans la gueule du loup ! Et Sarah ? L'y jetteriez-vous ?

— Vous ne voyez pas que je vous en arrache et que vous m'insultez par des soupçons continuels.

L'auto roulait entre des sapins noirs. La route luisait comme un ruban de métal mou. Ces arbres étaient plus chétifs que ceux de Schwarzberg. Des étangs et des landes de sable clair interrompaient la forêt de loin en loin. Au bout d'une heure, l'auto s'engagea dans un chemin sablonneux où elle n'avançait guère. Les lieux n'étaient pas rassurants. Avec tout autre passager ma voiture m'eût paru servir à une sinistre promenade.

Enfin, auprès d'un lac, une sorte d'isba bâtie de rondins apparut un instant dans la lumière des phares. Personne à Berlin ne savait que Gründewaldt possédât une cabane pareille ! Il alluma une lampe à pétrole. L'intérieur était aussi grossier que l'extérieur. Il n'y demeurait jamais. C'était humide, froid et puant. Gründewaldt se laissa tomber sur un billot qui servait de siège. Je m'assis sur un banc rustique, seul meuble de l'unique pièce. Dans un angle, une cheminée de brique où des papiers avaient été maladroitement brûlés. Le bonhomme, gêné, se leva de son billot de sapin et dit :

— Au point où nous en sommes, il n'y a plus d'importance à se cacher.

Et il ouvrit la paroi de rondins. Elle était double. Il joua avec la serrure d'un petit coffre-fort retenu dans une maçonnerie grossière qui garnissait l'espace compris entre les deux parois. Il en tira des papiers, des registres et des carnets de chèques.

Il fallut reprendre mot par mot, chiffre par chiffre tout ce que nous avions dit. Il reculait pas à pas. A deux heures du matin le chèque était établi. Il m'offrit de le faire parvenir à Londres par une voie très sûre.

— Aucune ne l'est davantage que la valise diplomatique ; c'est celle dont nous nous servons — bien que les autres ne soient pas négligeables.

Et j'empochai le chèque.

Je crus, peu après, qu'il allait falloir le détruire et le refaire, car, en évaluant les actions d'*Univers,* nous n'arrivions pas au compte fixé. Ou il fallait augmenter la somme versée par chèque, ou me vendre un plus grand nombre d'actions pour compenser. Il préférait garder ses livres sterling car on risquait moins de l'en déposséder. Il me céda donc quelques actions supplémentaires. Il établit, pour son banquier, l'ordre de me les « vendre ». Il éplucha tous les numéros de ses actions, un à un. Chaque fois qu'il les notait sur l'ordre de vente, des sueurs tombaient de son front. J'étais presque aussi fatigué que lui et je grelottais de froid.

Les carreaux de la lucarne se teintaient déjà d'une lueur jaunâtre quand nous en eûmes fini avec les chiffres. Mais il fallut encore essuyer un sermon et des reproches sur mes exigences. Je l'écoutais patiemment, mais, à mon regard, il s'avisa soudain que ses prétendus sacrifices ne l'avaient pas mis en meilleure posture devant moi. J'étais excédé par cette affaire.

Gründewaldt me demanda sans tarder la contre-partie de ses versements. Mais qu'il y mettait d'aigreur et de rapacité sournoise !

— Et le contrat, comment le fera-t-on établir ?

— Choisissez vous-même, dis-je. Prenez le régime le plus avantageux pour vous et ne me traitez plus de grippe-sous !

— Chez quel notaire ? Avez-vous une préférence ?

— Aucune. Prenez le vôtre, dis-je du ton le plus désintéressé.

— Soit ! Cet après-midi, si vous voulez bien. Il faut aller vite, vous l'avez dit vous-même.

Alors, j'éclatai. Je venais de passer une nuit en marchandages dans cette caisse de sapin pourri, en tête à tête avec cet homme insupportable et il me harcelait encore !

— Pour aujourd'hui, assez d'affaires ! répliquai-je.

Il tenait à tout régler du mariage avant le soir. Il exigeait que le mariage se fît dans le plus bref délai et qu'il fût annoncé le jour même.

Je fus sur le point de rompre, mais je crus plus sage d'attendre midi pour cela.

— De toute façon nous ne pouvons rien faire ici. Rentrons à Berlin, nous prendrons toutes dispositions là-bas.

Je l'emmenai prendre un petit déjeuner chez moi car il voulait à toutes forces voir Sarah. Il me fut difficile de l'en empêcher. J'y réussis en lui disant qu'il était dans de mauvaises dispositions, qu'il l'attristerait et l'inquiéterait, tandis que si nous allions chez le notaire, nous ferions établir le contrat le plus favorable à l'épouse, j'y consentais volontiers, et il aurait au moins cette nouvelle agréable à lui apprendre ainsi que la date de notre mariage.

— Quel régime ?

— Régime dotal, dis-je. Tous les biens de ma femme seront la propriété de Sarah Gründewaldt. Êtes-vous content ?

Cette concession le fit rester, il mangea assez bien et ne vit pas sa fille.

— Vous devriez téléphoner chez vous et leur dire un mot pour les rassurer et annoncer votre retour pour midi. Pas d'explications au téléphone — il y a des tables d'écoute.

Il m'obéit. Il avait l'air plus calme. Du temps qu'il se rafraîchissait et se rasait, je réveillai Bruno qui dormait encore à neuf heures. Je lui ordonnai de me faire appeler avant midi, soit à la banque où je devais me rendre avec Gründewaldt soit chez nous. Il fallait, lui dis-je, que ce rappel fût impérieux.

— Et comment faire ? demanda-t-il.

— Vois mon adjoint, et charge-le de me faire chercher : « Mission urgente ». Tu comprendras plus tard.

Je le laissai ahuri.

A neuf heures et quart, je poussai Gründewaldt dans
ma voiture et nous partîmes à travers les rues. Je
conduisais moi-même.

— Le notaire ne nous attend pas, lui dis-je. Nous
devrions lui téléphoner pour avoir un rendez-vous.

— Non, non, ce serait encore du temps perdu. J'ai
hâte d'être dans son étude. Nous commencerons à
travailler avec son premier clerc. Je le connais.

Je lui dis que l'étude n'ouvrait peut-être pas à neuf
heures et qu'un arrêt d'un quart d'heure à sa banque
ne nous ferait rien perdre. Sans attendre son avis, je le
déposai à sa banque. Il n'y avait pas de clients. Le
fondé de pouvoir nous reçut. Je tenais à ce que l'ordre
de vente des actions fût passé par Gründewaldt lui-
même. Il bouillait d'impatience, mais s'exécuta. Au
dernier moment, il voulut descendre dans les caves. Il
vérifia encore une fois chaque numéro, sur les actions
mêmes. Ses mains tremblaient un peu. Il oubliait le
contrat pour ses chères actions !

Le fondé de pouvoir sur qui je levai les yeux me
regardait d'un air sournois et inquisiteur. Mon coup
d'œil lui fit baisser la tête.

Enfin, Gründewaldt remit le paquet qui me revenait
au fondé de pouvoir, lequel, ne sachant qu'en faire, le
tenait à bout de bras entre nous et, hésitant, demanda :

— Mais c'est bien Monsieur qui est preneur ?

Comme Gründewaldt baissait la tête, je pris le
paquet.

— Parfaitement, je suis preneur.

Je signai un bordereau. Les actions m'apparte-
naient ! Il ne restait plus qu'à faire virer le chèque sur
la Banque d'Angleterre.

C'est alors qu'on vint demander au fondé de pouvoir d'informer le comte d'Uttemberg que le ministre le faisait appeler immédiatement. Je me levai, mon paquet énorme sous le bras, prêt à obéir à l'ordre de mon chef.

— Alors ? cria Gründewaldt, et le contrat ?

— Allez chez le notaire, je vous y rejoindrai à midi.

Et je partis. Le croira-t-on ? Je ne devais plus jamais revoir M. Gründewaldt.

La rapidité de l'histoire nationale, en ces années-là, se retrouvait dans celle des particuliers. Les victoires, les tragédies, les grandeurs et les misères se succédaient à un rythme qui essoufflait les êtres médiocres et les dispersait comme des feuilles sèches dans un vent d'orage. Les uns étaient jetés dans le plus violent tourbillon où ils étaient mis en lambeaux, d'autres s'élevaient jusqu'aux nues, d'autres encore, balayés dans les coins sombres et calmes, étaient miraculeusement épargnés et regardaient, en tremblant, l'approche de l'ouragan de fer et de feu.

Ce n'était pas Bruno qui m'avait fait appeler malgré ce qui avait été convenu. C'était le ministre lui-même. Il avait su par Bruno où me trouver. Il ne croyait pas si bien faire. Comment me serais-je tiré du pas, si je n'avais été requis au moment précis où je devais l'être ?

Dès que j'arrivai au ministère, on me fit entrer chez le ministre. L'amiral Canaris, qui dirigeait tout le Service de Renseignements, était là. Son accueil fut encourageant. Il me félicita de ce que j'avais fait en Espagne et il reconnut que, depuis mon départ, Gibraltar nous échappait, bien que la situation de l'Espagne nous fût plus favorable que jamais.

Il m'offrit alors de renouveler de l'autre côté de la planète ce que j'avais si bien commencé en Espagne. Il me promit son appui, des pouvoirs aussi étendus que je pouvais l'espérer, une indépendance à peu près totale à l'égard de l'ambassadeur d'Allemagne. Mais il fallait partir et travailler, car rien de sérieux n'était fait, et je devrais tout reprendre à zéro. Il ne me cacha pas que nous n'étions pas bien placés dans ces régions-là. Les Anglo-Saxons, la France et l'U.R.S.S. avaient truffé ces pays de leurs agents.

— Mais de quoi s'agit-il ? demandai-je.

— Singapour, me dit-il, et les Indes néerlandaises.

— Mais pourquoi me parlez-vous d'ambassadeur d'Allemagne ?

— Parce que votre centre sera Tokyo. Vous acceptez ?

— Quel sera mon titre ?

— Vous changerez de catégorie, vous devenez un militaire. Je m'en charge. Nos accords avec le Japon nous permettent d'entretenir une mission militaire à Tokyo. Vous en serez. Vous la commanderez — derrière un paravent...

Cette innocente plaisanterie me déplut, l'amiral n'avait pas la même aversion que moi pour les paravents.

— Et mon frère ? Il a toujours travaillé avec moi. Je le prends dans mon service.

Il parut moins enthousiaste.

— Laissons-le dans la diplomatie. Il est plutôt... civil, ce garçon.

— Il est pour moi le plus sûr des collaborateurs.

— Pas si sûr... A Madrid, il vous a joué un tour. Personne n'a voulu en tenir compte, à cause de vous, mais...

— On ignorait pour quelles raisons il se trouvait chez Lady W. F..., je vais vous le dire.

322

Et je lui découvris les avantages et les inconvénients des séances de piano.

Il sourit. Je crus avoir gagné. Mais il me mit en garde contre les aventures de ce genre qui tournent mal neuf fois sur dix.

Les avantages que me donnait ma mission étaient considérables. Je partais avec le grade de colonel. Ce n'était qu'un camouflage. « Vous avancerez vite, mais au début, n'essayez pas de briller. Votre carrière brillera davantage plus tard.

— Et mon frère ?

— Je n'ai pas pensé à lui. Vous y penserez. Je ne tiens pas à l'engager. Mais voyez à la Wilhelmstrasse, et je leur téléphonerai. Ils le placeront à Tokyo. Ainsi, j'ai votre accord ? Venez me voir demain et nous mettrons tout cela en ordre.

— Quand partirons-nous ?

— Dans six jours.

— Par quel moyen ?

— Par avion. A demain, à 16 heures.

Il sortit.

Je regardai mon ministre qui nous avait écoutés en silence. Il me dit :

— Il y a trois mois qu'il me demande de vous laisser partir. J'ai résisté, mais il faut maintenant prévoir que le feu prendra bientôt aux quatre coins du monde et ici, en premier lieu. Alors, allez voir ces singes jaunes puisque le Reich a besoin de leur concours. Ici, votre service marchera tout seul, il est bien lancé.

Comme je sortais, il me demanda, en ricanant :

— Et le flirt Gründewaldt ? Terminé ? Content ?

Devant mon air surpris, il haussa les épaules.

— Il n'y a pas eu de flirt, lui dis-je, simplement de petites transactions commerciales.

— Eh bien, tant mieux pour vous, me dit-il, car j'ai

le regret de vous annoncer que l'affaire Gründewaldt sera mise sous séquestre demain matin, et votre ami Gründewaldt est inculpé. Nous avons eu toutes les preuves de transfert de capitaux il y a deux jours. Énormes! Énormes! A Bâle et à Londres. Il n'y échappera pas cette fois. Il l'a bien cherché.

— Et les magasins? demandai-je.

— Oh! Rien n'est perdu. Ses actions, s'il lui en reste, seront redistribuées et le conseil d'administration reconstitué. C'était une excellente affaire qui vivra encore longtemps.

— Mais les actions vont baisser, c'est certain, et les dividendes aussi.

— Pourquoi? Nous veillerons à ce que les *Magasins Univers* soient aussi bien gérés que par le passé. Cela vous inquiète?

— Un peu, dis-je, je suis actionnaire.

Je crus qu'il allait s'étouffer de rire.

— Il était temps, juste temps! Mais vous avez réussi une bonne transaction. Gardez-les bien, vos actions, gardez-les! Elles monteront...

Je courus à la Wilhemstrasse. Je demandai si l'avion diplomatique pour Londres était parti. Il ne décollait qu'à treize heures. Je confiai donc mon chèque à un jeune ami de Bruno qui partait en le priant de le déposer le soir même à la Banque d'Angleterre. Ce qu'il fit. Et le virement fut opéré sur-le-champ. Le lendemain, rien n'était sûr.

Ainsi finirent mes relations avec les Gründewaldt. Les malheurs qui fondirent sur cette famille ne permirent pas de donner suite aux petits projets que Sarah et son père avaient échafaudés sur mon nom.

Je ne rentrai ce soir-là qu'à minuit, exténué. Ma joie contenue se répandit alors en moi et baigna ma fatigue. Mais j'étais vraiment à bout de forces. Et cette journée si bien remplie s'acheva dans une sorte de rêve. Je n'étais plus moi, je marchais sur des nuages, je marchais sur la brume qui s'étendait le soir sur le lac de Schwarzberg. J'aurais voulu réveiller Bruno, épancher mon cœur et n'avoir enfin à lui dire que des mots heureux. Mais j'avais assez de conscience pour m'apercevoir que je n'aurais pas su les prononcer. Je croyais me parler à moi-même et je bredouillais. Je laissai Bruno à son sommeil. Je me couchai en espérant pour le lendemain des joies immenses et plus positives. A peine étendu dans mon lit, je revis la liasse des actions *Univers*, et je songeai que je les avais portées avec moi toute la journée dans ma lourde serviette. J'eus la force de me relever, de saisir cette liasse et je la glissai dans mon lit. C'était un vrai mariage.

Pour moi un jour heureux n'a pas de lendemain. Je me levai très tard. Bruno n'était plus là. Je lui téléphonai pour le prier de venir déjeuner. Dès qu'il entendit ma voix, il raccrocha sans me répondre. J'en fus stupéfait. Je téléphonai ensuite à mon bureau. J'appris l'arrestation de M. Gründewaldt. L'événement avait eu lieu le matin à huit heures, à son domicile. Il m'avait fait appeler un peu partout où l'on pouvait me trouver, mais j'avais passé des consignes car il ne m'était plus possible de préparer, simultanément, un départ rapide pour le Japon et de m'occuper d'un homme qui s'était mis dans une situation désespérée.

Cette nouvelle, à laquelle j'étais préparé depuis la veille m'affectait moins que l'étrange attitude de Bruno. J'eus alors le pressentiment que ces deux incidents n'étaient pas sans relation.

Je rappelai Bruno en disant à la téléphoniste que j'avais la plus importante des nouvelles à lui apprendre. Il ne se dérangea pas. Je demandai le directeur du Département français et le priai de convoquer Bruno dans son bureau pour apprendre une nouvelle des plus graves concernant sa carrière et la mienne. Il refusa de me parler au téléphone.

Si j'avais laissé Bruno à lui-même, il ne m'eût pas adressé la parole pendant trois mois — à moins qu'il n'eût des dettes à payer. Or, nous avions six jours pour tout régler.

Je sortis, j'allai le rejoindre à son bureau. Il venait d'en partir pour rentrer chez lui, me dit-on. Enfin, je le trouvai à la maison. Il ne marchait pas, il courait dans le salon en tous sens. A peine fus-je entré, qu'il éclata en injures et en reproches contre moi, contre le liquidateur, contre la Commission des Affaires juives, et enfin contre le Führer. J'eus le temps de lui appliquer ma main sur la bouche pour étouffer ses insolences. Les murs, même les miens, avaient des oreilles et je n'étais pas sans ennemis dans le Parti. L'affaire Gründewaldt allait m'en créer de tout nouveaux, et de vrais ennemis, quand ils s'apercevraient que trente-cinq pour cent des actions *Univers* étaient ma propriété. La moins discutable des propriétés, bien que la plus récente.

— Tu perds la tête, lui dis-je calmement. Veux-tu rejoindre tes compromettants amis ? Sais-tu qu'ils ont frustré l'Allemagne de dizaines de millions de marks.

— Menteur ! Vous êtes des menteurs, me dit-il, c'est vous qui l'avez volé. Et toi, le premier.

— Il m'a récompensé pour une aide que je n'ai pas eu le temps de lui fournir. Et par sa faute, ajoutai-je, parce qu'il a tellement lésiné qu'il a trop attendu.

— A d'autres ! me jeta-t-il hargneusement. Je te connais trop pour te croire. Tu ferais écorcher vifs les gens et tu leur démontrerais que c'est par dévouement pour eux. Tu es l'être le plus faux de ce parti d'arsouilles.

Il n'avait pas à me juger. Je lui rappelai que si j'avais été dans l'obligation de fréquenter ces gens — et de les écorcher un peu — c'était par son entremise. C'est lui qui avait préparé notre transaction, et c'était à cause de lui que j'avais été contraint de refaire ma fortune. Il l'avait oublié ! Il avait oublié son rôle dans l'affaire, lui, leur ami et l'entremetteur ?

— Crois-tu, imbécile, que ta Sarah ne te déteste pas autant qu'elle me déteste ? Crois-tu qu'elle est dupe de ton jeu ? Tu es à ses yeux mon complice, et peut-être te méprise-t-elle plus qu'elle ne me hait.

Il s'assit ou plutôt il s'affaissa. Il avait enfin compris.

Mais je ne voulais pas que nous gâchions davantage ce qu'il y avait d'heureux dans notre situation. Je lui parlai d'un avenir brillant qui s'ouvrait devant nous, du voyage et enfin d'une large aisance que mes fonctions nouvelles allaient nous donner. Je ne dis rien des dividendes de Gründewaldt. Le mieux, de toute façon, était qu'il les oubliât. Plus tard, quand le souvenir de Sarah se fut estompé, rien d'ignominieux ni même de désagréable ne demeura attaché aux dividendes de ces actions. Quelques mois suffirent à blanchir sa conscience et à désinfecter l'argent des Gründewaldt.

— Bruno, il vient de m'arriver une grande joie et nous allons la partager.

Il boudait encore. Il ferait semblant de bouder pendant encore longtemps, mais je savais que je l'intéressais. Il m'écoutait, il me suivrait.

Je parlais de ce voyage magnifique : Constantinople, Bagdad, Bombay, Calcutta, Bangkok, Shanghai, Pékin, Tokyo. Là-bas nous pourrions rayonner vers la Chine et vers le Sud, vers les îles de la Sonde. Quels climats ! quelle humanité nouvelle ! d'une vieille et précieuse civilisation. Nous allions découvrir des âmes et des arts inconnus. Je lui disais ce qui lui plaisait. Car j'avais bien autre chose à faire qu'à collectionner des soies peintes, des jades, des ivoires ou des porcelaines. Mais lui, il se voyait déjà parmi les trésors. Derrière son front buté, je savais ce qu'il imaginait. Je le sentais attentif jusqu'à la pointe de ses cheveux dont une mèche rebelle formait un épi pâle au sommet de sa tête et qui frissonnait comme une aigrette électrique au moindre mouvement. Je décrivais l'Orient et m'enchantais moi-même avec un accent de joie et de confiance et la petite aigrette d'or, en frissonnant, me donnait raison.

— Et tu sais, Bruno, c'est tout de suite ! Nous partons dans six jours. Par avion.

— Je ne sais si je dois partir, me dit-il, d'un air digne et important.

J'aurais pu être inquiet, mais la comédie de la dignité et de la suffisance est celle qu'il joue le plus mal. Néanmoins, je m'efforçai de paraître dupe. Je le ramenai doucement vers son naturel et je lui permis ainsi de consentir au départ. Il le fit avec une mauvaise grâce affectée, bien qu'il l'eût déjà accepté avec joie dans le secret de son cœur. Ce cœur qui n'a pas de secret pour moi.

Je lui dis que ses derniers jours ici allaient se passer en achats, en adieux, en plaisirs, que j'allais aplanir tout ce qui pouvait le gêner. Je lui ouvris même un crédit important sur les avances qu'on m'accordait.

— Mais que feras-tu là-bas ? me demanda-t-il enfin, du ton le plus indifférent.

Cette question me ravit. Son consentement était en vue.

Je lui dis que je quittais la Diplomatie, et même la Propagande. Il me regardait, les yeux grands ouverts. Il ne pensait même plus à singer l'indifférence.

— Je deviens militaire, dis-je gaiement.

— Ah ! Pas moi. Jamais !...

— Eh bien ! Je ferai tout ce que tu voudras. J'insisterai de toutes mes forces et on te laissera dans la Diplomatie, mais j'aurai du mal.

— Si tu obtiens cette faveur, j'accepte de partir, mais à cette condition seulement. C'est un énorme sacrifice pour moi de quitter Berlin, et s'il me faut subir l'uniforme et la discipline, je ne pars pas. Débrouille-toi !

— Je sais, lui dis-je, que tu fais un sacrifice. Je sens que je réussirai à te faire maintenir dans la Diplomatie.

Et je lui signai un chèque pour commencer ses achats. C'est ainsi que s'évanouirent entre nous les derniers fantômes de la famille Gründewaldt.

Pendant ces six jours, je réglai au mieux la situation de Bruno. On le laissa partir sans difficulté. Il n'était, en vérité, indispensable nulle part. A Tokyo, on lui trouva une place. Son avancement n'était pas très visible, mais il n'y regardait pas de si près, et moi non plus. Il serait près de moi, c'était l'essentiel.

*

Rien n'est plus dépourvu de pittoresque qu'un voyage comme celui qui nous conduisit à Tokyo. De l'Orient, de l'Asie, je ne vis rien que des aérodromes, des nappes de terres plus ou moins calcinées, plus ou moins vertes, des nappes d'eau plus ou moins bleues, plus ou moins brillantes. Je vivais dans mes pensées.

En plus des miennes, j'emportais celles de l'amiral Canaris. Pendant les six derniers jours, je passai de main en main, dans ses bureaux. Chaque chef de service déversait sur moi ses instructions. Il suffisait que j'enregistre. Je comprendrais plus tard. Dans le ronronnement de l'avion, j'essayai de le faire. C'est ainsi que, prisonnier de mes réflexions, je ne vis rien de ces pays, au demeurant monotones et vides.

Bruno avait assez d'imagination et de souvenirs de lectures pour les diversifier et les peupler à son gré. Quand il n'avait rien à contempler, il confiait son amusement à des relations de voyage. A partir de Bagdad, il se consacra entièrement à un jeune ménage de planteurs de Saigon qui revenaient de France. En cinq jours, ils se lièrent si intimement que j'en fus blessé. A Shanghai ils se séparèrent. Ils se promirent de s'écrire, de se retrouver. Ils étaient tous trois dans une mélancolie qui les tint au bord des larmes. Ils se tenaient les mains. Enfin... ils s'embrassèrent. Je ne pus m'empêcher de leur tourner le dos. Ce fut le seul incident de voyage, mais l'agacement qu'il me donna m'indisposa.

La vie à Tokyo, nos visites faites, fut des plus dépourvues de fantaisie qui se puissent imaginer. Je perçus sans tarder cette tristesse inquiète du peuple nippon qui finissait par déteindre sur tous les Européens qui habitaient la capitale. La ville n'est qu'une contrefaçon yankee de ville moderne ; quant aux quartiers anciens, je les vis une fois pour toutes et je rentrai dans mon bureau.

Quel travail immense m'y attendait ! Je fus parfaitement bien accueilli et soutenu par mes adjoints. L'amiral avait dit vrai. J'étais le maître. Il ne manquait qu'une tête pour coordonner les réseaux qui existaient déjà en Extrême-Orient. L'amiral avait choisi la mienne.

La fin de l'année 38, je la passai dans mes papiers. En 1939, au printemps, je fis un voyage à Shanghai. Puis un second à Saigon et à Singapour. On me pressait à Berlin. Les événements d'Europe allaient encore plus vite que mes travaux, et nous étions loin, en Extrême-Orient, de pouvoir comparer notre guerre sourde, à celle que menaient dans ces pays lointains l'Angleterre et surtout la Russie.

Enfin, pourquoi cacherais-je qu'il y avait dans ma situation, un inconvénient des plus graves ? Il était surtout moral, mais il était paralysant. Berlin et Tokyo entretenaient officiellement des relations amicales, mais en fait le gouvernement nippon ne considérait les agents allemands que comme ses serviteurs. Tout le fruit de nos travaux semblait leur être dû. C'est pour eux que nos services travaillaient. J'avais autant de mal à échapper à leur surveillance qu'à celle des Anglais, et j'éprouvais plus de difficultés à leur soustraire certaines informations, notamment les relevés des plans qu'ils réussissaient fort mal, que je n'en éprouvais à les obtenir. C'était pour moi un crève-cœur.

Ces Japonais nous détestaient profondément, comme ils détestaient tous les Blancs. Les Yankees, en somme, les connaissaient mieux que nous, et, en dépit

331

de leur rivalité, l'ambassadeur de Washington, s'en tirait avec plus d'habileté en jouant son rôle d'ennemi éventuel que nous en jouant celui d'alliés.

A mesure que l'issue de la guerre en Occident se révélait plus incertaine, mon service au Japon devenait plus servile, car le prestige d'abord éblouissant de nos armes en 1940 peu à peu se ternit. Nos forces décrurent, notre gouvernement nous soutint moins énergiquement et nous glissâmes bientôt sous la dépendance de l'amiral Kioto. Cette humiliation fut comme l'amer présage de la défaite et de la servitude.

Pourtant, jamais je n'apportai à mon pays de meilleurs gages de mon dévouement ni de plus fructueux. A Gibraltar, j'avais échoué sans avoir pu prendre ma revanche. Mais à Singapour, j'ai réussi, et le Reich n'en a pas eu de profit.

Je fis deux séjours dans cette ville. Elle me parut remarquablement bien tenue. Ses avenues, ses jardins, ses gazons, la beauté de la végétation, un air de luxe assuré : c'était une forteresse britannique, mais d'une tout autre espèce que Gibraltar. Celle-ci était un roc défendu par des soldats comme un monastère en Terre sainte l'était par un ordre de chevalerie. Celle-là était aménagée pour des fonctionnaires aimables, insouciants et ignorants de l'Europe.

Singapour n'était pas une forteresse militaire. Pourtant on le prétendait. Et elle le croyait. Elle en avait l'appareil mais n'en avait pas l'âme. Singapour était la plus magnifique forteresse de l'ancien colonialisme, de la vie élégante, fastueuse et décorative des grands fonctionnaires, des opulents planteurs, des nobles aventuriers, des militaires rouge et or, blanc et or, azur et or. C'était la forteresse du golf, du polo, des bars d'acajou, des préséances, des intrigues d'amour et d'argent. C'était le paradis perdu. Elle croyait survivre à la Compagnie des Indes et à la reine Victoria. Elle aussi était morte et ne le savait pas.

L'Europe, c'est-à-dire le bassin de la Tamise, n'existait que pour déléguer des fonctionnaires, des officiers, des marchands qui régentaient les Indes — toutes les Indes. Ces Messieurs ne savaient pas que l'Angleterre redevenait un tout petit pays et que des continents énormes allaient, en bougeant, étouffer la plus minuscule des nations, La Nation blanche, dont l'Angleterre n'était qu'une province.

J'entrevis clairement ce danger. Il était d'autant plus grand que l'Europe était incapable de le concevoir. Je me demandais à plusieurs reprises si le nazisme n'avait pas fait fausse route, et si au lieu d'entreprendre la conquête de l'Europe, il n'eût pas été plus raisonnable de la convertir d'abord et de partir ensuite, tous ensemble, à l'assaut du monde ?

Mais les gens du Parti n'avaient ni le sens, ni le respect, ni la connaissance de l'Histoire. Comment auraient-ils bien conçu l'avenir ? C'est le vice rédhibitoire des régimes nés de la plèbe.

Hitler a traité l'Allemagne comme s'il l'avait enfantée et l'Europe comme si elle était à faire.

Mais à quoi bon parler d'un monde anéanti ?

Bruno, sous un nom français, passa dix jours à Singapour en 1941. Dix jours enchanteurs. Il y retrouva ses amis de Saigon qui avaient fui l'Indochine pour ne pas vivre sous l'occupation japonaise. Ce voyage lui fit faire quelques réflexions. Je ne lui dis rien de celles que j'avais faites, mais c'étaient les mêmes. Il comprit que Singapour était mal défendue.

Et il le déplorait, peut-être. Car il avait pris les Nippons en haine. Là-bas, les ennemis c'étaient eux, même pour nous. Il fallait surmonter cette haine et se dire qu'il n'en était pas ainsi à Berlin.

Singapour est tombée entre les mains japonaises après une résistance insuffisante le 15 février 1942. Je l'avais prévu. Sous ma direction des officiers allemands de la mission militaire au Japon avaient en détail préparé ce désastre. Quand tout fut prêt, au lieu de mettre les troupes nippones sous notre commandement afin de prendre Singapour au nom du Führer, c'est nous qui dûmes livrer nos plans à l'État-Major nippon. C'est le Japon qui a tiré gloire et profit de notre savoir militaire.

Ma meilleure œuvre m'a donc été confisquée. La chute de Singapour a, peut-être, encouragé l'opinion publique en Allemagne, mais ce ne fut rien au prix de la joie du peuple nippon qui donna à cette ville le nom de *Shonan — Soleil levant.*

Le soleil se levait en effet sur la défaite de l'Europe.

Dès lors, je sentis que je n'étais plus à ma place et que le Reich déclinait. Il est étrange que ce soit une défaite de nos ennemis qui m'ait averti. Elle venait après une autre défaite de nos nouveaux ennemis, les États-Unis. Lorsque la flotte américaine fut si sévèrement frappée à Pearl Harbor, deux mois à peine avant la chute de Singapour, je savais que ces victoires éclatantes du premier jour, dues à la surprise et à l'astuce, ne faisaient que durcir l'adversaire. En Extrême-Orient, j'étais dans la plus cruelle situation, je ne pouvais me réjouir d'aucune victoire. Celles des États-Unis accablaient ma patrie, celles du Japon accablaient ma race.

334

Chacun sait la suite. Cette même année, 42, vit le débarquement allié en Méditerranée : vue de Tokyo, l'Europe était déjà attaquée. Puis, Stalingrad... Puis l'attaque du Japon par air, les bombardements et les incendies de ces villes de bois et de papier. Dans les cieux enflammés et noircis par les fumées, je revis le terrifiant cavalier noir, martelant l'humanité vautrée dans le sang. La Mort et le Diable. Depuis mon enfance, je les attendais.

J'étais vaincu par la folie des gens de rien qui formaient l'entourage du Fürher et le poussaient selon sa pente : les palabres, les visions, les incohérences, tout ce que j'avais entrevu lors de nos premiers entretiens à Munich.

Je ne méritais pas la défaite. Mais la grandeur d'un châtiment est moins dans la douleur qu'il nous inflige que dans son injustice. Je suis le plus cruellement puni des Allemands parce que je suis celui qui méritait le moins de l'être.

Pour mettre un comble à la détresse où la catastrophe nationale m'a jeté, j'ai encore souffert par Bruno. Pour la dernière fois. Je ne puis ni revivre ni redire ce que j'ai éprouvé. Après le coup, je ne suis plus vivant moi-même.

Il est parti, un matin, pour Yokohama, dans une voiture militaire. C'est moi — oui, c'est moi ! — qui l'avais envoyé là-bas, à ma place. Il devait me rapporter quelques papiers que je ne voulais confier à personne. Mais pourquoi l'ai-je envoyé à ma place ?

Depuis des mois, nous vivions autrement. Finies, les collections de « chinoiseries ». Il avait emballé toute sa cueillette dans des caisses. Les Américains n'ont eu qu'à les embarquer. Finie, la vie sottement mondaine. Finies, les dépenses frivoles.

Il lui restait son piano. La musique survivait à tout et magnifiquement. Je le reconnais : Bruno a eu un grand talent, un très grand talent et il ne l'a eu que pour moi. Je le lui ai refusé jadis à Schwarzberg, peut-être parce que je n'en connaissais pas toute la profondeur, mais plus encore parce que j'en avais peur. J'avais peur de son talent parce qu'il était vrai. Desvalois ne s'était pas trompée : elle aimait assez Bruno pour le connaître à fond et de cette sorte d'amour français que je déteste et qui voit tout et qui juge tout, même dans ses transports.

Bruno a joué pour moi, en 1942 et en 1943, comme deux ou trois êtres au monde de nos jours savent jouer du Bach ou du Mozart ou du Chopin. Il n'est venu à Bach qu'à la fin, mais d'emblée il en sut tout exprimer. J'étais atterré en l'écoutant. Bruno me parut alors très grand et je me sentis amoindri près de lui. Pendant qu'il jouait, je me glissais derrière sa banquette et quand, fatigué, il laissait pendre ses mains, je les prenais et les baisais. S'il m'avait frappé alors — et il aurait dû me frapper — j'aurais dit merci. Oh ! que ne m'a-t-il frappé de ses mains merveilleuses, de ses mains mendiantes, menteuses et inspirées, de ses mains habiles et bienfaisantes ! Je sombrais, lui s'élevait.

Je ne l'ai jamais tant aimé.

La veille de son départ pour Yokohama, après notre dîner solitaire, nous restâmes longtemps ensemble. Ces longs tête-à-tête étaient de plus en plus fréquents dans notre exil. Nous souffrions d'une nostalgie déchirante de Schwarzberg. Nous en parlions, nous y pensions silencieusement l'un près de l'autre. Cette maladie de l'âme se manifestait comme une vraie maladie.

Le soir surtout. Nous nous asseyions l'un près de l'autre en nous pressant, sur un divan où nous nous réchauffions comme deux enfants grelottants et fiévreux.

Nous avions froid au cœur.

Bruno, ce soir-là, reparla de Desvalois, de la France. C'était insolite. Je n'en fus pas surpris. J'avais, peut-être, moi aussi, besoin d'en entendre parler. Il évoqua même Marine et je l'acceptai. Ses paroles étaient douces et musicales.

— Au fond, en dehors de Schwarzberg, il n'y a aucun autre pays que la France où j'aurais pu vivre sans nostalgie.

— Tu ne connais pas tous les pays, lui dis-je, et tu regrettes celui-là parce que tu y as eu vingt ans.

Il resta silencieux, il réfléchit et finit par me dire :

— C'est parce qu'on m'y aimait mieux qu'ailleurs. Les êtres que j'ai le plus aimés, Maman, Mademoiselle et Marine, je les ai aimés en français. C'est la langue de mon âme.

— Oh ! Bruno, tu m'as oublié.

— Non, je pense à toi et c'est en français que j'y pense, comme aux autres...

Je le regardai. Son visage était encore celui de ses dix-huit ans, transparent et rêveur avec une trace de sourire au coin des lèvres. Mais il avait ce soir-là une charge de pensée que je ne lui avais jamais connue et un voile de mélancolie cachait pour toujours ce sourire.

Le matin, il partit de bonne heure. A midi, mille bombardiers américains incendiaient Yokahama. J'y courus. Je cherchai mon frère pendant deux jours dans le feu, dans l'eau, dans la boue, dans tout et partout. J'ai trouvé des lambeaux de vêtements et quelque chose qui les avait salis. J'ai retrouvé sa bague. Elle retenait dans son anneau des fragments de chair et d'os qui avaient réveillé sous les touches d'ivoire Bach et Mozart. C'est tout ce qui restait de mon miracle. Je me suis traîné à genoux pour baiser la terre qui avait bu mon sang avec celui de Bruno.

Pour moi il n'y eut ni catastrophe d'Hiroshima, ni bombe atomique, ni quoi que ce soit. Le monde était mort.

Me voici.

J'écris ces derniers mots à Yokohama, devant la fenêtre du major W. J. H. Becker, mon maître. Il va rentrer. C'est son heure. Il me saluera familièrement et me rappellera, comme chaque jour :

— N'oubliez pas le courrier pour dix-huit heures ce soir.

Je ne l'ai jamais oublié. J'ai toujours, ici comme ailleurs, bien fait ce dont on m'a chargé. Je m'enorgueillis d'être un homme de discipline.

Qu'on ne me croie pas de ces êtres serviles qui se trouvent diminués par l'obéissance.

Comme ce brave major Becker serait fier de commander à un prince allemand ! Mais il l'ignore. J'ai changé d'état civil. Lors du débarquement des Yankees au Japon, il était inutile qu'ils sussent qui j'étais. Je les intéressais trop. Ils me croient mort... Il n'y avait qu'un cadavre d'Uttemberg : eux, en ont compté deux. C'est parfait. En somme, ils ont raison : il y a réellement deux cadavres.

Je suis donc un quelconque sous-officier du corps expéditionnaire allemand en Extrême-Orient. Comme je parle assez bien l'anglais et sais prendre soin des papiers administratifs, nos vainqueurs m'ont affecté dans leurs bureaux au lieu de me maintenir dans un camp. Tout le monde en paraît satisfait.

Le major est un brave Américain, c'est-à-dire un homme qui a tout brouillé et tout confondu des notions de société et de civilisation. Pour moi, il ne saurait être ni un maître ni un subordonné, pas même un ennemi, en tout cas, il ne peut devenir ce qu'il souhaite le plus être : un égal.

Les circonstances sont telles qu'il me commande et que je lui obéis. Je ne l'entends que de loin et je le vois à peine. Mon maître ? C'est un pas dans le couloir, une odeur de tabac sucré, une porte malmenée, une voix nasillarde, indiscrète et sottement cordiale. Qu'ai-je à faire de tout cela ?

Dans cette maison qui n'est ni japonaise ni américaine, qui n'est qu'un abri pour classeurs et machines à écrire — et une prison pour moi — il n'y a rien. Pas un visage, pas une âme.

La mort de Bruno m'a exilé de toute société terrestre. Nos âmes sont reparties, l'une et l'autre, vers les sapins de Schwarzberg.

Dans le secret de mes nuits, brille encore cette lumière mystique que Bruno naguère faisait rayonner sur moi. Parmi les ruines, au terme d'une vie vouée à l'échec, puisse ce reflet du passé luire encore de la douce efflorescence dont l'amour lustre toutes choses : le regard des morts, leur sourire figé, le givre de Noël sur les sapins, les fenêtres de ma mère dans les nuits d'été, le satin du lac bleu à Schwarzberg, la mer d'émeraude et de pourpre où le soleil meurt au large de Batz.

Rien n'est plus près du désespoir qu'un homme qui a peur de ses souvenirs. Souvenirs d'une Patrie déchiquetée, d'une famille ensevelie dans la mort et plus sûrement encore dans le mépris et l'oubli universels.

Pour nous, c'est mourir deux fois que de mourir à l'histoire et à la gloire. Il s'y ajoute dans mon cas l'accablement d'un exil sans fin, car pour le dernier des Uttemberg, la Bavière n'existe plus. Chaque homme a sa place dans son pays. Il ne peut en changer. Mon pays n'a plus de place pour moi.

Ma vie ne tient qu'à un fil de mémoire : le souvenir des heures où il m'est arrivé de fondre en larmes devant la mer, le ciel nocturne, le front lisse et pâle de Bruno. C'est ainsi que je suis entré, tout vif, dans mon éternité.

... m'assure, le pourra dire ... toit que de mourir.

... l'aurore et la gloire, il ... gloire dans peu qui
... doublement d'un exil sans fin, ... et loin des
... rejouir ... Davy le ... le plus ... plus à bords ... et
... quelque ... Davy il ne peut ... changer ... son ...
... n'a rien de la ... vie, ... un exil ...

Mayle ne dit à quoi un ... le suppose. Le souvenir
... vient ... ou il pleur ... de la côte. Et quand
... devant la mer, le ciel ... ne se frange, le ... pal de
... Hanro Cité vient que la ville ... au loin a la raison,
... terrible.

OUVRAGES DE JEAN ORIEUX

Aux Éditions Flammarion

L'AIGLE DE FER.

KASBAHS EN PLEIN CIEL Prix du Maroc 1954

PETIT SÉRAIL.

LE LIT DES AUTRES.

SOUVENIRS DE CAMPAGNES.

LES TROIS-PILIERS (Menus plaisirs, Tiburce ou un déjeuner de soleil, Les Ciseaux d'argent).

Cycle romanesque des « Fontagre »

LES FONTAGRE. Prix du Roman de l'Académie 1946.

Biographies

BUSSY-RABUTIN, LE LIBERTIN GALANT HOMME. Prix Bourgogne 1958.

VOLTAIRE OU LA ROYAUTÉ DE L'ESPRIT. Prix des Critiques 1968.

TALLEYRAND OU LE SPHINX INCOMPRIS. Prix des Ambassadeurs 1971.

LA FONTAINE OU LA VIE EST UN CONTE, 1977.

Chez d'autres éditeurs

ALCIDE OU LA FUITE AU DÉSERT, roman, éd. Stock.

DES FIGUES DE BERBERIE, 1981, éd. Grasset.

Impression Bussière à Saint-Amand (Cher),
le 14 octobre 1985.
Dépôt légal : octobre 1985.
Numéro d'imprimeur : 521.
ISBN 2-07-037682-6./Imprimé en France.